Franz Spichtinger

Klemens Krummauer

Foto: © privat

FRANZ SPICHTINGER wurde 1941 in Plöss, einem Dorf an der böhmisch-bayerischen Grenze, geboren. Nach der Vertreibung und Flucht aus der angestammten Heimat ließ sich die Familie in der benachbarten Oberpfalz nieder. Der Neuanfang, der Aufbau neuer Beziehungen und Lebensverhältnisse und die Vielfalt persönlicher Ereignisse in den Wirren der Nachkriegszeit haben sich auch in seinem Leben niedergeschlagen. Der Autor studierte Erziehungswissenschaften und Religionspädagogik an der Katholischen Pädagogischen Hochschule Eichstätt. Danach war er als Volksschullehrer und schließlich als Schulleiter tätig. Ein Schwerpunkt ist seit Jahrzehnten im Rahmen der Erwachsenenbildung die Auseinandersetzung mit Fragen der Gesellschaftspolitik und der Religionen. Franz Spichtinger ist verheiratet und hat zwei Töchter.

Informationen zu den bereits veröffentlichten Romanen des Autors finden Sie am Ende dieses Buches.

Franz Spichtinger

Klemens Krummauer, Philosoph und Schuster zu Brünn

Roman

Die Bibliografische Information der Deutschen Bibliothek
Die Deutsche Bibliothek verzeichnet diese Publikation in der
Deutschen Nationalbibliografie; detaillierte bibliografische
Daten sind im Internet über http://dnb. ddb. de abrufbar.

ORIGINALAUSGABE

Einbandabbildungen: © Popova Olga, Fotolia | © shaiith, Fotolia
Herstellung und Verlag: BoD- Books on Demand, Norderstedt
www.bod.de

© 2018 Franz Spichtinger
Homepage des Autors: www.Franz-Spichtinger.de

ISBN 978-3-7392-0391-1

1

»Ich hätte der Schuhputzer vom Fürst Metternich werden können«, sagte der Klemens, Erstgeborener des Schumachers Karl Krummauer, der im schönen Brünn, nahe an der St.-Jakobs-Kirche, gleich an der Biegung von der Rašínova Ulice hinein in die schöne Solniční Ulice, als ein geachteter Schuhmachergesell beim Herrn Vater ein recht gutes Auskommen hatte. Er stützte das Kinn auf die linke Hand, blickte gedankenverloren in die Ferne und nahm einen Schluck dieses frischen Bieres, das nach allgemeiner Ansicht gut für den Magen wäre.

Da hielten sie jetzt zu viert beim Hradecky im schönsten Eck des Biergartens die Stühle warm. Der immer freundliche Marek Hradecky, der den schönsten Biergarten weit und breit bewirtschaftete, aber ohne die vornehme Hradecka, seine Eva, aufgeschmissen gewesen wäre, hatte einen heftigen Kropf und konnte nur noch recht leise reden.

»Wie geht's, Marek?«, fragte der Klemens den etwas wehmütig dreinschauenden Wirt.

»Na, jeder muass amal an Löffel abgebn«, lachte der Marek, »besser erstickt als dafrorn.«

Jeder der vier Burschen gab nun so zum Besten, was ihm notwendig und wichtig schien, um ein wenig aufzufallen.

Der Jiri vom Hanaczek meinte, dass ihm die Septemberluft so gut tut. Der Jiri stammte eigentlich aus der Bučovicer Gegend, wo der Vater eine kleine Landwirtschaft betrieben hatte. Da hätten die Hanaczek über den Bach eine Brücke gebaut und der Stoberl Seff hat ihnen gleich gesagt, dass die nichts taugt. Akkurat der Bürgermeister, der Sollitzer Alois, der mit seinem Heuwagen drübergefahren ist, der immer gesagt hatte, dass das alles schon passt, was der Hanaczek baut, krachte dann mit einer Fuhre Heu in das Wasser. Von der Brücke blieben nur ein paar große Brocken übrig.

Dann war der Vater vom Jiri gestorben und die Mama zog mit den zwei Kindern in die Stadt herein. Da hätte sie genug zu arbeiten in den besseren Häusern, meinte sie. Und der Jiri erzählte, dass ihr der Fred Brosky nachgestellt habe, und sie hat ihm den nassen Drecklappen ins Gesicht gehaut. Da hätte sie dann eine einträgliche Stelle verloren und er keine festen Winterschuhe gekriegt und ist den ganzen Winter mit den Holzschuhen vom Tischler herumgelaufen. Aber es hätte ihm nichts geschadet.

Und der Filip Navrátil, der einen hellen Kopf hatte und sich für die weite Welt interessierte, sagte, dass die Sommervögel wieder in den Süden ziehen würden, ins ferne Afrika, wo die Leute alle anders ausschauen wie in Brünn oder auch droben in Prag. »Afrika, das wär auch das meine«, sagte er, »aber was möcht ich mit der Mama machen. Ohne mich würde sie nicht leben können.« Da gäbe es auch Menschenfresser, die besonders die weißhäutigen Leute bevorzugten, und er möchte nicht in einem großen Kochtopf landen und hilflos zuschauen müssen, wie sie seine Ripperln abnagen Da könnte er schon drauf verzichten.

Sein Vater war schon höher aufgestiegen in der Gesellschaft von Brünn, hatte es bis zum Schreiber des Baurates Alfred von Novak gebracht und der Navrátil sagte, er sei dort unverzichtbar geworden. Die Mama war da ganz stolz und der Vater sagte auch noch, dass einer mit seinem Wissen und seiner Erfahrung, auch anderswo eingesetzt werden könnte, und es wäre eine Stelle frei, wo er besser verdienen würde, aber er, der Herr von Novak möchte nicht auf ihn verzichten. »Bis man einen Neuen eingelernt hat, dauert das zwei Jahre und das kann ich mir in meiner Stellung nicht leisten, mein lieber Navrátil, hat der Herr Baurat von Novak zum Vater gesagt.«

Der Jan vom Bader Pospischil, der ein nachdenklicher, schwerfälliger, junger Mensch war, sagte, dass er zwar gerne beim Marek im Biergarten sitzen würde, dass aber um diese Jahreszeit ständig ein Haufen Wespen rumfliegen würde, »und gleich hast einmal eine verschluckt. Da könntest dran verrecken.« Die Burschen nickten und schauten, ob nicht gar so ein Viech schon im Bierglas strample.

»Wenn ich ein Geld hätte«, sagte der Jan, »würde ich mit einem Segler nach Amerika fahren oder runter nach Wien walzen oder sonst wo hin. Aber da bei uns in Brünn, na, da hab ich keine Zukunft. Mich zieht es weg, weit weg. Na, in Wien treffe ich vielleicht deinen Herrn Fürsten Metternich und der wird na sagn, dass er auf mich, bloß auf mich gewartet hätte, den berühmten Jan Graf von Pospischil.«

Dann schwiegen sie sich eine geraume Zeit an, bis die schöne Eva, die die beste Biersuppe zu jeder Tageszeit auftischte, jedem zunächst ein neues Bier hinstellte. »Frisch is des Bier«, sagte sie, »lasst's den guten Saft net warm werdn«, lachte die Eva und verschwand wieder in der Gastwirtschaft.

»Jessas, die Eva macht mich noch verrückt«, sagte der Klemens Krummauer. »Na, sie ist dummerweise auch zu alt für mich.« Er überlegte, dass die Eva oder so eine andere Junge doch eher was für ihn wäre. Der Jiri sagte, dass der

Klemens lieber seine philosophischen Bücher wälzen sollte, als auf fremde Frauen zu schauen.

Der Getadelte hob die Augenbrauen. »Mir ist sehr bewusst, meine Herren«, sagte er, »dass eine so schöne Frau wie die Eva sich nicht mit einem krüppelhaften Wesen abgibt. Zu mir kommt einmal ein Engel.«

»Um fortzufahren, der Herr Fürst Metternich ist also aus seiner Karosse ausgestiegen, hat sich beim Vater im Laden neue Stiefel angeschaut und hat gefragt, ob der Vater ihm auch seine staubigen Schuh putzen könnte, und der Vater hat zu mir gesagt, ich soll mich gescheit anstellen. Der Herr Fürst hat mir dann einen Kreuzer geben und hat einfach so gesagt, dass er so einen wie mich brauchen könnte. Aber erst hätte er noch was zu bereden, mit einem Haufen Leute von der ganzen Welt, drunten in Wien.«

2

»Hawe d'Ehre, des warat wos für mi«, sinnierte er und er konnte sich eine große Zukunft in Wien vorstellen. Er schaute durch die Kastanienbaumallee durch, ob eventuell die Barbora daherflaniert, mit der er gelegentlich am Abend auf der Hausbank vorm Geschäft sitzt, ganz leger und achtbar.

Dann sind die vier wieder still geworden und haben an das eine oder andere gedacht.

»Aber so hat er weiter nichts gesagt, der Herr Fürst, weil er ja als Staatsmann nichts über die kaiserliche Politik sagen darf«, ergänzte der Klemens. »Aber der Vater hat gesagt, er würde ein kupfernes Taferl draußen neben der Eingangstür anbringen, wo dann droben steht, das der Herr Fürst Metternich bei uns im Laden war und wann.«

Die Burschen haben zustimmend mit dem Kopf genickt und dann wieder an alles Mögliche gedacht.

Der Jan Pospischil sagte dann, dass die Maria Bolavá, die im Stock über ihnen mit ihren drei Kindern und dem besoffenen Petr haust, ihm schon länger gesagt hätte, dass er jederzeit bei ihr vorbeischauen könnt. »Aber bisher habe ich darauf verzichtet«, sagte der Jan, der ja was für die weite Welt übrig hatte und sich nicht fest binden wollte, schon gar nicht an eine Verheiratete. »Aber sie ist hitzig, wenn sie mich sieht«, sagte er und putzte ein Staubfuserl von seinem Janker, »und sie riecht immer gut.«

Sie waren dann wieder eine Zeit mit ihren Gedanken beschäftigt, denn all das musste innerlich verarbeitet werden.

Der Jiri vom Hanaczek Wolfgang, der so gerne nach Afrika gefahren wäre, lernte beim Kosar drunten das Handeln. Er begann schon recht früh am Morgen mit der Arbeit. Er kehrte den Boden im Laden nochmals aus, begutachtete sich das Trottoir vor dem Warengeschäft mehrmals gründlich, ob da nicht ein Blatt oder ein Papierl liegen würden, denn da war der Kosar korrekt auf Sauberkeit bedacht.

Der Jiri war ja schon in Pilsen und hinten in Troppau gewesen und kannte sich trotz seiner Jugend gut aus im Lande. Der Kosar staunte nicht schlecht, was der Jiri so in seinem Kopf drinnen hatte. Wo er das Zeug von den Schwarzen und den Amazonasindianern denn so gehört oder gelesen hätte, fragte er ihn. »Na«, sagte der Jiri, »das hab ich von der Mutter, die kann das Lesen und hat an die vier oder fünf gescheite und dicke Bücher mit Bildern im Kasten stehen und am Abend erzählt sie uns beim Essen, was sie am Tag so gelesen hat.« Er hatte viel zu berichten, denn die Tage beim Kosar waren lang.

»Wie mein Herr Vater auch«, sagte der Filip Navrátil, »der hat ein Buch heimgebracht, eines mit farbigen Bildern, vom Herrn von Novak hat er es mitgekriegt und ich sag euch, da steht was über die Menschenfresser und die Indianer von Amerika und über die Chinesischen, die tatsächlich gelb im Gesicht sind. Das ist bewiesen.«

Es war ein lockerer und teilweise, wenn sie nicht meditierten, reger Diskurs an diesem sonntäglichen Vormittag im Biergarten vom H. Sie kämpften gegen ihre müde Lässigkeit und hatten schon auch ein paar Luftschlösser zu erörtern.

Er, der Navrátil, würde, wenn er fertig ist mit der Ausbildung für den Hausbau und die Kanäle, ob es ihm recht wäre oder nicht, weg müssen aus Brünn. »Du brauchst eine Erfahrung, mein Lieber, sagte der Herr von Novak zu mir. Aber ich wär ein ordentlicher und untadeliger Mensch, sagte er, und solche Leut' bräucht' man in dieser aufstrebenden Zeit.«

Der Klemens dachte dann noch einmal angestrengt an die Eva vom Hradecky und auch an die Barbora. »Die Mama hat gesagt, dass es recht guat wär, wenn der Herr Fürst dem Teufel, dem französischen, oane drauf haua tat, dem Napoleon, hot sie gsagt. Und der Blücher, hat sie gesagt, der lasst keinen Angriff vom Napoleon zu, nie und nimmer.«

Was gesagt war, blieb stehen, musste nicht wieder und wieder gegessen werden.

3

Dann hat die Eva nachgefragt, ob es noch was sein dürfte. Die Burschen haben bezahlt, haben den Klemens Krummauer in seinen Karren gehoben und ihn die Allee hinuntergeschoben, dass er beizeiten zum Mittagessen heimkommt.

Die liebe Mutter hatte dem Klemens vor der heutigen Frühmesse versprochen, dass sie für ihn beten würde beim heiligen Jakob droben und auch extra bei der lieben Gottesmutter, dass er wieder gesund wird, dass ihn der französische Kaiser nicht noch erwischt und zum Soldaten macht. »Da wäre ich dann der erste Soldat im Schiebekarren mit einem Gewehr im Anschlag«, lachte der Klemens.

In Teplitz hätte der französische Oberlandstreicher sich schon verschanzt, aber wie man hört, hätte ihn der Blücher ganz schön packt und dem Napoleon ist ja gleich, sagte sie, ob hunderttausend Soldaten sterben und wenn ein junger Krüppel dabei ist, dann macht ihm das gar eine Freud.

Dann hat sie wieder geweint und lamentiert, dass sie nicht wisse, welche Schuld sie da auf sich geladen hätte, weil er, der Klemens, so geschlagen wäre und im Karren fahren müsse, wo er doch schon lange auf die Schusterwalz gehen müsste. Und weil ja in der Bibel schon drinnen steht, dass die Eltern schuld sind am Unglück ihrer Kinder und Enkelkinder bis ins dritte oder vierte Glied. Der Klemens hat sie beruhigt und gesagt, dass das alles nur für damals gegolten hätte. »Der Pater Cajetan von Sankt Jakob hat aber gesagt, dass der Gott des Himmels und der Erde ein gnädiger Gott ist«, sagte der Klemens. »Und Krüppel hat er besonders gerne«, tröstete er die Mama.

Der Klemens wünschte dem Biergartenbesitzer Marek Hradecky dann noch einen schnellen Tod, dass er halt einmal in der Früh tot im Bett liegen würde und er konnte sich vorstellen, dass ihn, den Klemens, die Eva dann noch vor dem Ende des Trauerjahres anspricht und mit ihm so ein Techtelmechtel eingehen möchte, weil sie es ohne ihn nicht aushalten würde.

Dann sagte er den Freunden, noch bevor sie ihn über die zwei Steinstufen ins Haus hoben, dass er nachts geschwitzt und alle Zustände gehabt hätte und so fremdländische Frauen, die man in den Heften sieht, hätten ihn umkreist, praktisch bezaubert.

Das kann er vergessen, meinten die Freunde, einen verkrüppelten Schuhmacher will keine von denen. Er wünschte ihnen den Teufel an den Hals und dann machten sie noch aus, dass sie am nächsten Sonntag zur gleichen Zeit wieder zusammentreffen würden.

4

Den Vater fragte er, wer denn dieser Kollanter sei, von dem die Eva Hradecky etwas angedeutet hatte, als sie beim Frühschoppen im Biergarten saßen.

»Da warst du noch nicht auf der Welt, Bub«, sagte der Vater, der im Schaukelstuhl saß und der Mutter beim Kochen zuschaute. »Es war keine einfache Zeit für den guten Mann, den hat das Unglück nicht nur gestreift, dem hat es einen Schlag versetzt, von dem sich andere nie mehr erholen.«

Der Vater machte es spannend und der Klemens mühte sich vergeblich, in seinem Gehirn nachzuforschen, ob da nicht eine Erinnerung zu finden wäre, die mit dem Namen Kollanter zu tun hätte.

»Der Kollanter«, erzählte der Vater, »hatte eine untreue Frau. Sie war viel jünger als er und stammte aus Ostrovačice, der Vater war Schindler, und das Mädel, die Sophia, hatte der Kollanter, der als Fuhrknecht arbeitete, beim Postmeister Klier von Ostrovačice getroffen.

Sie haben dann am Abend beisammengesessen, mehrere Fuhrknechte und die Junge, und sie hat von Druden und Hexen geredet und von seltsamen Magien und Zauberkünsten gesprochen und sie hatte ihm erklärt, dass sie sich allein nicht auf die Straße zu gehen traue. Sie hätte da immer ein Gespür, als ob Geißböcke oder Hupfaufmanderln hinter ihr her wären, und sie würde ihrer Angst und Beklemmung nicht Herr werden.

Er brachte sie heim und sie zog ihn in den Kuhstall. Es standen nur zwei magere Kühe darinnen, aber es war warm und sie sagte, dass sie jetzt keine Angst mehr hätte. Das hatte der Kollanter in der Gerichtsverhandlung alles dem Herrn Amtsrichter erzählt und seine Aussage machte die Runde in Brünn und in den Dörfern.

Er hätte sie geheiratet und sie wären nach Brünn herübergezogen und das eine Zimmer bei der Mutter hätte ihnen gereicht und er hätte ihr alles versprochen, was sie nur wollte.

Eines Tages klopfte ein Fremder an die Tür und fragte nach der Sophia und der Kollanter war nicht daheim und seine Mutter auch nicht, aber die Nachbarn hätten das Paar beobachtet und der fremde Mann wäre ein recht feiner gewesen, sagten die Zeugen. Der seltsame Besucher war dann regelmäßig in Abwesenheit des Kollanter und seiner Mutter vor dem Haus gestanden.

Es konnte da nicht ausbleiben, dass die Nachbarn dem Kollanter ihre Neuigkeiten steckten.

Als der Amtsrichter ihn dann fragte, warum er ihm aufgelauert hätte, sagte er, dass sich das ergeben hätte, durch Zufall wäre der Fremde, dessen Beschreibung er hatte, ihm über den Weg gelaufen und er stellte diesen Menschen zur Rede. Der Fremde wäre vom Pferd gesprungen, rotzig und recht rabiat geworden und hätte ihn einen Hammel und anderes genannt und dann hätten sie zum Raufen angefangen und wären beide ineinander verklammert auf den Weg gestürzt und der Unbekannte, dessen Namen er nicht einmal kannte, wäre dann liegen geblieben.

Der Richter meinte es gut mit dem Kollanter, wog seine Aussage, die Aussage von Kollanters Frau und die der nachbarlichen Zeugen und die Umstände gewissenhaft ab und schickte ihn für vier Jahr auf die Spielburg.

»Aber der Richterspruch wäre doch ungerecht«, warf der Klemens ein. »Wenn man das alles sorgfältig durchdenkt, hätte der Herr Amtsrichter diesen Halunken freisprechen müssen.«

»Es gab einige Ungereimtheiten und der Kollanter konnte nicht stichhaltig beweisen, dass er dem Fremden nicht doch absichtlich aufgelauert hatte. Der Amtsrichter hatte sich jedoch dafür eingesetzt, dass der Kollanter nach zweieinhalb Jahren aus der Spielburg entlassen wurde. Der Amtsrichter sagte, als er das Urteil sprach, dass er selber mit dem Urteil leben müsste. Er sei sicher, dass er Kollanter nicht absichtlich zugeschlagen hätte. Aber die Anverwandten des Verstorbenen dröhnten im Gerichtssaal, dass sie bis zum Kaiser gingen und sie würden Recht bekommen. Der Mörder, so nannten sie den Kollanter, müsse in die Spielburg. Und wenn der nicht in die Spielburg käme, würden sie ihn selber umbringen.

Das hätten sie nicht sagen sollen und der Herr Amtsrichter warnte vor Selbstjustiz, und sollte dem Kollanter jemals Ungemach zugefügt werden, wüsste er, wo er hinlangen müsste, und dann sei ihnen die Spielburg sicher.«

Der Klemens nahm zum ersten Mal wahr, dass die Welt komplizierter ist, als sie scheint, und dass das Leben oft genug auf krumme Linien schreibt. Und der Vater erklärte ihm den Unterschied zwischen bloßem Fürwahrhalten und gesicherten Beweisen. Ein Richter müsse sich nach wirklich beweisbaren Tatsachen richten und nur sie seiner richterlichen Entscheidung grundlegen. Es wäre also für den Urteilsspruch maßgebend, dass der Richter absolut von der Wahrheit der behaupteten Tatsachen des Kollanter oder der Verwandten des Verstorbenen überzeugt wäre.

»Es könnte sein, dass dem Kollanter nicht nur die nachweisbaren Tatsachen fehlten, sondern dass ihm auch die Wahl der richtigen Worte fehlte. Das wäre jedoch Auftrag seines gerichtlichen Fürsprechers gewesen.«

Das wäre nun schon viele Jahre her, sagte der Vater, und ihm fehle zudem der Einblick in die Sachverhalte und er verstehe da doch zu wenig und was auf Erden nicht gerichtet werden könne, solle man dem Herrgott überlassen.

Das erschreckte den Klemens jedoch und er lernte immer neu, dass es einen Unterschied gibt zwischen Recht und

Gerechtigkeit und Konflikte zwischen beiden und dass ein Mensch, der vor Gericht verurteilt wird, unwiderruflich aus der Mitte der Gemeinschaft verbannt und geächtet wird.

»Der Kollanter war und ist ein rechtschaffener Mann, und den Ruf, ein Spielberger gewesen zu sein, verliert er nie mehr. Zudem wissen wir nicht, warum wir in diese oder jene Familie hineingeboren wurden. Warum einer also Schuster ist und der andere ein Geheimer Hofrat in Wien, ein Kant, von dem du immer redest, oder eine einfältige Magd in Ostrovačice.«

Nach dem Mittagessen wies die Mama auf den Uronkel Balthasar, der seinerzeit im Bayerischen ein hoher Pfarrer gewesen wäre und der einmal eine große Reise mit einem gewissen Prinz Karl Albrecht gemacht hätte und der Uronkel wäre dabei bis nach Rom gekommen. Und sie hätten ja ein Bild von ihm im elterlichen Schlafzimmer an der Wand, neben dem schwarzen Kruzifix und vermutlich hätte er, der Klemens, seine Gescheitheit von diesem Urenkel, lachte sie, weil der Uronkel ja auch besondere Geschichten über diese Reise geschrieben hätte. Die Verwandten in Butschowitz und in Uhritz und die anderen von Krummau und in Passau hätten sicher noch das eine oder andere davon im Besitz.

5

Die Mutter hatte immer wieder von diesem besagten Uronkel Balthasar erzählt, der mit den Großen seiner Zeit sozusagen auf Du und Du gewesen wäre. Die Verwandtschaft war auf diesen geistlichen Urahn stolz, denn im Gefolge des späteren Kaisers des Heiligen Römischen Reiches Deutscher

Nation und auch Königs von Böhmen gedient zu haben, wäre nicht jedem gegönnt gewesen. Er wäre ein Sekretarius des Fürstabtes von Kempten Anselm Reichlin von Meldegg gewesen und durch dessen Fürsprache, vor allem sicherlich, weil er die italienische Sprache beherrschte, in das Gefolge des Prinzen geholt.

Was hatte er dann nicht alles gelesen von diesem Böhmischen König und späteren, großen Kaiser, der eine Frau Erzherzogin Maria Amalia geheiratet hatte und sie kennenlernte auf seinem Weg zu einem Feldzug gegen die Osmanen in Belgrad und auch das habsburgische Wien besuchte. Als Habsburgerin hätte sie viel Geld gehabt und ausgegeben, wie es seinerzeit hieß. Das Vermögen der Gattin, konnte der Karl Albrecht sicher gut gebrauchen.

Klemens bedachte, dass dem Herrn Prinz diese und andere Reisen ehemals durchaus gut getan hätten. Vor allem für seine Bildung waren sie von sicherlich von Vorteil gewesen und solche Unternehmungen wurden damals nicht nur als Kavalierstouren verstanden. Der Vater sagte: »Es galt seinerzeit das Wort, dass einer umso edler wäre, je mehr er gesehen und erlebt hätte. Die Prinzen trafen andere wichtige und einflussreiche Persönlichkeiten, nicht nur aus der Politik, sondern auch aus der Geisteswissenschaft, und lernten, sich in vielfältigen Studien und Erfahrungen zu bewähren. So wäre er auch deswegen bei Hofe in Wien vertreten gewesen, weil der Besuch bei den Habsburgern sozusagen ein Maßstab der politischen Ziele betrachtet wurde.«

Klemens wunderte sich immer wieder, aus welchem Fundus der liebe Vater schöpfte, standen doch nur drei oder vier Folianten, davon eine Heilige Schrift – so, wie sie der Herr

Luther übersetzt hatte – im Haus. Auf seine uralte lutherische Bibel legte der Vater immer großen Wert, denn er sagte, vieles, was dieser katholische Mönche seinerzeit geleistet hätte, gelte für ihn noch heute, auch wenn der Herr Reformator ein sturer und seine Mitstreiter und Kontrahenten oft beleidigender Mensch gewesen sein musste, wie man oft genug heut' noch hört.

Der Urahn hatte auch aufgeschrieben, dass er mit dem Kurprinz Karl Albrecht inkognito durch Wien flaniert sei und niemand sei einbezogen gewesen in die heimliche Eskapade des gnädigen Herrn. Wollte Seine Hoheit doch auch einmal die gemeinen Leute und ihre Alltäglichkeiten, für die sie ja, bei Gott, nichts könnten, mit eigenen Augen sehen.

Nicht nur das Urteil und die Meinung der Claqueure und intriganten Individuen, denen er ausgeliefert wäre, über diese einfachen Menschen, möchte er hören. Von diesen Schmarotzern, die nur auf seine Kosten lebten und nichts zu tun hätten, als über die anderen herzuziehen und sie schlecht machen, halte er gar nichts.

Der Vater sagte immer, dass es bei den Adeligen genauso wäre wie in den unteren Ständen. Es ginge eben um die Karriere des einzelnen, um den Erfolg, das Fortkommen, den Aufstieg im Beruf und um das Ansehen in der Gesellschaft. Das wäre grundsätzlich nicht zu verurteilen, sagte der Vater, aber es wäre eben von Vorteil, wenn die eigene Karriere auch zum Wohl der Gemeinschaft beitrüge.

Klemens erinnerte sich mit einem Lächeln an eine Passage aus den schriftlichen Hinterlassenschaften dieses Urahns, der den Kurprinz zu Bayern, Karl Albrecht, Anfang des letzten Jahrhunderts nach Italien begleitet hatte und der feststellte, dass der Herr Prinz jeden Tag ein neues, frisches, fürstliches Gewand getragen hätte und er hätte immer einen vornehmen Duft verströmt. Von seiner Begleitung hingegen wären oft genug fatale Gerüche ausgegangen.

Wenn er auf die Jugend des Prinzen zu sprechen kam, verwies er zum Beispiel darauf, dass der Prinz lieber durch die Stadt der römischen Heroen flanierte, denn zur päpstlichen Messe. Eher schien es teilweise ein kultureller Sinnenreiz und veritabler Kunstgenuss zu sein, weniger eine Pilgerreise denn gar eine politische Exkursion. Die Begegnungen des Prinzen mit den Künstlern und adeligen Damen und Herren in Florenz und Trient oder in Rom wären auch für ihn ein Hochgenuss gewesen, schrieb der Uronkel Balthasar.

Diese blitzartige Erinnerung musste der zarte Duft bewirkt haben, den die Eva Hradecky verbreitet hatte, der in seinem Hirn eine Flut neuer Gefühle und Empfindungen und eine bisher so nicht gekannte Unruhe auslöste.

Der Klemens wäre natürlich nur zu gerne auch in die weite Welt gereist, nach Rom und Paris und zu den Russen, die jedoch einen anderen Glauben hätten, wie der Cajetan oft genug gesagt hatte. Aber bei ihm hatte nun der hölzerne Stuhl mit den zwei Rädern seitlich und dem dritten, dem Stützrad im hinteren Bereich, in den er eingebunden war, auf Gedeih und Verderb, das Sagen.

Der hölzerne Stuhl, vom Vater aus Liebe zum Bub schön graviert mit allerlei Motiven, würde ihm diktieren, wo die Welt für ihn, das ganze Spiel des Lebens, in zehn, zwanzig oder vierzig Jahren vielleicht, sein Elend eben, ein Ende hätten. Er würde jedoch nicht kraftlos dahin sinken. Hätten andere doch eher das Recht, aus ihrem Jammertal hinauszuschreien, dass sie der irdischen Pilgerschaft und Mühsal genug hätten, dass ihnen alle Zuversicht versagt sei.

6

Der Klemens Krummauer sei in Spiritueller, sagte der Pater Richard Moser vom Kloster und die Thekla, die die Räumlichkeiten im Kloster aufwischte, sagte, er hätte immer so einen hellen Blick und überhaupt hätte der Bub von seiner Großmutter das zweite Gesicht ererbt.

Dass der Klemens Krummauer einst ein Erster unter den Wissenden werden würde, mochte sich keiner ausmalen.

Zwar hatten einige alte Bauern aus Rousínov gemeint, dass die Krummauer schon andauernd entweder mit dem Teufel im Bunde seien oder sie wären alle Prophetische und Deuter und solchen Leuten wäre nicht zu trauen.

Der Klemens hatte nachts nicht schlafen können und hat den Rauch gerochen, der durch das undichte Fenster gedrungen war. Da hat der Klemens sich trotz seiner Behinderung ans vordere Fenster geschoben, das zur Straße hinausgeht, und hat einfach geschrien, dass es brennt.

Die ganze Nacht hat die Feuerwehr den Brand hinter dem Röhrl in der Rašínova gelöscht. Aber wenn der Krummauer Klemens nicht aufgepasst hätte, sagte der Pater Cajetan um halb Elfe im Hochamt, da wäre die ganze Stadt abgebrannt.

Der Pater Cajetan hatte auch mit der ganzen Gemeinde gebetet, »dass alles Verderben von uns allen ferngehalten wird«. Die Thekla sagte nach dem Hochamt, dass sie sich bestätigt sehe in ihrer Annahme, dass der Klemens mehr wissen und inwärts erleben würde als ein Normalsterblicher. Wie sonst hätte der Bub etwas von dem Feuerbrand wissen können, wohnt er doch gar ein paar hundert Meter weg vom Ort der Tat. »Der hat halt eine gute Nase, der Klemens«, lachte der Herr Pater, der wiederum weniger von solchen übersinnlichen Dingen hielt als von einer guten Nase.

Aber seltsam war schon, dass sie in der gleichen Nacht drüben in der Jílkova den grobschädeligen Miroslav Čermák gefunden haben. Er hatte ein Messer in der Brust und seit Jahren wäre er der Erste, der auf diese tragische Weise ums Leben gebracht worden wäre, hier in Brünn. »Die Gendarmerie wird sich um den Mörder schon kümmern, der sicher auch den Brand gelegt hat«, ließ der Gendarmeriekommandant Valentin Strunz vermelden.

In der Jílkova lebte aber auch der Großvater vom Jiri Hanaczek. Und dieser Großvater wusste allerdings, dass der Čermák in jungen Jahren schon in Russland gewesen war. Ob es da nicht Zusammenhänge gibt, fragte man sich, nachdem diese geoffenbarten russischen Kalamitäten des Jaroslav Čermák wie ein Lauffeuer sich verbreitet hatten.

Der gute Marek Hradecky wiederum, der nun doch den lieben, langen Tag und die ganze Nacht nach Luft japsend in der Küche in seinem Lehnstuhl saß und allmählich daran denken musste, dass für ihn ein End' kommen würde, hatte jedoch weitere interessante Kenntnisse. Diese teilte er anlässlich einer ausgiebigen Befragung durch den Gendarm Václav Kubišta diesem mit. Der Kubišta brachte alles ordnungsgemäß zu Papier. Der Čermák sei auch zwölf Jahre in der Artillerie seiner Majestät zuletzt ein Zugsführer gewesen und in seiner Kammer müsse ein Preußischer Kavalleriesäbel hängen, aus einem seiner Feldzüge, es müsste der letzte Türkenkrieg gewesen sein, fügte er hinzu.

Der Kubišta fragte dann noch, woher denn diese Wildheit und Mordlust käme und diese teuflischen Zustände heutzutage in der Welt. Der Václav Kubišta war ein Denker, der sich mit den Gegebenheiten in Brünn, aber auch mit der großen Weltpolitik eben stärker auseinandersetzte als so normale Leute, die nur ans Essen und Trinken denken.

7

In Brünn hatten sie was zum Lachen. Der Herr Baurat von Novak, der dem Städtischen Bauamt ein fürsorglicher Leiter ist, hatte sich einen beachtlichen Fehltritt geleistet. Im Amt hieß es, er wäre in Ausübung seiner Pflichten in eine Baugrube gefallen, ausgerutscht wäre er. Seine Mitarbeiter erzählten die Version, dass er in aller Früh schon recht angeheitert ins Amt gekommen wäre und auf die steinerne Außentreppe gefallen sei. »Er hat sich nicht mehr halten können«, sagten jene, die ihm bei Sturz zugeschaut hatten. Und es war ihnen eine augenfällige Genugtuung.

Dann hatte er doch recht lange laboriert, der Herr von Novak und nach fünf Wochen hat er dann den Navrátil zum Tee am Nachmittag zu sich nach Hause eingeladen und ihm gesagt, dass er, der von Novak, jetzt vom ihm abhängig sei und dass er ihm nie vergessen würde, wenn er ihn jetzt stütze und nicht hängen lasse.

Seinen Bub, den Filip bräuchte er aber in der Abteilung, sagte der Navrátil, weil der Filip nach drei Jahren Lehrzeit unter des Herrn Baurats Kuratel zumindest eine theoretische Kompetenz aufweise, die so mancher Altgediente im Amt auch nach dreißig Jahren nicht bringen könne. »Natürlich fehlt es ihm an praktischer Erfahrung«, sagte der Navrátil. Aber nicht, dass der Herr von Novak glaube, er, der Navrátil, möchte gar seinen Bub hier im Bauamt versorgt wissen. Wenn der Herr Baurat wieder ins Amt käme, würde der Filip wieder zurück ins zweite Glied treten und an die Universität gehen, weil er ja auch das Gymnasium absolviert hätte und ein Architekt werden möchte. Und das Fräulein Tochter Amalie kennt der Filip ja auch gut von der Schule her.

Der Jiri vom Hanaczek handelte emsig im Namen seines Herrn Kosar und war in der weiten Welt unterwegs und der Jan Pospischil war zwar nicht nach Amerika gefahren, aber in Wien war er schon zweimal, weil es für solche Reisen einen gesunden Körper brauchte. Der Maria Bolavá hat er nicht widerstehen können und er hat ein wenig Freude in ihr einsames Leben gebracht.

Der Klemens war recht einsam geworden, wie die Mutter meinte, aber er war imstande mit seinem neuen Karren ohne fremde Hilfe zur Eva auf ein Glas Bier zu fahren.

8

»Die Krummauer Schuhe sind die besten im Land«, hat es in der Stadt und im Brünner Umland geheißen und der Vater Krummauer ergriff die Chance seines Lebens. Der alte Seidl, bei dem er seinerzeit gelernt hatte, hatte bei ihm geklopft und ihm erzählt, wie schlecht es ihm ginge und dass er ja keine Kinder habe und allein wäre. Er würde ihm gerne sein Geschäft verkaufen.

»Na«, sagte der Krummauer, »gib mir eine Bedenkzeit, ist doch dein Laden recht weit abseits.«

Ihm wäre recht bewusst, dass der Laden weit weg liege, nahe der Domkirche Peter und Paul. Aber er hätte den Herrn Bischof und das Domkapitel in der Kundschaft, sagte der Seidl.

Es ließ sich gut an und die Bank freute sich, dass der Geschäftsmann Krummauer mit ihr weiter zusammenarbeiten wollte. »Eine Kooperation mit einem so eloquenten Mann«, sagte der Direktor Schweitzer, »ist zu beider Vorteil.«

Da war der Klemens, der Schusterbub, auf einmal eine gute Partie, trotz seines Leidens, von dem ihn nur ein Wunder heilen könnte, sagte der Herr Medikus Sturm. Und um das Wunder betete die Mama jahraus, jahrein. Sie meinte, wenn unsere Kaiserlichen zusammen mit dem Blücher einmal den Napoleon den Kopf abgerissen hätten, dann würde auch der Bub wieder auf den Beinen stehen und tanzen. Der Herrgott könne doch nicht so grausam sein und wenn es sein müsste, dann würde sie sogar ihren linken Arm für den Bub hergeben.

Eines Tages brachte die Mutter einen Hund mit. Das wär so eine Mischung, wie sie sagte, ein Braver wäre er. Klemens schaute sich das Geschöpf an und meinte, dass er schon gerne einen echten Hund gehabt hätte. Der Hund wäre so klein, sagte er, dass er ihn in sein Sacktüchel wickeln könnte.

Ab er wäre vom Herrn Baurat von Novak. Da hätte die Hündin geschüttet und lauter so Kleinzeug wäre es gewesen. »Er hat ihn mir geschenkt«, sagte die Mama, »weil er es nicht übers Herz gebracht hätte, die sieben oder acht Welpen zu ersäufen.«

In den nächsten Tagen hatte der Hund einen Vorhang schlecht behandelt und die Filzpantoffel vom Herrn Vater und noch einige Dinge ruiniert und er erwies sich als noch recht verdrehtes Viecherl. »Der wird schon noch«, sagte die Mama, »Hauptsache, es ist koa Weiberl.«

Dann erzählte sie, dass das Viech bei den Bauern draußen im Umland krank sei und dass sie kaum mehr eine Milch geben, und sie wüssten alle nicht, wie das weitergeht.

9

Der Herr Baurat von Novak war nach seinem Unglück ein wenig ausgezehrt. Dazu kränkelte er in letzter Zeit und er meinte, sich bei längeren Spaziergängen zu erholen. Vom Klemens Krummauer erzählte man sich, dass der alles im Kopf hätte, was andere Leute aufschreiben müssten.

Der Klemens sagte sich, dass es ein Glück wäre, in einer so schönen Stadt wie Brünn auf die Welt gekommen zu sein. Er wusste mehr über die bunte Geschichte seiner Geburtsstadt als der junge Herr Professor von Flanner. Der Klemens fabrizierte jeden Tag ein paar hochwertige Schuhe. Für jedes Problem hatte er eine angemessene, fachgerechte und tadellose Lösung griffbereit. Ob kneifende Stiefel, abgelaufene Spitzen oder notwendige Näharbeiten am Schaft, der Klemens erledigte die anfallenden Renovationen korrekt und zur Zufriedenheit der Brünner. Bis zum Herrn Regimentskommandeur von Lobenstein sprach sich durch, dass man in den Schuhen vom Krummauer keine Blasen kriegt.

Er wäre ein wahrer Meister wie der Vater selber und der habe in Brünn nun schon den zweiten Laden und drüben in Třebíč hätte er einen neuen Laden und würde auch für die hochwürdigen Herren vom Kloster arbeiten. Dann erzählte man noch, dass der Klemens Krummauer mehr Bücher im Schrank stehen hatte als der Herr Professor von Flanner.

Vom Jiri Hanaczek, vom Filip Navrátil, oder gar vom Jan Pospischil, seinen altem Kameraden aus der Jugendzeit, hatte der Klemens in den vergangenen Jahren nichts gehört.

Vom Filip hatte es geheißen, dass ihm die schöne Novak Amalie gewisse Avancen gemacht hätte, aber sie dürfte nicht unter ihrem Stand heiraten, hatte der Herr Vater ihr gesteckt. Auf der Kirchweih hatten sie recht deutlich miteinander geturtelt. Am Tag drauf hatte sie ihm auf dem Kirchweg gesagt, dass es nichts werden könnte mit ihnen beiden, weil der Vater einen gewissen Pavel Hašek für sie ausgesucht hätte. Der Vater vom Pavel habe eben einige Domänen in Besitz, sogar im Österreichischen drüben, nahe bei Wien, wo es nach Bratislava rübergeht. Das alles würde eben der Pavel einmal erben und sie hätte dann ausgesorgt, hatte der Vater gesagt und sie hat sich ein wenig Wasser aus den Augen gewischt und hat noch die Hände vor die Brust gelegt und schluchzend gemeint, dass sie ihn trotzdem nicht vergessen würde.

Der Hanaczek hat eine Bauerntochter geheiratet und hat sich auf seine Herkunft besonnen, waren die Vorfahren doch alle Bauern gewesen und er hat scheinbar die Handlerei aufgegeben. Aber die Eva, mit der der Klemens eines Abends im Biergarten eine Konversation hatte, wusste auch nicht mehr. »Es wird viel g'redt'«, sagte sie.

Ihr neuer Gemahl, den sie recht bald nach dem Tod vom Marek geehelicht hatte, war ein recht anständiger Kerl. Bei dem würde sie es gut haben, sagte sie. Aber sie hat dem Klemens schon arg tief in die Augen geschaut, weil der ja nun schon ein kräftiges Mannsbild geworden war und es ist ihr so zufällig heraus gefahren, dass sie halt oft allein wäre, weil der Ivan wegen dem Fleisch fürs Kochen und Braten oft unterwegs sei.

Der Klemens hatte sich das gemerkt, weil er doch auch recht oft einsam war. Und alle schönen Bücher, die er auswendig im Kopf hatte, nutzten halt nichts, wenn er keine Frau hatte. Die Mutter sagte nämlich immer wieder aufs Neue, dass er eben ein hilfsbedürftiger Krüppel wäre und dass sie oder der Vater schuld daran wären, an seinem Elend und einen solchen wie ihn heiraten die Mädel nicht, auch wenn er reich ist. Dann weinte sie wieder die ganze Nacht.

Das Gerade der Thekla vom Kloster, dass der Krummauer Klemens mehr wisse als die anderen Menschen, hatte sich seinerzeit selbständig gemacht und blieb am Klemens haften, überdauerte die Jahre und es hätte nur eines geringfügigen Anlasses bedurft, um die Leute wieder zu erregen.

10

In der kleinen Parterrewohnung auf der gegenüberliegenden Straßenseite der Rašínova Ulice hatte sich eine wohl recht bedürftige Familie einquartiert. Die Bewohner der Rašínova brauchten lange, bis sie mit den neuen Nachbarn ins Reden kamen. Dem Klemens Krummauer fiel jedoch auf, dass die Kinder des Stanislaus Procházka und seiner Ehefrau Jana

Procházková noch Anfang Dezember barfuß durch die Straße liefen.

Es hieß, dass der Procházkova aus einem Dorf nahe Pezinok in der Slowakei stamme und sie, die Procházková, solle eigentlich eine Jüdische sein, was den Bewohnern des Dorfes dort nicht gefallen hätte. Dann hatte der Procházka sie alle zusammengepackt und ist nach Brünn, wo er hoffte, dass da auch ein jüdische Frau wird leben können, dass man ihr nicht übel nachreden würde. »Keiner kann ja was dafür, wo und wann er geboren würde«, war die Meinung des Procházka. »Und ob einer als ein Jud oder als Christ oder als Menschenfresser durchs Leben geht, das weiß allein der Herrgott im Himmel«, sagte sich der Procházka. Aber da hatte er sich wohl getäuscht.

Den zwei kleinen Buben und der achtzehnjährige Judith hat er ein paar feste Schuhe angemessen und gemeint, wenn sie selber einmal im Berufsleben stehen, können sie die Schuhe bezahlen.

Dass eine gute Tat große Wirkung zeitigen kann, konnte man an der Handlung des Klemens Krummauer aus der Rašínova Ulice erkennen. Der Klemens meinte, wenn ein Nachbar in Not ist, dann hilf ihm, wenn er reden will, dann höre ihm zu. Und wenn einer ein trauriges Gesicht macht, dann lächle ihn an.

Durch eine gute Tat würde das Herz verändert, hatte er in einem der Bücher gelesen. »Wenn ich einen Schuh für arme Leute machen kann, dann ist ihnen geholfen«, sagte er sich, »und das passt dann schon. Was kann ich mehr tun? Die ganze Welt kann ich nicht retten von meiner Schusterwerkstatt aus.«

Der Pater Cajetan, der alles hörte und wusste, was in Brünn so von sich ging, besuchte ihn und sagte, dass er ein guter Mensch wäre und der Klemens hatte nur gelacht. »Was andere tun, sieht man halt nicht«, lachte er. »Aber wenn ein Krüppel anderen mittellosen Leuten hilft, dann ist das was Besonderes.« Der Cajetan legte dem Schusterbub, wie er den nun schon recht gereiften Mittzwanziger Klemens Krummauer immer noch nannte, ein neues Buch hin.

Ein gewisser Immanuel Kant schreibe da drinnen über den vernünftigen Menschen, der eigentlich danach streben sollte, zu wissen, was der Mensch wissen kann, tun soll und hoffen darf. Dieser Philosoph wäre ein echter Humanist, einer der sich in den Kopf geweckter Menschen einbrenne mit seinen Ideen.

»Er muss ein recht geselliger und spendabler Geist gewesen sein, der Herr Philosoph Kant, ist ja erst vor geraumer Zeit hinübergegangen, wo er nun alles klarer sieht, als es ihm hier auf Erden vergönnt war«, lachte der Cajetan. »Du solltest, mein lieber Herr Professor Krummauer, auch mehr unter die Leute gehen, als immer nur lesen und überlegen und denken.«

11

Die Jüdin von gegenüber hat an der Tür zur Schusterwerkstatt geklopft und ihm schön gedankt und er solle ihr verzeihen, dass sie als eine Jüdin anklopft bei ihm und Vergelt's Gott sagt für die Schuhe der Kinder. Einmal wird sie mit Gottes Hilfe alles zurückgeben können, sagte sie. Und der Klemens Krummauer hat sie gefragt, ob sie einmal in der

Woche rüberkäme und die Werkstatt säubern würde, liege da doch am Ende der Woche so viel herum, was wieder auf den rechten Platz müsste.

Der Hoiner Helm, ein Bekannter aus Kinderzeiten, einer aber, dem man besser aus dem Weg geht, rief ihm in aller Früh, er fuhr gerade an den Fluss hinunter, um seinen Körper im frischen Wasser zu stärken, ein paar üble Dummheiten von der anderen Straßenseite zu. Klemens fuhr beim Herrn von Novak vorbei, um ihn abzuholen zum Fluss, um ihn ein wenig aufzuheitern, weil der geschätzte Baurat verzweifelt war und sein Gemüt sich zusehends verdüsterte.

»Bist a Judendepp, hab ich gehört?«, schrie der Hoiner. »A Krüppel bist ja schon lang und a Judenfreund etzat dazua. Da schau her, des ham wir gern in unserer Stadt, da wird dir so schnell kaner mehr in deim Laden kommen.«

12

Der Hrubesch Oskar hatte ihn eingeladen. *Bist ein Großer unter den Stiefelmachern*, schrieb er ihm leutselig, und ob er sich seinen Laden einmal anschauen möchte, da in Znaim, und womöglich könnte man zusammen arbeiten. Viel lieber würd' er die Schusterei jedoch an ihn verkaufen.

Der Oskar solle eine Vermögensauskunft mit der Znaimer Bank gemeinsam fertigen, schrieb der Klemens zurück, dann ginge die Besprechung sicher verständlich und augenfällig vonstatten.

Der Oskar Hrubesch hatte seine Schwester an seiner Seite sitzen. Anna hatte einen schönen Krug auf den Tisch gestellt. Da wäre ein guter Tee darinnen, lachte sie, ob er so einen möchte. Die Geschwister machten einen anständigen und ehrlichen Eindruck auf den Klemens. Sie wäre die jüngere, aber bei Weitem die vernünftigere«, sagte Oskar, »aber in die weite Welt bringe ich sie nicht hinaus.« Die Schwester ließ ihn palavern. Seit sie ihn bewusst als Bruder wahrgenommen hatte, hatte er alle Gespräche dominiert.

»Ich will in die Neue Welt«, sagte der Oskar unverblümt deutlich, »und da brauch ich ein Geld, je mehr, desto lieber. Ein Bauer möchte ich drüben werden, muss raus in die frische Luft. As Leder gefällt mir besser an den Rindviechern.«

Von dieser unverblümten Wahrhaftigkeit des Oskar Hrubesch war der Klemens angenehm überrascht, hatte er doch eher eine Schleimerei, manch eine Falschheit, gar ein geschäftliches Blendwerk erwartet. Man soll eben erst urteilen, wenn man einen Menschen hat reden hören und er tat dem Znaimer Abbitte.

»Weißt, warum ich mich an dich gewendet habe und an sonst keinen? Weil du ein geradliniger Mensch bist, heißt es allgemein. Wann du also einen sauberen Preis nennst, dann geh ich gleich darauf ein.«

Der Oskar ging mit dem Hrubesch durchs Haus und durch die Werkstatt und mit einem deutlichen und genauen Blick machte er sich ein Bild. »Ich habe in der Unteren Stadt an der Thaya einen alten Onkel wohnen, einen kleinen Hof mit vier, fünf Kühen hat er, ein paar Wiesen und einen Acker und braucht nicht verhungern, wie er sagt. Denn möchte ich besuchen und schauen wie es ihm geht. Aber ich bräuchte zwei kräftige Burschen, die mich in meinem Gefährt dorthin bringen.«

Sein Blick glitt über das saubere geordnete Handwerkszeug. Auf den Schuhmachereisen waren wohl schon so manche Schuhe für die feinen Damen, sicher nicht nur eine Handvoll Soldatenstiefel und Arbeitsschuhe für die Knechte und Mägde gefertigt worden. Vielerlei Zangen, Hämmer, Kratzer, Ahlen stachen ihm gleich ins Auge und auf einem breiten Tisch lagerten die unterschiedlichsten Leder. Verschiedene Rindsleder für festes und feines Schuhwerk lagen übereinander und Klemens sog den Duft des Leders ein.

Ein Schuster lebt aber auch von der Gediegenheit der Gerberarbeit. »Da braucht man Fachleute«, sagt der Vater. »Wenn du ein hochwertig gegerbtes Leder verwendest, werden dir das deine Kunden danken. Die Gerbstoffe aus den Blättern und Hölzern, vor allem aus Kastanien und Eichen, kannst riechen.«

Für die einfachen Schuhe verwende er gerne Schweinsleder. Das wollte er nur anmerken und das wäre die Arbeitsweise des Hauses seit drei Generationen, Wertarbeit hätte sich beim Hrubesch eingebürgert. Aber für Schuhwerk, das dem Alltagsgebrauch standzuhalten hat, wäre das Rinds- und auch das Pferdeleder nur recht und billig. »Letzteres können sich oft nur die betuchten Kunden leisten«, sagte der Oskar.

Am Abend ließ sich der Klemens ins Haus der Verwandten in den Hof des Onkels an der Thaya tragen. Tags darauf, sie saßen zu dritt im Haus des Hrubesch zu Mittag, unterzeichnete Klemens Krummauer den Kaufvertrag. »Du weißt was du willst«, hatte der Vater ihm mitgegeben und nicht mehr.

Die Anwesenheit dieser schönen jungen Frau hatte ihn total durcheinandergebracht.

Klemens ist noch keine acht Jahre alt, da erzählt ihm der kluge Pater Cajetan von einem großen König der tschechischen Böhmen, von einem, der aus den Anfängen des mächtigen Geschlechts der Přemysliden gestammt habe, der eine gewisse Adelheid, eine Wettinerin, uraltes deutsches Adelsgeschlecht in erster Ehe geheiratet hat. »Aber er hat sie verstoßen, der Herr König Ottokar, gewissermaßen.« Das wäre aber schon so lange her und ob er es nicht mehr ausgehalten hat seinerzeit mit seiner Adelheid oder ob da andere Gründe vorgelegen hätten, wer weiß das.

Hätte man doch geraume Zeit später auch den Herrn Johannes von Nepomuk, einen vornehmen und gebildeten geistlichen Herrn in Prag, den der Herr Erzbischof Johannes Jenstein gar zu seinem Generalvikar ernannt hätte, nicht nur verstoßen, sondern beseitigt und in der Moldau ersäuft.

Klemens nahm all diese bewegenden Erzählungen aus vergangenen Zeiten auf und bewahrte sie in seinem Gedächtnis.

»Auch in dieser Geschichte vom heiligen Johannes Nepomuk gibt es viele Begründungen, fadenscheinige dazu. Oft genug ist das in der großen Weltpolitik auch heute so, merk dir das, Bub. Aber er ist ein Märtyrer der heiligen Kirche geworden und so was ist immer gut. Nichts Böses aus dem nicht auch Gutes erwachsen kann.« Der Cajetan blickte schelmisch in die Runde und betrachtete den einen oder anderen Heiligen oder Abt seiner Gemeinschaft.

Der Bub verwickelte dann den Pater Cajetan immer wieder in ein nahezu wissenschaftliches, historisches Gespräch, bekam nicht genug von den Ausführungen über die Přemysliden und Podiebrader, über die Schwarzenberger und die Herzöge zu Waldstein und den großen Herzog Albrecht Wenzel Eusebius von Waldstein, den er zu seinem Vorbild ernannte. Aber der Cajetan meinte dazu, dass bei so vielem Bewundernswertem auch eine Häufung von Beklagenswertem zu beleuchten sein werde, vor allem bei dem Herrn von Waldstein.

Der Herr Pater erfasste immer deutlicher, dass aus diesem Brünner Kind Klemens Krummauer noch ein außergewöhnlicher Mensch werden würde.

Er solle weiter erzählen, forderte jeder Blick des Klemens. »Dann ehelichte der Herr König eine gewisse Konstanze, eine schöne und blutjunge, ungarische Königstochter. Wohlgemerkt in zweiter Ehe«, fügte Cajetan hinzu. »Aber gerade aus dieser zweiten Ehe, ob sie nun vor der heiligen Kirche einen Bestand hatte oder nicht, stammt gar eine heilige Frau unserer Kirche, die du kennst.« Natürlich war sie dem Bub bekannt, von der wisse er schon viel, von der heiligen böhmischen Agnes und dann öffnete er die Schubkästen in seinem ungewöhnlichen Kopf und zitierte Zahlen und Tatsachen, die den Pater nur schaudern ließen.

›Eine Gnade ist das, eine solches Talent in einem noch so kleinen Hirnkastl‹, dachte er. Dem Herrn Prior und die Patres und Fratres oben im Kloster setzte er immer wieder aufs Neue mit seinen Berichten in Erstaunen.

»Ich bin dankbar, dass dieser junge Mensch unseren Lebensweg gekreuzt hat und dass du, lieber Mitbruder, sein Lehrer, sein Wegbegleiter sein darfst«, sagte der Hochwürdigste Herr Prior.

»Alle Zeit des Lebens hat er«, sagte er dem Vater und der lachte dazu. Klemens sagte ihm, er würde alles sehr genau durchdenken, weil er dem Vater geoffenbart hatte, dass der Erwerb der großen Grasflächen außerhalb von Brünn, wo es nach Znaim rübergeht und die Straße schon recht gut ausgebaut ist, rentabel wäre. Nicht sofort, nicht morgen, aber bald.

Die reichen Unternehmer drüben am Rhein stampfen ihre Eisenhütten aus dem Boden, aber mit dem Verhütten von Eisen muss man im Mährischen nicht rechnen. Zudem würde es ja an der Braunkohle fehlen. Klemens meinte aber, dass man, wenn man die Zukunft mit wachem Verstand und offenen Augen betrachtet, mit einer weitgehenden Ausdehnung der großen Stadt rechnen müsse.

»Lass ihn«, sagte die Mama, »der weiß, was er tut, außerdem wirst ihm bald die Schusterei vermachen.«

»Da hat er auch schon Pläne, durchdachte Pläne, wie er sagte.«

Der Klemens fertigte ohne Unterbrechung fleißig Schuhpaar um Schuhpaar und die Räumlichkeiten der Schusterei Krummauer wurden zu eng und er baute in den Garten hinaus. »Entweder man investiert«, sagte er, »oder du bist weg vom Fenster.«

Der Vater lachte nur und sagte: »Recht hast, Klemens, recht hast.«

Der Klemens dachte an den Herrn Kant und einen Herrn Voltaire aus dem Französischen, der auch zu seinen Helden gehören könnte, wie er dem Pater Cajetan sagte. »Aber die

Sprache muss ich erst lernen und da brauche ich ein gutes Jahr.« Der Tagesablauf des Klemens war streng gegliedert und erst nach dem frühen Bad in der frischen, kühlen Schwarzach, nahm er seinen morgendlichen Trunk und sein Brot zu sich. Bis zum Mittag saß er auf der Schusterbank. Er stellte keine Ansprüche und die Mama sagte, dass mit ihm ein leichtes Auskommen wäre.

In ihren Augen sah er Tag für Tag ihre Trauer, dass er ein Krüppel wäre, dabei ein so schöner und kräftiger Mann, der eine Frau bräuchte und einen Laden voller Kinder. Er fühlte sich wohl und war noch nie unglücklich sagte er. »Ich habe viel Zeit zum Arbeiten und zum Nachdenken und irgendwann kommt schon die richtige Frau. Schön muss sie sein und recht manierlich«, lachte er. »So wie du, Mama.«

Dann dachte er immer wieder einmal an die Eva Hradecka, die Witwe vom verstorbenen Marek, deren Wirtschaft immer besser ging. Dann grübelte er ein wenig, aber nicht zu viel, über die Barbora, die nicht mehr zu finden war. Die Maria Bolavá war mit ihren Kindern auf den Dorf gezogen. Da war eine Stellung für eine fleißige Magd frei und Bauernarbeit war ihr nicht fremd und ihr besoffener Petr mistete bei den Bauern im Brünner Umfeld ein wenig die Ställe aus und wartete eben, dass es bald aus wäre mit dem Scheißleben. Einsam wäre er und schon recht schwach und as Hirn würd auch nachlassen und was er so isst, speit er aus.

Die kleine Schwester vom Hrubesch stand dann im Laden. »Ich bin die Anna und as Geschäft geht guat in Znaim«, lachte sie und setzte sich auf den einzigen Stuhl in der Schusterei.

Der neue Herr Besitzer Klemens Krummauer hatte den

Schuster in Znaim, den Willibald, behalten und die Anna führte das Geschäft.

»An ersten Brief vom Oskar hab' ich nach zwoa Joahr kriagt, was sagst da dazua?«

Er schaute die Anna zum zweiten Mal näher an und die Gedanken an die Eva und die Bolavá und die Barbora verflüchtigten sich.

›Jessas‹, dachte er, ›sie ist schon eine schöne Madam, meine Anna.‹

15

Nachts konnte er nicht schlafen, dachte aber weniger an die Anna. Der Professor von Flanner ging ihm nicht aus dem Kopf. Der hatte ihn auf der Straße angesprochen und gefragt, ob er nicht den einen oder anderen Abend, na so viermal im Jahr, um genau zu sein an einer Session in seinem Haus teilnehmen würde. Wissbegierige und sehr angenehme Herrschaften aus der Stadt zeigten großes Interesse für die Belange der derzeitigen Philosophie und der Pater Cajetan habe seiner Frau gegenüber geäußert, dass er, der Herr Krummauer, darüber mehr wisse, als die Professoren an der Universität in Prag, dem kulturellen Juwel Böhmens.

»Meine Frau ist Ungarin, das wissen Sie, verehrter Herr Krummauer und dort war man bei den Sitzungen vor allem diesem französischen Denker Voltaire wie vor allem auch Immanuel Kant und dem deutschen Herder insbesondere dem Kulturphilosoph Friedrich Schlegel äußerst zugetan. Ein einflussreicher Mann dieser Johann Gottfried von Herder in Weimar. Recht unterschiedliche Männer, dieser Herr

Herder und der große Johann Wolfgang von Goethe. Aber so ist es zu allen Zeiten. Unterschiedliche Meinungen sind wichtig und sie führen weiter, sind zweifelsfrei notwendig.«

Darüber hatte Klemens Krummauer noch wenig reflektiert.

Nichts stünde ihm mehr an als Bescheidenheit, schon ob seiner Jugend, erwiderte Klemens. Dann fehle ihm, *naturellement*, die Erfahrung der Debatte, zudem sei er sich nicht sicher, ob seine Kenntnisse in der Sprache Voltaires genügen würden. »Aber Ihre verehrte Frau Gemahlin weiß mich doch wohl aufzufangen, sollte ich den Umständen nicht gerecht werden. Und, verehrter Herr Professor von Flanner, bedenken Sie, ob alle der verehrten Herrschaften einem Krüppel, noch dazu einem einfachen Schuster, geneigt sind, zuzuhören.« Er solle sich nicht sorgen, beruhigte ihn der Herr Professor. Sie hätten mehr ein Problem mit dem geschwätzigen Doktor Sawitzky, dem Advokaten in der Straße zur Kirche des heiligen Johannes.

›Ja, die Minoriten‹, überlegte Klemens. ›Tapfere Leute über Jahrhunderte hinweg.‹ Klemens kannte die Brünner Historie und dachte immer wieder an beherzten Minoriten, die den Brünnern lange und loyal als Seelsorger dienstbar gewesen waren. Sie hatten wie andere Orden große Probleme mit dem Joch von Josef II. Aber nichts ist von Dauer, hatte der kluge Vater immer gesagt, der sich seine Philosophie auch auf der Schusterbank zurecht gelegt hatte.

»Der kluge Herr Advokat nimmt den Mund so voll«, sagte von Flanner, »dass man ihn lieber von hinten als von vorne sieht. Er bräuchte einen Barontitel, dann wäre er erst ein Mensch. Dann gibt es noch die Baronin von Sterzing, absolut verarmt, bedauernswert, wohnt mehr in einem Keller als in einer Kammer. Sie braucht solche Zusammenkünfte, immer wieder eine Einladung, muss sie sich doch durchessen. Es fehlt ihr an allem. Sie ist aber stets guten Mutes, wie es scheint. Sie bekommt nahezu keinen Laut mehr mit und ringt ohne Unterlass mit ihrem Gedärm, einem fulminanten Überangebot an Gasen in ihrem Blähbauch, der gewissermaßen unaufhörlich nach verweigerter Nahrung schreit. Meine Frau platziert die höchst honorige Dame neben sich, damit die eminenten Düfte, die sie mit großer und unüberbietbarer Deutlichkeit an ihre Umwelt abgibt, nicht alle Teilnehmer der Session unter den Tisch ausweichen lassen oder zur Flucht auffordern.«

Klemens dachte an die junge Frau des Professors von Flanner, ihr Alter konnte er nicht einschätzen. Eine Ungarin mit deutscher Abstammung wäre sie, hatte von Flanner gesagt und dazu noch recht offen erwähnt, dass die Familie sich erst nach den osmanischen Kriegen nahe Tatabánya angesiedelt hätte. Ihr Großvater habe am Lech nahe Augsburg mehr schlecht als recht in einer Hütte gehaust und wäre dann einem Ruf des Grafen Eszterházy nach Ungarn gefolgt. Schon der Vater von Janika, so ihr Vorname, habe es dann mit der Viehzucht und einem ausgiebigen Handel zu großem Wohlstand gebracht.

Er habe diese junge Frau sozusagen aus der Familie heraus gekauft, hatten doch Frau und Kinder unter einem immer gewalttätiger werdenden Vater zu leiden. In den letzten Jahren hatte er sich dem Wein über die Maßen hingegeben und die drei Söhne haben das Gut gewissenhaft geführt. »Da ließe sich noch mehr erzählen«, sagte von Flanner, »nicht al-

les, was außen hin als Gold erscheint, entspricht dieser Sicht
tatsächlich. Da könnte ich Romane darüber schreiben.«

16

Es war ein Sonntagnachmittag. Klemens fuhr in seinem
Gefährt durch die Stadt. Der Noel vom Zimmermann, mit
dem er einmal zur Schule gegangen war, schob ihn ein wenig. Er wolle ihn entlasten, sagte der alte Freund, und ob
er einmal vorbeischauen dürfe, weil er doch so viele Fragen
hätte.

Da stand urplötzlich die Baronin vor ihm und zog ihn
ins Gespräch. Dem Noel rief er noch zu, dass er immer für
ihn Zeit hätte. Aber es schickte sich überraschend, dass Noel
unerwartet beim Onkel in Melicek den Hof übernahm und
aus seinem Blickfeld verschwand.

Die Baronin von Sterzing erzählte ihm, sie hätte eine
Tochter mit Kind daheim und ihr Ehemann wäre lange
schon verstorben. Ihr Hermann habe nach ihrer Ansicht alles, was er anpackte, wieder durch die Finger rinnen lassen.

Das Mädel wiederum habe der Nachbar geschwängert,
weinte sie. Er wär ein Agronom, dieser Mensch. »Ja, schon
vermögend, einflussreich, muss ich ihm zugestehen, und das
Mädel wird nicht hungern müssen. Aber mich, die Schwie-
germutter, würde er nicht übernehmen, hat er gesagt.«

Na, ihr Haus, aus dem der ordinäre Bauer ihr Mädel
jetzt herausgeholt habe, wäre alt, stünde schon hundert Jahre oder länger. Sie habe auch nur widerwillig eingeheiratet
in diese Burg, erzählte sie weiter. »Es ist ein alter Kasten,
kannst im Winter nicht heizen. Schließlich haben wir, das

Mädel und ich, nichts mehr zum Fressen gehabt und die Schwangerschaft kam grad recht. Sie plärrt jetzt mit ihrem Kind und schreit nach mir. Aber ich hab ein Hausverbot vom Herrn Schwiegersohn erhalten, kann nimmer zurück, stellen Sie sich das vor, ein Hausverbot. Eine Zeit lang war ich dann in der ärmlichsten Kuratwohnung im ganzen Umkreis untergekommen, auch in einem Kellerloch. Schöne Andachten hätte der Herr Kurat gehalten, aber er war halt auch ein Hungerleider.«

Warum er als Krüppel existieren müsse, fragte sie den Klemens. Ob die Frau Mama oder der Herr Papa was angestellt hätten, dass sie so ein Unglück in die Wiege gelegt bekommen hätten. Aber sonst würde er ja gut ausschauen, lachte sie. Er wäre eigentlich nicht zu verschmähen.

Klemens Krummauer meinte, er wäre als Dreijähriger in ein Brunnenloch gefallen. Er habe lange gebrüllt und das Mutterohr habe ihn endlich gehört. Sie sollen ihn endlich hier rausholen, habe er geschrien, voller Zorn, dass er in diesem Brunnenloch feststecke.

»Nichts hat mir scheinbar gefehlt, ich hatte keine Schmerzen, aber ich konnte nicht mehr stehen. Kein Arzt hatte eine Erklärung. Eine Bäuerin mit einer großen Lebensweisheit in ihrem Herzen, sagte einmal zu meiner Mutter, da habe die Angst plötzlich in die Seele des Kindes gebissen und dieser Biss heilt erst durch eine große Liebe. Das ist der vierte Fahrstuhl, wie ihn nenne, und den habe ich selber entwickelt.«

»Sie wären ein ganz Gebildeter, sagte man. Woher haben Sie denn dieses viele Hirnschmalz? Waren Sie auf einer hohen Schule?«, fragte sie. Sie wurde mitteilsam, brauchte auch kaum noch ihr schönes hölzernes Hörrohr.

»Ich lernte mit vier Jahren lesen und schreiben und dann brachte mir der Herr Pater Cajetan das Lateinische bei und ich merkte, dass ich eigentlich alles sehr gut wahrnehmen und mir einprägen kann. Wenn ich etwas höre oder sehe oder richtig durchdacht habe, dann kann ich das jederzeit wieder hervorsuchen. Das spart viel Zeit und man hat Platz für neue Gedanken und nebenbei hat mir mein Vater das Schusterhandwerk beigebracht. Davon lebe ich und alles andere mag doch eigentlich nur brotlose Kunst sein, sagen manche Leute. Aber das wiederum ist nicht wichtig. Ich habe daran eben eine große Freude. Ich wüsste nicht, was ich mir wünschen sollte. Es könnte geschehen, dass es eintrifft.«

Die Baronin meinte, dass sie sich bei der Session bei den von Flanners wieder sehen würden.

»Es ist ein Vorzug, in einer so wunderbaren Stadt zur Welt gekommen zu sein, eine Straße schöner als die andere, jedes Haus, jede Madonna Zeichen einer gewachsenen Kultur, aber auch eine Stadt mit Geheimnissen und Mysterien.« Er dachte an die Schlacht, die zwischen den drei Kaisern geführt wurde, am Pratzberg drüben, einen strammen Ritt zwischen von Brünn hinüber nach Austerlitz. Frieden sollte sein, ausgehen sollte dieser Friede von der kaiserlichen Stadt Brünn, der Perle Mährens. Der Kaiser von Russland, der Kaiser von Österreich, ihre treuen Soldaten haben der französischen Angriffsmacht nicht standgehalten.

»Immer wenn ein Krieg ist, tragen Menschen die Schuld«, hatte der Herr Bischof gepredigt. Eine berühmte Schlacht, die die Unfähigkeit der Kontrahenten zum Gespräch aufzeigte.

»Es gibt aber auch eine Art und Weise des Debattierens, die die Menschen dümmer macht«, sagte Klemens Krummauer während der Session, und der Herr Advokat Doktor Sawitzky, ein wahrhaftes Musterbeispiel an Ignoranz und Einfalt, plärrte, dass der neue Herr Gast doch erst reifen sollte, bevor er im Kreise renommierter Städter das Wort ergreife.

Krummauer verzichtete nun darauf, gegen diese Dummheit Argumente einzubringen. Um auf Herrn Napoleon zurückzukommen, warf der Herr Krummauer in die Debatte, so wäre es diesem in erster Linie um seinen und seiner Nation Ruhm um Ehre gegangen, er habe von Frieden geredet und Europa mit seinen Truppen überzogen. »Darum kann es jedoch unter zivilisierten Menschen nicht gehen«, sagte Klemens Krummauer.

»Aber wenn man schon in den Krieg ziehen muss, sollten nicht die Schwachen und Unfähigen befehlen, sondern nur die Besten.« Dass er diese Bemerkung auf die Unfähigkeit der Russen und der Österreicher gemünzt hatte, konnte jeder der Anwesenden verstehen. »Ein Kennzeichen zivilisierten Umgehens von Menschen mit unterschiedlichen Ansichten ist der Einsatz aller verstandesmäßigen Gaben«, schloss Krummauer seine Darlegungen.

Der Herr Advokat Sawitzky verzichtete auf die weitere Teilhabe an der Session und verließ den Saal, bezog er doch Krummauers Äußerungen auf sich, und Professor von Flanner mutmaßte, dass der Herr Doktor künftig eher beim Bräuwirt in der *Silbernen Kugel* angetroffen würde.

So war die erste Zusammenkunft der Gesellschaft zur Pflege der Philosophie geglückt und die junge Frau von

Flanner war beglückt und sie legte freudestrahlend ihre Hand auf den Arm des Herrn Krummauer. Sie gab ihm ohne weitere Umschweife zu verstehen, dass sie glücklich wäre, wenn er auch der nächsten Offerte Folge leisten könne, als besonderer Gast in ihrem Hause, wie sie es ausdrückte.

Erfreulich war zudem für alle Anwesenden, dass die Baronin von Sterzing seltsamer Weise und sehr erstaunlich, wie der Professor lächelnd anmerkte, ihre Blähsucht im Griff hatte.

17

Er wäre ungemein indigniert über seine unhaltbaren Reden und unwahren Behauptungen, die ja schon mehr als gerüchteweise durch das schöne Brünn laufen. »So was verselbständigt sich sehr schnell, wie Sie sehen, und die Folgen sind gar jetzt schon unabsehbar«, sagte der Herr Regimentskommandeur von Lobenstein, der ja bekanntermaßen ein ungemein klares Wort zu setzen verstand. So was könnte nicht nur auf die Reputation der Mitglieder der Session äußerst unerfreuliche Auswirkungen haben. Man müsste damit rechnen, dass man bei Gericht zusammenkommen würde.

Er würde es nun sehr begrüßen, wenn der Herr Advokat Dr. Sawitzky sich zunächst ihm gegenüber und vor Zeugen dazu unzweideutig und rückhaltlos äußern würde. Er stellte seinen Stellvertreter im Regiment vor.

Der Herr Advokat Dr. Sawitzky wusste nun sehr genau, dass es aktuell auf jedes Wort ankommen würde. Seine eigene Reputation wäre durch eine unbedachte und unentschuldbare Äußerung, wie er seine Worte charakterisieren möchte, die er im Kreis einiger Kollegen, zugeben despektierlich hatte fallen lassen, sehr gefährdet, sagte er. Er würde das unbedachte Vorkommnis sehr bedauern und es, wenn es möglich wäre, am liebsten ungeschehen, machen. Keinesfalls habe er irgendeinem der Beteiligten an der Session habe schaden wollen. Er würde sein Reden von vor einer Woche im Wirtshaus unter Kollegen sehr bedauern. Seine Entschuldigung bittet er den Herrn Regimentskommandeur dringlichst anzunehmen.

»Mir langt es, verehrter Herr Dr. Sawitzky, wenn Sie in einem Aushang am schwarzen Brett vor dem Rathaus offen und bedauernd Stellung beziehen und für Klarheit sorgen. Der Leumund unserer Session, der Sie ja immerhin auch angehört haben, würde dadurch wiederhergestellt und die Leute hätten auch vor Ihnen wieder den gehörigen Respekt. Auch würde der ungemein bedauerliche Vorfall, der sich in der Straße vor dem Haus des Herrn Professor von Flanner ereignet hat, die ihm eigene Gewichtung gewinnen.«

Er würde dem Ansinnen des Herrn Regimentskommandeurs nachkommen, sagte der Herr Dr. Sawitzky und durfte sich zurückziehen.

Nach dem sogenannten Vorfall, bei dem der Schuster Klemens Krummauer zu Schaden gekommen war, hatte sich der Herr Advokat in höchst vulgärer Art über die Mitglieder der Session verbreitet.

Nach der abendlichen Session, die doch eine gute Stunde bis nach Mitternacht angedauert hatte und die innerhalb der kulturellen Foren in der Stadt zwischenzeitlich einen angesehenen und würdigen Platz eingenommen hatte, war es zu dieser für den Herrn Krummauer vornehmlich schlimmen Situation gekommen.

Der Herr von Flanner hatte den jungen Schuster schwer verletzt auf der Straße neben seinem Gefährt liegend gefunden, nachdem der Herr Professor die Baronin vor die Türe begleitet hatte. Sie habe sich nun gar einen Spieß in die linke Hand gezogen, lamentierte sie zunächst, hatte sie sich doch, um einem Ausrutscher auf der Treppe zu entgehen, am hölzernen Handlauf an der Treppe festgehalten.

Da lag dann der Schuster und die Baronin ließ nicht nur einen schrillen Schrei fahren.

Ihr »Jessas, da Schuster is hi« würde ihm noch lange in den Ohren klingen.

Die Gesellschaft war entsetzt, hätte der verkrüppelte Schuster doch schon genug Leid auszuhalten. Aber jetzt wäre er von seinem Elend erlöst, heulte die Frau des Herrn Landwirtschaftsdirektors Seiler, der immer diesen intensiven Geruch dieser neuartigen Futtermittel an sich hatte. Die Sessionsmitglieder waren der Meinung, dass er gar in seinem Labor experimentieren würde.

Der Herr Krummauer lag nun im Spital und der behandelnde Arzt meinte, dass das Herz des Patienten ruhig und zuverlässig pumpe und dass er schon am zweiten Tag ein wengerl Wasser geschluckt hätte, aber mit dem essen wäre es noch nichts. Jeden Tag stand dann der Gendarmerieleiter persönlich am Bett des Überfallenen und wartete auf eine mögliche Vernehmung. Der Täter, von dem jede Spur fehle, solle nicht ungeschoren davonkommen, ließ er verlauten.

Klemens Krummauer erwachte gerade zum Mittagessen und sagte der betreuenden Schwester, dass er jetzt einen ganz schönen Hunger hätte und es wäre ihm, als habe er sehr lange geschlafen. Der Herr Doktor meinte, dass dieser Herr Schuster Krummauer schon ein ganz Seltsamer wäre. »Der wacht auf und hat einen Hunger«, lachte er im Essraum des städtischen Spitals.

Es war am Tag des Hergangs sehr warm gewesen, auch noch in der Nacht, berichtete er, und es hätte ganz leicht gesiefert. Da wäre da rechts von ihm urplötzlich ein leichtes Geräusch zu vernehmen gewesen. Er habe einen massiven Schlag am Hinterkopf verspürt und dann nichts mehr von der Welt gewusst. Der Gendarmeriechef war mit diesen Ausführungen nicht recht zufrieden.

»Ah, und gestunken hat es nach Schweiß, meine ich und nach Bier oder Hund. Der leichte Luftzug hat eine Prise davon zu mir getragen. So eine unangenehme, leicht ekelige Mischung habe ich wahrgenommen, für einen absolut kurzen Augenblick nur«, lachte er. »Mir geht es wieder gut, mein Hirn funktioniert und den Schusterhammer kann ich auch wieder führen. Den Geruch werde ich nicht vergessen.«

Den Tag darauf ist er selbständig mit seinem Fahrzeug in die Schusterei gefahren und hat sich auf den Schusterbock gesetzt. Es wäre recht viel liegen geblieben, sagte er sich, als er sich in der Werkstatt umschaute.

18

Die Männer von Znaim und von Trebitsch, von Wischau und den Dörfern und Weilern rund um Brünn sagten und lachten hintergründig dazu, sie würden nie und nimmer

nach Brünn ziehen, weil dort die Weibsleute die Hosen an-
hätten.

Obwohl sie seit dem Unfall ihres Klemens viel Kummer
im Herzen trug, gehörte sie zu den Weibsleuten, die wussten
worauf es im Leben ankommt. Am dritten Tag nachdem
der Klemens auf der Straße von einem gewissenlosen Menschen fast ums Leben gebracht worden war, dem man den
Kopf abschneiden sollte, wie sie sagte, ging sie zum Immertreu Peterl, der mit dem Klemens ein paar Jahre die Schul-
bank gedrückt hatte. Die Tante Severl, die Schwester seiner
Mutter, hat ihn dann in Jedownitz aufgezogen, waren doch
der Vater und die Mutter vom Peterl recht früh verstorben.
Beim Meister Hilbrad hat er später in der Brünner Unter-
stadt alles gelernt, was man in der heutigen Zeit mit den
Maschinen und Antrieben eben wissen muss. Dem Polacek
hat er seinen Webstuhl angepasst, dem Druckermeister Ferner eine neue Druckmaschine hingestellt, an die sich kein
anderer in Brünn hingewagt hätte. In der Regimentsschmie-
de hatten sie den Feldwebel Sigritz, einen Olmützer Bauernbub, einen der immer wieder auf den Peterl zurückgriff, weil
der, wie der Feldwebel sagte, der beste Büchsenmacher weit
und breit wäre.

Krummauerin ging also zum Immertreu Peterl und fragte ihn, ober er sie nach Znaim rüberfahre. Da hätte sie was
Wichtiges zu erledigen. Es wären halt drei Tage, die es für
die Fahrt brauche.

Im Schuhladen in Znaim steckte sie dann der Hrubesch
Anna, dass der Klemens nur von ihr rede, dass er seine ganze Philosophie vergisst und dass er die Nägel schon auch
einmal wieder aus dem Leder ziehen müsste. Die Anna hat

ihr dann anvertraut, dass ihr der Klemens gefällt, seit sie ihn zum ersten Mal da in der Werkstatt gesehen hat und dass sie dauernd an den Klemens denken muss und dass sie gar krank wird und ihr nichts mehr eine rechte Freude macht und dass er im Fahrstuhl sitzt, sagte sie, hat für sie keine Wichtigkeit.

Als sie am dritten Tag in der Brünner Werkstatt saßen, griff sie sich zunächst das Werkzeug, das er sorglos hatte liegen lassen und danach warf sie sich auf die Knie und kehrte und wischte und bohnerte den hölzernen Boden. Dann saß sie an seinem Krankenlager im Spital, hielt seine Hand, schaute dem Heiland, der über dem Bett hing, fest ins Gesicht und beschwor ihn, dass er den Klemens wieder auf die Beine bringen müsse, aber richtig, dass er stehen kann, setzte sie hinzu.

Dann kam er mit seinem Rollwagen in die Werkstatt gefahren und meinte, dass da ganz eindeutig ein Engel stünde und ob sie wohl gekommen sei, um ihn zu heiraten. Weil das logisch wäre, setzte er hinzu und weil Immanuel Kant schon gesagt habe, dass das Weib durch die Ehe frei wird, der Mann aber dadurch seine Freiheit verlöre. Sie lachte. Aber er würde die Ehe mit ihr keinesfalls nur sachlich und mit den Gaben des Verstandes sehen, sondern dem Gefühl einen deutlichen Raum geben. Das könne sie ihn mit allen Schusternägeln festnageln.

Am anderen Morgen in aller Früh, Klemens war noch nicht am Fluss gewesen und der Vater saß anscheinend auch lange schon am Schusterstuhl, sagte er dem Vater, dass er nicht nur so frühere Hitzen in seinem Gemächt fühle, wie sich's halt gehört, sondern auch im ganzen Kreuz hätte er eine neue Hitze, wie eine Fieberglut wohl und ein neues Gefühl. Er würde das einmal zuerst noch analysieren und beobachten und der Vater solle zunächst der Mama davon nichts sagen.

Die Anna hüpfte in der Stube herum und sagte zum Klemens, er solle einmal gründlich analysieren, wie viele Kinder der Betrieb so ernähren könne und sie wolle mindestens acht oder zehn oder drei davon. Zudem wäre da wohl eine Erweiterung des Hauses vonnöten und das alles würde schon was kosten.

19

In einer alten Holzhauerhütte oberhalb von Ottnitz, wo es langsam in den Steinitzer Wald hinaufgeht, hatte der Feilbauer bei einer Nachforschung einen toten Rumtreiber gefunden. Er hatte schon mehrere Tage zugeschaut, wie der sich immer wieder dem Hof genähert hatte. Aber dann war der Bursche wochenlang verschwunden, war auf und davon. Ob er sich nachts im Hof, in einen der Ställe, in die große Scheune eingeschlichen hatte, irgendwas hatte mitgehen lassen, war nicht auszumachen. Eine Eisenstange hatte der Tote bei sich und der Feilbauer erinnerte sich an diese Begebenheit droben in Brünn, wo einer dem Brünner Schuster Kummerauer mutwillig auf der Straße eine über den Kopf gezogen hatte.

Gendarmeriekommandant Valentin Strunz, den der Feilbauer nun instruierte, erkannte diesen Hoiner Helm, diesen stadtbekannten Brünner Strolch, den Tunichtgut, der von nichts gelebt hat, zum Arbeiten zu faul gewesen war.

»Und auf dem Eisen«, sagte er dem Richter, »ist eindeutig ein Blut zu sehen gewesen.«

Der Verhandlungssaal im Gericht war gepfropft voll und auch der Klemens Krummauer und die Seinen saßen ganz vorne beim Herrn Richter. Der Herr Staatsanwalt Gnoisinger hielt ein bemerkenswertes Plädoyer und zeigte sich als Repräsentant des Königreiches Böhmen dankbar und zufrieden, dass man den Unruhestifter und Meuchler endlich gefunden habe, wenn gleich tot, aber trotzdem habe er mit seinem Leben gebüßt und woran er schließlich gestorben wäre, entzöge sich der Kenntnis der Behörden. Aber der Betroffene, der Angegriffene und beinahe zu Tode gekommene Herr Schuster Krummauer, einer der achtbarsten Bürger der Stadt Brünn, vom Leben schon geschlagen, aber mit großen Geistesgaben gesegnet, sei unter uns und Gott sei es gedankt wohlauf.

»Der Hoiner Helm wird's schon gewesen sein. Wenn man es genau betrachtet, war der ein armer Mensch«, sagte der Klemens, als ihn die Anna heim schob. »Entschuldigen kann man seine böse Tat nicht, aber was hinter seinem verpfuschten Leben steckt, das weiß nur jeder Mensch allein.«

20

Im Böhmischen war wieder Friede eingekehrt, die Menschen gingen ihrer Arbeit nach und in den Blättern musste man wieder vom Herrn Oberfranzmann reden, diesem korsischen Schnapphahn, der mit seiner Meute durch Europa zog und der den Wienern das zugemutet hatte, was die muslimischen Osmanen über Jahrhunderte nicht geschafft hatten. Der Herr Kaiser aus dem herrlichen Geschlecht der Habsburger wird ihn, den Franzosenkaiser angebettelt haben, sein Kaiserhaus nicht dem Erdboden gleich zu machen, es wird einen Haufen gekostet haben, sagten die Leute. »Aber wir zahlen das gerne, für unseren geliebten Herrn Kaiser tun wir alles. Wir, die geschätzten Untertanen, leben im Überfluss, wir haben zu viel zum Leben, zu viel Freude und zu viel Geld und wir tragen seinen Schmerz, trocknen seine Tränen.«

So hat auch der Krummauer gedacht und hat die Anna geheiratet. Ihrem Bruder hat sie einen Brief geschrieben und hat ihm gesagt, dass sie glücklich ist und dass er auf sich aufpassen soll, weil es auch in Amerika schlechte Leute gibt.

Die Hochzeit war für die Brünner Bürger schon ein bemerkenswertes und denkwürdiges Ereignis, weil ein schönes Weib einen Krüppel, den sie im Wagerl vor sich hergeschoben hat, heiratete. Er hätte es schon zu was gebracht, der Klemens, der Schusterbub, sagten die Leute, sie waren ihm auf sein Geld und auf die liebreizende Frau neidisch. »Die hätte schon einen gesunden Mann verdient, aber einen Krüppel hat sie gekriegt. Na ja, wo Liebe hinfällt.«

Der Herr Bruder schrieb Monate später aus einem gewissen Charleston, dass sie die Stadt wieder schön hergerichtet hätten, weil da dieser Krieg gewesen war. *Die Briten haben sie alle rausgeschmissen,* schrieb er, *aber ich habe noch wenig Geld, so kann ich mir keinen schwarzen Mann für die Arbeit kaufen. Die gesunden Leute, die sie in Afrika kaufen, sind zu teuer und einen kranken Menschen kann ich noch nicht durchfüttern, aber wenn ich selber einmal ein Haus und Felder hab, dann kauf ich mir einen solchen Menschen. Aber es gibt noch*

*viel Grund zu erwerben, aber wenn es mir in Charleston nicht
gefällt, fahr ich anderswo hin. Wer arbeitet, der verhungert
nicht.*

Der Klemens sagte, dass der Oskar spinnt, dass man keine Menschen kaufen darf und das stünde ja schon in der
Bibel geschrieben. Der Paulus habe schon seinen Bruder
Philemon aufgefordert, seinen entlaufenen Sklaven freundlich aufzunehmen, erzählte er ihr. Ein Christ kann sozusagen ein Sklave, ein Diener Christi sein, aber es widerspricht
der göttlichen Botschaft des Evangeliums, andere Menschen
sklavisch zu behandeln, als Sklave zu kaufen und ihn so zu
halten, als würde er einem gehören, sagte er. Das solle sie
ihm schreiben. »Der verehrte Meister Immanuel Kant dürfte sich da in seiner Sicht der Dinge neu justieren, meine
ich. Aber meine Meinung ist die eines Schusters, der seine
Schustergesellen gerecht bezahlen will.«

21

Gegenüber Karel Krummauers Schusterladen logierte der
uralte Martin Fenzler, der zur Rašínova Ulice gehörte wie
die Spatzen auf der Straße, wie die heilige Peter- und Paulskirche zum königlich-bischöflichen Brünn und der Herr
Kaiser seit neuer Zeit zur heiligen böhmischen Monarchie,
»oder Böhmen zu Österreich, zum ehrengeachteten Herrn
Kaiser Franz, er lebe hoch«, sagte er.

Wenn der Tag anbrach, in den hellen Sommermonaten
vor allem, bis hinein auch in den Spätherbst, der in den
böhmisch-mährischen Höhen das Laub der Blätterdächer
der ausgedehnten Wälder in allen Farbschattierungen malte,

sie wahrhaftig verwandelte in eine neue Schöpfung, da trug der Fenzler seinen Korbstuhl und den kleinen, runden aus Bast geflochtenen Tisch vor das Haus.

Dann stellte er eine blecherne Kanne gefüllt mit heißem Minzentee darauf und trank dieses für ihn wohl gesegnete Elixier, wie er das Gebräu nannte, bis in den späten Vormittag hinein.

Er schaute dem Krummauer durchs dessen Werkstattfenster bei der Arbeit zu, zählte die Kundschaft, die den langen Tag über ein- und ausging. Gegen zehn Uhr am Vormittag, wenn der Tee allmählich zur Neige ging, schlurfte er über die gepflasterte Straße, drückte die Türklinke beim Krummauer nieder. Ob es gut ginge, fragte er, ob alle gesund sind, ob jemand etwas fehlt und was. Es waren immer die gleichen Fragen. Wie das Wetter werden wird, fragte er dann und ob der Krummauer was Neues weiß. Dann ging er nach einer halben Stunde zurück auf seine Straßenseite, trank den übrigen Minzentee und trug danach den kleinen Tisch und den Korbstuhl ins Haus. Zumeist briet er sich zwei, drei Kartoffeln in einer gusseisernen Pfanne, warf einen Handvoll zerhackter Kräuter aus seinem Gärtlein drüben und eine fein geschnittene, schon angebratene Zwiebel dazwischen, rührte das Ganze und freute sich Tag für Tag auf diesen Hochgenuss. Falls ein Ei im Haus war und das war selten genug, fand er auch dafür noch einen Platz in der Pfanne.

Ein pfiffiger und geistreicher Mann wäre der ehemalige Bader in der Rašínova Ulice, sagten die Nachbarn. Zwar ein wenig locker mit der Zunge, aber gradlinig und recht gescheit beurteilte er die städtischen Vorgänge wie die Verhältnisse der Weltpolitik. Von der ganzen napoleonischen Rauferei hielt er nichts und er war sicher, »dass der vermaledeite Totengräber einmal von ganz oben nach ganz unten fallen wird«. So wäre es immer und wenn man in die Vergangenheit reinschaut, sagte er, dann wimmelt es nur so von gefallenen Feldherren und anderen Landstreichern. Es wäre besser, den würden sie auf die Seiten räumen, sprach er wie Volkes Mund. Bis der nämlich am Ende ist, da würde noch viel Wasser die March runterrauschen.

Ein Salvator wäre der nicht, eher ein Gauner. »Der Napoleon reißt eher das ganze Abendland in den Abgrund und der Osman wartet schon mit gefräßigem Schlund, uns zu verschlingen«, sagte er, wenn er abends beim Stuckrath in dessen kleinem Garten saß. »Den Österreichern hat der hoch Ehrenhafte schon gesagt, wo es lang geht, und den Italienern und auch den Herren am Nil hat er schon seine kaiserliche Kultur beigebracht. Na, schau her, jetzt warten die Böhmen auch noch, dass er uns mit Ruhm und Ehre und Reichtum versorgt.«

Da stakste und tippelte dann noch eine Handvoll alter Männer, marode und vom Leben schon längst weidwund geschossen, durch die kleine Gartentür und jeder hatte seinen Krug Bier dabei und sie legten ihre weichen Heukissen auf die hölzerne Bänke. Dann webten sie ihre Gedanken, ließen dem Gefühl, auch ihrer Enttäuschung und Unzufriedenheit mit den Umständen ihres Lebens freien Lauf.

Der Fenzler lebt nun schon an die vierzig Jahre im ehemaligen Geschäftshaus seines Schwiegervaters, der ein angesehener Bader gewesen war in Brünn. Die alten Männer in der Rašínova Ulice und in der Solniční Ulice und in den kleinen Gassen abseits davon, erinnern sich noch gern an den Seilerbader. Aber bis heute denken sie alle an das Unglück, das dem Fenzler seinerzeit noch in der Hochzeitsnacht widerfahren ist.

Am Vormittag, an einem warmen Tag im Mai, stolzierten sie in die Kirche, der Fenzler Martin und die Seiler Ursula. Dann haben die Hochzeitsgäste ausgelassen beim Kräuterwirt gefeiert und auf der Straße haben sie getanzt, wobei drei oder gar vier Musikanten zum Tanz schmeidig aufspielten. Wer vorbeikam, hat ein unentgeltlich ein frisches Bier gekriegt.

Dann haben sich die zwei Brautleute, es dürfte schon recht schön nach Mitternacht gewesen sein, mit einem kräftigen Jauchzen ins Haus verzogen. Und gleich darauf hat die Gesellschaft ein paar laute Schreie aus dem Haus gehört und da fand man die zwei Hochzeitsleute unterhalb der Treppe liegen. Der Ursula war nicht mehr zu helfen gewesen und der Martin hat lange gebraucht, bis er wieder auf eigenen Beinen stehen konnte.

»Es wäre zu nichts gut gewesen«, sagte der Martin ein ums andere Mal, »das Unglück.« Er hat beim Schwiegervater im Laden mitgearbeitet und die Männer sorgfältig rasiert und ihnen ihre Bärte gestutzt. »Schön hätte es werden können«, sagte er, als er wieder gesund war, »aber das Leben ist nun einmal so und nicht anders.« Das hätte schon sein Vater immer gesagt und der hat recht gehabt.

22

»*Barbarus hic ego sum, quia non intellegor ulli*«, begann der Herr Hochwürdigste Prälat in geziemender Weise den Abend bei den von Flanners einzuleiten: »Ein Barbar bin ich hier, weil ich von niemandem verstanden werde«, zitierte der hohe Geistliche den großen Ovid, den Leidenschaftlichen, Suchenden. »Einer der Großen war er, ein Denker, Minnesänger, Poet der Liebe, kunstbeflissen, den Römern Vorbild und Anstößiger zugleich, Dichterfürst neben Horaz und Vergil, der seinen Zuhörern mit deutlichen Worten das Nachdenken nicht ersparte. Ovid zählt zur alten ländlichen Aristokratie in Rom, schätzt jene drüberhalb der Berge, die Barbaren, fremde Menschen eben, die also, welche ihn nicht verstehen, weil er Fremdling ist«, ergänzte er.

Der verehrte Stiftskanonikus in Sankt Peter und Paul zu Brünn stellte seine Ausführungen im Rahmen der Zusammenkunft der Brünner Philosophischen Session vor. Und er erachte es als besondere Auszeichnung und Ehre heute eine gewisse Grunddimension der philosophisch-theologischen Lehre des heiligen Augustinus vorzustellen, jenem Augustinus, dem geschätzten Ovid in seiner Liebessuche ähnlich. »Alles zum Lobpreis des Einen, so darf man besonnen Mutes, beider großes Suchen bedenken.«

Immer wieder sprang der Prälat von Ovid, dem dichterischen Heroen, zu Augustinus, dem Sucher nach definitivem Sinn, dem Apologeten der christlichen Wahrheit.

Ihm gegenüber hatte die Frau Janika von Flanner eine Dame platziert, ebenso wie der Herr Prälat heute erstmalig am Tisch. Frau von Flanner hatte sie als eine gewisse Frau

Perunek vorgestellt, deren Mann drüben in Rajhrad ein Schlössl hätte und eine breite Anhäufung von Weinbergen und der Wein, den sie heute Abend in großer Dankbarkeit und Anerkennung kredenzt, sei ein Präsent der verehrten Frau Perunek, übrigens eine geborene Baronin Salzwedel. Und die Salzwedels, erklärte die Frau von Flanner, hätten ihre Enklaven weit gestreut.

Rajhrad wär klein, sagte die Perunek, und »a wengerl behäbig, oba kane gewöhnliche Bourgeoisie, wissen's, kane Proletn ham mir da, wo man net auf de Straßn naus kann, ohne dass ma angebettlt wird. Na, hörns«.

Und in gleichem Atemzug erzählte sie von einem ganzen Zug von spielenden Leuten, sogenannten Animateuren, sagte sie, die aufgespielt hätten, auf einer Wiese. Gewöhnlich eben, ordinär. »Zu meiner Klanen hob ich gsogt, dass ich sie vastößn möcht, wann sie so was machen tät.«

Dann ergänzte sie, dass der Herr Gatte noch an die vierzig Weinkeller hätte, leicht zu erreichen, und mehrere Flächen hätten sie mit Obstbäumen, schönen Mirabellen, bepflanzt. »Größer wia Wien san de Areale.«

Neben dem Weinanbau käme natürlich der Schnapsbrand nicht zu kurz, fügte sie an und lud die Herrschaften der Session für den kommenden Herbst gar nach Rajhrad ein.

»Der Herr Prior von der Abtei der Benediktiner ist bei uns regelmäßig zu Gast«, führte sie noch aus. »Is a kultivierter Mann, der Hochwürdigste Herr Prior Schmaderer, eigentlich an Prager Herr von der segensreichen Erzabtei Břevnov. Warn wir auch schon eingeladen.«

Klemens Krummauer wie der Herr Prälat, der sich nun

gerne dem heiligen Paulus gewidmet hätte, wie auch die weiteren geachteten Honoratioren der Session, hatten sich an der schönen Eigenschaft der Geduld zu bewähren, deren Faden immer wieder gefährdet war, zu zerreißen.

Um eine Viertelstunde hätte er noch um die geschätzte Aufmerksamkeit gebeten.

Es hatte sich auch am heutigen Tag dieser Session schon nachmittags das Wetter gewendet. »Es dürft bald gewittern«, sagte die Frau Perunek und verzehrte mit immenser Glückseligkeit nicht das erste Stückerl vom schweinernen Braten.

Neben ihr hatte an diesen Abend der Herr Justus Gewitzky Platz genommen, ein großer Kaufmann in In- und Export, der beim Brünner Heimatverein das Zepter führte und ein ausnehmend tüchtiger Wanderbruder war. Er kannte das Land und die Leute, war aber doch zumindest an diesem Abend weniger privilegiert, denn die Materie ging nicht unerheblich über seine persönliche Zuständigkeit hinaus. Er hatte gemeint, dass der Schuster Krummauer auf seiner Ebene reden würde, eben ein Schuhmacher, sagte sich der Gewitzky.

Da hatte also der Rudolf Gewitzky das Wort an sich gezogen, fulminant und prächtig aufgelegt, und alle waren still. Die Teilnehmer dämpften nach geraumer Zeit auch noch ihre Lust mit Worten einzugreifen, die doch den wackeren aber in vielen der substantiellen Themen nicht gewachsenen Denkern am großen runden Tisch wiederum fehlten und die mit der Philosophie Vertrauteren wollten das Banale dieses Gewitzky'schen Beitrags sagen.

Da hatte überraschend, aber wirklich mit gutem Grund, der gute Zeus, wie der Klemens für sich feststellte, ein Einsehen. Mit einem erschreckenden Krach wirkte der Gewaltige durch den Sturmwind. Er schlug mit einem kräftigen Windstoß das Fenster des von Flanner'schen Etablissements aus der Verankerung. Scheppernd flog eine mit Sonnenblumen verzierte, zinnerne Vase auf den eichenen Boden, der Wind fauchte durch den Raum und es gab allenthalben ein großes Ach und Oh im Raum.

»Hab ich die Herrn Ovid und Augustinus zu Unrecht an den Pranger gestellt, dass die Herren sich auf diese unanständige Weis' aus dem Totenreich melden müssen? Hab ich das?«, grölte er dröhnend vernehmbar in die Runde.

Das Studieren wäre ihm leider verwehrt gewesen, sagte er und dann ging er mit großer Leidenschaft auf diesen Ovid, den lateinischen ein und verlor auch die eine oder andere süffisante Anmerkung über diesen Herrn Augustinus, einen Afrikaner, der es ja konkubinarisch getrieben hätte.

Das Verhalten der großen Meister wäre ja schon seinerzeit recht anstößig gewesen und mit Exzessen einhergehend, sagte er, für die man heutzutage kaum ein Verständnis aufbringen dürfte, sei die Gesellschaft doch so gewaltig verlottert. »Da wundert es nicht, dass ein Krieg kommt«, sagte der Gewitzky.

Nun konnte man dem Herrn Gewitzky eine gewisse Verbindlichkeit durchaus keinesfalls absprechen. Herr von Flanner unterbrach am nächsten Tag, als er von der Oberschule seinen Weg durch die Solniční Ulice nahm, seinen Weg beim Herrn Klemens Krummauer. »Sollten wir reden, mein Lieber, ist so eine Sache. Der Herr Gewitzky, wissen's schon. Es ist gigantisch und übertrifft meine kühnsten Erwartungen.«

23

Geduld, oder auch im Lateinischen *patientia* genannt, gehöre zu den christlichen Kardinaltugenden, sagte der Herr Prälat. Darüber, wie auch über die Demut, die hehre *humilitas,* die wahre Eigenschaft eines frommen Geschöpfes, sagte der Herr Prälat, möchte er heute einige Gedanken verbreiten. In einem letzten Teil, einem kurzen Einsprengsel, da man ja müde werden könnte zu später Stunde, wolle er über die Tapferkeit, die *fortitudo,* reden, sie zumindest in gebotener Kürze ansprechen.

Zuvörderst aber sei es an ihm, auch als einem Priester des Herrn, die »göttlichen Tugenden« vorzustellen, die den einzelnen Getauften befähigen, zum einen sein eigenes Leben sinnvoll vor Gott hinzutragen wie auch das Leben der Gläubigen um ihn herum mitzugestalten.

Und die drei göttlichen Tugenden seien untrennbar miteinander verbunden, doch den höchsten Stellenwert nimmt die Liebe ein, verdeutlichte er. Davon rede der heilige Paulus in seinem 1. Brief an die Gemeinde in Korinth.

»An verschiedenen Stellen ist von ihnen in der Bibel im Alten und Neuen Testament die Rede: *Es bleiben Glaube, Hoffnung, Liebe, diese drei, am größten aber ist die Liebe*, heißt es im Hohen Lied der Liebe.«

Als er schlussendlich die Kardinaltugend der Tapferkeit anhand einiger Beispiele aus dem Martyrologium, einbrachte, hatte er sich selber schon beispielgebend an der Tugend der Geduld abgearbeitet. Die Frau Perunek hatte diese gut halbstündige Auslegung unentwegt mit beiden Händen gestikulierend und mit ausgeprägter Mimik begleitet und den

Ausführungen ihr »genau« und ihr »gut« und »wesentlich« hinzugefügt.

Klemens erfuhr in dieser halbstündigen philosophisch-theologischen Erläuterung, dass sich theoretische Aussagen zuvörderst auf ihre Praktikabilität abklopfen lassen müssen.

Lehrreich für Klemens wie sicher für die anwesenden Damen und Herren waren wohl nicht nur die manifesten Darlegungen des hochwürdigsten Herrn Referenten, sondern vor allem auch wie er imstande war, sie in das christliche Alltagsdenken einzufügen.

Abschließend zitierte der Herr Prälat den heiligen Aurelius Augustinus, der als Bischof von Hippo, als weiser Kirchenvater und christlich denkender Philosoph de facto das Denken der Christen und darüber hinaus aller Suchenden dieser Welt in besonderer Weise seit eintausendundfünfhundert Jahren beeinflusst habe.

»Auferstehung ist unser Glaube, Wiedersehen unsere Hoffnung, Gedenken unsere Liebe«, zitierte er ihn und übergab Herr Professor von Flanner das Wort.

Von Flanner meinte, als er mit dem Klemens Krummauer knapp noch zu reden kam, man müsse überlegen, ob man nicht die Ansprüche für die Teilnehmer an der Session etwas zurückhaltender setzen sollte oder ob man warte, bis einzelne der Herrschaften von sich aus das Weite suchen. Er würde ihn morgen gerne kurz aufsuchen.

Auf dem Nachhauseweg, eingespannt in sein rollendes Gefährt, bedachte Klemens Krummauer die Philosophie an sich. Er bedachte, ob und wozu sein, Klemens Krummauers, Denken überhaupt Zeit beanspruchen dürfe und er sich nicht künftig doch verstärkt dem Durchdenken und Analysieren alltagstauglicher Aufgabenfelder widmen müsse, habe er schließlich Familie und berufliche Verantwortung, und er freute sich auf seine Anna und den kleinen Wenzel.

Über die große Fläche Brachlands außerhalb der Stadt, die ihm, schon lange ins Auge gestochen hat, müsse er sich Gedanken machen, weniger über seine philosophischen und anderen Fiktionen, über seine Ideen für eine Fabrikationsanlage vor allem. Dazu brauchte er den praktischen Menschenverstand seiner Anna.

24

Er hatte sozusagen und wie es sich logisch aufzwinge, alles durchdacht. Er hatte Pläne, Grundrisse und Entwürfe für die technische Fertigstellung gezeichnet, für Grund und Boden und für die Fertigungsanlage diverse Kostenvoranschläge errechnet, die Finanzierung gründlich kalkuliert, abgewogen, das Für und Wider bedacht.

Er hatte mit dem Herrn Baurat von Novak, mittlerweile ein beständiger Freund, die Kosten, das gesamte Budget für sein Vorhaben durchgerechnet, Verbesserungen und Veränderungen überlegt, Alternativen analysiert. Klemens hatte Frau und Vater und Mutter mit seinen Überlegungen konfrontiert, weil, wie er sagte, die Erfahrung anderer, deren Sichtweise, Urteil und Schlussfolgerungen möglicherweise neue Erkenntnisse aufzeigen.

Der Immertreu Peterl, ein kunstfertiger und geschickter Monteur, der jede Apparatur, die er im Plan vor sich liegen hatte, fertigen konnte, schaute sich diese Planvorstellungen seines Kameraden an. Dann rollte er die Skizzen zusammen und stellte ihm in Aussicht, dass er sie bis morgen Abend etwas näher durchgearbeitet hätte.

Funktionieren könnte das, aber er sei kein philosophischer Schuster und somit müsse man diese Vorstellungen gemeinsamen überarbeiten. Nachdem der Herr von Novak schon zugestimmt habe, sagte der Peterl, werde wohl auch die Statik stimmen und er solle sich die Peter-und-Paul-Kirche anschauen. So was konnten die Baumeister und Handwerker schon seit mehreren hundert Jahren.

Beim Metalleinkauf wäre er gerne dabei und möchte auch den Feldwebel Sigritz dabeihaben, weil dem keiner was vormacht. Überhaupt könnte er, der Klemens, den Sigritz einspannen, weil der ihm, sagt, was geht und was nicht geht.

»Der schmiedet dir aus einem alten Säbel einen Vorderlader und aus einer Scharfmetze baut der dreißig Dragonersäbel. Was der entwickelt, was der zerlegt und wieder zusammenfügt, hat Hand und Fuß.«

Die Räte der Stadt prüften seine Anfragen und Vorstellungen. Dem Grundstückkauf stünde niemand im Rat im Wege, man könne nur nicht verstehen, wieso er so weit außerhalb des Zentrums die Fertigungsanlage hinstellen wolle, wären doch in der Stadtmitte mehrere alte und unbewohnte Häuser, unbebaute Areale und lückenhafte Häuserzeilen vorhanden. Der Rat freue sich, dass der Herr Unternehmer Krummauer in Brünn investiere, habe er doch auch, wie man weiß, in anderen Städten seine Departements.

Er wolle eben in die Zukunft schauen, lachte er bei sich und das schöne Brünn, die kulturelle Metropole des schönen mährischen Landes werde immer mehr Menschen, Planer, Unternehmer, Ingenieure anziehen und Fabrikationsanlagen vielerlei Art wie ein Marmeladenbrot die Wespen.

Der Schuster Klemens Krummauer war wieder in aller Munde. Dass ein Krüppel so was zustande bringt, lästerten die einen, dass man dem Krummauer noch mehr zutrauen kann, räsonierten die anderen. So begegneten dem Philosoph und Schuster Klemens Krummauer aus Brünn, dem Krüppel mit dem großen Hirnkastl vor allem Neider, Missgünstige und üble Zeitgenossen.

Die Freunde in der Session standen scheinbar an seiner Seite, belobigten und beglückwünschten ihn und der Professor Flanner sagte zu seiner Janika, dass man an einem solchen Genie und Gönner der Stadt auf die Dauer nicht vorbeigehen könne und er würde über kurz oder lang von seiner Majestät ein Adelsprädikat für seine ungewöhnlichen Lebensleistungen ans Revers gesteckt bekommen. Davon wäre er überzeugt.

25

Eins gab sich ins andere. Die Fabrikationsstätte für Schuhe und Stiefel des Unternehmers Klemens Krummauer erfuhr durch die offizielle Einweihung, bei der sich die Prominenz der Stadt Brünn, voran Herr Bürgermeister Johann Czikann, die Ehre gaben, große öffentliche Aufmerksamkeit.

Die Feierlichkeiten fanden bald nach dem Todestag der lieben Mutter statt, die vor einem halben Jahr verstorben war. Die Halle müsse eingeweiht werden, sobald es möglich ist, sagte sie, weil dann erst der rechte Segen da wäre. Sonst hätte sie keine Ruhe.

Nach der kirchlichen Segnung der großen Halle, der Hochwürdigste Herr Prälat Andreas Moser vollzog die würdevolle kirchliche Feierlichkeit, lud Herr Krummauer die anwesenden Gäste zu einer angemessenen weltlichen Feier ein.

Immertreu und Sigritz zeichneten künftighin verantwortlich für die geschäftlichen Abläufe und die kaufmännischen und technischen Vollzüge in der Fertigungsanlage. Der Peterl Immertreu meinte, jetzt könnte er heiraten, weil das Geld reichen dürfte.

Klemens Krummauer saß immer noch mehrere Stunden am Tag auf seinem Schusterbock und viele Leute zogen den Hut und sagten, dass er zwar immer vermögender und wohlhabend würde, aber eingebildet sei er nicht.

26

Der Kaiser Napoleon hatte geglaubt, er hätte mit den Russen ein einfaches Spiel. Aber ein Mitspieler, den er nicht eingerechnet hatte, vermasselte ihm das Spiel. Sehr kalt muss es gewesen sein auf den russischen Schlachtfeldern und der Herr Kaiser und General Napoleon Bonaparte verloren viele hunderttausende ihrer Soldaten auf dem Feld der Ehre.

Ein paar Wochen vor der Feierlichkeit in Brünn haben sie ihm, dem Herrn Kaiser, in Waterloo drüben, im Königreich der edlen Niederlande, dann den Garaus gemacht. »Irgendwann is er a weg«, sagte der alte Fenzler, der immer davon geredet hatte, »dass der Napoleone etzat am End wär', aber er könnt des scho nu dawartn«.

Im Schusterhaus drunten in Brünn setzte der kleine

Wenzel seine Zeichen. Er bewies, dass er für diese Welt, in die er ohne sein Zutun gesetzt worden war, in Liebe und großer Begeisterung entbrannt war. Jeden Morgen krähte er sein sehr persönliches Zeter und Mordio in die Welt, wenn ihm die Umstände missfielen und er jubilierte in den Tag hinein, besonders wenn ihn die Mama ans Herz drückte oder auch nur anschaute.

27

Die Baronin von Sterzing hatte sich anscheinend mit der lieben Tochter überworfen, dürfte sich wohl recht unverhüllt, als sie noch daheim lebte, in die Lebensverhältnisse vom Mädel eingemischt haben. Ihrem verstorbenen Herrn Gemahl sei es bei ihr gut gegangen, hatte die Baronin noch erzählt. Er wäre gut versorgt gewesen und sogar als er mit der Magd eine lange Vertrautheit gehabt hatte, wäre sie ihm wieder gut gewesen, nachdem er ihr Abbitte geleistet hatte.

»Dass er was im Bauch gekriegt hat, ist ja nicht meine Schuld und dass er gefressen und gesoffen hat, solange ich ihn kannte, gereichte ihm zum Unglück. Er hat immer geschrien, dass er einen Schnaps braucht, grad die letzten Tage, bevor er gestorben ist. Na, da kann man nicht nein sagen.«

Das Mädel hatte sie dann in ihrer kleinen Wohnung oben im Kloster besucht und es wurde ihr speiübel, als sie das ungelüftete Gemach betrat. Luft braucht es hier in der Kammer, fauchte das Mädel. »Da stinkt es wie auf einem Misthaufen.«

Die Mama ächzte, dass sie jetzt an der Kälte sterben möchte. Das Enkerl hat sich aufs Bett der Großmama gesetzt und sie immer nur angeschaut. Die Tochter blieb nur kurz, sie hätte genug um die Ohren und müsse noch zum Obscheder fahren, der ihr ein paar Kerzen gemacht hätte, fürs Grab eben und für die Kirche, hätte sie doch einen Haufen Elend. »Ich weiß nicht, ob ich das Leben verfluchen oder ob ich eher beten soll«, sagte sie.

Die Baronin sagte ihr noch, dass sie sich ja nicht versündigen und auf ihr kleines Würmerl aufpassen soll, dass es ein anständiger Mensch wird.

»Vielleicht hat der Herrgott ein Einsehen und es passiert ihm was, deinem Herrn Gemahl. Er sauft ja wie ein Loch, wie ein Bürstenbinder schüttet er das Bier und den Schnaps hinter die Gurgel. Der fällt einmal vom Ross, brauchst nicht lang warten, Mädel. Na, dann holst mich wieder heim.«

Der Herr Großbauer ist nicht im Weiher ertrunken, auch nicht vom Ross gefallen. An einem Sonntagabend, nicht lange, nachdem die Baronin ihn resolut aus ihrem Nachtgebet ausgeschlossen und ihm alles Elend gewünscht hatte, hatte sich ein gewaltiger Regen angekündigt und das Mädel hat gesagt, er soll rausgehen aus dem Haus und er solle auf die Leiter steigen und aus der Dachrinne über dem Türeingang das Amselnest rausziehen. Es würde sonst wieder den Abfluss in der Rinne verstopfen. Das Wasser würde aus der Dachrinne stürzen und genau vor die Eingangstür. Er solle endlich einmal eine kleine Arbeit erledigen, er würde schon nicht sterben daran. Instandsetzungen gäbe es immer im Haus, aber er sehe ja nichts, weil er sich um nichts kümmere. Er wäre fortlaufend in der weiten Welt unterwegs, stecke irgendwo und abends käme er besoffen angeritten. Dann würd er über sie herfallen, wie der Napoleon über die Russen, plärrte sie zwischen Tür und Angel, trat ins Haus und schlug die Bohlentür zornig in die Angeln.

Sie hat ihm dann die Leiter an die Dachrinne gestellt. Er ist auf die Leiter gestiegen, hat einige Male recht kräftig geflucht, hat dann das Vogelnest gepackt und ist sogleich mit dem Nest in der Hand die paar Meter auf das Pflaster gestürzt.

Das Mädel hat der Mama geschrieben, dass jetzt alles anders wäre und wenn es die Umstände zuließen, würde sie die liebe Mama zu sich holen. Bei der Beerdigung, die sie ausgerichtet hat, war die Mama nicht dabei. Aber das Mädel ist jetzt glücklich und frei geworden und sie würde das eine oder andere Mal nach Wien runter oder nach Prag rauf und alles hatte sich tatsächlich so schön von selber entwickelt und auf allem liegt halt auch ein Segen.

Die Mama war weiterhin munterer Gast bei der Session bei dem Herrn Professor von Flanner und seiner Janika. »Es geht nichts über die Philosophie«, sagte sie zum Schuster Krummauer, der nicht wusste, wo ihm der Kopf stand.

28

»Drei Minuten nur, Klemens«, sagte der Ferenc Koltai, dessen Familie schon in der dritten Generationen unter den Brünnern lebte. »Drei Minuten, ich möchte dir nur zuschauen.«

Mit der Einfalt eines gefälligen Menschen begeisterte er sich, wenn der Schuster raspelte und feilte, Leder schnitt und Nägelchen in die Sohlen hämmerte.

Er erzählte dann vom Flanner'schen Haushalt, von der

Janika, die so lieb sei. »Könnte meine Tochter sein, die Janika, so jung ist sie«, schwärmte er. Der Herr von Flanner, hatte ihm schon hundertmal von seiner edlen Abstammung erzählt und auch wenn er nur zum niederen Adel gehörte, seien die von Flanners eben seit Jahrhunderten Diplomaten und Ratgeber gewesen.

Flanner zitierend sagte er: »Es kommt auch im Adelsstand nicht darauf an, wo man gerade so angesiedelt sei in der Rangfolge. Auf den Menschen kommt es an. Danach wird dich der Herr, dein Gott, einmal fragen.« Er sähe das auch so, meinte Koltai, und Geld hätten die von Flanners eher wenig als zu viel.

Der Klemens kannte den Ferenc schon seit er denken konnte. Ferenc' Großvater war mit der Großmutter über die March heraufgeschwommen, lachte er, wenn er gefragt wurde, wie er denn nach Brünn gekommen sei.

Dass er den Posten bei den Flanners bekommen hatte, verdankte er eben dem ungarischen Großvater. »Na ja, er hat in seiner Muttersprache geredet und mein Vater auch und ich auch, aber wir haben mährische Goldzöpfe geheiratet«, lachte er. »Na, der Herr Professor von Flanner ist auch ein feiner Mann, hat mir einen Anzug geschenkt. Ich soll nicht darauf schauen, dass die Hose schon etwas Knie sehen lässt, na ja, ausgebeult, wäre sie, hat er gesagt und den Ärmeln vom Rock sieht man an, dass sie Ellenbogen hätten.«

Ferenc erzählte, dass er den Anzug mit heim genommen hätte zu seinem Roserl, wie er seine Roswitha zärtlich wie eh und je nannte.

»Na, mein Roserl hat dann den Anzug genommen und hat ihn so gänzlich geprüft, angeschaut eben, so Stückerl für

Stückerl. Dann hat mein Roserl in einen großen, sauberen Kübel voll mit lauwarmem Wasser eine Handvoll Schmierseife gegeben und mit der Hand gerührt. Dass die Hose richtig sauber wird, sagte sie und dass sie nach neu riecht. Jetzt muss man sie drinnen liegen lassen, na bis morgen früh, dass sie richtig durch ist. Dann hat sie in der nächsten Früh das gute Stück auf die Schnur im Hof gehängt. Drei Tage hat sie das gute Stück hängen lassen, na so zwei, drei Tage. Das Hoserl hat sie danach auf das Bügelbrett gelegt und einen Vaterunser nach dem anderen gebetet und dann war sie fertig. Sie hat gesagt, dass ich mit der Hosn wie ein Fürscht ausschauen werd'.«

Der Klemens meinte, dass er ihm stundenlang zuhören könne, weil er annimmt, dass das Roserl mit dem Rock genauso verfahren hat. Und weil der Ferenc eben der beste Geschichtenerzähler in Brünn ist.

Der Ferenc berichtete dann vom Herrn von Flanner, der frohgemut und selten so gut gelaunt, aus dem Gymnasium heimgekommen wäre und die Kollegen, sagte er, hätten ganz schöne Augen gemacht, weil sie den Ferenc im guten Anzug vom Kollegen von Flanner gesehen hätten. »Na, dir muss es aber gut gehen«, sagten sie zu ihm, »kommt der Dienstbot daher wie der Herr.«

Der Herr von Flanner war da wirklich gut aufgelegt, erzählte der Ferenc und seine Janika hätte den ganzen Nachmittag in der Stadt flaniert, weil sie hätte ja die eine oder andere Gemahlin von den Herren Collegae ihres Justus, gar die Irina Friedhelm, die es vor lauter Neid auf alle und jeden noch einmal zerreißt, treffen können.

Er solle nun die Stiefletterln von der Frau von Flanner

in die Werkstatt vom Herrn Krummauer bringen und ob
der Klemens sie ein wengerl ausklopfen könnte. »Sie hat sie
vermutlich zu lang durch die Stadt getragen«, lachte er.

29

Während der letzten Session, es dürfte kurz nach der großen
allgemeinen Herbstkirchweih gewesen sein, hatte die liebe
Baronin einen kleinen Anlass zur Verwunderung, zum allgemeinen Nachdenken gegeben. Es war der Herr von Flanner
selber, der seine Frau dezent darauf hinwies, dass der Frau
Baronin so Speisereste aus dem Mund gerutscht wären, ihr
sozusagen noch in die Bluse, wohl auch auf das Kleid und
weiter auf den ungarischen Teppich, den ihr die liebe Frau
Mutter als Hochzeitsgabe mitgegeben hatte, gefallen waren.

Mit welcher Anmut hatte dann doch Janika der Frau
Baronin diese Bagatellen entfernt. Die Frau Baronin hatte
äußerst charmant, irgendwie vornehm und auch in galanter
Art diese kleine Hilfe geduldet, ja lächelnd angenommen.
Sie hob nur recht diskret, wie es schien, aber mit fraglos au-
genfälligem Hochgefühl ihre Augenbrauen und sprach den
kulinarischen Gaumenfreuden dann weiterhin sehr kräftig
zu.

Janika von Flanner hatte ein ungarisches Reisgericht, wie
es die ungarische Küche nur zaubern kann, auf der abendlichen Tafel angeboten, einen roten Ungarischen dazu serviert, das Speiseservice, das silberne Essbesteck, Hochzeits-
geschenke der Geschwister, aufgelegt. Es war eben Usus bei
den von Flanners, dass in der Unterbrechung der philosophischen, die leiblichen Genüsse, die spezifischen Attitüden

74

der Gastgeber nicht zu kurz kamen. Die von Flanners waren nicht mit einer überbordenden Vielfalt von irdischen Gütern gesegnet, aber sie führten ein offenes Haus, luden immer wieder Freunde und Bekannte auch außerhalb der philosophischen Soiree ein. Erfreulicherweise war die geschmackvolle Villa, die das Paar kurz nach der Verehelichung bezogen hatte, groß genug, um der einen oder anderen Abendgesellschaft Raum zu geben.

Die Frau Baronin kommentierte noch manche Phase im abendlichen philosophischen Divertimento, wobei sie sich immer wieder unvermittelt der Frau Janika zuwandte und scheinbar um weitere kulinarische Sinnenfreuden bat. Nach dem Disput, der sich wie üblich doch über Mitternacht hinauszog, stand sie dann etwas verloren in den von Flanner'schen Räumlichkeiten, betrachtete, wie es schien, die Gemälde an der Wand. Von Flanner nahm sie am Arm und begleitete sie hinaus zum Kloster und übergab sie an der Pforte der ehrwürdigen Schwester.

»Na«, sagte er nach der Rückkehr zu seiner Janika, »Baronin Sterzing geht auch in eine eher einsame Zukunft, wie es scheint. Sie mag unter Umständen die Gedanken zu verlieren. Sie verfügt unzweifelhaft kaum über eine bewusste Reflexion mehr. Erinnerst du dich an die Mathilde Strigulla, die Frau unseres Kollegen Strigulla, der seinen Lebensabend nun allein zu verbringen hat. Das gleiche Bild. Werd' der Frau Tochter der Baronin, dem Mädel, eine Nachricht zukommen lassen, in aller Distinktion und Noblesse natürlich, fraglos.«

Von Flanner hatte selbiges Verhalten auch mit dem Schuster Krummauer beredet, von dem wusste, dass er von einer noch anderen als der medizinisch aktuellen Sicht die Dinge betrachtete. Von Flanner hatte ein paar neue, weiche Schuhe in Auftrag gegeben.

»Sehens, Herr Professor von Flanner, da drüben den kleinen Vogel auf dem Ast, eine Meise scheint's zu sein, wie er anscheinend wohl gedankenlos seine Frist lebt und besingt? Dem Menschen ist es gegeben, seiner Epoche bewusst gewahr zu werden. Aber wenn er älter wird, muss er und das ist ja eine alte Erfahrung, worüber ich Ihnen gegen über still sein müsste, haben Sie doch eine ganz andere Lebensklugheit, als ich sie in die Waagschale werden kann, mag sich das bedeutsam ändern. Das Vogerl genießt sein Leben intuitiv in Gottes gütiger Hand und ein Mensch in solcher Situation, wie die Frau Baronin, tut das auch scheinbar auch, unbedacht, ohne überhaupt einen Zweck im Hinterkopf zu haben, aber vertrauensvoll. Wer weiß das so genau?«

Beide, Vogerl wie Mensch, sind also in Gottes Hand. Was soll man da noch sagen?

Der Herr Pater Cajetan hat der Frau Anna Krummauer nach der Frühmesse mitgeteilt, dass die Frau Baronin Stieglitz abgängig wäre und sie hätten die ganze Nacht nach ihr gesucht, hatte sie sich doch wohl letztmöglich am späten

Abend kurz bevor das Tor vorm Kloster geschlossen wurde, entfernt.

Auf seinem Ross ist der Gendarmerieleiter Strunz durch die Straßen geritten und hat vom Debakel um die Frau Baronin geredet und die Leute sollten suchen und falls sie eine Meldung zu machen hätten, sollten sie zur Gendarmerie kommen.

Gegen die Mittagszeit scheinen die Gendarmeriebeamten die Frau Baronin unten am Fluss in einem Gesträuch schlafend gefunden zu haben. Warum man sie nicht schlafen lasse, hatte sie angemerkt. Sie habe, wie seit langem nicht, wirklich gut und lange geschlafen. Sie hätte zudem ein sehr ausgiebiges Gespräch mit ihrem Mann gehabt und er hat ihr versprochen, sie bei Gelegenheit, er wäre ja so eingespannt, ihr einen Besuch abzustatten. Darauf freue sie sich schon sehr, er war ja so ein Guter und Lieber.

Die Perunek, die eine gewisse adelige Ahnentafel vorweisen konnte, ließ in den Läden, in denen sie ihr reichliches Geld ausgab, doch den einen oder anderen Hinweis auf ihre ehemalige Abstammung fallen. »Der Herr Gatte«, sagte sie, »mein Perunek, war mit seim Wein verheiratet, bis er mich gsehn hat auf der Auktion z'Wien selbigsmal. Ich wär scho ane, ich bräucht zwar noch mehr Reifepotenzial, hot er gsagt und auf meine Jugend angespielt, aber er hätte bei mir ane seltene Gschmackstiefe angetroffen und ane Harmonie wia bei anem edlen reifen Wein. Er hot mich ane autochtone Pflanze genannt und so wos würd' man selten finden, i wäre a hocharomatisches Gewächs. Er ko ja nur mit seinen Weinbegriffen verständlich reden und er möchte auf mich aufpassen wia a Haftlmacha. Na ja, hob eahm, meinem Petr natürlich anen schönen Batzen mitgebracht. Kann mit Geld so nicht umgehen, mein Teurer.«

In den Läden von Brünn war sie lange schon bekannt. Sie fügte dann so beiläufig hinzu dass sie sich seit Neuestem in der philosophisch-theologischen Session beim Herrn Professor von Flanner mit ganz ausgefallenen, relevanten Themen auseinandersetze. In Rajhrad habe er das Schlössl restauriert, erzählte sie mit einer gewissen Nonchalance, die sie auch in der abendlichen Soiree pflegte.

»Hat a bloß so sechzehn, achtzehn Räumlichkeiten ghobt bisher, sein Schlössl hat ane Erweiterung nötig ghabt. Man muas mit da Zeit gehen, sog ich immer. Wann ma nichts richtet, verfällt der ganze Prunk, na is da Glanz hinüber, wia da Petr richtig gsagt hot. Und de Kinder ham scho alleweil gsagt, es sollt halt ausschauen wia daham bei den Großeltern, den Salzwedels.«

Die Salzwedels wären sogenannter Uradel, erzählte sie dem Schuster, als sie ihn beauftragte, für sie ein paar lederne Stieferl zu machen. Das tat ihr im Herzen gut, hatte der Schuster doch sonst das große Wort in der abendlichen Soiree beim Herrn Professor von Flanner und seiner Frau Gemahlin Janika, »die ja die Tochter von einem ungarischen Agrarier sei, einen Rinderbauern und Landmann eben«, musste sie noch hinzusetzen.

Klemens Krummauer nahm sich vor, anlässlich der nächsten Session auf den frühen Agrarier und Landmann Přemysl den Pflüger, den legendären Stammvater des Herrschergeschlechts der Přemysliden, zu sprechen zu kommen, hatte er sich doch zunächst mit Herrn von Flanner vorab geeinigt, einmal die großen jüdischen Philosophen zu erwähnen, wäre doch unser Herr Jesus Christus auch ein Jud gewesen. An den Moses Maimonides habe er gedacht, hatte er dem Herrn von Flanner bedeutet.

Da könne man einen leichten zeitlichen Sprung machen zu den Přemysliden, sage er sich nun, nachdem die Perunek sich ein wenig einfältig echauffiert hatte.

Auch an den Abraham Ibn Daud habe er gedacht und da ließe sich dann wiederum eine Wendung auch zur überragenden Bedeutung der Agrarier machen, er würde das schon drehen. Würde es doch nur von Nutzen sein können, wenn man diesen tschechischen Böhmen Přemysl ins Gespräch bringt.

Noch dazu wäre ja nun der Doktor Jelinek, ein ehemaliger Wiener, ständiger Gast in der Session und der Doktor Jelinek, hatte er vom Herrn von Novak gehört, wär ein Baumeister mit besonderer Befähigung und ein philosophisch interessierter Zeitgenosse. Nicht besser könnte man ihm die Ehre erzeigen, ein Willkommen abstatten und die Dame Perunek würde einen Zuwachs an Renommee in den Läden ergattern. Sie würde sich nun über die hehren Geister auslassen, die während der Soiree im Mittelpunkt des allgemeinen Interesses stünden.

Sie fragte den Krummauer noch, ob die Juden noch gegenüber wohnten und ob das sein müsse, dass solche Fremde da in Brünn eine Heimstatt, gar für ewige Zeiten, garantiert bekämen.

»Ewigkeit und Zeit widersprechen sich zum einen, liebe Frau Perunek, und die ganze Familie, vor allem die Frau, die jüdisch glaubt, sind vor allem natürlich liebenswerte und höchst anständige Leute. Die fallen niemand zur Last.«

Wie lange er denn bräuchte für die Schuhe, fragte sie. Na, das würde eine gute Woche in Anspruch nehmen, sagte er, aber sie würde zufrieden sein.

32

Klemens war viel unterwegs gewesen, die mährischen Kirchtürme begleiteten ihn auf seinen Fahrten durch die bewaldete Hügellandschaft und durch die Ebenen der Weizenfelder. Das allzu liebliche Znaim, das ihm zweite Heimat geworden war, lud ihn ein. Er erinnerte sich gelesen zu haben, dass die Preußen wie die Sachsen sich festgesetzt hatten in Znaim und vor drei Jahren hatten die Napoleonischen gemeint, sie hätten für länger das Sagen. Na, es hat sich alles anders entwickelte, wie der Vater immer sagte, »doch meistens kommt es anders, ganz anders als man denkt.«

Am dritten Tag, er selber war schon müde wie auch seine Rösser oft genug eine Pause brauchten, traf er auf dem recht gut ausgebauten Straßerl auf eine Pilgergruppe. Alle diese müden Pilger suchten doch auch nach einer Erfüllung im Leben, strebten nach Sinn und Glück, sorgten sich um ihre Kinder, hatten genug zu tun, um das Essen auf den Tisch zu bringen.

Sie suchten nach dem Sinn ihres Lebens, fragten, wie es weitergeht, ob ihnen der ferne Gott denn nicht helfe und trugen ihre Not vor ihn hin. Nach Mißlitz wollten sie, in der Peter-und-Paul-Kirche wollten sie beten, was ein schöner Kirchenbau ist, sagte der Pilgerführer.

Klemens dachte an die früheren Zeiten, wo auch die Kriegsknechte im Dreißigjährigen Krieg in diesem Gebiet gehörig gewütet hatten, Kaiserliche wie Schweden. ›Welch ein Elend‹, dachte er immer wieder, hatte er sich doch lange schon für jene düstere Zeit interessiert.

»Da müssten wir ein bisserl abseits rüber«, sagte der Kaplan und dann beteten die Pilger wieder um ein gutes Wetter und dass Blitz, Hagel und alle andere Not an ihnen vorübergeht.«

So weit er schauen konnte, nichts Kartoffel und Weizen, Krautköpfe. ›Es wird Zeit‹, dachte er, ›dass man fortschrittlich denkt, denn wir werden neue Zeit bekommen.‹

»Ein bisserl eine Revolution braucht es, vor allem im Hirn. Aber was sich Bahn brechen soll, kommt manchmal überraschend und wälzt das Alte nieder. Beklagenswert wär es, wenn die Kräftigsten und Rührigsten ins Amerika zögen, die würden uns hier im Mährischen fehlen.«

Und er dachte an den Oskar, Anna Bruder, von dem sie seit langem nichts gehört hatten. Ob er gescheiter geworden ist und sich anderweitig umgeschaut hat oder ob er als Landbesitzer Sklaven ausgeschaut hat. Er hatte gelesen, dass deren Familien getrennt würden, dass sie nur nach Muskelkraft und nach einem festen Gebiss beurteilt würde. »Das alles wird die Bestrafung, in welcher Form auch immer, nach sich ziehen. Wer andere mit Fußtritt und Peitsche malträtieren, darf sich nicht wundern, wenn diese Menschen irgendwann einmal zurückschlagen, das Unrecht, alle Verbrechen, heimzahlen.« Er erhoffte für den Oskar einen Sinneswandel, auch damit sein Leben gelingt.

33

Vom Hoiner, der ihn damals beinahe erschlagen hätte, kursierte die Nachricht, dass sie ihn bald nachdem er selber unter unerklärlichen Umständen zu Tode gekommen war, in einem Dorffriedhof beigesetzt hatten. »Erst ham se uns, as ganze Dorf abbrennt, de Franzosen, und dann sollten wir auch no einen Mörder eingraben«, sagte der Pfarrer, als ein gewisser Jagoš Vuković am Pfarrhof anklopfte.

Aber der Vuković ließ nicht locker. Der Bub wäre vor Jahren ausgerückt, nach der Vater und die Mutter verstorben waren. Er, der Jagoš sei der Onkel und der Bub sei nicht schlecht, aber ohne Halt im Leben gewesen und auf solches Leben könnte man pfeifen. Der Bub wäre ein katholischer Christ gewesen und müsste schon richtig eingegraben werden und er hätte dem Herrn Pfarrer drei Hennen mitgebracht und die Beerdigung könnte man ja still und leise machen.

›Das sind die Menschheitsfragen‹, dachte er. ›Der Hoiner hat sein kindliches Elend nicht verkraftet, hat den Tod der geliebten Eltern durch sein kurzes Leben mitgeschleppt. Dann hat er auf alle und alles, auf Gott und seine Geschöpfe einen ungewöhnlichen Zorn entwickelt, einen heftigen Hass und hat zugeschlagen, grad auf den Krüppel eingeschlagen und damit auch auf die Juden, auf Schwache wie er selber und hat so seinen Gott angeklagt.‹

›Wer wird den Hoiner Bub gestreichelt und geherzt haben, ein wenig seiner Seele gut getan?‹, fragte er sich.

Nach Mislitz möchte er auf dem Heimweg rüber fahren

und beten, weil er nötig habe, sagte er sich und noch nachschauen, was die Franzosen übrig gelassen hatten.

Über den Sinn des Lebens eines jeden Menschen hatte er sich oft genug in den stillen Abendstunden mit seiner Anna Gedanken gemacht. In ihrer Lebensklugheit, ohne jede philosophisch-theologische Bildung meinte sie immer, dass diese Frage doch offen bleiben wird und so menschliche Wesen wie wir kaum eine rechte Antwort finden würden und deswegen einfach den Tag nach besten Kräften ableisten sollten.

›Vielleicht finden die Pilger nach Mislitz die Antwort‹, dachte er, ›und wenn es dem Procházka und seiner Procházkova in Brünn nicht gut tun würde, dann bringt er sich nach Mislitz, die haben eine Judengemeinde und der Franzose ist auch schon weg.‹

34

In der Krummauer Kutsche saßen jetzt schon ihrer vier und so manche Brünner lobten ihn dafür. »Des bringt da Schuasta a no zamm«, lachten sie, »er hat net bloß a Hirnschmalz, da arme Krüppel.«

Der Schusterkrüppel sagte zu seiner Anna, dass er sie auch für einen goldenen Dreifuß nicht hergeben würde, und sie lachte, dass ihm Tag um Tag warm war im Herzen, und als noch ein paar Jahre ins Land gegangen waren, hat er gemeint, sie müssten bald anbauen an der Kutsche.

Eine Elisabeth war dem kleinen Wenzel gefolgt, die die Mama so verehrte. Wäre es ein Bub geworden, hatte er sich ausbedungen, ihn Gottfried zu heißen. Eine Reminiszenz an den alten Leibniz, sagte er, weil der Leibniz zu den ganz Großen gehörte hatte und weil er meinte, dass die bestehende Welt unübertrefflich wäre. Und weil er, der Krummauer, gerade durch den Herrn Leibniz gelernt hatte, dass eben die Philosophie und die Theologie zusammengedacht werden müssten. Und er hätte noch viele Begründungen anzuführen, sagte er sich, warum der Bub nach dem Leibniz hatte benannt werden müsste und vielleicht ist er es, der die väterliche Tradition des Nachdenkens weiterträgt. Die Elisabeth sollte sein Herz erobern.

Der Krummauer, wie er in Brünn allenthalben hieß, verehrte den Hochwürdigsten Herrn Fürstbischof Vinzenz Joseph Graf von Schrattenbach in besonderer Weise, wäre er es doch, der den Brünnern gerade während der französischen Besetzung den Rücken gestärkt hatte. Dezidiert hatte er während einer der Sessionen darauf verwiesen und vor allem, dass man heute wieder seine Meinung sagen könne.

Hatte der französische Weltenherrscher, als der er sich gerne gesehen hatte, ein jämmerliches Ende gefunden. Herr Baudirektor von Novak, einer der sich mit den napoleonischen Kriegen auskannte, meinte, wenn ein Starker fällt, mag die Erde beben, gerade weil er schwer aufgeschlagen ist. So einer wäre der Napoleon, ein Usurpator, der er war, einer der also auch nicht unbesiegbar war. Dann erzählte Herr von Novak von der verheerenden Schlacht bei Leipzig im Dreizehner Jahr und diese verheerende Niederlage wäre ja nur die Folge der französischen Drangsal in den unendlichen, morastigen Weiten Russlands gewesen. An die sechshunderttausend seiner Leute wären dort umgekommen. »Da geht unerwartet ein leuchtender Stern auf am Himmel und morgen schon kann er zerstäuben und kommt zum Absturz, verglüht im großen Weltall und keiner frägt mehr nach ihm.«

»Endlich können wir wieder frei reden«, sagten die Mitglieder der philosophisch-theologischen Session, und der Herr von Novak erinnerte auch an die vor kurzem erfolgte bedingungslose Kapitulation. »Der soll froh sein, dass sie ihn nicht auf das Schafott geschickt und mit der Guillotine einen Kopf kürzer gemacht haben.« Die Honoratioren nickten beifällig.

Der Herr von Flanner meinte, dass der Herr Napoleon es ganz bestimmt nicht auf der Insel Elba aushalten würde, »so einer kommt immer wieder auf die Füße.«

Der Herr von Flanner musste aber gerade an diesem Abend, als die Debatte über den Herrn Napoleon besonders anregend und hitzig zu werden versprach, eine gesundheitliche Baisse durchstehen, wie er kurz entschuldigend erwähnte. Er fühle sich auf einmal nicht mehr wohl, sagte er, und seine Janika begleitete ihm zu Bett.

Es war nur verständlich, dass man am heutigen Abend weniger den philosophischen Rätseln auf die Spur kommen wollte, sondern sich mit der politischen Lage befasste.

Neu in der exquisiten Runde war auch der Herr Rechtsassessor Balduin von Gregor, der seine juristische Ausbildung in Dresden absolvierte, ein Prager von Geburt, studierter Baumeister, der dem Herr Baudirektor von Novak zugeteilt worden war. Der Freund Jelinek war sein Fürsprecher und hatte den von Gregor mitgebracht.

Konzepte zur Renovation des Ringplatzes erwartete man von ihm. Sein Vater hatte gemeint, lachte er lebhaft drauf los, er solle sich nicht nur mit steinernen Gedanken ummanteln, da unten in Brünn, sondern auch ein wenig in andere Richtung denken. »*Une autre direction*«, parlierte er zu Ehren des Herrn Kaisers Napoleon, wie er lachte und das Gesicht hintergründig verzog. Dieser Balduin von Greger brachte frischen Schwung und einen doch jugendlichen und unabhängigen Geist mit sich.

»Ach, Sie sind der Stiefelbaron?«, fragte er den Krummauer, »von Ihnen redet man ja sogar in Prag.«

Er wäre neugierig, meinte der Balduin, wie es mit dem Wolf von Paris weiterginge.

35

Im fernen Wien hatte der Fürst Metternich, der den Klemens Krummauer seinerzeit in Brünn in der Schusterwerkstatt schon eine Position als Schuhputzer angeboten hatte, die Fürsten und Diplomaten der Kaiserreiche eingeladen. Man schrieb den Herbst das Jahr des Herrn 1814, einen schönen Septembertag. »Wien leuchtet«, sagten die anwesenden Bevollmächtigten. »Aber die haben alle ihre eigenen Interessen«, hieß es bei den Wienern, »und der kleine Mann wird wieder bluten müssen.«

»Aber so was zieht sich in die Länge«, sagten die Wiener und haben ein recht einträgliches Geschäft gemacht.

»Friede soll es werden«, war des Ministers Metternichs Parole. »Das schöne Europa muss neu geordnet werden.«

Krummauer meinte, dass eben die Zwangslagen und Verwicklungen und die durch den Krieg geschaffenen neuen Verhältnisse nicht so einfach zu durchblicken wären, und

Trümmer zu Neuem aufzubauen, wäre immer schon schwer zu bewerkstelligen gewesen.

Er wäre ein Genius, hatte der Herr Prälat immer schon gesagt. »Der Fürst Metternich ist halt vom Schicksal dazu bestimmt, einen dreckigen Laden auszukehren, eine Ruine so zu festigen, dass sie noch ein paar Jahre bewohnbar ist.«

Eine besondere Art von Ruine wäre er doch wohl auch, lachte Klemens daheim, nachdem Anna sagte, dass sie ihn einfach nur gerne habe, auch wenn er nicht zu Wien der Schuhputzer des Fürsten Metternich wäre, auch wenn er ein Philosoph wäre.

Klemens Krummauer glaubte auch nicht, dass seine Krüppelhaftigkeit, er nannte sie sein spezifiziertes, ihn allein auszeichnendes Kreuz, ursächlich sei für seinen geschäftlichen und gesellschaftlichen Erfolg. Hatte der Herr Prälat doch gemeint, dass mit dem Leid oft unverhofft Segen verbunden wäre.

In der Session hatte er es lange schon aufgegeben, über Immanuel Kant zu reden oder über einen der Philosophen, die mit ihren Ideen die Welt verändert hatten, war doch keiner seiner Gedankengänge auch nur in den vordersten Vorhof des Verstandes seiner Zuhörer vorgedrungen. »Welche verlorene Liebesmühe«, hatte der Herr Prälat immer gesagt.

Beide hatten sich nun wegen der für jeden fleißigen Menschen anfallenden und gehäuften Arbeit aus der Session zurückgezogen. Sie würden sich jedoch nach Möglichkeit auf Anfrage zu bestimmten Themen im Kreise der Interessierten äußern.

Der Herr Regimentskommandeur Lobenstein war da schon zwei Jahre in Wien und regierte sozusagen auch mit, war im Kriegsministerium ein hoher Verantwortlicher, ein General geworden.

36

Sein Wenzel, der Erstgeborene, fragte ihn ob dieser Kant so ausschaue wie der hölzerne Kanten, den der Bierfahrer vom Wagen verloren hat oder wie der Brotkanten, den die Mama in der Früh vom Laib schneidet und dann auf den Tisch legt.

Der Herr Vater sagte ihm, dass dieser Kant, von er oft rede, ein echter Mensch sei und er hätte sogar ein Bild von diesem Mann.

Krummauers Kutsche hatte Brünn vor vier Tagen verlassen und in drei Tagen dürften sie in Wien eintreffen. »Dann lassen wir einmal den Herrn Professor Annacker schauen, ob's die Willenskraft allein ist, mit der ich meinen Körper so weit bezwingen, mich über diese so lausigen existentiellen Nöte hinwegsetzen kann«, lachte er. Seine Anna legte ihm ihre Hand auf seine Schulter und meinte, es könnte schon ein Wunder geschehen, womit er wiederum gar nichts anfangen konnte.

»Der liebe Gott, meine liebe Anna, braucht keine Wunder. Er hebt die Naturgesetze nicht auf. Er wirkt durch die Menschen. Er ist so absolut im Alltag der Menschen existent, dass er alles mit ihnen lebt, aber ganz und gar ohne Mirakel. Danach sind jedoch die Leute süchtig, weil sie nur einen schwachen Glauben haben.« Seine Anna sagte ihm, dass sie immer wieder staune, weil er doch so ein Gscheiterl sei.

Eine Freude war das, über die Donau zu setzen. Nur nicht ertrinken möchte sie, sagte die Anna, dann wären die Kinder nämlich hilflose Waisenkinder. Sie haben dann doch ohne die Donau »auszusaufen«, wie der Klemens meinte, das schöne Wien, das Herz Österreichs erreicht.

Eine Koryphäe ist er, der Herr Professor Annacker, schrieb ihm seinerzeit der General von Lobenstein aus Wien, nachdem der Kongress im Wesentlichen seine Arbeit abgeschlossen hatte. Er würde ihm eine Herberge reservieren, ganz in der Nähe des Krankenhauses, in dem der Herr Professor Annacker seine Kunst praktizierte. Das Krankenhaus hätte übrigens über Österreich hinaus einen enormen Ruf. Sie hatten einen angenehmen Blick auf die belebte Straße und die Anna war frohgestimmt, hatte sie doch bisher noch nicht so viele Leute und Droschken auf einmal gesehen und sie würde sich da auf dieser dicht befahrenen Straße nicht mehr auskennen. Da möchte ich nicht unter die Räder kommen«, sagte sie.

Der Herr Professor Annacker forderte den Schuster Klemens Krummauer aus Brünn auf, sich unbekleidet auf die Pritsche zu legen. Er nahm sich viel Zeit, der Herr Professor vom großen und berühmten Allgemeinen Krankenhaus und »alle Nerverln und die Muskeln und Sehnen würd’ er jetzt überprüfen und dann könne er sich ein Urteil erlauben, so nach seiner langjährigen Erfahrung und Ausbildung und vor allem gemäß dem heutigen, vorbildlichen Stand der medizinischen Wissenschaft«, sagte er, ein freundlicher Mann, der er war.

»Der Herr General von Lobenstein hat mich galant instruiert. Hab auch von ihm in einem ausführlichen und sehr freundschaftlichen und kommoden Gespräch gehört, mein lieber Herr Krummauer, dass Sie ein Anhänger des Herrn Philosophen Immanuel Kant sind. Kann nur sagen, erfrischend das zu hören, hat mich bewegt. Das ist ein Denker, wie wir ihn seit dem guten Aristoteles nicht mehr gehabt haben. Er hat doch, glaube ich, auch darüber reflektiert, dass man die Natur, also die Schöpfung, verstehen müsste und dann, zudem, dort wo man stünde, die Welt mitzugestalten habe. Na ja, jeder so an seinem Platzerl, mehr nicht.«

Der Schuster aus Brünn hatte keine Heilung durch die Wiener Autoritäten erwartet und im Übrigen gäbe es auf dieser Welt keinerlei Assekuranz gegen irgendwelche Probleme, vielleicht hatte er im Hinterkopf so eine gewisse Hoffnung genährt. »Das Leben gleicht so einem Rebus«, sagte er zur Anna, »da fügt sich eins ans andere. Eine Lammsgeduld braucht man aber.«

Aber der Hauptgrund war und das hatte er seiner Anna immer wieder gesagt, dass er mit ihr gemeinsam nach Wien kommen könnte, grad jetzt, nachdem die hohen Diplomaten so vieler Länder sich dort den Kopf zerbrochen hatten.

Der Herr Professor hat dann eine Reihe doch sehr neuer Versuche mit ihm angestellt, hat am ganzen Leib gedrückt und an den Knochen gezogen und sie gedehnt und verkrümmt. »Da fehlt gar nichts, lieber Herr Krummauer«, sagte er nach drei Tagen, »einen gesünderen Patienten habe ich noch nicht auf der Pritsche liegen gehabt.«

Dann hatte er ich zusätzlich den Rat von dem Herrn Professor in der Nervenheilanstalt geholt. Der Professor Rosnicek hatte einen guten Ruf, sein Handwerkszeug gar in Paris über Jahre hinweg erweitert und er galt als ein fortschrittlicher Gelehrter, dem es um die Hilfe für die Kranken ging.

»*Saluti et solatio aegrorum* – Zum Heil und zum Trost der Kranken«, las er, als er am Morgen des kommenden Tages in seinem Gefährt, das die Anna schob und ob seiner trefflichen Ausstattung die allgemeine Aufmerksamkeit der Wiener in Anspruch nahm.

Recht angenehm liefen auch die Dispute und Untersuchungen ab und der Herr Professor hatte mehr Interesse an der hohen philosophisch-theologischen Kompetenz sein es Patienten, als an der Untersuchung. »Aber da könnte ich getäuscht haben, er wird das in seiner Methodik beabsichtigt haben.«

Die Untersuchung griff weit zurück, führte ihn bis an die Grenze seiner kindlichen Erinnerung und der Herr Professor Rosnicek und seine Collegae staunten schon sehr, als der Herr Krummauer Ereignisse aus der »fernsten, für einen Menschen noch erreichbaren Vergangenheit«, hervorbrachte, wie der Herr Professor sagte. Und in einer Exaktheit, wie sie die Collegae noch nie haben vernehmen dürfen und das allein wäre schon eine Wunder.

A pedibus usque ad caput habe er ihn nun untersucht, »von den Füßen bis zum Kopf«. Es wäre auch kein Delirium tremens zu konstatieren, weder zittere er, noch sei er irre. Eher habe er durch die elterliche Vererblichkeit ein höchstes Maß an Intelligenz mit auf seinen Lebensweg bekommen.

Es müsse sich seinerzeit beim Brunnensturz wohl tatsächlich ein sogenanntes Trauma vollzogen haben, eine seelische Übererregung, im Bruchteil eines Augenblicks. Diese seelische Übererregung mag zu einer augenblicklichen Abschnürung der Muskulatur geführt haben. Künftige seriöse, medizinische Sachverständnis möge da förderlicher sein, seiner ärztlichen Generationen hingegen sei eine ersprießliche Hilfe noch verwehrt. Zudem sei umfassender und auch weltweiter Erfahrungsaustausch der gelehrten Kollegenschaft auch auf diesem expliziten akademischen Feld noch vonnöten. Es werde eine Zeit kommen, um vielerlei Elend entgegenzuwirken.

Er habe im Übrigen durch die Waschungen im Fluss das Seine in überreichem Maße getan, das bestätige ja eine mannigfache die medizinische Erfahrung. »*In balneis salus*, lautet diese uralte Einsicht – In Bädern ist Heilung.« Schon die alten Römer hätten mit ihrer Badekultur einen zivilisatorischen Beitrag für die Entwicklung des menschlichen Geschlechtes gegeben.

Er kam auf die böhmische Bäder zu sprechen, wo sich die ganz Besonderen, Kaiser und Könige, Dichter und Denker und die Reichen der Hautevolee treffen und ihre Wässerchen trinken. Er empfahl das schöne Marienbad. Aber das wisse er selber.

Klemens und Anna inspizierten die schönen Läden in Wien und er meinte, er müsse sie überreden, ein buntes, vielleicht blumiges Kleid zu kaufen, wie es die mondänen Wienerinnen tragen. ›Auch den Brünnerinnen tut ein neuer Geist gut‹, dachte sie und beugte sich seiner eindringlichen Bitte.

Den Wiener Abstecher nannte er eine Lebenserfahrung, wer könne schon vier Wochen lang das eigene Heim verlassen und die Welt kennen lernen.

37

Die Brünner meinten, sie hätten das schon immer gewusst, dass der Fabrikant Krummauer nicht mehr auf die Beine kommt. Die Brünnerinnen liefen dem Sedlacek die Türen ein, wann er denn bunte Kleider führe, seine Auswahl sei viel zu klein. Man sei ja schließlich eine Großstadt und müsse mit der Zeit gehen.

Der Schuster Klemens Krummauer blieb in das Geschirr seiner Schusterei eingespannt. Die Fabrikationsanlage am Brünner Stadtrand erforderte seine ganze Aufmerksamkeit. Umsicht war gefragt, gute Mitarbeiter am Schusterbock und an den mechanischen Anlagen. Der gute Freund Peter Immertreu und auch der Sigritz hatten ein Gespür für das Notwendige entwickelt und ihre Verlässlichkeit war Garant für die sichere Fortentwicklung seines Lebenswerkes. Genug Arbeiter hatten einen zuverlässigen Erwerb und Brot beim Krummauer.

Der Wenzel hatte seinen Namenstag gefeiert und die Mama hatte dem Bub gesagt, wenn er so ein Mensch würde wie der große heilige Wenzel, den sein Bruder selber in beklagenswerter Weise ums Leben gebracht hatte, dann würde er der Familie große Ehre machen. Am Nachmittag dieses familiären Festtages stand der Jiri vom Hanaczek in der Tür.

Manchmal schickt einem das unergründliche Geschick auch gute Botschaften. Er wäre wieder daheim, sagte der Jiri, weil die Mutter und der Vater nicht mehr auf den Beinen stehen konnten. Dann gab es lange Gespräche zwischen den Freunden und sie fuhren im Gespann ins die Fabrikationshalle. Seit der Zeit führte der Jiri, der als junger Mensch so gerne nach Afrika gefahren wäre, die Krummauer'schen Geschäfte. Dem Kosar hatte er seinen Dienst aufkündigen müssen, sagte er, weil er eben in Brünn bleiben müsse, weil die Eltern angewiesen wären auf ihn.

Ob denn der Onkel Oskar auch so viele Federn auf dem Kopf habe, fragte der Wenzel und legte ein kleines, farbiges Bildchen auf den Tisch, das solche Menschen in Amerika zeigte, zu denen der Onkel Oskar doch schon vor so vielen Jahren mit dem Segler über das große Wasser gefahren sei.

Mit dem Vater hatte er dann lange und spannende Gespräche und als er mit ihm durch die Stadt fuhr und zwei seltsame Figuren die Solniční Ulice herauf stolperten, etwas verquere Leute, von denen der eine einen Pickel über der Schulter trug, hatte sich sein Bild von diesen Indianern verfestigt. So und nicht anders, aber mit Federn anstatt Haaren auf dem Kopf, müssten die durchs Leben gehen, sagte er sich. Vielleicht hätten die auch Borsten oder einen Pelz, fragte er. Der Vater konnte ihm dies jedoch ausreden.

Am Ringplatz setzen sie sich auf eine Bank, die der Magistrat hatte aufstellen lassen. Der Wenzel schaute sich die hölzerne Bank an und meinte, dass da ein Dreckbär gesessen habe und er den Dreck von den Latten erst abreiben müsse.

Es war nach dem Franzosenkrieg gewesen. Der Krummauer sagte seinerzeit zu einem der Räte der Stadt, dass es sich gut anlassen würde, sollte man rund um den Ringplatz Bänke aufstellen. Aber es dauerte dann eben noch fast acht Jahre und er freute sich, dass sie so schön rot glänzten und zum Ausruhen einluden.

An dem Ufer der Svratka, wo seit Menschengedenken die Buben ins Wasser sprangen, hatte der Rat der Stadt ein Verbot ausgesprochen. Niemand, so wurde vermeldet, dürfte da in den Fluss springen. Das sei ordinär und zu beanstanden und wer zuwider handle, habe mit einer Strafe zu rechnen.

Während einer Session sagte die nun schon mit den philosophischen Gegebenheiten recht gut vertraute Perunek, deren Mann in Rajhrad ein Herrenhaus hatte und der sich auch mehr im Haus als außerhalb aufhielt, dass es schon niederträchtig wäre, dem Herrn Krummauer, der so viel für die Stadt tut, das Badeplatzl an der Svratka wegzunehmen. Es wär' eine große Schande.

Dann wäre da bei Velké Němčice ein Bub ersoffen, erzählte sie. Aber da habe eben die Mama ihren Dreijährigen nicht beaufsichtigt, sagte die Perunek und das sei was ganz anderes. Und in Nikolčice hätte eine Mutter ihr kleines Kind in der Sonne braten lassen und das hätte einen Stich bekommen und wäre gestorben. Da wäre auch die grelle Sonne nicht strafwürdig, sondern die hirnlose Mutter.

»Na«, sagte der Professor von Flanner, »so sehr sie auch recht habe, so wenig dürfe man weder pauschalieren noch partiell das eine mit dem anderen vermengen.«

Der Krummauer wollte keine Bevorzugung, er ärgerte sich auch nicht, weil die Menschen eben dumm seien, sagte er zu seiner Anna. Nun war er Morgen für Morgen und das seit Jahrzehnten in der Svratka geschwommen und sein Leben hatte durch diese Übungen gewonnen. Er nahm sich vor, zumindest zweimal in der Woche mit der Kutsche runter zu fahren an die Svratka, wo sie immer wieder einen Kies abbauten. Da wäre eine Stelle man Ufer, die hätten sie im Rat noch nicht verboten, sagte er. »Es gibt sich ja meistens eine Lösung«, sagte der Jiri, der ihn in der Kutsche zum Fluss chauffierte.

38

Dann erreichte die Krummauers der sehnlichst erwartete Brief aus Amerika. Er habe sich seit Jahren Notizen gemacht, über dieses Amerika, über seine Jahre hier, schrieb der Oskar. Nicht, dass er so gescheit wie der Herr Schwager sei, aber was man hier erlebt und auch durchmacht, muss man aufschreiben.

Ob er noch einmal die Fahrt über den großen Ozean machen würde? Die Frage stelle sich für ihn nicht, er sei nämlich immer zufrieden, müsse aber arbeiten und sich anstrengen wie ein Viech. Aber das würde ihm gut tun und es würde eine Zeit kommen, wo es besser wird.

Lange Zeit habe er im Süden verbracht, wo sie die schwarzen Menschen ausbeuten. Nun habe er den großen Schritt getan und sei mit einem Schiff in den Norden gefahren, über die mächtige Stadt New York hinaus bis nach Salem. Da habe er bei einem Schwaben gewohnt und dem seine Frau hat oft geweint, weil sie nicht mehr heimkommt zu den Eltern nach Württemberg. »Ich habe ihr gesagt, dass sich das Weinen bald legt.«

Salem heiße also seine neue Heimat, schrieb er und man braucht nur einen Tag nach Boston hinein, das die größte Stadt im Umkreis wäre.

Wenzel fragte, ob man da drüben in Amerika leichter in den Himmel komme. Die Anna versuchte, ihm seine Fragen etwas plausibel zu beantworten. »Dass sich schon kleine

Kinder heutzutage über den Himmel erkunden, dass sie das alles schon interessiert, ist schon sehr bemerkenswert. Zu meiner Zeit, glaube ich, war das noch nicht so«, sagte sie abends zu ihrem Klemens.

Irgendwie, sagte der Klemens, stehen Kinder ganz anders in der Fülle des Lebens und spüren vielleicht intuitiv, dass das alles, also die Auferstehung und das ewige Leben, jetzt und hier schon begonnen haben und dass sich dieses Erwarten im Tod bereits vollendet.

Am Sonntagnachmittag schob der Immertreu Peterl seinen Herrn und Meister durch die Stadt, über den Ringplatz hinauf zur Mariae-Himmelfahrts-Kirche. Klemens' Mama hatte hier schon gebetet und geweint und hat der heiligen Muttergottes alle Verantwortung für ihren lahmen Bub übertragen. Sie selber, sagte sie der Mutter Christi, wisse ja doch nicht, wie es weitergehen solle.

»Jetzt wohn' ich schon so lange in unserem schönen Brünn«, sagte der Peterl, der mittlerweile eine graue Haarpracht über die Schultern hängen hatte, »aber unsere Kirchen und Klöster kenn ich kaum. Ist eine Schand, ich weiß.«

»Was ist«, fragte ihn der Klemens, »willst da anwachsen? Gemma, es wird Zeit, dass wir heimkommen.«

»Ich hab jetzt gar nichts gedacht«, antwortete der Peterl, »des hilft manchmal.« Den Peterl druckte sein Verhältnis zu den Mädchen, zu solchen, die einen wie ihn noch anschauen würden. Er hatte noch alle seine Zähne, er wusch sich täglich, war nicht unterernährt, hatte seit geraumer Zeit eine wichtige Stellung in der großen Schusterei des Stiefelbarons.

Ein guter Mitvierziger hat halt bei den Frauen wenig Chancen, resignierte er immer öfter, hat er doch schon den größeren Teil seines Lebens hinter sich. Das Mädel vom Procházka, die schöne Judith, ging ihm seit Jahren nicht aus dem Sinn. Sie wird ihn nicht mögen, sagte er zum Krummauer, er wäre doch unansehnlich und ungebildet und in Brünn rennen so viele gescheite Leute herum. Hatte doch der Krummauer eben über einen gewissen Cyril František Napp referiert, über den er das eine oder andere ausbaldowert hatte, den er sehr schätze, der auch so ein Gebildeter war und dem nicht nur die Brünner eine hohe Sprosse auf der beruflichen Laufbahn prophezeiten.

Was der Klemens Krummauer und der Professor von Flanner für die philosophisch-theologischen Dispute überreichlich in Brünn getan hatten, das hatte der Napp in beträchtlichem Maße in petto, wenn es um Literatur und Geschichte und die Entwicklung des Brünner böhmisch vaterländischen und kulturellen Lebens ging.

39

In Wien hatte er seiner Anna gesagt, dass er es sich nicht leisten könne, da in der schönen Wiener Stadt sich einen Anzug anmessen zu lassen. Das müsse er beim Schneidermeister Schwarz fertigen lassen, der kenne ihn und außerdem müsse ein Brünner in der eigenen Stadt einkaufen. Das wäre in ihrem Fall was ganz anders. Für sie sei das Kleid ein Geschenk, eine Erinnerung an die Zeit in Wien und das verstünde jeder.

Der Schneidermeister Schwarz, ein alter Brünner Handwerker, ein wirklich außerordentlicher Meister seines Faches, gehörte zu den Stillen.

Er sagte dem Klemens Krummauer, der ihn um einen neuen Anzug angegangen war, dass es ihm so leid tue um seinen Schwager, der in Amerika von den Indianern gefangen gehalten wird oder von den Franzosen oder auch den Engländern. Er wisse da ja nicht so genau, rede nur nach, was die Leute in Brünn erzählen.

Nun hatte der Oskar viel geschrieben und was ihm am Herzen gelegen hatte, wurde im Krummauer Haus hin- und her gewendet. Die Briten und die Amerikaner hätten in Kanada gegeneinander gekämpft, hatte er geschrieben. Alles hätte mit dem Geld zu tun und der Krieg habe nur stattgefunden aus wirtschaftlichen Gründen. Ein gewisser Indianerhäuptling Tecumseh vom Stamm der Shawnee hätte auch mitgemischt. Aber die Kämpfe hätten sich auf das amerikanische Gebiet kaum ausgewirkt, schrieb er. Außerdem ist das alles sehr weit weg von Salem.

Die Kinder werden die Bruchstücke aus dem Brief und den ausufernden Debatten daheim, die sie auf kindliche Weise aufgenommen hatten, mit ihrer Fantasie vermengt haben und die Auswirkungen schwirrten nun durch der Stadt. Gerüchte verschiedenster Art entstanden, aber das Gerede und der allgemeine Klatsch flauten allmählich ab und neue Nachrichten dominierten das Geschwätz der Honoratioren und der biederen Stadtbewohner.

Janika sagte, dass ihr lieber Gatte sehr hitzig geworden wäre, dass er auch Tage hätte, an denen er nur in eine Richtung stiere, müde und angespannt zugleich sei er. Dann esse er wieder die Speiskammer leer. Aber hauptsächlich sei er erschöpft und der Leib schmerze, aber er lamentiere nicht.

Solche Zustände habe seine Mutter auch gehabt, in seinem Alter. Die wäre dann nach einem halben Jahr gestorben.

»Sie hat gelitten«, sagte die Janika, »die Mama und der Doktor hat ihr ein Laudanum verschrieben, das hat dann immer wieder geholfen, sie hat sich beruhigt und viel geschlafen, eine gute Medizin ist das«, sagte Janika, »aber das Essen hat ihr nicht mehr geschmeckt.«

Anna hatte sie zu einem Kaffeetscherl eingeladen und einen Gugelhupf gebacken, der ihr recht gut gelungen war. Von Wien musste sie erzählen, wo es so wunderbare Paläste und Schlösser gäbe und Parkanlagen und breite Straßen, was man nirgends sonst sieht. Aber die einfachen Leute würden recht ärmlich daherkommen, daran könnte sie sich nicht recht gewöhnen. Da möchte' sie schon lieber im schönen Brünn leben.

Sie habe zudem den Eindruck, sagte die Janika, dass ihr Gatte nicht mehr so recht bei Sinnen sei, seine Gedanken gehen da oft in eine ganz andere Richtung, er merke sich nichts mehr und verwechsle Ross und Reiter. Er hätte doch so lange im Schuldienst gestanden, aber seit er demissioniert hätte, ginge es bergab. Und da lasse er schon auch einmal die Hosen runter, mitten im Gelass, wo doch die schönen Bilder gingen und die Session getagt habe.

»Der Herr Doktor meint, dass mein Justus nicht mehr lange zu leben hätte. Es könne sich aber auch verzögern, da stecke man nicht drinnen.«

Wie sie neulich erzählt hatte, sie hatten gerade das Mittagsmahl beendet, dass der Herr Prälat Moser auch nicht mehr recht auf die Füße komme, meinte der Justus, der Herr Prälat wäre doch schon lange verstorben und um den brauche sie sich mehr kümmern. »Jessas, siehst Anna, da setzt einfach der Verstand aus. Dann schreit er auf, mitten in der Nacht. Wird ihn dann vermutlich immer ein böser Traum verfolgen. Na, und aus dem Bett ist er auch schon gefallen, wenn er sich nur keinen Knochen bricht. Es wäre das Elend fertig.«

Sie selber könne auch nicht mehr schlafen, müsse dann gar das Stadthaus verlassen, wenn der Justs sie verlässt. »Aber zum Vater zieh' ich nicht mehr zurück nach Ungarn, die Malaise habe ich endgültig hinter mir, eher gehe ich ins Wasser oder lauf sonst wo hin. Könnt' ja gleich an Strick nehmen.«

Das soll sie sich nochmals überlegen, meinte die Anna und die Janika sei doch schon immer eine starke Frau gewesen. Oft käme alles anders, als man sich's ausdenke.

»Kinder ham mir a kane«, heulte die Janika, »hot der Justus kane zammbracht. In unserer Familie gibt's die Kinder wia an Sand am Meer und wann ans gschtorbn is, hot des kana gschpannt. Oba as Stadthaus is guat erhalten. Wannst es wüllst, Anna, kriagst as. Über den Preis werden wir uns schon einig.«

Die von Flanners besaßen noch ein kleineres Chalet, ein bescheidenes Landhäusl, wo sie an den Sonntagen gerne ausgespannt hatten. In Kovalovice hätten sie seinerzeit geflittert, sagte sie und dann wären sie auf der schönen Chaussee nach Prag hinauf, wo doch Verwandte des Justus lebten. Ein gewisser Amade von Flanner hätte sie dort dem Justus beinahe noch ausgespannt und sie denke noch gerne an diesen feschen und eleganten Mann, der sie am Rossmarkt begleitet hätte und rauf zum Hohen Dom. Dort wird sich viel verändert haben, sagte sie und sie hätten im Wirtshaus *Hradcany* zu Mittag gegessen. Sie dürfte das ja gar nicht sagen, aber der Amade hatte ihr gesagt, dass sie immer zu ihm kommen könnte, wann sie in Kalamitäten stecken würde. »Er hat nicht geheiratet, stell dir vor Anna, hat entsagt.«

Aber jetzt würde sie erst einmal warten, wie sich das mit dem Justus anlässt, wie lange das noch dauert und dann würde man sehen. Sie könnte sich auch eine Freundschaft vorstellen mit dem Amade. Aber das Ganze würde sie schon erschrecken, weil ja der Justus, der sie die vielen Jahre wirklich gut gehalten hätte, dann doch recht bald die letzte Grenze überschreiten müsste. »Man weiß ja nicht, was nach dem Sterben auf einen zukommt. Der Justus war da immer skeptisch. Dass es was gibt, sagte er, dürfte außer Frage stehen. Aber was es ist, wisse man eben nicht und dann sagte er, dass man abwarten müsse.«

Die Anna hätte gerne getröstet, aber es schien ihr geschickter, wenn sich die Janika ausreden könnte.

»Er war ein gläubiger Mensch sein ganzes Leben lang, aber er wollte kein Geist werden, sagte er, der wegen seiner irdischen Sündhaftigkeit dazu verurteilt wäre, irgendwo zu erscheinen. Man liest da ja so viel, könnt einen schon gruseln.«

Man hört ja so viel, sagte die Janika, und sie traue sich abends nicht mehr auf die Straße und alleine draußen in Kovalovice, das halte sie nicht aus. »Da würd ich mich fürchten und wann der Wind an die Fensterläden schlägt und ums Chalet faucht, würd es mir ganz andrisch werden.«

Sie erzählte auch ganz offen, dass der Justus, immer wenn er im großen Ohrensessel sitze und ganz weit weg wäre, wohl beten würd'. Es könnte sein, man wisse ja nicht, was in so einem Menschen noch vorgeht. »Wie gesagt, wir sind ein gläubiges Haus und schon daheim in Tatabánya haben wir jeden Abend auch mit dem Gesinde gebetet. Und ich habe erst letztes Jahr und das erwähne ich wirklich nur nebenbei, weil ich mit dir so gut reden kann, ich habe meine Truhen gründlich durchgeschaut und ein ganzes Fuder Wäsche ins Armenhaus runtergeschickt. Es sammelt sich so viel an und da muss man einmal auch wirklich ausräumen.«

Das *emovere* habe Gültigkeit, das war auch immer die Ansicht von meinem Justus. Im Inneren müsse man ausräumen, sagte er und es wäre legitim, auch Trödel und angehäuften Plunder abzugeben, an Menschen, die weniger besitzen. Man bräuchte sich ja nur in der Straße umschauen. Der Birkner, der arme Witwer oder die Neuhäuslerin, der der Mann umgefallen ist. Das sind alles verzweifelte und über die Maßen vom Leben benachteiligte Menschen.

»Ihr habt ja selber genug Kummer, wenn ich an den Klemens denke, der schon seit der Kindheit sein Geschick mit großem Gleichmut trägt. Das ist alles Fügung, sagt mein Justus.«

Man müsse wohltätig sein, sagte die Janika und sie redeten dann noch über Gott und die Welt, so wie es ihnen in den Sinn kam.

Es wäre ihr eine Ehre, wenn die Krummauers zum Requiem und zur Beerdigung kämen und nachher könnte man beim Broucek speisen. Aber sie stünde ja auch noch mitten im Leben, sagte die Janika und wer weiß, was wird.

Eine ungestüme Sehnsucht zog auf einmal durch ihr Herz und sie nahm sich fest vor, nach der Beerdigung ihres

Justus heim zu fahren, nach Tatabánya, zur Mama. Sie dachte aber auch in erlaubtem Maße an den lieben Amade, aber das Herz zuckte so verwegen. Aber auch an den Forstmeister Kohout dachte sie, der die von Flanners seit Jahr und Tag mit einer Rehkeule oder einem Stück von der Sau oder auch mit dem einen oder anderen Rebhendl versorgte.

Als Frau hätte man ein Gespür, sagte sie sich, wenn der Kohout so diskret und rücksichtsvoll durchs Fenster fragt, »ob er wieder a Stückerl guates, frisches Fleisch vorbeibringen darf«.

40

Der Wenzel spielte in der Kammer seines Großvaters, hatte ihm zugehört, weil der Großvater die schönsten Geschichten erzählen konnte. Heute hatte er von der großen Kirche in der Stadt erzählt und dass er mit ihm einmal nach der Messe in der Kirche sitzen bleiben würde.

Dann erzählte er dem Bub noch von Schweden, die ein sehr grausames Volk wären. Wegen der Schweden würden die Brünner in Peter- und Paul schon um elf Uhr die Mittagsglocken läuten. Da hatte er genug zu denken, der Wenzel.

Er ist den Großvater noch mit weiteren Fragen angegangen, aber der Großvater schien eingeschlafen zu sein. Da half das ganze Zerren und Rütteln nichts mehr. Der Bub schaute sich den Großvater genau an, ging in die Werkstatt und meldete den Tod des Großvaters. »Der schnauft nicht mehr, der Großvater. Der wird tot sein«, sagte er und harrte der Dinge die da kommen würden.

Er ging zur Kredenz und suchte ein Stück von dem Gugelhupf, der gestern übrig geblieben war. Er hatte der Mama zugeschaut, wie sie den Topfen und den Zucker, Butter und Eier gerührt hatte und viele andere Dinge, von denen er nicht so genau wusste, wie sie heißen.

Der Vater war traurig, das konnte man ihm ansehen und er weinte, weil er den lieben Vater nicht waschen und umziehen konnte, bevor sie ihn Bett legten, um vor der Liegerstatt zu beten. Am Abend, nachdem die Leichenfrau und der Totengräber den Großvater schön gewaschen und hergerichtet hatten, stand er mit den anderen Geschwistern vor dem lieben Großvater. Wenzel war stolz, dass ihm die schönen Gebete zumeist geläufig waren. Darüber hätte sich der Großvater sicher gefreut.

Dann kam abends noch eine Anzahl von Bekannten. Die Frau Janika war auch darunter und ein paar Nachbarn. Der Heller Wastl hat laut vorgebetet. Die meisten Leute kannte er, sie lebten in der gleichen Straße wie er. Einen der Männer hatte er schon früher gesehen, wie er an der Hinterseite des Hauses einen frischen Putz aufgelegt hatte.

Ein anderer, den sie den Tut hießen, worüber er, der Wenzel, immer lachen musste, stand im Herrgottswinkel, aber er betete nicht mit, interessierte sich vielmehr für die Bilder in der Kammer. Der ist damals, erinnerte er sich, einen Tag später wieder gekommen, weil sein Lehrbub Werkzeug hatte liegen lassen und der Mann hatte laut geschimpft und den Lehrbub einen elenden und nichtsnutzigen Krüppel genannt, obwohl der einzige Krüppel, den der Wenzel gut kannte, der Vater war.

In der Kirche haben die Leute sehr schön gesungen. Irgendwie ist er weg gedämmert und wurde erst wieder wach, als ihn die Mutter leicht rüttelte. Dann schritten der Vater und die Mutter, die wiederum den Vater in seinem Gefährt schob, hinter den Sargträgern zum offenen Grab. Dort redete der Herr Pfarrer und spritzte Weihwasser auf die Leute und hinter dem Großvater her. Der Wenzel bekam einen mächtigen Hunger und fragte die Mama, wann sie denn wieder heimgehen würden, weil er Hunger habe. Er hätte Heißhunger auf ein Brot mit einer Milchhaut.

Nach der Beerdigung des Großvaters saßen sie beim Wirt und aßen ein fettes Schweinernes und ein Zwiebelkraut und große Knödel und danach spielten die Kinder im Hof vom Wirt. Der Tag ging schön zu Ende und die Krummauers sagte, dass der Großvaters sich über die schöne Predigt vom Herrn Pfarrer gefreut hätte und so, wie es der Pfarrer gesagt hatte, war es auch. Der Großvater wäre ein guter Mensch gewesen und sie würden immer an ihn denken und jetzt wäre er bei der Großmutter im Himmel. Dann gingen sie wieder in die Rašínova Ulice und weil der Wenzel müde war, legte er sich in den Sessel vom Großvater.

Ob der Vater und die Mama auch im gleichen Grab beerdigt würden, wenn sie einmal sterben, fragte er am Abend bei Essen. Dann widmete er sich seinem Spiel. Er empfand, dass das ein besonderer Tag gewesen war. Alles, so fühlte er, hat seine Ordnung.

41

Der Bub stand vor dem Fenster der Schusterei, schaute unverwandt dem Schuster Klemens Krummauer bei der Arbeit zu und machte keinerlei Anstalten zu gehen oder in die Werkstatt zu treten. Er hatte einen ausgebleichten Rucksack am Rücken hängen und einen knorrigen Stock in der linken Faust.

Der Krummauer klopfte mit einem Hagelstecken ans hölzerne Fensterkreuz und lud den Burschen ein.

Der wartete noch eine Weile, dann drückte er die Türklinke nieder und stand in der Werkstatt. Er redete kein Wort, wartete wohl bis der Schuster ihn dazu einlud.

»Wo kommst denn her?«, fragte der Krummauer.

»Trautenau«, sagte der Bub.

»Trautenau, da schau her. Ist ja gleich um die Ecken.« Dann war es still.

»Hast Hunger?«, fragte der Krummauer. Der Trautenauer schaute, nickte verhalten mit dem Kopf.

»Setz dich.« Die Anna war außer Haus. Der Klemens fuhr mit seinem Gefährt in die Küche und schichtete eine Brotzeit auf einen Teller. Im blechernen Hafen hatte er einen starken Kaffee aufgebrüht.

Der Josef, wie er sich nannte, machte sich über den Teller her und ließ nichts übrig.

»Bist auf der Walz?«

Der Josef nickte. »Bin a Schuasta. Hob beim Klarner in Trautenau g'lernt. Host a Arbeit für mi, Moasta?«

»So, a Schuasta bist. Da schau her, a Schuasta is er.« Dann war es wieder still.

»Wennst etzat draußen weiter ganga warst, Josef, dann wär dein Leben in eine ganz andere Richtung gangen. Verstehst des?«

»Des vasteh i. Na war i halt af Znaim ganga. Da wern's a

an Schuasta hom. Wenn de koan Schuasta hom tatn, na warat i über de Grenz ganga. De Österreicher ham a Schuasta.«

›Ein Philosoph ist der nicht‹, dachte Klemens, ›ein Praktiker ist er. Brav.‹

»Jetzt schlafst eine Stunde und dann fangen wir zum Arbeiten an.«

Der Josef aus Trautenau schlief den ganzen Tag und die ganze Nacht. Am frühen Morgen des nächsten Tages stand er in der Werkstatt und fragte den Meister, was er denn machen solle.

Am Vormittag ließ sich die Perunek aus Rajhrad sehen. Sie hätte wieder einen Auftrag für den Herrn Fabrikant und warum er immer noch auf der Schusterbank sitze, frage sie. Er hätte ja das Arbeiten nicht mehr nötig.

»Da komme ich auf keine unguten Gedanken, liebe Frau Perunek. Und wie ist das werte Befinden und wie geht es dem Herrn Gemahl«, fragte der Krummauer und nagelte weiter.

Ja, dös Schlössl hätten sie jetzt erweitert, erzählte sie und der Abschluss der Renovation stünde kurz bevor und es habe schon einen Batzen Geld gekostet. Aber man soll nicht an der falschen Stelle sparen. »Aber er, der Perunek, laboriert an was, vielleicht hat er was im Bauch. Weiß man ja nichts Genaues«, sagte sie.

Er hatte sie seinerzeit eine autochthone Pflanze genannt, der Herr Perunek, der Herr Weinbaron, erinnerte sich Krummauer. Ein hocharomatisches Gewächs wäre sie, hatte der Herr Perunek gesagt. Der Herr Krummauer kramte noch etliche Äußerungen der Frau Perunek, die sie anlässlich der Sessionen immer gerne eingestreut hatte, aus seinem Hirnkastl hervor, wollte aber die Frau Perunek nicht langweilen, sie solle sich nicht echauffieren müssen. Zudem gehört sich so was nicht debattiert. Das wäre nicht mehr aktuell, wäre nicht der Rede wert. In die Stadt möchte sie hinunter. Man müsse die neue Kutsche ein wenig ausfahren. »Ein schönes Gewand hat die Frau Gemahlin aus Wien mitgebracht, so was kostet nicht nur einen Gulden.«

Der Josef erzählte ihm, dass er vor acht Tagen beinahe verbrannt wäre. »Des ko schnell geh, mei Liaba«, sagte er. »So a nascha Hodanflechter hot neba mir gschlafa in ana Schupfn, na hot er g'raucht und an Lita Obstler eineg'schitt. Na hots af amal brennt, grod dass ma nu asse kumma san.«

»Da hat sich der Bauer aber recht g'freut«, meinte der Krummauer.

»Der Brandige muass etzat arbeitn, as ganze Joahr im Stall bei dem Bauern arbatn. Na warat sei Schuld abzahlt.« Der Josef lachte.

Dann hatte er erzählt, dass er ein Ordentlicher wäre, weil seine Mutter gesagt hätte, dass Anstand und eine Sittsamkeit das Wichtigste im Leben wären. Wenn man etwas Schlechtes tut, oder sich rücksichtslos benimmt oder niederträchtig über einen Menschen redet, dann fällt das auf einen selber zurück. »Und irgendwann schlagt na as Schicksal zruck, weil Gott seiner nicht spotten lässt.«

Er erzählte von seiner Schwester, dem Lenerl, die eine so nette und liebenswürdige Frau war und so arg schön, und die wäre auf einen Halunken hereingefallen. Der Stollwander Schore war ein Bauersbub gewesen, ein Reicher, aber ein Tunichtgut, der es auf alle Mädchen abgesehen hatte und

dann hatte er die Leni rumgekriegt, weil er ihr alles versprochen hatte.

Sie wäre eine Hexe, sagte der Stollwander das Jahr drauf,
und so hatte der Stollwander auch in Trautenau geredet und
das Kind wäre vom Teufel und nicht von ihm. Da könnte sie
plärren, so viel sie will. Der Pfarrer hatte den Schore gestützt
und hatte auch gesagt, dass die Leni eine dämonische Frau
wäre.

Der Vater wäre dann zum Pfarrer gelaufen und hätte ihm
gesagt, dass er dem Herrn Bischof schreiben würde, weil er,
der Pfarrer bekanntermaßen ein Verhältnis mit der Stoll-
wanderin hätte und dass er so ein Schlechter wie der Schore
wäre. Er hatte dem Pfarrer auch angedroht, dass er ihm mit
dem Schusterhammer sein Hirn einschlagen würde.

Dann hatte die gütige Vorsehung ihren schönsten Lauf genommen. Der Stollwander Schore wäre auf der abgemähten
Wiese eingeschlafen, weil er schon während der Mahd gesoffen hätte. Das ganze Heu wäre an diesem Tag schon einge-
fahren gewesen. Dann haben sie ihn am Abend, nachdem er
lange nicht daheim auf dem Hof angekommen wäre, gesucht.
Er lag tot auf der Wiese. Möglicherweise hätte ihm sein Ross
eine drübergezogen, hatte der Vater gesagt und er, der Vater,
hätte das kommen sehen. Der Vater wäre zufrieden gewesen, weil er sagte, dass der Schore irgendwann sowieso eine
Abreibung bekommen hätte und jetzt hätte tatsächlich sein
eigenes Ross das verdiente Urteil gesprochen.

Die Mutter wäre da anderer Meinung gewesen. Sie hätte
der Leni geraten, mit dem Stollwander Benedikt, dem jüngeren Bruder vom Schore, anzubandeln. Da hätte das Kind

dann einen Stollwander zum Vater, einen Vater vom eigenen Blut und sie käme gar auf den Hof, was ihr zustehen würde.

Der Josef hatte, während er seine Geschichte erzählte, fleißig Nagel um Nagel ins Fußleder gesetzt. Dann schaute er auf und sagte, dass er fertig wäre und was er jetzt machen solle.

42

Der Josef Rübig aus Trautenau arbeitete bis in die Nacht hin. Ein wirklich fleißiger Bub wäre er, sagte der Krummauer zu seiner Annas. »Am Sonntag will er in die Stadt rein.«

»Es wundert mich schon, dass so ein junger Bursch ständig in seiner Kammer sitzt und liest«, meinte die Anna.

Es war dann auch schon gegen zehn Uhr abends, als der Josef wieder aus der Stadt heimkam. Etwas abgehetzt schien er zu sein.

»Da is wos gscheng«, sagte er. »Da is an oids Heisl zsammgfalln und hot zwoa Leit daschlogn. Da geht's auf Tschernowitz hinte, ham d'Leit gsagt. Da Gandarm hot gsogt, etzat hejtn ses hinter sich, da Myslivek und sei Jarmilla.«

Den Krummauerschen wurde da schon zweierlei. Es war der Myslivek, der ihnen den fetten Gartenboden umgestochen, den hagelbuchenen Zaun ausgebessert, die Sickergrube geleert hatte.

Gleich am nächsten Morgen würde er ins Leichenhaus fahren, um dem Myslivek die letzte Ehre zu erweisen und am Requiem würde er auch teilhaben. Sie kannten sich seit Klemens' Jugendzeit.

111

Dann der Josef noch, dass er stolz darauf sei, bei einem Philosophen zu arbeiten, der zugleich auch noch ein Schuster wäre.

Der Krummauer lachte und meinte, dass er kein Philosoph wäre. Das sagten nur die Brünner. Er sei nur philosophisch interessiert.

Was das denn eigentlich sei, so eine Philosophie, fragte der Josef nach.

»Ein Philosoph möchte ein wenig nachschauen und ergründen, wie man die Welt und den Menschen verstehen soll«, sagte der Klemens Krummauer und er staunte, dass der Josef sich um die Philosophie kümmerte.

»De Muatta sagt oiwei, dass i mi um mi selm kümmern sollt und net um de andern Leit und des langat nachat scho.«

»Deine Mutter hast es erfasst«, sagte der Krummauer.

Dass sie den Napoleon auf die Insel Elba verfrachtet hätten, erzählte die Anna. Sie hätte das heute in der Stadt gehört.

Er wäre der Schatten über dem christlichen Abendland gewesen, sagte der Klemens, der hätte seine Finger noch überall drinnen und wie lange der das auf Elba aushält, würde sich erst noch zeigen.

Wo das Leben ist, da arbeitet auch der Tod recht emsig, hatte der Prälat Moser immer gesagt. Jetzt hat der Schnitter auch bei ihm Halt gemacht. Er wäre ein mutiger Mann gewesen, sagte der Herr Generalvikar bei der Beerdigung.

»Ein Mann ohne Mut ist immer am Ende«, spielte er seinen Gedanken weiter. Und er war ein guter Mensch, der Herr Prälat und ein guter Mensch ist mehr als ein großer, ein wichtiger Mensch«, und er sagte, dass selbst großer Kaiser danach beurteilt würden, ob sie gute Herrscher seien, Menschen mit einem Mitgefühl. Gute Menschen erwiesen durch ihre Güte, ihre Liebe zum Nächsten ihre von Gott gestiftete Würde. Er erinnerte an die guten Predigten des Herrn Prälat Moser, in denen er immer betont hatte, dass vielerorts die Würde des Menschen mit Füßen getreten würde und dass man so was öffentlich machen muss. Im Inneren eines jeden Menschen liege die Würde, die ihm als Krönung der Schöpfung durch seinen Schöpfer zugestanden würde und nur ihm.

Der Herr Kaiser Franz I. hatte diese Predigt nicht gehört, aber sie war auch nicht gegen ihn gerichtet, sagten die Brünner.

Am nächsten Tag saßen der Krummauer und der Trautenauer in der Schusterwerkstatt und der Josef fragte, ob auch dieser Schorsch, der Vater vom unehelichen Kind, eine Würde gehabt hätte.

»In der Bibel heißt es, dass jeder Mensch ein Ebenbild Gottes wäre nicht zu verlieren, weil sie ein göttliches Geschenk ist.«

Der Josef schaute auf seine Arbeit und blieb still, er beschnitt die Sohlen und Absätze, raspelte, klebte und nagelte. »Ich glaub, ich hab das verstanden«, sagte der Josef, »und der Bauer, der den Hallodri, der ihm seinen Stadel abgebrannt hat, der hat das auch verstanden. Sonst hätte er den Burschen totgeschlagen. Aber weil auch ein Landstreicher eine Würde hat, hat er ihn leben lassen.«

Mehr Philosophie braucht man nicht, bedachte der Klemens Krummauer.

43

Die Perunek aus Rajhrad brachte einen Stückerl Geräuchertes mit und einen Korb mit Mirabellen und noch einen mit Äpfeln und gerade diese Äpfel gaben einen köstlichen Duft ab. Die hätten ein Bukett, sagte sie und sie hätten mehrere Sorten angepflanzt, eine besser als die andere.

Sie erlaube sich anzufragen, wie sie sich charmant ausdrückte, ob sie denn die Krummauers ins Schlössl nach Rajhrad einladen dürfte. Der nächste Samstag würde passen und die Freude auf Seiten der Perunek wäre groß und sie grüße vor allem vom Petr. Sie kennen sich ja, der Petr und Herr Krummauer, wenngleich wohl nur flüchtig, hat doch jedes von uns seinen Aufgaben nachzukommen und man könnte nicht verreisen wie man wolle, wie sie sagte.

Sie hätte die Äpfel heute Morgen frisch in den Korb gelegt, die allerschönsten wären es und sie hätte die Kutsche heute selber nach Brünn rein gesteuert und das feine Rauschen des Windes, der ihr um die Ohren gestrichen ist, mag sie nicht vergessen. »Es geht nichts über so eine Fahrt im späten September«, lachte sie noch. »Die sommerliche Hitze hat ein Ende und es noch nicht zu frisch, als dass man sich nicht auf den Bock setzen möchte.«

Sie sagte dann noch, dass die Fahrt sie angeregt hätte. Der Klemens Krummauer war doch beeindruckt, denn die Perunek hatte in den vergangenen Jahren dazu gelernt, die Sessionen wären doch nicht spurlos an ihr vorübergegangen. War sie doch zu Anfang nicht nur unermüdlich mit Mimik und Gestik bei der Sache, sondern vor allem mit großer anspruchsloses Unbedarftheit bei der Sache. Aber sie war von jeher aufrichtig, nicht verlogen, sagte eben ungeschützt, was sie zu sagen für richtig erachtete.

Die Anna, die ihr eine Tasse Tee gebracht hatte, sagte zum Klemens, dass die Perunek ihre Seele und ihr Herz und was sonst noch auf der Zunge trage. Das mag den einen gefallen, den anderen sei es Grund zum Tadel.

»Man muss den Menschen so schätzen, wie man selber von den anderen genommen werden möchte«, sagte sie.

Die Anna brachte alles auf den Punkt. Selten hat der Klemens einen Menschen kennen gelernt, der mit wenigen Worten das Wesentliche ausdrücken konnte.

In Kürze wollte sie ins Znaimer Elternhaus fahren. Es waren vermehrt die letzten Tage gewesen, an denen sie Bilder aus der Jugendzeit aus ihrem Herzen holte und sie spürte diese unbändige Sehnsucht nach den Eltern, dem Bruder Oskar, auf dessen Brief aus Amerika sie schon so lange vergeblich wartete.

44

»Er ist gestorben, mein Justus. Heut Nacht hat ihn der liebe Herrgott heimberufen«, weinte die Janika, als sie sich der Anna um den Hals warf. »Heut Nacht hot er amol um sich gschlagn. Ich lieg ja mehr wach, als dass ich schlaf, man kümmert sich ja. Na hob ich eahm gfragt, wos denn is und ob's ihm schlecht geht. Aber er hat kanen Muckser mehr gmacht. Beim Herrn Pfarrer war i scho. De Leich is am Freitagvormittag und nachher gemma zum Broucek. War ich auch schon dort, des geht in anem Aufwasch. Seid's alle vielmals eingeladen. Na ja, etzat is viel zu erledigen.«

Da war sie wieder auf der Straße und strebte ihrem Haus zu, wo der Herr Bestatter, der auch der Sargtischler war, auf sie wartete. Sie wäre es ihrem Gemahl schuldig, dass sie ihn in einen schönen Sarg betten lässt. Auch seine Verwandten würden dies erwarten.

Der Herr Pfarrer zelebrierte ein feierliches Requiem und Wolken von Weihrauch zogen durch die Jakobskirche und der Justus hätte das gerne gehabt, es hätte ihm sicher gefallen, wenn er es noch miterlebt hätte, dachte die Janika.

Im Friedhof haben sie dann geschossen, die Kaiserlichen, war doch der Herr von Flanner in jungen Jahren gerade hier in Brünn im Regiment ein Herr Leutnant gewesen. Der Herr Schulrektor Gottfried Meyer redete auch nur Gutes über den lieben Verstorbenen. Jeder wisse, sagte er, dass Herr von Flanner ein Vorbild für die Jugend war. Sein Beispiel würde fortwirken.

Herr von Novak hob im Auftrag der theologisch-philosophischen Session die hohen Verdienste des Herrn von Flanner für die Bildung und die Weiterentwicklung der hoch zu preisenden wissenschaftlichen und akademischen Brünner Kultur hervor. Auch der Honoratiorenverein, der im Hotelgasthof *Sinowitz* regelmäßig über gesellschaftspolitische Fragen analytische Konzepte entwarf, war mit fast vollzähliger Delegation vertreten. Ihr beauftragter Akademischer Oberrat Wulf von Bottewitz, der in der Stadtverwaltung eine höhere Position innehatte, kam namentlich auf die treukaiserliche Haltung des Heimgegangenen zu sprechen, eines edlen Mannes mit Rückgrat. Herr von Flanner wäre ein höchst würdiger und verdienter Repräsentant des

Adelsstandes und somit des böhmischen Königtums wie vor allem des österreichischen Kaisertums gewesen.

Selten hatten die Brünner einen so ehrenhaften Menschen zu Grabe getragen. Auch er war kein Mensch ohne Fehl und Tadel, aber der Krummauer wusste, dass er einen noblen Freund verloren hatte.

Tags zuvor war er im unteren Friedhof vor dem Grab des Roman Myslivek und seiner Jarmila in seinem Gefährt gesessen. Der Herr Kaplan hatte darauf hingewiesen, dass der Herr und Schöpfergott zwei brave Menschen auf sehr plötzliche und ungewöhnliche Art zu sich berufen hätte und dass sie jetzt die Herrlichkeit dieses barmherzigen Gottes schauen würden. Und sie hätten ihr ganzes Leben lang gearbeitet und gebetet und bescheiden gelebt und ihr Name würde jetzt gepriesen und wäre in Gottes Hand geschrieben.

»Wennst wer bist, na host a schöne Leich«, sagte die Anna, als sie sich nach der Beerdigung im Stadtfriedhof auf den Weg zum Broucek machten. »Wia im Lebn, so im Sterben. Bin neugierig, wia se des drübn anlasst.«

45

Die Kutschfahrt zu den Perunek nach Rajhrad hatte sich hingezogen. »Jessas, bin ich müd'«, sagte die Anna, »ich bewundere dein Durchhaltevermögen. Schad, dass du nimmer in den Fluss gehst. Na ja, die Zeiten ändern sich.«

»Da liegt Rauch in der Luft«, sagte der Klemens und dann dauerte es nur noch Minuten und der Weg bog ein in den Hof der Perunek.

»Na, eine Hüttn ist des nicht«, sagte der Klemens. Da

standen sie vor einem echten Schloss und daneben die Remise und weiter weg eine Rotunde neben einer Brunnenanlage, die aus allen möglichen Rohren Wasser spie.

Vor der breiten, wuchtigen Treppe dieses Prachtbaus bewachten zwei gewaltige, bronzene Löwen den Aufgang. Jeder hob eine Tatze. Das konnte als Warnung oder Willkommen verstanden werden oder als Bronze gewordener Dressurakt.

Die Perunek stand schon an der Tür und winkte.

»Das Reden überlasse ich dir«, sagte der Klemens, »ist schon bewundernswert das Ganze, unnütz aber recht prächtig.«

Der Perunek trat durch diese Tür, die über und über mit eisernen Stielen und Blättern verziert war, auf die Veranda hinaus. Die ausladende Veranda war der weitläufigen Treppe vorgelagert und dem Krummauer fiel sofort der gepflegte Kaiserbart des Perunek auf. ›Respekt‹, dachte er sich, ›wenn schon Bart, dann Kaiserbart und gepflegt.‹

Gerne hätte er das ganze Areal vorab bewundert, aber die Perunek zerrte die beiden gleich ins Haus.

Ein herzlicher Wortschwall begleitete Anna und Hans Krummauer, noch bevor die Brünner das eine oder andere Grußwort angebracht hatten.

Die zwei Wüstenkönige wären gegossen, Bronze wäre derzeit das Passabelste. In München drüben gäbe es eine Werkstatt, die auf Bronzetiere spezialisiert wäre. »Na, wem's g'fallt«, lachte sie. »Es ist der Transport, vastehst«, sagte sie. »Es dauert und ka Mensch waß, ob de Viecher ankommen oder nicht.«

Der Perunek hatte außer einem sehr devoten Gruß bisher noch kein Wort zum Geplauder beigetragen.

»Der eine Löwe heißt Petr, wie ich, der andere wird auch ein Mannderl sein, nennt sich wie die Hausherrin.« Er schmauchte an einer gemaserten Pfeife. ›Aus der Entfernung würde ich auf Bernstein tippen‹, dachte sich der Krummauer.

Die Perunek lachte ihr herzliches Lachen und sagte, dass sie die Luise sei, nach der Mama hätte man sie geheißen.

»Ich bin gegen zehne am Vormittag kommen und um zwölfe, Schlag Mittagläuten, war ich schon getauft. Luise, Geraldine, Margarete.«

Da gingen den Krummauers die Augen über. »So viel Antikes habe ich noch nie gesehen«, staunte die Anna, und der Klemens dachte, dass sie freundlicherweise vergessen hatte zu sagen, dass das Antike neben dem Antiquarischen aus den Werkstätten Böhmens stammt, wo der böhmische Kalk in gefällige Figuren, Büsten, Jünglinge, Mädchen, Vasen aller Art gegossen hat.

Da standen natürlich schöne heimische Keramiken, Schalen, Wasser neben böhmischem Glas in seiner umwerfenden Vielfalt.

Aber ihr Herz hatte die Luise ganz bestimmt an jeder dieser kleinen Figuren und verspielten Figürchen verloren.

Schließlich lud sie zum Essen und hatte aufgefahren, was Küche und Keller in reichem Maße zu bieten hatten.

»Nach dem Essen zeige ich euch noch einen griechischen Freund«, lachte sie, »den Wächter des Hauses Perunek, den Dionysos, den Gott des Weines und der Leidenschaft, den Patron von Grundherr und Wein, einen gipsernen Gott.«

»Hunde haben wir auch, vier an der Zahl«, lachte der Petr Perunek. Die Perunek kämen, wie er später erläuterte aus den Karpaten. Der Urgroßvater wäre als Erster eingesickert, wie der Vater Abraham vor dreitausend Jahren oder wann immer auch. »Und schon die Ahnen haben sich hochgesoffen«, lachte er, und draußen schlug einer der Hunde an.

Vor denen bräuchte man sich nicht fürchten, sagte er, da ist kein Zerberus dabei. »Denen stehlen die Diebe das Haus, das Vieh und den Wein unter der Nase weg.«

Irgendwas lag noch in der Luft, unausgesprochen. Anna und Klemens hatten das gleiche sensible Gespür entwickelt.

Das Abendessen schmeckte vortrefflich. Die Köchin hatte es selber aufgewartet und einen guten Appetit gewünscht.

Sie raunte der Luisa etwas ins Ohr und die Luisa bat um Verständnis, dass sie sich kurz entfernen müsse.

»Es ist unser Walterl«, sagte der Petr Perunek, »er liegt oben, wir würden den Bub nie hergeben. Er ist unser Kind und wir pflegen es selber.«

Und dann sagte er, dass jeder Mensch sein Geschick hätte, aber dass sie alle zwei damit leben, weil es Gottes Wille wär, dass er ihnen dieses Leid geschickt hätte. »Meine Luisa ist immer an der Grenze zwischen Weinen und Lachen, sie ist immer aufgedreht und wenn es so scheint, als wäre sie ausgelassen, kann sie im nächsten Augenblick außer sich sein. Aber wir haben noch die gute Marie. Schau sie dir an, sie ist ein Herz.«

46

Der Herr General von Lobenstein, vormals Kommandeur des Regiments in Brünn kam mit einer ansprechenden Equipage nach Brünn. Bei Frau von Flanner logierte er. Der Herr Bürgermeister Johann Czikann ließ es sich nicht nehmen, den Herrn General von Lobenstein, den der Herr Minister von Metternich ins Wiener Kriegsministerium berufen hatte, ins Rathaus der Stadt einzuladen. Es wäre eine Ehre für die kaiserliche Stadt Brünn, seine Exzellenz begrüßen zu dürfen. Der Herr General zollte den Brünnern den gehörigen Respekt und hat sich noch ins Goldene Buch der Stadt eingetragen.

Die Anuschka, sein Mädel, das seinerzeit in Brünn als Spätling das Licht der Welt erblickt hatte, durfte ihn begleiten, hatte sie doch nur die allerliebsten Erinnerungen an die Stadt. Vielleicht hing sie noch so kindlichen Fantastereien nach, war sie doch noch blutjung. Aber die Anfrage des Herrn Papa, ob sie ihn nach Brünn begleiten möchte, hat ihr unschuldiges Herz ganz kräftig schlagen lassen.

Jeden Nacht hätte sie einen wundervollen Traum, sagte sie schon die zwei Wochen vor der Anfahrt ins Böhmische und der Mama, die immer ein wenig resigniert und verzagt wirkte, gelobte sie, ganz fest auf sich achtzugeben.

Alleine möchte sie in die Stadt runterlaufen, bat sie den Herrn Papa, möchte' durch den Park gehen und die Brünner hätten ja auch Schaufenster. Da gäb es zweifellos das eine andere zu entdecken, freute sie sich.

Der wiederum meinte, dass man heutzutage ein Mädel alleine nicht in die Stadt lassen dürfte, gäb es doch zu viele

Querulanten und überspannte Leute. Da wohne drüben auf der anderen Straßenseite in dem schönen Geschäftshaus der Herr Fabrikant Krummauer. Sein Wenzel, der nur ein oder zwei Jahre älter als die Anuschka wäre, möcht' sie sicher begleiten. Er wäre ein ordentlicher junger Kerl und würde sie sicher nicht derangieren und der Herr Vater, der ja dummerweis' in einem Gefährt sitzen muss, hätt' da gar nichts dagegen einzuwenden. Dem Hauptmann Demetz, der ihn aus Gründen der Sicherheit begleitete, beauftragte er, ein wenig hinterher zu bleiben, man müsse sein Vorhandensein ja nicht wahrnehmen.

Sie kenne den Herrn Fabrikant Krummauer aus seinen Erzählungen, erklärte der Herr Papa ferner, sei der doch so besonders begabt und eloquent, dass man schon weit über Brünn hinaus auf ihn aufmerksam geworden sei und an den Besuch der verehrten Krummauer in Wien erinnere sie sich gewiss gerne.

Für die Krummauers war es eine honorig Offerte, am Mittag des folgenden Sonntag von der Janika von Flanner zum Essen mit dem Herrn General von Lobenstein geladen zu werden und auch der Herr Bürgermeister samt Gemahlin war zum Mahl gebeten worden. Dass schließlich der liebe Pater Cajetan die Gruppe der verehrlichen Honoratioren komplettierte, war für alle Teilnehmenden eine große Ehre. Janika hatte sich nur ausgebeten, und das wäre ganz im Sinne ihres lieben Justus, dass sein Leid und sein Ableben nicht im Mittelpunkt des heutigen Abends stehen sollten.

Das Abendessen war äußerst geschmackvoll platziert und die Gäste lobten den delikaten Rehbraten und das rote Kraut und die Preiselbeeren.

Die Damen und Herren redeten natürlich über die Fortschritte der schönen Stadt Brünn und man würde vorankommen in der städtebaulichen Ausdehnung und viele Arbeitsstätten würden sich in der Stadt niederlassen, er deutete eine beflissene Verneigung vor den Krummauers an, wollte ihm dadurch Dank und Anerkennung zollen. Dass Brünn für die Kultur, die schönen Künste, für die Philosophie und die großen Fragen der Theologie und die akademische Bildung weit offen sei, grad für die Literatur habe er in persona ein ausgesprochenes Faible, das möchte er als Bürgermeister der Stadt festgestellt haben. Auch die handwerklichen Zünfte, der Handel, gar im Bereich der Einfuhr aus den umgebenden Landen wie auch die Ausfuhr von spezifischen Gütern in dieselben wären ihm ein Herzensanliegen.

Gebrannt hätte es im letzten Jahr und ein Straßenzug im Außenbereich, alte Hüttn eben, seien von den wütenden Feuerelementen wegrasiert worden. Die halbe Nacht hätte sich die Feuerwehr bemüht, schlussendlich wären die Naturgewalten überlegen gewesen. Das sei bedauerlich und man würde, nachdem da gerade die ärmeren Leut betroffen wären, schon ein wenig helfen, soweit es eben der Stadtsäckel hergebe.

Da gäb es wieder neue Bauten, gar mit einem tauglichen Keller und das wäre allemal gut, wäre sozusagen die Rückseite der Medaille. Man beredete das Für und Wider und kam zu dem Schluss, dass man, wie in anderen Lebensbereichen, auch in diesen einfachen und sehr profanen Obliegenheiten nicht vordergründig argumentieren dürfe. Es ginge ja vor allem auch um die grundsätzliche Lösung der Probleme, um die Ursachen Forschung und da sei man sich auch im Rat der Stadt einig. Da müsse man Tacheles reden, schließlich sei jeder Bürger auch seines Glückes Schmied. Der bedachte und überlegte Umgang an der häuslichen Feuerstelle zuvörderst, mit dem Funkenflug zumal, mit den Kerzen im Haus, der Einfalt der Kinder und andere Gründe wären immer wieder als die Ursachen aufgezeigt worden. »Man kommt da an kein Ende.« Der Herr Bürgermeister sah sich zwar in eine besondere Verantwortung genommen, trotzdem wäre die Brandthematik zu lösen, Aufgabe aller Bürger.

Der Herr General von Lobenstein ließ die Herrschaften ein wenig Wiener Politik miterleben, teilhaben an den Disputen, auch an den Intrigen der Gewaltigen, konnte natürlich aus verständlichen Gründen nicht mit Internas aufwarten.

Aber das sprühende Feuerwerk seiner Informationen, der oft recht hintergründigen Bemerkungen und versteckten Botschaften faszinierte die Damen und Herren. Man wäre in Brünn eben weit weg von diesem Zentrum der herrschaftlichen Macht und man merke, stellte sie zudem fest, dass man auf die Entscheidungen keinen Einfluss haben kann. Aber man sei gewiss, dass gerade in der kaiserlichen Politik mit Bedacht und allein im Interesse der Bürger entschieden und gehandelt werde. »Wenn es sein muss, auch mit der Waffe in der Hand«, sagte sie. Da wiederum wäre es eine große Ehr' mit einer der führenden Persönlichkeiten des Metternich'schen Kabinetts zu Tisch zu sitzen.

Sie erhob das Glas und brachte einen geziemenden Trinkspruch auf den Herrn General von Lobenstein aus. Auch der Herr Bürgermeister stimmte der höchst klugen Vorrede der verehrten Gastgeberin Frau von Flanner in umfassender Weise voll umfänglich zu. Auch er erlaubte sich, auf die Contenance, die Metternich'sche Standpunkt vor allem in der napoleonischen Frage, die ja von seinen Mitarbeitern in besonderer Weise mit strukturiert und mit arrangiert wäre, das Glas zu erheben.

Klemens Krummauer erhob jeweils tapfer, aber doch auch dem Herrn von Lobenstein freundschaftlich verbunden, wohlwollend sein Glas, es war schließlich auch ein sehr guter Wein drinnen, wie er am späteren Nachmittag, er hatte sich heute ein paar Minuten Schlaf gegönnt, seiner Anna sagte.

Der Herr General glänzte als charmanter Erzähler, der zwar nicht unschicklich aus dem politisch-militärischen Nähkästchen plauderte, aber er gewährte dezente Einblicke in die Welt der Majestäten und Mächtigen, auch in den außergewöhnlichen Verantwortungsbereich der verantwortlichen Generäle. Er legte vor allem größten Wert darauf zu erwähnen, dass es der Mut und die Tapferkeit der gemeinen Soldaten wären, welche die diffizilen Pläne der Generalität seiner Majestät umsetzten und die oft genug ihr Leben für die Ehre des Vaterlandes gäben.

Dann war es sehr still in der Runde, hatten doch die genehmen Ausführungen des Generals von Lobenstein, die er zudem in so geziemender und geschliffener Sprache darlegte, größten Eindruck hinterlassen.

Es wäre ein Feuerwerk, eine wahrlich delikate Etüde über große Politik und Staatskunst gewesen, erklärte der bedächtige und vielseitig belesene Pater Cajetan und eine solch bedachte Äußerung gerade aus dem Mund dieses in Brünn so hoch geschätzten und allseits anerkannten Geistlichen unterstrich die exzeptionelle Bedeutung dieses Abends.

»Es ist sehr zu begrüßen, dass der Kaiser Napoleon, der Rasselbinder, jetzt nach Sankt Helena verschifft worden ist. Das Jahr 1815 wird der Welt in Erinnerung bleiben«, sagte der Herr Bürgermeister Johann Czikann und die Janika von Flanner legte Wert auf die Feststellung, dass gerade jene, die hoch steigen, leicht einmal auch ganz weit nach unten fallen würden.

Dass der gute Pater Cajetan Brünn verlassen würde, wollte er den anwesenden Herrschaften, obwohl er noch zur Geheimhaltung verpflichtet sei, natürlich nicht vorenthalten. In aller Bescheidenheit machte er seine kleine Einlassung ganz am Ende des anregenden Abends bekannt, wollte er doch mit seiner persönlichen Situation nicht die Debatte über die Ausführungen des Herrn Generals stören.

47

Er wolle kein Schuster werden, sagte der Wenzel, neige er doch eher zum Griff nach des Vaters Büchern, als dass er Anstalten gemacht hätte, sich dem Schusterbock zu nähern.

Er habe schon so viel über die Prager Universität gelesen und könne sich sehr gut vorstellen, dort ein *studium generalis* zu absolvieren. Dann könnte man weiterschauen und gar für die Jurisprudenz einen Anlauf nehmen. Der Herr von Gregor wisse da viel zu erzählen.

Die Mutter sagte ihrem Wenzel, weil der Vater recht sprachlos in seiner Schusterei zurückgeblieben war, dass die

Eltern gehofft hatten, dass er einmal fortsetzen würde, was sein Vater und sein Großvater aufgebaut hätten.

»Du bist ja wie mein Bruder, der liebe Oskar. Der ist auch in die Welt hinaus. Von ihm wissen wir seit Jahren nichts. Vielleicht haben die Indianer oder andere Leute ihn schon umgebracht oder er liegt krank irgendwo.«

»Oder er ist stolzer Besitzer eines Unternehmens, wie der Vater. Vielleicht ist er ein amerikanischer Schuster geworden, irgendwo in diesem großen Land. Mach dir keine Sorgen, Mama, ich steig auf keinen Segler, um in diese andere Welt zu fahren. Ich möchte nur nach Prag, mir steht der Sinn einfach nicht nach schustern.«

Er spürte, dass er der Mama das Herz schwer machte. Der Vater würde ihn verstehen, hoffte er. Er würde die Sache an analysieren, gründlich durchdenken. Darauf konnte er sich verlassen. ›Die Welt wird immer kleiner‹, dachte er und Brünn würde sicher nicht seine Zukunft sein. Seine Lebensplanung, soweit er sie schon bedenken konnte, war nun einmal nicht Brünn, nicht Amerika, auch nicht Salzburg, wo Verwandte der Mama lebten.

Wenzel sah sich in einem Kaffeehaus in Prag sitzen, er führte interessante Gespräche mit Gleichgesinnten, sogar mit jungen Damen und da dachte er an die Anuschka, das Mädel vom Herrn General, mit der er Brünn ausgekundschaftet hatte. Er träumte von kaiserlichen Aufzügen und Festivitäten zu denen geladen war, sah sich im Wallensteinpalais tanzend, gestikulierend, die Dame in seinem Armen bewundernd. Es war Anuschka.

Ihr Vater, der Herr von Lobenstein, hatte sie ihm Arm,

musste trösten und hatte zu ihr gesagt: »Du bist meine liebste, du bist die schönste Tochter auf der ganzen Welt.«

Wer weiß, wann man sich wieder treffen würde, fragte er sich. Er wäre ja nun alt genug, seine Zukunft allein zu bedenken, dachte er. Sie hatte ihm einen Brief geschickt aus dem fernen Wien, hatte an den gemeinsamen Nachmittag in der Stadt erinnert, an den Spaziergang im Park. Es kam ihm ein Mann mit einem sehr schmucken Kaiserbart entgegen. Er wusste, dass diese Bärte derzeit des Besitzers fortschrittliche Einstellung bezeigen sollten. Er konnte den Mann nicht einschätzen. Wenzel kam an einem Laden vorbei, in dem die neuesten Bücher im Schaufenster lagen, eines, vielleicht auch zwei von diesem bekannten Herrn Goethe, von dem der Vater mehrere in der Bibliothek stehen hatte, als der Handlerer wohl besaß.

Er würde, sollte sein Wunsch in Erfüllung gehen, genau wie dieser benannte junge Werter sich der Rechtswissenschaft verschreiben. Er hatte nur nicht die Absicht, aus dem Leben zu scheiden. Dazu erschien es ihm viel zu schön. In der Schule las der Lehrer Kaltenflecker aus dem Faust und pries diese Abhandlung als der Weisheit letzten Schluss.

Der Herr Vater hätte dieses Werk in jungen Jahren verschlungen, erzählte er ihm. Wenn einer auf das Leben und seine Umstände und seine Verstrickungen, seine Widrigkeiten und Versuchungen, auf die tiefsten Fragen des Lebens, der Versuchung, von Schuld und Sühne, eine Antwort sucht, dann schiene es ihm, dass man sich den Gedanken dieses Heroen der Literatur anvertrauen sollte.

»Wenn du dich dem Herrn Goethe anvertraust, wird er dich in ein Wechselbad der Gefühle stürzen, durch unent-

rinnbare Labyrinthe treiben, dein Denken auf die Probe
stellen, er wird dich mit den Geheimnissen und Verschlun-
genheiten deines Verstandes konfrontieren. Er paktiert mit
dem Teufel, dieser Goethe«, sagte der Vater, »um dem nicht
zu durchschauenden Sein das Arkanum zu entreißen.«

»Goethe ist, was Kant in der Philosophie, was Augustinus in der Theologie war.« Das war Vaters Denken, klar und
unaufgeregt.

Schon als Kind lauschte er dem Vater, wenn er Goethes
große Lyrik rezitierte. Noch bevor der Bub eine Schule von
innen gesehen hatte, deklamierte er seine Dichtungen, deklamierte er aus den großen Epen des rühmlichen Meisters.

Er wäre ein humanistischer Weiser, der Herr Goethe, einem, dem die hehre Menschlichkeit über alles gehe. Dann
verwies er auf Goethes *Iphigenie auf Tauris*, das man durch
Verstand und Herz prüfen müsse.

Allein eine Strophe daraus faszinierte den Vater immer
wieder und der Wenzel trug sie mit kindlichem Pathos, einem wahren Feuer der Leidenschaft vor:

»Was der Dichter diesem Bande
Glaubend, hoffend anvertraut
Werd' im Kreise deutscher Lande
Durch des Künstlers Wirken laut
So im Handeln
So im Sprechen
Liebevoll verkünd' es weit:
Alle menschlichen Gebrechen
Sühnet reine Menschlichkeit.«

Er konnte nicht auf diese außergewöhnliche Genialität
des Vaters zurückgreifen, nämlich zu sehen, zu hören, zu

lesen und dann das alles zu begreifen und das Verstandene jederzeit dem Gedächtnis zu entnehmen.

Der Pater Cajetan sagte ihm, noch Tage bevor dieser besondere Priester Brünn verlassen hatte, das seinem Vater immer bewusst war, über eine außergewöhnliche Befähigung zu verfügen. Aber er habe damit für sich selber gewuchert, bescheiden, wohl wissend, dass ihm wegen seiner körperlichen Defizite vieles im Leben verwehrt bleiben würde. Nur Meister Goethe, so erzählte der hoch gebildete Priester, habe einen Pakt zwischen Mephisto und Faust geschlossen.

»Und: Vernachlässigt mir Herrn Schiller nicht«, sagte Pater Cajetan.

48

Man konnte jeden Abend damit rechnen, dem Valentin Iritz zu begegnen, auf ein kurzes Gespräch. Er hatte auch sein Kreuz zu tragen, der Bub weiß wohin gegangen, ohne ein Wort des Abschieds. Die Tochter mit einem stadtbekannten Trinker verheiratet, eine kranke Frau. Was zusammen kommen wollte, kam auch zusammen. Die Einsiedelei des fußkranken Weber lag tatsächlich weit abseits. Er lebte vorwiegend von dem, was der Wald hergab. Ein grüner Kachelofen stand in seinem Wohnraum und spendete heimelige Wärme. Wie diese wunderschöne Feuerung in dieses Haus kam, wusste wohl nur der Weber. Der Hasenstall mit vollem Leben. Der kleine Hühnerhof, ein müder Hund, Katzen ohne Zahl, Selbstversorger alle, gehörten sozusagen zum Interieur. Im Raum ein Tisch, ein Bett, nur zwei Stühle, uralt sicher, fest geleimt und stabil. »So was kriegst heut nimmer«, sagte der Vater. »Er geht nicht nach Brünn hinein, zu viel Häusergewühl, zu viele Leute.«

»Möchte' ma nach Rosice reinschauen«, sagte der Vater, als sie die langgezogene kegelige Anhöhe oberhalb des Weberhäuslers erreicht hatten. »Es wär' nur der Fichtenwald dazwischen. Wenn die Luft schön ist, wäre es möglich. Man könnt' reich werden in Rosice, die ham Kohle«, sagte er. »Na, die brauchen unsere Stiefel«, lachte der Klemens. Der Vater wurde oft schnell müde. Schönes Schloss, schöne Kirche, »Heiliger Martin, bitte für uns«, betete der Vater.

Die regelmäßigen Ausflüge mit dem Vater haben ihm gut getan. Ab und an kehrte er mit ihm beim Brunnegger ein. Er möchte ein Bier, sagte er. Als ihm der gebückte Kellner einmal ein Glas Bier über den rechten Oberschenkel schüttete, verlor er darüber kein Wort. Er solle sich nicht sorgen, sagte er zum Kellner. Seine Gemahlin würde das schon wieder in Ordnung bringen. Der gute Mann brachte ihm eine harte Wurst aus der Küche und steckte sie ihm wortlos zu.

Er kam beim Brunnegger wieder mit Bekannten ins Gespräch und Klemens nahm alle dieser meist belanglosen Gespräche auf. Es ging dem Vater nicht darum, diese Stunden im Wirtshaus, die Zeit in der beginnenden Dämmerung, irgendwie totzuschlagen. Er redete dann mit dem Klemens, dessen geistige Fassungskraft ihm manchmal unerklärlich vorkam, über die Familie, über das familiäre Herkommen, über den Großonkel Wenzel vor allem, der in Troppau eine Apotheke geführt hatte, ein Gelehrter gewesen war und über Heilpflanzen mehr gewusst hatte, als der gescheiteste Professor in Prag.

Von seinem Bruder erzählte er, dem weitgereisten Andreas, dem Ältesten in der achtköpfigen Geschwisterreihe berichtete er, einem hakennasigen und weißschädeligen, sehr stillen Menschen, der in späteren Jahren an der österreichischen Grenze einen Bauernhof besaß. Im osmanischen Reich hätte er gelebt, hieß es. Aber über diese Jahre hat der Onkel geschwiegen. Klemens hatte ihn nur einmal in seinem Leben getroffen, spürte die mächtige, doch fast zärtliche Hand dieses Mannes noch Jahre später ihm Nacken, eher beschützend, nicht abschreckend.

Klemens hatte den Vater als beschützenden, ausgeglichenen, nie unzufriedenen Menschen und meist ihm Hintergrund Besorgten erlebt. Mit großem Gleichmut erlebte der Vater das Heranwachsen des Buben, gab sich in endloser Geduld seinem Tagwerk hin und meisterte den eintönigen Alltag. Klemens hat den Vater nie unzufrieden gesehen. An zwei Tagen schob er den Sohn durch die Stadt, zumeist, soweit es die Jahreszeit erlaubte, hinauf auf die Anhöhe am Weber vorbei, durch die Pappelallee, der ein kleiner Hain folgte, dürftiges Unterholz links und rechts vom Weg, braches Ackerland danach, so weit das Auge reichte und dazwischen abgeerntete Krautfelder im Herbst.

Auf dem Rückweg machte er Halt an der hölzernen Muttergottesstatue. Dann machten sie einen Augenblick Rast und der Vater dankte der Mutter seines Herrn.

Manchmal redete er sich in Rage, wenn er von alte Zeiten berichtete. Dann kam er vom Hundertsten ins Tausendste und erzählte von den Hunnen, denen der heilige Bischof Ulrich am Lechfeld eine Lektion erteilt hatte. Er erzählte vom Herzog Wenzel und seiner guten Ludmilla Großmutter, der großen Patronin der Böhmen, machte ihn mit den

Persönlichkeiten und Ereignisse der böhmischen Geschichte vertraut.

Er kam auf den großen Wallenstein zu sprechen, auf seine Schlachten, seine Liebe zum Vaterland, auch auf sein Leiden und den tragischen Meuchelmord, den der Herr Kaiser zu verantworten hatte. »Sein Leben hat er zu oft an den Sternen am Himmel ausgerichtet«, sagte der Vater, »man kann eben auch von großen Leuten nicht die Gescheitheit der ganzen Welt erwarten.«

Aber dass er, der große Generalissimus den schwedischen Gustav Adolf in die Knie gezwungen hat, das hätte ihm der Kaiser mit einem schrecklichen Blutopfer gedankt. »Undank ist der Welten Lohn«, sagte der Vater.

»Der Großvater könnte dir von den Schlachten gegen die Osmanen erzählen, viel mehr als ich, war er doch an vorderster Front gestanden und hat alles überlebt. Aber das ist lang schon her.«

49

Gerne setzte sich der Vater auf einen Baumstamm am Wegrand Dann fragte er seinen Buben, was er einmal werden möchte. Und der sagte, dass er ein Studierter werden möchte. Der Schuster Krummauer wird sich seine Gedanken gemacht haben.

Der Vater trocknete sich die Stirn und musterte zunächst den Wald an und man durfte fast vermuten, er kenne jeden der Stämme persönlich. Wenn ein Knecht vorbeiging, eine Kartoffelhacke oder eine Sense über der Schulter, dann gab es einen Gruß, ein kurzes Reden, wurden kleine Narreteien ausgetauscht. Ein schelmisches, oft genug ein mattes Lachen zum Abschied, vielleicht. »Na, bist müd'? Für heut reicht es.«

Dann freute sich der Vater auf das Abendessen. Dass die Mutter tagaus, tagein die gleiche karge Kost auf den Tisch brachte, gehörte zur Gewohnheit. Das wenige Fleisch am Mittwoch und am Sonntag war ein Lichtblick auf der Speisekarte und der Kuchen am Sonntag gab dem herausgehobenen und heiligen Tag seine besondere Note.

Als dann die Mutter starb, redete er immer wieder davon, wie schnell sich die Erdentage verflüchtigen.

In der Peter- und Paulkirche in der Stadt saßen sie oft in aller Stille. Klemens betrachtete die weißen Kerzen, ihr zuckendes, feines Flackern. Vor den Heiligenfiguren und Kreuzen, den bunten Ölgemälden, den vielfältigen Porträts berühmter Kirchenfürsten vor allem, verharrten sie und der Vater erzählte zu jedem Bild eine Geschichte. Oftmals hatte Klemens sich vorgestellt, dass dieses oder jenes Wunder geschehen würde, die der Vater anschaulich schilderte, hatte er doch ganz kräftig gebetet. »So könnte es gewesen sein«, sagte der Vater dann auf dem Nachhauseweg, wenn der Klemens nachfragte und mit seiner vom Cajetan inspirierten logischen Aussprache daherkam.

Tags darauf debattierte er über diese Wunschvorstellung mit dem Pater Cajetan. Cajetan hatte ihn das eine oder andere Mal daheim abgeholt und zum Kloster geschoben. Da ging es dann, er war schon lange in der Schule, weniger um Heilige. Der Pater Cajetan war der Wegbereiter seiner ausgefallenen Gedankenwelt. Er jonglierte mit den Geistesgrößen vergangener Zeiten. Da er nachts, wie er sagte, viel zu oft zu wenig schlafe und dazu von schrecklichen Träumen heimgesucht würde, nutze er diese Wachphasen dann auch zum Denken.

Wenn er über den armen Sokrates erzählte, meinte der junge Klemens seine Gegenwart zu spüren, fehlte nur noch der Disput. Dass diese Majestät eines unabhängigen Geistes ohne Weh und Ach scheinbar gelassen den Schierlingsbecher getrunken hat, hatte ihn seinerzeit schon tief ergriffen.

Cajetan sagte immer: »Bewahre deine menschliche Würde durch persönlicher Unabhängigkeit und das Beharren auf Wahrhaftigkeit.«

Es waren diese kurzen Sentenzen, für ihn waren es Lehrsätze für das Leben, die ihm zu denken gaben, die er gründlich bedachte. Er maß sie am einfachen Reden der geliebten Eltern, an dem auch, was von schlichten und bescheidenen Leuten oft genug derb und unkonventionell hergesagt wurde.

Erst viel später merkte er, dass diese Lebensweisheiten unabhängig von Stand und Herkommen die Menschen bewegten, dass der Adelige oder Gelehrte sich auf die gleichen Fragen ein zulassen hatte, wie der Bauer oder der einfache Handwerker. Er nahm allmählich immer deutlicher wahr, dass alle menschlichen Geschöpf miteinander verbunden waren, dass die großen Lebensfragen von Leid und Tod ein unabänderliches und definitives Signum der göttlichen Schöpfung waren, dass die Beantwortung dieser wesentlichen und alle bewegenden Fragen unmöglich bleiben würde.

50

Wenn er in seinen späteren Jahren mit dem Cajetan diskutierte, vor allem über das Leid und das Sterben, »das man theologisch oder philosophisch nicht zu deuten vermag«, wie der Cajetan sagte, kam die Rede oft genug auf den Hoiner Helm.

Er erinnerte sich an diesen Bub, der da seinerzeit urplötzlich in die Klasse hereingeschneit kam und still und traurig ganz hinten neben der Lena saß. Irgendwann sprach es sich herum, dass seine Eltern umgekommen waren, dass er jetzt im Armenhaus lebte und dass die Kollerat Irmengard sich um ihn kümmerte. Klemens erinnerte sich an das tägliche Geschrei des Lehrers Artweck, der, ein Kriegsveteran, den Kindern das Lesen und das Schreiben beibringen sollte. Ein schlimmer Mensch, dieser Artweck, der am Unterrichtsbeginn zunächst einmal jene mit dem Stock knüppelte, von denen er meinte, sie würden diesen Tag umtreiben. Das dauerte eine Weile, bis sich jeder seine Prügel abgeholt hatte.

Dann erwischte er den kleinen Helm und von da an gehörte der unschuldige Bub zu den ausgesuchten Gegnern des Lehrers. Das Elend für den Helm zog sich die Jahre über hin. Dann gellte eines Tages, der Hoiner Helm hatte gerade wieder seine Schläge hinter sich, ein mächtiger Schrei durch den Raum. Kaum, einer konnte verstehen, dass ein so kleiner Mensch wie der Helm, diesen mächtigen Laut ausgestoßen hatte, voller Ingrimm und Verzweiflung.

Er würde ihn umbringen. »Wann i groß bin, na daschlog i di. Des is g'wiß«, schrie er. Dem Artweck hingen die faltigen Wangensäcke herunter. Er drehte sich zur verschmierten

Tafel, schrieb irgendetwas drauf, dann ging er aus der Klasse. Bald drauf kam ein jüngerer Lehrer in die Klasse, der mit seiner schrillen Stimme die Kinder niederschrie und ebenso zuschlug wie der Artweck. Er wäre der Teufel persönlich kreischte er und seine braunen Augen wollten schier aus den Höhlen rutschen. Wenn sie nicht parieren, würde er einem nach dem anderen das Hirn aus dem blöden Schädel hauen. Viel lernten die Kinder nicht beim Seifritz, wie er genannt wurde. Aber er absolvierte sein schreckliches Handwerk.

Jeden Tag gellte das Geschrei der geschlagenen Buben bis auf die Straße. Die Frauen hielten sich die Ohren zu, schlugen mit den Händen an die dünnen Fensterscheiben des Klassenraumes, hinter denen der Seifritz sein Werk vollbrachte und nannten ihn einen Tagedieb und einen Gauner und einen Mörder dazu. Manche Männer sagten, sie würden sich das nicht gefallen lassen und den Gauner im Fluss ertränken. »Des schad nix«, lachte der eine oder andere, »uns ham's a gschlogn und wia und es is wos worn aus uns.«

Der Seifritz schlug mit einem dicken, frisch geschnitten Stock zu, an dem war die Rinde noch feucht und grün. Wer getroffen wurde, heulte auf.

Eines Tages, es war kurz nach dem Morgengebet, das er mit den Kindern laut und schrill dröhnend herunter rasselte, schlug er wieder und wieder zu. Es war der Salomon Pepperl, den er über die Schultern, in den Hals und auf den Kopf gedroschen hatte.

Zwei der großen Buben standen nun auf, griffen den Schläger jählings von hinten und gerade jener, der zuvor getroffen worden war, schrie, dass er, der Seifritz, nach dem Artweck dran wäre. »Dich werden wir aufhängen und wennst das überleben solltest, verscharren wir dich, wie man einen solchen Lumpen verscharrt. Die Haut ziehen wir dir ab. Denk dran.«

Der Seifritz war berüchtigt für sein maßloses Zuschlagen, zudem für sein schlechtes Benehmen in der Stadt. In den Wirtshäusern kannten sie ihn einschlägig als Sprücheklopfer und üblen Lästerer. Aber auch für sein unablässiges Saufen war er verschrien. Seifritz war ein schlechter Mensch und selbst das Zureden der Geistlichkeit prallte an ihm ab.

An einem Montagmorgen kam er nicht durch Schultüre gepoltert und die Kinder warteten und schrien und tollten ein Stunde. Dann verließen sie das Schulhaus. »Er wird halt noch schlafen, weil er wieder einen Mordsrausch gehabt hat«, sagten die einen. »Er is gar verreckt«, lachten die einen. Er kam auch am nächsten Tag und die ganze Woche nicht und das Schuljahr ging seinem Ende zu und der Seifritz war wie vom Erdboden verschwunden. Man hat nie mehr etwas von ihm gehört. Er hatte gar sein dürftiges Leben vor dem Artweck beendet oder er war in den Wald verzogen, »oder die Fisch fressen ihn«, hörte man.

Der Salomon Pepperl und seine Freunde und auch der Hoiner Helm verbrachten nun ihre letzten Tage in der Schule und der eine wurde ein Knecht in einem der Dörfer und der andere ergriff ein Handwerk. Der Helm ging aufs Land und arbeitete bei einem Bauern. Seine Zweitmutter, die gute Kollerat Irmengard, war dann plötzlich verstorben. »Auch ein gute Frau«, sagte der Klemens, »die wohl einem besonderen Platz an der Seite des Herrn und Erlösers einnehmen wird«, sagte Klemens zum Cajetan. »Daran solltest nicht zweifeln«, sagte der Pater.

Der Hoiner kam regelmäßig in die Stadt, trank seine Biere in einem der Wirtshäuser, war oft genug eher in sich gekehrt. Dann ging er wieder heim und schlief im Heustadel.

Am ersten Tag nach einem heiligen Pfingstfest hangelte der Moracek, ein kleiner Bauer, der sich seinen Unterhalt auch mit der Fischerei erarbeitete und auch kaum über die Runden kam, eine Leiche aus dem Wasser. Er zog den leblosen Körper mit einem Haken ans Ufer und ließ ihn auf der trockenen Wiese liegen. Dann rannte er ins Dorf. Einer der Häusler kannte den Verunglückten. »Um den is net schod, des is da Artweck«, sagte er. Dann drehte er um und ging ins Dorf zurück an seine Arbeit.

»Es ist schon ein Trauerspiel, wenn ein Christenmensch so ums Leben kommt«, sagte der Pfarrer, nicht viel mehr war da für ihn zu sagen. So mancher hat sich das seine gedacht.

Dass der Hoiner Helm einmal sein Elend am Klemens Krummauer auslassen und schließlich selber auf seine Weise ums Leben gekommen würde, konnte niemand voraus sehen.

Der Herr Bürgermeister kam in der Werkstatt vorbei. Er brauche ein paar Schuhe, sagte er, und er schwärmte von Salzburg, »wo der Herr Mozart ja so göttlich musiziert habe«. Klemens sagte zu seiner Anna, dass er eine solche Fahrt ebenso schaffen würde wie seinerzeit nach Wien, und ein Friede wäre ja jetzt landesweit und der Wenzel und die Elisabeth wären schon eigenständig.

»Der hat jung sterben müssen«, sagte wiederum die Anna, »also fahren wir, solange wir leben.«

51

Die Zeiten änderten sich. »Aus Kindern werden Leute«, sagen nicht nur die Brünner. Auch der Geist braucht Zeit zur Entfaltung. Klemens sog aus der Erfahrung, dem selten eingeflochtenen Rat, den beiläufigen Hinweisen der Eltern sein persönliches Weltverständnis. Er übte mit ihnen in oft strittigem Gespräch seine Befähigung zur kultivierten, klugen Auseinandersetzung mit unterschiedlichen Standpunkten und entfaltete in einem konstanten Entwicklungsprozess sein Denken, seine Wertvorstellungen. Cajetan schließlich lehrte ihn klar zu sehen. Mit seiner Hilfe vertiefte sich Klemens in die Fragen und die oftmals dürftigen Antworten, welche die Philosophie und die Theologie ersinnen und daraus seine Folgerungen zu ziehen. Er lernte, auch von seinen Vorstellungen abweichende Standpunkte und widersprüchliche Beweisführungen zu tolerieren und auszuhalten.

Die Philosophie schien wenig plausible Antworten auf das Unrecht und die Barbarei der Menschen zu haben. Gott, so es ihn denn gebe und das wäre angesichts des unbegreiflichen Elends zumindest fragwürdig, kümmere sich nicht um seine Schöpfung. Die Theologie wiederum musste sich wohl oder übel mit all ihren allen Antwortversuchen auf die Theodizee zurückziehen. Gottes Pläne seien undurchschaubar. Das Ganze, zu diesem Schluss kam Klemens, sei eine Frage des Glaubens und des Durchstehens der Nöte und Kümmernisse.

Schon als die Franzosen ihre Adeligen und Prälaten köpften, allen voran den König und seine liebe Frau, da war der

Vater und die Mutter die Fragenden, nicht mehr der Klemens.

»Man kann nur hoffen, dass es den Deutschen und den Böhmen gelingt, diese Umwälzungen friedvoll zu gestalten. Was die Franzosen da getrieben haben, war nicht vorbildlich. Revolutionen von dieser blutrünstigen Art gebären wiederum Gewalt und Knechtschaft, nur unter anderen Vorzeichen.« Klemens hatte darüber lange schon mit Pater Cajetan debattiert.

52

Es hatte zu regnen begonnen und einen Atemzug später prasselten die schwere Tropfen aufs Pflaster in der Solniční *Ulice*. Spielende Kinder liefen lachend über die Straße, um schnell in einem Hauseingang einen Unterschlupf zu finden. Klemens hatte sich auf eine Ausfahrt gefreut. Er hatte diese ein, zwei Stunden in seinem Karren nötig, war allein mit sich, kam er doch auf andere Gedanken, konnte wieder Ordnung in sein Denken bringen.

Er konnte zufrieden sein, das Glück in der Familie machte ihn stark, die Liebe seiner Anna führte in über manche Trübsal. Elisabeth und Wenzel gingen zielstrebig ihren Weg, auch das ein, wie er immer sagte, unverdienter Segen.

Die Ausweitung seiner geschäftlichen Unternehmungen auf mehr als ein Dutzend Niederlassungen im Lande erfüllte ihn mit großer Freude und Dankbarkeit. Er war sich jedoch immer wieder neu bewusst, dass alles sehr schnell sich ändern konnte. Diese vielfältigen maschinellen Neuerungen würden auch an seiner Branche nicht vorübergehend und das wäre gut so, fand er. Er würde prüfen, was maßgebend würde in der Zukunft, gab es doch immer schneller aufeinanderfolgende epochemachende Neuerungen.

Nach dem Essen schob er sich über den Markt hinüber zur Peter- und Paulkirche. Er wäre aber wieder auf Hilfe angewiesen, würde er doch alleine die Stufen zum mächtigen Portal der Kirche nicht bewältigen können.

Vor der Kirche stand Filip Navrátil. Der Jugendfreund machte einen distanzierten, nahezu ablehnenden Eindruck. Nach ein paar belanglosen Floskeln drehte er sich um, als würde er jemand erwarten.

Er wolle ihn nicht aufhalten, sagte Klemens.

Unvermittelt brachte der Filip das Gespräch auf unpersönliche Belanglosigkeiten, auch auf Wien kam er zu reden und auf den Fürsten Metternich. Das hatte Klemens nun überhaupt nicht erwartet, hatte die beiden Freunde doch eine lange Reihe von Jahren viel Persönliches verbunden. »Dein Herr Minister Metternich ist auch kein Messias«, sagte der Filip spöttisch, »vielleicht serviert ihn der Herr Kaiser noch vor Jahresende ab.«

Wie er denn jetzt auf den Metternich komme, fragte der Klemens, wohl wissend, dass der Filip diese vergangenen Jahre auch in Wien gelebt hatte. Nicht nur einmal hatte er mit von Novak über die städtischen Baubelange geredet, auch vom Filip Navrátil war da die Rede, vom Herrn Vater Navrátil vor allem, der dem Baurat von Novak ein treuer Adlatus war.

Wenn jedoch das Gespräch abzuschweifen drohte, also die Rede auch auf Filip selber kam, blockte Novak ab.

»Na, in Wien redet man halt das eine und das andere. In

der kaiserlichen Politik, die ja dein Herr Fürst maßgeblich dirigiert, sagt einer einmal Hüh und der andere Hot.«

›Da steht ein verbitterter Mann‹, dachte der Klemens.

»Gehst mit zur Eva rüber? Da können wir miteinander reden.«

»Na hörst, zur Eva sollen wir gehen, die dir seinerzeit ja das Herz gebrochen hat? Ist schon lange her. Na ja, es ist nicht alles so gekommen, wie man es sich vorstellt. Bin zurückgekehrt, einer von vielen. Brünn lässt mich nicht los. Wir haben Brücken gebaut in Italien und Spanien in Deutschland, war lange genug in Wien. Kriegsschäden in weiten Teilen, aber das allgemeine Verkehrsaufkommen kann mit den alten Brücken eben nicht mehr abgewickelt werden. Brücken sind das nicht mehr, eher Bruchstücke. Zwischen den Städten und Dörfern fehlen ohne ein gutes Brückennetz die Verbindungswege und auch die Straßen sind in desolatem Zustand. Es wird sich viel ändern. Ich habe sozusagen eine große, jahrelange Wanderung gemacht. Linz ist meine derzeitige Heimat. Ich mach’ jetzt eine Sommerfrische hier in Brünn, im alten Haus. Vater und Mutter leben nicht mehr.«

Klemens erzählte von seiner neuen Schuhfabrikation, von seiner Anna und den beiden Kindern, vom Schwager, der hoffentlich in Amerika nicht unter die Räder gekommen ist. »Nichts Neues unter der Brünner Sonne«, lachte er.

»Die beiden Berserker an unserer Schule sind aus dem Leben geschieden, sozusagen, hab’ ich gehört?«, fragte er. Sie kamen auf den Lehrer Artweck, den garstigen Schläger und den giftigen Seifritz zu reden, plauderten fast wie in alten

Zeiten. Trotzdem schien eine Bedrückung auf dem Filip zu liegen. Sie schwiegen, jeder bedachte wohl seine Probleme.

Klemens schaute aus dem Fenster von Evas Gasthaus, glaubte draußen den Jan Pospischil zu sehen. ›Es mögen Erinnerungen an alte Zeiten sein‹, dachte er sich.

»Weiß du, wo der Jan steckt?«, fragte der Filip, der wohl den gleichen Gedankengängen wie der Klemens nachhing. Sie erinnerten sich beide, dass der Jan Pospischil nach Wien wollte.

»Bei mir arbeitet der Jiri, weißt das schon?«

»Hab davon gehört. Wer hätte das geglaubt, früher mein ich, als wir im Biergarten draußen saßen und die Welt zum Besseren verändern wollten oder auch nur irgendwas daher geredet haben. Die Eva ist verheiratet, schon wieder?«

»Ohne Mann läuft in dem Laden nichts«, sagte der Klemens. »Bist verheiratet oder irgendwie liiert?«, fragte der Klemens. Das war keine Neugierde, war eben die Nachfrage unter Freunden.

Der Filip hatte anscheinend nur darauf gewartet, dem Filip sein Herz auszuschütten und ihm seinen Kummer anzuvertrauen.

Er wäre schon dreimal in diesen langen Jahren drüben in Pezinok, wo die Amalie lebt, gewesen. Von Wien sei er hinübergefahren bis über Bratislava hinaus und habe in Pezinok logiert und gehofft, dass sie einfach so daher kommt. »Auch aufs Land bin ich geritten, hab den Gutshof gesehen und viel geschäftige Leute. Der Pavel Hašek hat riesige Ställe voller Schweine und Rinder und einige Weinberge, auch im Österreichischen drüben ist er angesehen. Aber er ist schon deutlich älter als die Amalie. Nach dem Prager Studium bin ich aus Böhmen geflüchtet. Das wirst du verstehen, Klemens. Ich sterbe vor Liebe, jeden Tag neu, jede Stunde, jede Minute. Rückschauend möchte ich sagen, mein Leben war eine Verkettung, eine Aneinanderreihung schrecklicher Ereignisse.«

»Komm mich besuchen, Filip, ich bin daheim, sozusagen angeschweißt. Meine Anna und die Kinder kennst du noch nicht. Wir reden darüber.« Dann fuhr er wieder in die Schusterei, langsam, bedächtig, mit kräftigen Händen griff er den Rädern in die Speichen.

53

Auf einer ›Gudagnini‹ möchte sie einmal, nur einmal spielen, seufzte Elisabeth. Sie hatte ihr Kommen angekündigt und die Familie freute sich, dass das Mädel wieder einmal ins beschauliche Brünn heimkommt, wie die Mama sagte, als sie die geliebte Tochter in die Arme schloss. »Die Kleine«, wie sie genannt wurde, wollte in den Semesterferien nach Hause.

»Es wird sich schicken, Elisabeth, manchmal kommt etwas auf einen zu, ohne dass man im Geringsten damit gerechnet hat.« Der Vater wollte die musikalische Tochter trösten, mit deren Wunsch, ans Prager Konservatorium zu gehen, sich der Musik, dem Gesang zu verschreiben, er sofort einverstanden gewesen war.

Mit der Hilfe eines guten Bekannten, des Herrn Stiefelfabrikanten Paul Scharlehm, der außerhalb der Stadt in Královské Vinohrady ein nettes Schlössl hatte und auch in der Altstadt unten, nördlich vom Rossmarkt eine schöne

Herrenhaus sein eigen nannte, fand sich in Prag für sie ein nettes Logis. Es war eher wohl ein bescheidenes Zimmer mit einem braven Hauswirt, der bereit war, eine Cello studierende Brünnerin auszuhalten. Aber auch das Essen durfte sie in der Küche einnehmen und das war ja schon viel und der Elisabeth sehr dienlich, war sie doch weder vermögend noch verwöhnt aufgewachsen.

Der Herr Stiefelfabrikant Schorlehm besaß im Graben unterhalb des Rossmarktes eine große Schuhmanufaktur. Man konnte mit Fug und Recht sagen, dass der Schorlehm in der Stiefel – und Schuhfabrikation landesweit die erste Geige spielte und über die Stadt verstreut eine beträchtliche Anzahl Läden erfolgreich führte.

»Nein, so was, ein Konservatorium muss die Krummauer Elisabeth besuchen. Da muss sie singen, vor Leuten sogar und ein Cello, viel größer als eine Geige, muss sie spielen. In Prag daselbst und jung ist sie, man kann ein Madel doch nicht in so einer großen Stadt allein und ohne Aufsicht lassen. Aber die heutige Jugend geht ihre eigenen Wege. Aber jedes von uns ist seines Glückes Schmied. Als ob das Unglück vom Herrn Fabrikanten Krummauer nicht schon gereicht hätte.«

»Was sagst denn, in Brünn gibt es dieses öffentliche Musizieren von Frauen Gottseidank nicht. Bei uns im Mährischen herrscht halt noch eine Ordnung. Und der Herr Vater ist ja auch ein Herr Philosoph, hat einen Kopf wie ein Dichter und ein Papst zusammen, sagen die Leute. Na, die Krummauer sind eben eine spinnerte Familie. Die sollten lieber bei ihren Schusterleisten bleiben. Aber der Mensch will hoch hinaus, da fällt man auch tief. Wir werden es erleben.«

Auf diese Art war seinerzeit, zwei Jahre war es nun schon her, der Schritt der jungen Krummauerin, in Prag Musik zu studieren, in Brünn der wichtigste Tratsch, wenigstens für drei Wochen.

54

Janika von Flanner war nach Prag gezogen. Der Amade von Flanner, der sie seinerzeit seinem Cousin Justus ausgespannt hätte, sei noch immer einschichtig, hatte sie der Anna anvertraut. Er habe im Vyšehrad ein Schlössl und könnte recht gut leben, habe vom der Herr Vater doch neben dem Schlössl respektable Gründe in der Stadt und eine Bauernhof hinterlassen. Da stünden jedoch seine Bediensteten in Diensten.

Der Krummauer hatte dann doch das Flannersche Stadthaus erworben. Der Herr von Novak hatte die Räume inspiziert, auch den Keller und den Dachboden gründlich und mit dem Blick des routinierten Fachmannes geprüft und meinte, er solle zulangen. »Für einen solchen Preis, noch dazu in der Stadtmitte und einem respektablen Garten dazu, bekommst dergleichen nicht mehr in Brünn. Zudem steht ein geräumiger Stall für vier Pferde und ein Stadel für zwei Droschken zur Verfügung.«

Die Geschäfte in Brünn und Znaim und in den weiteren achtzehn Dependancen, von Karlsbad bis Reichenberg hinüber und von Prag und Olmütz bis hinunter nach Budweis und Krummau waren in den letzten Jahren landesweit sehr gut gelaufen und die Verträge mit Wien mit der Militärverwaltung waren Gold wert. Es hatte sich so einfach ergeben, dass er bei seinem Besuch in Wien beim Herrn General von Lobenstein einen Generalarzt von Hebethann kennen gelernt hatte und von Hebethann war es auch, der ihn mit dem Beauftragten für Beschaffung im kaiserlichen Heer bekannt gemacht hatte.

Im ganzen Land hatten die Krummauer Schuhe und Stiefel inzwischen einen glänzenden Namen. Von Lobenstein meinte in einem Brief, dass der ›Kommerzialrat‹ nur eine Frage der Zeit wäre. Krummauer habe mit seinem Geschäftssinn schon so viel für das Land und die kaiserliche Monarchie getan, dass eine solche Auszeichnung sozusagen zwingend angebracht sei.

Von Lobenstein schickte seine Anuschka seit Jahren zur Sommerfrische nach Brünn und sie könne sich nichts Schöneres vorstellen, als hier in Brünn Wohnung zu nehmen, da hätte sie Kindheitsgefühle und wäre einfach nur glücklich.

55

Auf einer Reise nach Olmütz hatte er einen besonders liebenswürdigen Zeitgenossen kennen gelernt, der sich als Graf Armin von Hegewitz vorstellte. Beim Kaffee am frühen Morgen im *König Ottokar* saß ihm gegenüber dieser charmante Weltmann, ein weitgereister und wie sich erwies, aufgeklärter und scharfsinniger Charakter. Des Grafen ungestüme Wesensart und seine überbordende Lebhaftigkeit jedoch waren sicherlich etwas gewöhnungsbedürftig. Nachdem sie die ersten politischen Debatten geführt hatten, merkten sie, dass sie auch in den wesentlichen Gegebenheiten der Welt und der Vielgestaltigkeit der Verstrickungen, die die Menschen durchzustehen hatten, nahezu identische Anschauungen vertraten.

Seine Frau habe er durch einen seltsamen Umstand kennen gelernt, lachte er dann. In Bratislava hatte er für einen Zwischenaufenthalt im Hotel *Bon Voyage* logiert. Die Dame, sie trug einen fremd anmutenden, aber außergewöhnlichen Kurzhaarschnitt, kam ihm auf der breiten Treppe entgegengestolpert und fiel ihm erfreulicherweise in die Arme. »Dann habe ich sie geheiratet«, lachte er. »Erst habe ich sie jedoch lange genug angeschaut, dann ist mir etwas schwindelig geworden. Das lag jedoch nicht am Wetter, wir hatten einen der letzten Tage im Oktober. ›Na‹, sagte sie, ›wolln Sie mi net auslassn‹, und sie lachte mich an, dass mir Hitzen in den Kopf stiegen und gewisse Herzschmerzen mir das Atmen schwer machten.«

›Pardon«, sagte ich, ›no freilich, meine Dame.‹

Der Kellner hatte einen Roten schon in aller Früh aus dem Keller geholt, ihn tatsächlich zimmerwarm chambriert, und der gute Tropfen hatte tatsächlich die passende Temperatur. Er war nur verwundert, dass sich die Herrschaften bereits am hellen Morgen einen Krug Wein bestellt hatten.

»Na, sie war so bildschön und liebreizend und das Gesichterl hatte einen Ausdruck, wie so eine Madonna, könnte man sagen. Sie muss eine Zeitlang in der Sonne gelegen haben, sie hatte eine gewisse Gesichtsfarbe, so italienisch oder kroatisch eher. Dann stellte ich sie wieder auf die Füße. Nachdem ich meine Brote und einen guten Kaffee zu mir

genommen hatte, sie saß wohl mit ihrer Familie im hintersten Winkel des Essraumes, starrte ich in einem fort zu ihr
hinüber. Sie redete mit ihren Eltern und dann winkte sie
mich an ihren Tisch. Der Ökonom Jan Hašek aus war mit
seiner Ehefrau und der wunderschönen Ivanka zur Sommerfrische nahe Olmütz in einem Bauernhof in Lutin einquartiert.«

Der Klemens glaubte nicht an die Duplizität der Ereignisse, konnte aber nicht umhin, sich zu wundern. Er erinnerte sich, dass der Filip einen gewissen Hašek aus Pezinok
erwähnt hatte, der die schöne Novak Amalie geheiratet hatte und die ihm, dem Filip Navrátil, das Herz ruiniert hatte.

56

An einem der folgenden Tage schob ihn der Herr von Hegewitz zum Caesarbrunnen auf den Oberring hinüber und
Klemens kramte all die Kindheitserinnerungen hervor, hatte
ihn der Herr Vater doch schon in sehr jungen Jahren zum
Herrn Medikus Areiner nach Olmütz transportieren lassen.
Keine Möglichkeit wollten sie vorübergehen lassen, die lieben Eltern, um den Bub zu helfen, von seiner Lähmung weg
zu kommen, hatten gespart und jeden kleinsten Erlös der
väterlichen Arbeit beiseite gelegt. Der Herr Medikus Areiner
hat das Seine getan, wenig genug, das verlangte Geld einge-
steckt, jedoch dem Bub konnte keiner helfen.

Vom Caesarbrunnen wanderten sie auf die kleine Anhöhe hinauf zum Kloster Hradisch.

*Aber es war es nicht wert stehen zu bleiben, wird das Kloster
doch vom Militär entweiht. Die Auswüchse der Säkularisati-*

on haben vor der erhabenen klösterlichen Anlage nicht Halt gemacht, es ist eine Schande für unser katholisches böhmisches Land, schrieb er in seinem Brief an Anna.

Der Caesarbrunnen war ihm von seinem ersten Besuch in der Stadt in Erinnerung geblieben und daheim wälzte er die Bücher, die ihm der Pater Cajetan mitbrachte.

Von Hegewitz schob den Klemens in seinem Gefährt auf die Marchbrücke. Mit allerlei Handelsware beladene Schiffe glitten durch die Brücke, fuhren ihre Weizenladungen hinunter ins österreichische Donauland, Wein hinauf nach Polen. Für die Olmützer, besonders für die Wirtsleute, brachte der Schiffsverkehr gutes Zubrot. Dass es den Olmützern wieder besser ging, konnte man auch an den neu erbauten Adels- und Patrizierhäusern im Stadtkern gewahr werden.

Als ihn der Vater damals hierher auf die Marchbrücke geschoben hatte, waren die Wege noch dunkel gesäumt von hoch aufwachsendem Buschwerk. Er hatte diesen alten Herrn in Erinnerung, der mit dem Vater ins Gespräch gekommen war und ihm Mut zugesprochen hatte.

Das Unglück mit dem Bub würde sich noch zum Glück kehren, hatte er gesagt, und er solle sich dem fürsorglichen und allgütigen Gott anvertrauen, und der Vater hatte nach der Rückkehr der untröstlichen Mutter, die so viel auf die Kunst des Medikus Anreiner gegeben hatte, seinerseits Mut zugesprochen. So hatten sie sich in ihrem oft entbehrungsreiches Leben gegenseitig getröstet und den Bub, der fröhlich, immer aufgekratzt und klaglos in seinem Wagen saß und ein Buch nach dem anderen verschlang, zu einem braven Menschen erzogen.

Von Hegewitz hatte schon einmal mit seiner Ivanka eine

Fahrt mit einem Schiff auf der March unternommen. Aber sie wäre dann zwei Wochen krank daheim im Bett gelegen, erzählte er. Der Fahrtwind habe ihr geschadet, aber sie habe schon bald darauf wieder stundenlang im Sattel gesessen und ihr Pferd müde geritten.

Die drei Tage mit dem neu gewonnen Freund verflogen wie der Wind. Nicht hoch genug waren die Hegewitz'schen Bemühungen, zu werten, die er diese Tage auf sich genommen hatte, um Klemens von einem Kunstwerk zum anderen zu lenken, von einer Kirche zur anderen. Am späten Nachmittag war Krummauer tatsächlich etwas müde geworden und freute sich schon auf die Ruhepause, hatte sich doch für den Abend ein Doktor Georg Vollrat angekündigt, der von Klemens Krummauer gehört hatte.

Wenn nämlich ein erwachsener Mensch in einem Rollgefährt, wie er zu seiner Frau sagte, durch die Olmützer Stadt fährt, einer, der bis dahin noch nie zu sehen gewesen war, dann könne es nur der philosophierende Schuster aus Brünn sein. Der sei inzwischen landesweit bekannt, auch als Schuh- und Stiefelfabrikant und wegen seiner Bekanntschaft mit dem Herrn Fürst Metternich. Gerüchte machen sich sehr schnell selbständig, ziehen über Land und können Betroffene um die Lebensfreud bringen, sind sie doch zumeist ehrabschneidend und ehrverletzend. Schnell kann aus dem ehrbaren Kaufmann Krummauer ein schändlicher Profiteur werden, einer, der sein Einkommen zu Unrecht erworben hätte, der seine Arbeiter schlecht entlohnt. Dagegen vorzugehen, gar noch über einen Gerichtshof, wäre absurd, wäre nutzlos, überlegte Krummauer. Denn üble Nachreden sind wie böse, unheimliche Meereskraken, die mit ihren

Saugnäpfen das Leben des von einem Gerücht Heimgesuchten ausbeuten. Das Gerücht über seine bestehenden Verbindungen zum Fürst Metternich mochte aus einer flapsigen Bemerkung eines Freundes, der sich an die Begebenheit des kleinen Klemens Krummauer mit dem Fürst Metternich in der Schusterei des Vaters erinnerte, seinen Grund haben. Solche Ereignisse interessieren die Leute eben.

57

Der Bürgermeister der aufstrebenden Stadt schrieb den Lamentierern und den Gebeutelten ins Stammbuch, dass der Schusterkrüppel mehr auszustehen hätte als irgendeiner unter ihnen. Auf den zwei Bänken am Ring säßen die Weibsleut und eine würde der anderen das Herz schwermachen. Und sie sollten dem Schulbub zuschauen, wie er schon sechse in der Svratka ins Wasser springt, sich selber wieder herrichte und heimfahre. Und dann würde er erst seine Haferflocken essen und wäre eine halbe Stunde vor Schulbeginn im Klassenraum. Die Herren vom Magistrat nickten geschäftig und sie redeten auch vom Hillwander, der schon in jungen Jahren alle Kräuter und Pflanzen gekannt habe, »und wennst zu dem in seine Hüttn einigehst, kommst als a Gsunder wieder raus.«

»Aber der kann se net mit am Schusterbuam vergleicha. Der Bua hot a Hirn wia drei Philosophen und der Herr Papst persönlich und es siegst eahm net o und mit fünf Joahr hot er scho des Lateinische glesn und einen Haufen Philosophen hot er parat und der alte Krummauer sagt, dass er a net wissat, wou ers her hätt'.«

In Brünn hatte sich des Wunder herumgesprochen, und als der Vater Krummauer und der Bub dann ins Jakobikloster eingeladen wurden, ob das alles mit rechten Dingen zuginge, und der Herr Abt nicht weiterwusste mit dem übergescheiten Bub, zog er den Pater Cajetan hinzu. Die beiden studierten Herren redeten viel vom heiligen Geist, und von einem Wunder gar fabulierte der Herr Abt und dass er diesen Vorfall mit dem Herrn Kardinal in Prag debattieren müsse.

Aber der Herr Pater Cajetan meinte, dass der liebe Gott nicht in die Naturgesetze eingreifen würde und er keine Wunder brauche und dass der Allmächtige nur durch die Menschen wirken und er sich jetzt dem Bub widmen würde.

Der Krummauer Vater erzählte dann noch, dass der Bub dazu auch noch eine Nase und ein Gehör wie ein Hund hätte und dass bei ihm die Sinneswelt in reichstem Maße angelegt wäre. Der Klemens könne das Gebell der Straßenhunde auseinander halten und er sagt einem auf den Kopf zu, ob der Harras vom Leimer heut sauer riecht und dann sagt er der Leimerin, was sie ihm eher nicht zum Fressen gebe solle, weil sonst die Scheißerei noch schlimmer würde und ein Hund fühle sich dabei genauso schlecht wie der Mensch. Nur reden könne der Hund nicht drüber. Aber sie sollte ihm genug Wasser zum Saufen geben.

Und nach einer Stunde, es möge auch länger gewesen sein, meinte der Herr Abt, dass er so was noch nicht gesehen hätte und dass es so was nur einmal alle hundert Jahre gäbe.

Im Keller des Klosters hatte der Bruder Benedikt eine Schnapsbrennerei installiert und im Vorübergehen sagte der Bub, nachdem er vor dem offenen Kellerfenster aufmerksam geschnüffelt hatte, dass der Herr Bruder Benedikt da einen Weinbrand destilliere und der sehr gut würde. Das könne er riechen. Aber die Röhrln für das Destillieren wären doch wohl ein wenig zu kurz, aber er könnte sich da auch täuschen. Das müsse er sehen, denn zu oft wäre die Horizontale nach zu justieren, die Temperatur müsse zudem stimmen. Auch die verwendeten Hefen müssen vom Besten sein. Das wisse aber der Herr Bruder Benedikt besser als er, er wäre eher doch ein Theoretiker, sagte der achtjährige Bub. Jedoch fehle ihm doch jegliche praktische Erfahrung im Destillationsgeschäft.

Zudem müsse man vorsichtig sein, denn wenn man der Maische die falschen Früchte beimenge, werden sie leicht bitter und der Brand wäre beim Teufel, wie er sagte.

Dann durfte er im Keller beim Herrn Bruder Benedikt die hölzernen Gärfässer bewundern und er rocht die Qualität der verwendeten Gärhefe und in seiner kindlichen Naivität und Unverfrorenheit lobte und kritisierte er und der Bruder Benedikt lud ihn zum nächsten Gärvorgang ein. Weil er, der Herr Bruder, nur Edeldestillate herstelle, sehe er für diesen Klosterbrand speziell eine große Zukunft.

Als die zwei Krummauer sich wieder auf den Heimweg gemacht hatten, meinte der Bruder Benedikt zum Pater Cajetan, »dass des ja ein ganz ein Gscheiter is, so ane Rotznasen«.

«In dem Alter reden die Kinder noch die Wahrheit«, sinnierte der Pater Cajetan, »und von dem Büberl werden wir noch hören.«

Die Mama hatte das Abendessen auf den Tisch gestellt und wartete auf ihre zwei Männer. Dem Bub ging des

Mundwerk wie geschmiert, er meckerte über den Herrn Abt und motzte, hatte an allem etwas auszusetzen und der Herr Abt wäre seinem Amt nicht gewachsen, denn mit der Aussage, dass bei ihm, dem Klemens Krummauer in der Entwicklung und den Möglichkeiten des Gehirns gar ein Wunder geschehen sei, disqualifizierte der hohe Herr sich vollends. Und dass der Bruder Benedikt seine sinnvollen Anmerkungen über moderne Destillationsverfahren als persönlichen Angriff auffasste, hätte er riechen können. Im Übrigen wäre aus ihm auch ein passabler Hund geworden, meckerte er drauflos, denn die Stimmung des Bruders Benedikt war sozusagen am Hund. »Wenn ein Mensch unglücklich ist, wenn er einen heiligen Zorn in sich zusammenträgt oder ihm das Herz blutet, kann ich das riechen. Wie viel mehr kann das dann eine richtige Hand«, lachte er.

So wurden die Tischgespräche bei den Krummauers von Tag zu Tag vielfältiger, auch emotionaler. »Wem das Herz voll ist, dem geht der Mund über«, sagte die Mutter, bevor sie einschlief, zum Vater.

Klemens las über Kunst und dozierte über die Klarheit der Malerei des Albrecht Dürer, versuchte die schöpferische Motivation des großen Künstlers zu eruieren, warum er zu einer bestimmten Zeit gerade jenes Bild gemalt hatte, warum er eben diese oder jene Priorität setzte, wollte wissen, was den Malerfürsten an der Zeitgeschichte anregte.

Ihn interessierte die Symbolik, die hinter den Bildern der Meisters oder anderer Maler verborgen lag. Das Jahr des Todes des verehrten Genies, das Jahr des Herrn 1528, nahm er zum Anlass, sich mit dem großen Lukas von Prag zu befassen, der im gleichen Jahr heimgegangen war, setzte sich mit Martinus Luther auseinander, auch einer, der konkreten reformatorischen Ideen nahestand.

Er studierte das Leben und Wirken des Kasimir II. von Teschen ganz besonders angeregt, der bis zu seinem Tod dem großen Troppau verbunden war.

Dort, im herrlichen Troppau, hatte sich nach dem Bekunden des Vaters der Großonkel Wenzel der Heilkunst, der pharmazeutischen Wissenschaft gewidmet. Der habe über den Heilpflanzen, die der gute Gott den Menschen zur Gesunderhaltung geschenkt hatte, Außergewöhnliches gewusst, habe zudem in einem mächtigen Folianten den Kümmel, den heilsamen Ingwer und die Engelwurz, die der misslichen Verdauung entgegen wirken, und hunderte andere heilsame wie giftige, in der böhmischen Heimat verwurzelten Gewächse, akribisch gemalt

Anhand der Reisen des Nürnbergers ins renaissancegeladene Italien, erkundete er in hundert Büchern und Gesprächen mit seinem Lehrer Cajetan die italienische literarische wie malerische Landschaft. Alleine an den Gesichtsausdrücken der vielen portraitierten Persönlichkeiten seiner Zeit, lernte der Schusterbub hoffnungsfrohe Temperamente vom aufgebrachten und cholerischen Typus zu unterscheiden. Dem Bub eröffnete sich die Welt der Wissenschaft, der Geschichte, der Theologie und Philosophie, der Kunst und Kultur.

Er selber schätzte sich als Menschen mit heiterer Grundstimmung, gepaart mit umsichtiger Gedankentiefe ein. Je mehr er an Alter und Klugheit zunahm, desto deutlicher zeichnete sich eine Veranlagung zu achtsamer Ruhe ab. Die Mutter schrieb sein Temperament dem Vater zu, denn wegen dieser Eigenschaft hätte sie ihn seinerzeit auserkoren. Da hätten die Freier um ihre Hand angehalten, wären in Reihen angestanden.

58

In Brünn hatte sich das Gerücht verbreitet, dass der gescheite Krummauerbub dem Bruder Benedikt seine Meinung gestoßen hätte und das könnte dem Bruder Benedikt nicht schaden. Der hätte ja schon eine rote Säufernase. Andererseits wären die Kinder heutzutage frech wie früher nie und sie würden alles besser wissen und der Krummauerbub wäre einer, der mit seiner Wichtigtuerei seinem Vater und der braven Mutter noch einen Haufen Schwierigkeiten machen könnt. Aber, dass er einen von den ganz Hellen sei, das wissen die Leute doch schon, seit er in den Brunnen gefallen war, seinerzeit.

In den Wirtshäusern haben dann die Männer erzählt, dass sie daheim mit ihrer frechen Brut auch nicht fertig würden und so ein gescheiter Krüppel könnte noch die ganze Stadt anzünden. Der Wirt, der auch ein paar Bücher in der Schublade hatte, meinte, dass der Jesusbub schon damals ein so Gebildeter gewesen wäre und dass er sich davongemacht hätte, gerade als sie auf der Wallfahrt nach Jerusalem Einkehr gemacht hätte.

»Ich möchte nicht wissen, was der alles getrieben hat, wird halt auch ein recht Flank gewesen sein und seinem Vater nicht bloß einmal frech kommen sein, wie die anderen auch«, sagte der Stadtrat Molinar und seine Mutter, die heilige Maria, wird den einen oder anderen Strauß mit ihrem Bub auszufechten gehabt haben.«

Sie haben alle mit dem Kopf genickt, weil das in der heiligen Familie ja auch recht menschlich zugegangen ist. Daheim beim Mittagessen hatten sie dann genug zu reden und zu denken und die nachfolgenden Jahre war das eine oder andere zu bereden, besonders wenn der Krummauerbub sein Gefährt selber repariert und fahrbereit gemacht hatte und sich doch die Straßen der Stadt bewegte.

So wuchs ein begabter junger Mensch in das Leben der Stadt hinein, klug und gelehrt und viele meinten, dass er einmal in Prag oder gar in der Wiener Kaiserstadt ein ganz Großer würde. Aber der Krummauer lernte in der Werkstatt seines Vaters das Schusterhandwerk. Wie der Jesusbub und tausend andere gehörte auch der Klemens Krummauer nicht zu den Reichen und so lernte er gewissenhaft und akribisch genau zu arbeiten. Der Klemens musste sich durch den Alltag mühen, klein und doch auch schlicht wie die Eltern.

Die Krummauer Mutter lehrte ihren Bub, dass man mit gebührender Bescheidenheit und der Annahme des Lebensgeschicks diesem kleinen Jesus, der ja auch der Gottessohn war, wie es der Glaube uns lehrt, nachfolgen könne. »Und der Jesusknabe hat zugenommen an Alter und Weisheit und Wohlgefallen vor Gott und den Menschen«, gab ihm die Mama mit auf den Weg.

Das hatte der Klemens Krummauer auch schon alles gelesen und verstanden. Aber wenn es die Mama sagte, ging es ihm direkt in die Seele. Und weil er das alles in seinem jungen Herzen trug und für richtig erachtet hatte, wandte er sich auch gerne wieder seinen Philosophen zu, die auch recht große Heidenmenschen waren. »Aber Gott geht es nicht darum, Heiden von Gläubigen zu scheiden. Er liebt sie alle gleich«, gab ihm Pater Cajetan mit auf seinen Lebensweg.

59

Doktor Georg Vollrat stellte sich als Doktor der Philosophie vor. Er interessiere sich jedoch auch sehr für die böhmischen Schriftsteller und Denker, zudem kümmere er sich als federführender Prinzipal um das Olmützer Armen- und Waisenhaus.

Nach dem gemeinsamen Abendessen, beide Herren hatten dem guten Wein des Hauses zugesprochen, hatten es sich in den bequemen Sesseln behaglich eingerichtet, ließ Krummauer vor allem dem Herrn Doktor Vollrat die Möglichkeit, von seiner wissenschaftlichen Arbeit und seinen literarischen Forschungen zu reden.

Von einen Literaten Aloys Schauer, Jesuit seines Zeichens, der als Präfekt und Professor in Wien tätig war, als Übersetzer italienischer Schriftsteller noch dazu, berichtete Vollrat zunächst. Über ihn habe er im letzten Semester vor den Studenten der Theologie und der Philosophie doziert. Von diesem mit italienischen Autoren vertrauten Literaten Schauer war für Doktor Vollrat der Weg nicht weit zu den italienischen Dichtern der Renaissance. Der italienische Humanismus habe sich auf das Abendland ausgeweitet. Schriftsteller wie Dante Alighieri und Giovanni Boccaccio hätten sich als Humanisten hervorgetan, nicht zu vergessen der große Erasmus. Dann müsste man über den Reformator reden, den Martinus Luther, der es gewagt hatte, die Oberen in Frage zu stellen, »ihre obskuren Praktiken haben natürlich der Kirche den Dolchstoß versetzt und es wird sich noch künftighin erweisen, ob aus dieser reformatorischen Modifikation ein Gutes erwächst.«

Dann debattierten sie angeregt über die philosophischen Überlegungen zur Komplexität der Weltstruktur, über die Ansetzung des Unendlichen, vor allem auch das Unendliche als inneres Wesensmerkmal des Göttlichen.

Klemens Krummauer staunte über diesen wahrhaft universellen Geist und dachte an Pater Cajetan, der zu ebenso weit gespanntem Denken befähigt war.

Die Debatte der beiden philosophischen Meister war im Nu weit über das Niveau in der philosophischen Soiree daheim in Brünn hinausgewachsen. Er hatte einen Gesprächspartner gefunden, der über Nicolaus Cusanus genauso differenziert reden konnte wie über Wilhelm Ockham, der als Spätscholastiker sich der Theologie wie naturphilosophischen Überlegungen verpflichtet fühlte. Vollrat referierte über einen Denker wie Giordano Bruno, den großen italienischen Philosophen und Dichter, den die Römer noch im sechzehnten Jahrhundert auf den Scheiterhaufen gebracht hätten. »Nur weil er anders als andere dachte«, bemerkte der Doktor Vollrat. »Darum immer recht vorsichtig, lieber Herr Krummauer, wir wissen nicht, wer uns beiden Ketzern zuhört. Wissen Sie, wer über uns redet, was jemand über uns denkt? Für bestimmte Leute ist alles über gewisse Personen zu wissen wichtig, was die denken, was die reden und tun.

Aber wer in der Wahrheit lebt, kann nicht umkommen«, lachte er.

Von einem gewissen Andreas Raab erzähle Vollrat scheinbar besonders gerne, sei er doch in der Verwandtschaft mit diesem Philosophikus, der sich noch dazu Meriten erworben hatte als Historiker fränkischer Städte, die allesamt durch die vorausgegangenen Kriege in Mitleidenschaft gezogen worden waren. Außerdem habe er sich Ruhm erworben als kenntnisreicher Mythologe und geistreicher Kenner der Poesie.

»Für die Olmützer wie für das ganze Land ist endlich eine Friedenszeit angebrochen, sind doch nunmehr die napoleonischen Kriege vorbei«, ließ Vollrat einfließen. »Eine Anzahl von Fabriken hat sich an den Rändern der Stadt angesiedelt, allmählich geht es ökonomisch aufwärts, aber alles dauert.«

Einige familiäre Dinge tauschten die Partner schließlich aus, etwas Gesprächsstoff über die gegenwärtige, nachnapoleonische Politik und Gesellschaft. Der Herr Doktor Vollrat kannte den Brünner Herrn Bürgermeister Johann Czikann, den er vor Jahren hier in Olmütz bei einer Festveranstaltung des Herrn Bischof kennen gelernt hatte.

Mitternacht war längst vorbei, als der Gelehrte aufbrach und sich nichts mehr wünschte, als ein weiteres anregendes Gespräch dieser Art, das ihn sehr erquickt habe. Und es wäre für ihn eine große Ehre gewesen, sagte der Herr Doktor Vollrat.

Den Wenzelsdom möchte er besuchen, schrieb Klemens Anna. Vom großen Feuer schrieb er, dass den Hohen Dom zu Olmütz vor Jahren heimgesucht hatte. Ein greller und blendender Blitz wäre über der heilige Olmützer Stadt erschienen und habe sich in die hohen Türme der Kathedrale gebohrt. Apokalyptische Unheilskünder wären danach schreiend und mit grässlichem Getöse durch die Stadt gezogen und hätten den Bewohnern ihre Lasterhaftigkeit und Verderbtheit vorgehalten und gekündet vom kommenden Verderben. Es würde ein Mächtiger erscheinen, ein Gewaltiger, der allen anderen überlegen sei, einer der drein haut und an seiner Seite würden der oberste Teufel, der elende Satanas und der heimtückische Beelzebub auf hässlichen Rössern durch die Stadt reiten und ihre gezackten Sensen schwingen. Abgründe würden sich überall auftun und die Menschen verschlingen und auf den Kuppeln und Türmen der Kirchen würden mächtige Feuersbrünste aufflammen und auf die Erde niederstürzen und Menschen wie jedes Getier verbrennen und das Entsetzen und das Geschrei wären höllisch. Wie in Sodom und Gomorra würden Feuer, Schwefel und Asche die Stadt und ihre sündigen Menschen begraben und die Bewohner des Umlandes würden in sich gehen, sich an die Brust klopfen und ihre Schuld vor Gott bekennen.

Die Olmützer aber hätten begonnen, schrieb Klemens, den Dom wieder aufzubauen und die meisten Leute hätten sich von den Katastrophenpropheten nicht beeindrucken lassen. Das hätte ihm der Herr Doktor Vollrat noch erzählt.

»Vieles habe ich euch zu erzählen von der bischöflichen Stadt Olmütz.« Der kluge Lehrer habe ihn schließlich zu sich eingeladen. Aber er habe nur mehr vier Tage hier in Olmütz und einige geschäftliche Angelegenheiten seien noch nicht in trockenen Tüchern. »Trotzdem werde ich der Einladung des Doktor Vollrat nachkommen und es hat mir gut getan, dass wir in so vielen Beobachtungen einer Meinung sind. Vollrat meinte, er habe leider nicht mehr so viel Zeit zum Lesen und Erkunden alter Schriften und vieles ginge ihm durch den Kopf. Aber der körperliche Verschleiß ginge unaufhaltsam voran, das Angebot der Alterserscheinungen werde immer vielfältiger und er könne sich nahezu jeden Tag Neues aussuchen.«

60

»Die liebe Frau Perunek braucht unser Mitgefühl. Sie ist außerordentlich feinfühlig und vom familiären Schicksalsschlag getroffen bis hinein in ihre alten Tage. Sie braucht Trost, eine Freundschaft nicht nur für die bitteren Tage. Augenscheinlich steht sie lachend über den Dingen. Aber hinter der Maske ist sie bekümmert. Ich schicke dir ein Trostbüchlein, das du durchschauen könntest, bevor du ihr das kleine Präsent übergibst. Es könnte ihr helfen, aber noch besser ist, wie angedeutet, dass wir sie wieder einmal besuchen.«

Klemens hatte den Besuch bei Doktor Vollrat und seiner Frau absolviert. Es war ein angenehmer Abend. Frau Vollrat kredenzte ihm Leberwürste mit Kraut und Kartoffeln und stellte jedem der Männer einen Krug Bier neben den Teller. Sie unterhielt die beiden Herren, die sich um ihr Essen kümmerten, ungeniert, kam auf den momentanen Olmützer Tratsch zu sprechen. Dass der Herr Kommerzialrat Dehnhofer in die March gefallen wäre, erzählte sie, und dass das kein Wunder wäre, hätte er sich doch allzu oft dem französischen Cognac hingegeben, seit seine Frau verstorben sei.

Sie möge doch keine traurigen Geschichten erzählen,

sagte der Herr Doktor Vollrat und fuhr mit der linken Hand über den leicht fettigen Bart. »Es gibt ja auch lustige Begebenheiten, ich meine die Hochzeit, weißt schon.«

Die Frau des Doktor Vollrat wusste so anschaulich zu erzählen, dass der Klemens Krummauer glaubte, Gast bei der Hochzeit gewesen zu sein, von der sie nun so anschaulich zu erzählen wusste. Der hölzerne Boden im Hotel *Zum Hohen Rat* war gut gebohnert gewesen und die Hochzeitsgäste tanzten eine Polka nach der anderen und trieben es auch sonst recht derb.

Am späten Abend, erzählte sie, schnappten sich ein paar Burschen die fein herausstaffierte Braut und zerrten sie in eine bereitstehende Kutsche. Der Herr Bräutigam war zu dieser Zeit schon sehr angeheitert und fiel noch vor Mitternacht in einen tiefen Schlaf, nachdem er sich zwei Stunden ohne seine junge Frau verlustiert hatte. Die Freunde schleppten ihn ins Ehebett, dort sollte er auf seine Frau warten.

»Du hast dir sicher deine Hochzeitsnacht schöner vorgestellt«, sagte eine gute Freundin, als sie am frühen Morgen aus der Kutsche stieg.

Sie könne nicht klagen, lachte die frisch gebackene Ehefrau. Dann legte sie sich an die rechte Seite ins Ehebett zu ihrem betrunkenen Ehemann und schlief eine glückseligen Schlaf. »Wer den Schaden hat, braucht für den Spott nicht zu sorgen«, lachten die Olmützer und meinten, dass das Kind sicher recht kräftig werden würde.

Klemens fühlte sich wohl in diesem gastlichen Haus, war von dem Charme der Hausherrin, die gute zwanzig Jahre jünger als der Herr Doktor war, sehr angetan.

Mehr noch vom folgenden Gespräch, das die beiden Herren dem verehrten Herrn Friedrich Schiller widmeten.

Vollrath blieb jedoch beim ersten bedeutenden Roman des Titanen, *Die Räuber*, hängen und schnell waren zwei Stunden vergangen.

Er fragte Klemens Krummauer, ob er sich auch mit dem so früh verstorbenen Dichterfürsten auseinandergesetzt hätte.

»*Die Bürgschaft* war mir schon als Kind vertraut und wenn wir Gäste hatten, zumeist einfache Leute, waren wir doch auch einfache Schustersleute, war ich aufgefordert, diese Ballade zu deklamieren. Das alles lief sehr theatralisch ab, denn noch bevor ich zum Ende kam, trat meine kleine Schwester Elisabeth auf und vollendete diesen wunderbaren Text höchst gefühlsbetont: *So nehmet auch mich zum Genossen an: Ich sei, gewährt mir die Bitte, In eurem Bunde der Dritte!*«

Vollrats lebhafte Frau bat den Gast ungestüm, dieses Gedicht zu Gehör zu bringen, und der Brünner machte ihr die Freude.

Im Gefährt zu sitzen und die Bürgschaft zu zitieren, hätte dem Herrn von Schiller sicher eine gewisse Freud' gemacht, lachte der Doktor Vollrat.

»In den ersten Kindheitsjahren wollte ich meinen Eltern eine Freude machen und deklamierte Gedichte. Erst mit sieben oder acht Jahren verstand ich die tiefere Bedeutung und den Sinn der Inhalte. Dass ich mit einem zweifellos treuen und umfassenden Gedächtnis begabt war, hob mich wohl aus dem Kreis meiner Altersgenossen. Aber weder ich selber noch meine Kameraden erörterten diesen Sachverhalt. Es war ebenso. Mir wurde dann doch bewusst, dass ich mich mit ganz anderen Sachverhalten abgab, wie meine Kameraden. Dass ich Schuster werden würde, verstand sich von selbst. Einer, der auf einen fahrbaren Stuhl angewiesen ist, hat kaum besondere Zukunftsaussichten. Ich war zufrieden mit dem, was ich war und was ich besaß. Ein Professor für Philosophie oder Theologie in einem rollenden Stuhl wäre sicher nicht zu vermitteln gewesen.«

Die beiden Vollrath schoben den Klemens Krummauer in seinem Gefährt über den Ring am Caesarbrunnen vorbei.

»Es ist immer eine glückliche Zeit für mich hier in Olmütz«, verabschiedete sich Klemens.

Der Nachtwächter schob sich aus einer Seitengasse und sang sein Lied, fragte ihn, ob er Hilfe bräuchte. Er wies einem Betrunkenen den Weg und ermahnte ihn zur Ruhe. Dann blieb er stehen und kündigte die Uhrzeit an. ›Zwei Uhr schon, sternklare Nacht, immer noch frische Gedanken im Kopf‹, dachte Klemens Krummauer, obwohl ihm der Wein heute zusetzte wie selten. Er dachte an den Brünner Richter Adam von Sidepol, einem Marienbader, der des Nachts durch Brünn schlenderte, um, wie er sagte, seine Urteile im Kopf auf die Reihe zu bringen.

61

Gegen Nachmittag wolle er aufbrechen, hatte er zum Ferenc Koltai am Vorabend gesagt. Den Ferenc hatte er übernommen, als er das Domizil derer von Flanner gekauft hatte, nachdem die Janika ins schöne Prag zum Amade von Flanner gefahren war, der ihr ja seinerzeit das Herz gebrochen hatte, noch vor der Hochzeit mit ihrem Justus. Dass sie dort bleiben würde, sei schon ausgemacht, sagte sie der Anna beim Abschied und sie würden sich schreiben.

Obwohl Klemens sich am frühen Morgen nicht gerade ausgeruht fühlte, setzte er sich, nachdem er im Speisesaal gefrühstückt hatte, noch an den kleinen Tisch und schrieb seiner lieben Anna seine Gedanken, die ihm nachts, er hatte schlecht geschlafen, durch den Kopf gegangen waren. Er würde ihr den Brief zustecken.

Er schrieb ihr, dass er sie diese zwei Jahrzehnte, die sie ihr Leben füreinander da gewesen wären, als die glücklichste Zeit in seinem Leben im Herzen bewahre. Eine echte Liebesehe wäre das, schrieb er, und dass sie ihn, den Krüppel, damals genommen hatte, ihn geliebt, gestützt, oft genug getröstet habe, wenn er traurig und niedergedrückt war, möchte er der ganzen Welt erzählen.

Einige Geldangelegenheiten konnte ich zufriedenstellend abschließen und wir sind in der glücklichen Situation, den Flannerkauf zu bewerkstelligen. Die Ruhetage haben mir gut getan. Ich wünschte mir, du würdest dich bei den Perunekschen anmelden, oft genug hat sie sich eingeladen.

»Der sogenannte Zeitgeist ist idiotisch«, sagte der liebe Graf Hegewitz gestern beim Nachmittagskaffee, die Leute dächten am Wesentlichen und Wahren vorbei, die Dummheit habe zu oft das Übergewicht und wer sich mitreißen lässt vom irren Getue und oberflächlichen Wahn, der verdummt. Aber die Geschmacklosigkeiten und immer mehr die Großmannssucht nähmen überhand.

Gestern, liebe Anna, sah ich in einem der Dörfer einen Bauernknecht seine Pferde striegeln, ein Bub kraulte mit seiner klei-

nen Hand den Rücken eines der Tiere, an einem hölzernen Trog labten sich einige Rinder mit frischem Wasser, ein alter Mann saß auf der Bank unter einem Fenster vor dem Bauernhaus und schmauchte an seiner Pfeife. Still, seltsam ruhig, schien dieses Bild, bis die Stimme der Bäuerin die Kinder, die Mägde und Knechte zum Abendessen rief. Mir schien, als wäre ich auf einem anderen Gestirn. Im Nu waren sie lachend und schäkernd im Haus verschwunden, die Hühner stoben auseinander, die Hunde duckten sich in ihre Hütte. Dem Getue zuzuschauen, tat meiner Seele gut.

In der heutigen schnellen Zeit hetzen die Menschen atemlos durch ihr Leben, wie wird das in zehn oder hundert Jahren werden? So viele schlimme Dinge beeinflussen unser Leben. Wir dürfen dankbar für unseren wirtschaftlichen Aufstieg sein jedoch nicht stolz. Wir brauchen mehr Geduld und Gleichmut. Die Menschen und die Welt zu verstehen lernen, ist und bleibt mein Anliegen. Sicher werden wir unsere Elisabeth verstehen, dass sie Prag den Rücken gekehrt hat und sie weiter auf ihrem Weg begleiten. Du hast uns alle gelehrt, im Alltagsleben uns immer mit dem Guten zu befassen, dann würden wir selber gut, hast du deinen Kindern immer wieder gesagt, beiläufig. manchmal auch recht unverblümt. Unser Wenzel ist auch ein Suchender und wir müssen diese für ihn so wichtige Zeit an seiner Seite sein. In diesen Wochen hier in Olmütz habe ich viele schöpferische Menschen getroffen, von denen ich dir, wenn ich wieder bei dir daheim bin, viel zu erzählen habe. Diese Pause bleibt für mich unvergesslich und die Pausen bei meinen Spazierfahrten zur March oder hinaus ins Umland, die Besuche in den wunderbaren Kirchen – Gottseidank hatte mich unser Ferenc begleitet und köstlich versorgt – haben mich wieder neu *gelehrt, dass das Einhalten der Rekreation, der Erholung von Leib und Seele dient. Unser Herr Jesus Christus ist mit seinen Jüngern auch durch das Land gezogen und hat sich während dieser langen Wanderungen mit dem Wesentlichen befasst. Wenn er von der nötigen Sabbatruhe redete, dann legt er uns auch heute fürsorglich ans Herz, uns nicht von den Alltagssorgen auffressen zu lassen.*

Ich habe weniger philosophiert diese Tage, viel mehr habe ich mich mit den Fragen um Sinn und Wesen unseres heiligen Glaubens befasst. Aber diese eminente Verflüchtigung des Gedankens an Gott läuft der schöpferischen Wahrheit entgegen. Diese freie Zeit hier hat mir wieder neues und tieferes Denken ermöglicht, war doch auch mein Denken der letzten Jahre mehr mit der abstrakten Philosophie beschäftigt als mit der konkreten Sinnsuche, wie sie uns unsere Heilige Schrift besonders ans Herz legt.

Wenn ich heimkomme, hoffe ich, dass ich meine Pflichten wieder voll ausfüllen kann, weil ich spüre, dass ich den Kopf wieder frei habe.

Stille brauchte ich, das Getratsche der Leute hindert mich Wichtiges vom Bedeutungslosen zu scheiden. Trotzdem fehlt mir mein Werkzeug, der Geruch des Leders, des Schusterleims.

Ich erwarte wie du wieder eine Nachricht aus Amerika von deinem Bruder, dem es, so hoffe ich bei Gott, gut geht. Aber er hatte ja seinerzeit geschrieben, er würde erst von sich hören lassen, wenn er die neue Welt erobert hätte.

Vollrat sagte, keiner ist unersetzlich, war er doch von heute auf morgen darniedergelegen und der hiesige Doktor meinte, dass sein Herz sehr unregelmäßig schlage. Das alles wäre eigentlich harmlos und eigentlich normal, meinte er und diese ungleichmäßigen und schnellen Schläge würden sich immer wieder einrenken. Heute wisse man darüber schon viel mehr und er würde ihn nach neuesten Erkenntnissen behandeln. Er solle zunächst sein Gewicht reduzieren und nicht so viel essen und schließlich solle er sich an der frischen Luft ergehen. Wenn es möglich ist, solle er sich nicht im Übermaß ärgern. Aber das wissen wir ja schon, ist ja nicht neu und wir müssen dankbar sein, dass wir in unserer mährischen Heimat so viel Weizen auf dem Halm stehen haben.

Mit Vollrat wie mit Hegewitz verbindet mich Freundschaft, die hinausgeht über gleiche philosophische Interessen, eine Freundschaft, die der Beziehung mit Pater Cajetan ähnelt. Er hat mir ein Buch – in braunes Leder gebunden, mit goldener Prägung – von Blaise Pascal geschenkt, es geht darin um Pascals berühmte Argumentation, dass es einen Gott gibt. Mir scheint es jedoch unmöglich, diesen Text in der Soiree zu diskutieren.

Du weißt, ich habe mich mit Pacals Ansichten schon in früheren Jahren befasst, nehme mir jedoch vor, diesen genialen Geist aufs Neue in meiner Seele wirken zu lassen. Er hat ja auch in der Physik und der mir heiligen Mathematik phänomenale Reflexionen vorgestellt.

Nun schließe ich meine Gedanken, meine Liebe, die ich dir auch hätte sagen können. Wir werden, wenn das Wetter und die Räder aushalten und uns die Räuber nicht überfallen, in zwei Tagen in Brünn auffahren.

62

Der Alltag und die gewohnte Ordnung hatten ihn wieder. An der Peter- und Paulkirche hatte der Ferenc Koltai angehalten, sie waren über den Ring gefahren. An der Eingangstür des neuen Hauses stürmte ihm die Elisabeth entgegen, die er in Prag gewähnt hatte. Im Salon, in dem in vergangenen Zeiten von Flanner die Mitglieder der abendlichen Soiree empfangen hatte, schmiegte sich seine Elisabeth an ihn, wie in alten Zeiten in ihrer Kindheit.

Dann erzählte sie von den Umständen ihrer Flucht aus Prag, wie sie sagte, wo der junge Cellolehrer sie in unziemlicher Weise inkommodiert hätte, und das nicht nur einmal, sagte sie. »Dann habe ich ihm ein dickes Buch ins Gesicht geschlagen und er hatte geblutet. Die Nase des Herrn wäre gebrochen, hieß es und ich musste das Konservatorium verlassen, raus geschmissen haben die mich.«

Der Krummauer war erregt. Sie hätte sich jedoch gleich mit dem Wenzel abgesprochen und der liebe Bruder hatte angedroht, den Herrn Cortany umzubringen.

»Aber der Herr Fabrikant Paul Scharlehm ging am selben Abend zum Herrn Rektor des Konservatorium und hat ihm reinen Wein eingeschenkt, dass der Herr Ödön Cortany schon mehrfach studierenden Damen das Leben schwer gemacht hätte. Es brauchte dann kein langes Reden mehr, denn der Herr Rektor Fiala hat diesen Strolch entlassen. Aber ich gehe nicht mehr zurück nach Prag, obwohl der Scharlehm Victor so ein Lieber ist, weißt schon, lieber Vater.« Na ja, sie weint dann an der lieben Mutterbrust.

Dann erzählte die Mama, dass sie gekränkelt hätte, dass aber nun alles wieder im Lot wäre und dass es dem Wenzel in Prag gut ginge. Er habe so viele wichtige Dinge über seine Jurisprudencia geschrieben, die sie gar nicht verstehe. Dass er viele Seminare besuchen müsse und eine Fülle von Prüfungen abzulegen haben, aber es ginge ihm alles gut von der Hand. *Ich habe auch noch Zeit, um am Abend mit den Herren Collegae durch die Stadt zu flanieren*, schrieb er.

»Hoffentlich kommt er nicht unter die Räder, der Bub«, sagte die besorgte Mama.

Die Mama hatte ein recht üppiges Stück Reh aus dem kalten Keller angerichtet. Nach dem Abendessen schob sie ihm einen Brief zu und der Klemens wusste sofort, dass dies eine sehnlichst erwartete Nachricht vom Schwager Oskar aus Amerika wäre.

63

Er erinnerte sich gerne an die Janika von Flanner, die jetzt das Leben des Herrn Amade von Flanner in Prag behaglich machte, diese lebensfrohe und gänzlich uneitle, aber doch andererseits so bescheidene Dame. Unvergessen waren ihre Einladungen zur Soiree und sie hatte die Anwesenden mit ihrem Charme verzaubert. Es war ein ausgesprochenes Vergnügen für Anna, wenn die Janika zu Besuch im kleinen Wohnraum im Schusterhaus gewesen war. Ihr girrendes Lachen war so bestrickend und gewinnend und der Wenzel wie die Elisabeth nannten sie nur die Tante Janika. Eine Frau ohne Dünkel, ein Bauernmäderl wäre sie doch, wie sie selbst von sich sagte.

Nun hatte sie geschrieben, dass der Amade einen »Schuss in den Rücken bekommen« hätte, wie der Herr Doktor Havel meinte, und er müsste viele heiße Bäder machen, was ja für sie auch recht mühselig wäre. Aber sie hätte ja keine Illusionen gehabt, als sie nach Prag verzogen sei, schrieb sie.

Noch nie hätte sie sich Luftschlösser gebaut, nur als kleines Mädel wollte sie eine Gräfin werden, mit schönen Kleidern und einer Kutsche. Aber der Amade hätte sie so liebevoll aufgenommen. »As Haus wär' etz voll, wie sich's g'hört«, hätte er gelacht, als sie vor der Tür stand.

»Wir sollten heiraten, wie sich's gehört, hatte der Herr Prälat Wossek gemeint, der neugierig war, wie ich denn Ausschau. Man könne nicht so wie wir es tun, in einem Haus zusammenleben. Es wäre wohl eine Sünd. Der Amade und der Herr Prälat Wossek debattierten dann noch ausgiebig über das heilige Sakrament der Ehe und der Amade hatte dann dem Herrn Pfarrer einen Rausch angehängt. Er wäre abgeschürft an Gesicht und Händen weit nach Mitternacht daheim im Pfarrerhaus angekommen, sagte seine Hausfrau. »Hat er sich gar wieder zu lange amüsiert, seine Exzellenz«, hatte sie gelacht. »Na, er hat ja sonst nichts«, sagte sie.

Wenn die Janika einen Brief schrieb, erlebte man nicht nur den üblichen Prager Klatsch hautnah mit. Sie erzählte auch, dass das Prager Städtische Orchester im Prager Rudolphinum ein Konzert des Herrn Mozart aufgeführt hätte, und die Leute hätten geklatscht, dass es bis zur Karlsbrücke schallte. Und sie wäre wieder in einer Art Soiree eingeladen und sehr angetan von den Beiträgen und sie würden im Moment über die griechischen Philosophen reden. Ein gewisser Herr Professor Jelinek von der Prager Universität wäre eine Autorität, was den Herrn Sokrates und auch den Aristoteles angehe, und sie erinnere sich an Klemens' Ausführungen besonders über den Herrn Sokrates, der ja den Giftbecher ausgetrunken hätte.

»Ich habe der Gesellschaft meinen verehrten französischen Herrn Voltaire ans Herz gelegt und sie waren erstaunt, wie eine Pomeranze aus Brünn einen solchen geistreichen Denker kennt, und einige schauten da etwas despektierlich, was ich ihnen durchgehen ließ. Sie hatten, und das stellte sich nach der zweiten Sitzung heraus, nicht halb so viel Ahnung von der prinzipiellen Philosophie wie ich. Ich bin eine von zwei Frauen. Die andere ist eine Gräfin von Salitsch, die mich anfangs keines Blickes würdigte, aber jetzt taut sie auf.«

»Alle Menschen dürsten nach Freiheit«, sagte der Herr Professor, ein etwas Freisinniger, »auch wir im böhmischen Land.« Er sagte dann noch, dass Seine Majestät, »und da sind wir alle aufgestanden und haben einen forschen Trinkspruch auf seine Hoheit ausgebracht«, der Garant sei für diese Freiheit und den Frieden, den wir alle hätten. »Und dass es uns im böhmischen Lande so geht, wie wir es erleben, das haben wir einzig und allein ihm und der kaiserlichen Weisheit zu verdanken«, sagte der Herr Professor Jelinek noch.

Er wäre ein rechter Schlawiner, der Jelinek, lachte mein Amade am Heimweg, und wenn er weiter so lästern würde der Jelinek, dann möcht' ihn der Herr Kaiser ganz persönlich wegen Anstiften zur Revolution arrestieren oder ihn gar den Fischen in der Moldau vorwerfen. Na, die Prager waren ja noch nie allzu glücklich mit den Herren Kaisern aus Wien. »Aber wenn der Jelinek redet, weißt nicht ob er lästert oder lobt. Er ist schon ein sarkastischer Bursche«, sagte der Amade.

»Unser Haus gleicht eher einem englischen Cottage, wie man es auf diesen kolorierten Ansichtskarten sehen kann, liegt auf einer Anhöhe und es gefällt mir hier in dieser ehrwürdigen Stadt.« Mit dem Amade würde es ihr schon gut gehen, er habe nur viel Zahnweh und da würde ihm noch einiges blühen, sagte der Doktor Polatschek.«

Aber der Amade ist ein Kaufmann, schrieb sie. *Er kauft und verkauft, was sich an den Mann bringen lässt. Er hat ansehnliche Warenlager in der Stadt. Da stapeln sich haufenweis' Salzsäcke neben den gegerbten Häuten und Kleidung für die einfachen Leute wie für die betuchten aus den besseren Vierteln. Du kriegst aber auch ganz einfache Nägel in Packerl abgepackt und was du in Prag nicht bekommst, das besorgt er dir, wenn es sein muss aus Paris oder London, der Amade. Aber jetzt liegt er erst einmal im Bett und muss eine Ruh' geben, der Gute.*

Aus Gesprächen, in die ihn ganz beiläufig immer wieder der Justus verwickelt hatte, wusste Klemens, dass die von Flanner immer noch unter anderem auch bei Hofe als Ratgeber und Diplomaten geschätzt waren und dass ein gewisser Valentin von Flanner – die Kontakte zu ihm wären angebrochen – in diplomatischen Dienst an der bulgarischen Botschaft angestellt sei.

64

Der neue Direktor am Gymnasium, Silvan Hebestoß, war ein Bauernbub gewesen. Die Eltern stammten aus der Znaimer Gegend. Nachdem ihnen zwei Mädchen im Kindesalter gestorben waren, gelobten sie ihrem Herrgott, den Bub, der da noch in der Wiege lag, auf Pfarrer studieren zu lassen. Im Bischöflichen Seminar in Budweis übertraf er alle anderen Knaben an Weisheit und Pflichtgefühl, wie der Herr Regens, ein kultivierter, aber phlegmatischer Priester, sagte.

»Der hat eine Kultur«, und sie würden noch von ihm, dem Bub, Großes vernehmen, sagte er zu den Eltern und der Silvan würde vielleicht ein Herr Bischof werden, fügte er hinzu. Die lieben Eltern brachten dem Herrn Regens zu allen großen Kirchenfesten einen Schinken und einen Sack Kartoffeln. Er solle sich, mit Verlaub, ihren Obolus nur recht schmecken lassen, sagten sie.

Aber der Herr Präfekt Robert Anton Sulzer, ein ständig in einer Wolke von impertinentem Schweißgeruch vegetierender Vierzigjähriger, der sich dann im Alltag um Leib und Seele der ihm Anvertrauten zu kümmern hatte, hatte die Buben jeden Tag reihum vor dem Unterricht geschlagen, den Stock auf ihren Köpfen und Rücken spazieren gehen lassen, »dass sie wüssten, woher der Wind weht.« Die Diakonenweihe stand dann an und der Silvan ging zum Herrn Präfekt. Das kurze Abschiedsgespräch fand nach dem Mittagessen, einen Sonntag vor der Weihe statt.

»Ich gehe jetzt«, sagte der Silvan Hebestoß.

»Ja, wos is des«, schrie der Herr Präfekt.

»Mir langt's«, sagte der Silvan.

»Wos langt dir, Krippl, elendiger?«, brüllte der Herr Präfekt.

»Des woaßt du genau, mei Liaba«, sagte der Silvan.

»Ja, Himmelherrgottsakrament, wos is nachat des?«, schrie der Präfekt.

»Pfiat Gott«, sagte der Silvan und verließ das Seminar.

Dann studierte er alte Sprachen für das Lehramt an höheren Schulen. Er schrieb Bücher für die Didaktik und Methodik der Lateinischen wie der Griechischen Sprache. Er war um die vierzig Jahre alt und verheiratet, und der Herr

Schulbeauftragte für Brünn, Johannes Rebhuhn, holte sich diesen Herrn Hebestoß in seine Stadt.

Er wolle zum Herrn Fabrikanten Krummauer, sagte der Herr Hebestoß, als die Haushälterin ihm die Tür öffnete. Dann wartete er in der kleinen Vorhalle, betrachtete das Bild einer schönen Frau und eines älteren Herrn an der Wand, offensichtlich Familienangehörige des Besitzers. Daneben hing ein hölzernes Kreuz, wie er es vom Oberen Seminar in Budweis her gewohnt war. An der gegenüberliegenden Wand, linkerhand von der Eingangstür, die mit eindrucksvollen hölzernen Ornamenten versehen war, hing in einem geschmackvollen, goldgefassten Rahmen ein farbiges Ölgemälde, das den Olmützer Dom in seiner ganzen Pracht vor dem schweren Blitzeinschlag zeigte. Die Haushälterin bat den Herrn Hebestoß Platz zu nehmen, der Herr Krummauer würde sich bald einfinden. Hebestoß wusste um die delikate persönliche Situation des Schusterphilosophen, wie man den Klemens Krummauer in Brünn achtungsvoll noch immer nannte, wenn die Rede auf ihn kam.

Diese beiden kultivierten Herren empfanden spontan Sympathie füreinander. Das Gemälde an der Wand zeige seine lieben, leider schon verstorbenen Eltern, erwähnte Krummauer, und Olmütz habe er durch mehrere Aufenthalte kennen und schätzen gelernt.

Hebestoß sagte, dass er nahe Olmütz, in Charváty, Ferien machen durfte, besitze doch dort der Bruder seiner ebenfalls bereits verstorbenen Mutter einen Bauernhof. Übrigens habe dort auch Johannes Sarkander, der böhmische Heilige gelebt. »Ach, ja«, sagte der Krummauer, »der Sarkander.«

Man redete noch geraume Zeit über diesen heldenhaften böhmischen gottseligen, zu Tode gefolterten Mann, den man des Verrats bezichtigt hatte, wie Jahrhunderte vor ihm den heiligen Priester Nepomuk, welchen man schließlich in die Moldau geworfen hatte, erzählte der Hebestoß.

Auf den Dreißigjährigen Krieg und seine tragischen Folgen, die bis in die Gegenwart zu spüren seien, politisch und gesellschaftlich, kamen sie zu sprechen. Sie tauschten sich aus über die kriegerischen Ereignisse der vergangenen Jahrzehnte, die das böhmische Land getroffen hatten, u.a. auch des Schlesischen Krieges, unter dem Olmütz zu leiden hatte.

»Die gleichen Bredouillen hatte Brünn auszuhalten«, sagte Klemens Krummauer, »und der Herr Kaiser Napoleon hat in Brünn sogar seinen vierzigsten Geburtstag gefeiert.«

Er habe sich schon auf diese abendliche Unterredung gefreut, sagte der Hebestoß.

Und der Krummauer fragte ihn, wie sich's so in der höheren Schule arbeiten lasse, ob die Studiosi noch so renitent wären wie früher, ob sie das Nichtstun dem Studieren immer noch vorzögen, ob denn der Herr Sokrates recht hätte, als er über die schlechten Manieren seiner Schüler herzog oder ob sie gar allesamt Empörer wären, wie weiland der gute Aristoteles lamentierte.

Dann kamen sie auf die Neuerungen und Erkenntnisse der heutigen Welt zu sprechen, von einem gewissen James Watt, redeten sie, der die sogenannte Dampfmaschine erfunden hatte. »Ein Kuriosität, ein Mirakel«, wie Hebestoß begeistert meinte. Er wäre gerne fünfzig Jahre später zur Welt gekommen, fügte der Hebestoß an. »Die unglaublichen Fortschritte der Gegenwart geben ja für die Zukunft unvorstellbare Impulse in der Forschung und Technik.«

Von der Alchemie des Mittelalters fanden sie den Übergang zur modernen Porzellanherstellung des Herrn Böttger, redeten über die künftige Bedeutung der Entdeckung von Sauerstoff und Stickstoff. Hebestoß war Feuer und Flamme und erzählte von einem Bekannten, der den Herrn Luigi Galvani aus Bologna noch kennen gelernt hatte, der elektrochemische Elemente entdeckt hatte. »Nachfolgende Generationen werden den Erfindergeist unserer Zeit hoch würdigen, denn darauf werden sie aufbauen können.«

Sie sprachen dem guten Wein zu, den Krummauer kredenzt hatte. Seine Großmutter, erzählte Klemens, wäre eine recht gut situierte Bäuerin gewesen. Er hätte sie innig geliebt, wenn er müde war, zog er sich nicht auf eine Liege oder in ein Bett zurück, sondern kuschelte sich in den Schoß der Großmutter und träumte dort. Er hatte ihr zugeschaut, wie sie den Hollerwein ansetze. Sie weihte ihn in die Geheimnisse der Herstellung des Brotes ein, redete von den Zutaten, die man dafür benötige, dass man Mehl, Wasser und Hefe vermenge und Salz nach Gutdünken und eine Prise Zucker dazu gebe. Mit bemerkenswerter Ausdauer habe er sich zunächst die Zeit genommen und beobachtet, wie der Hefeteig allmählich aufgequollen ist, wie sie ihn in den Backofen schob. Dann habe er gewartet, voller Vorfreude, wenn sie die braunen Laibe aus dem Ofen zog. Da war er schon seinem besonderen Stuhl gesessen und habe sich das Lesen und Schreiben selber angeeignet.

Klemens Krummauer lachte und meinte, es wäre ein Leichtes von der mittelalterlichen Alchemie zur Gärung des Brotes überzuleiten, habe der Mensch doch in seiner kulturellen Entwicklung die Gärung auch bei der Herstellung alkoholischer Getränke immer mehr verfeinert. So baue eben eine Erfahrung auf der anderen auf und man dürfte das, was die Väter erdacht hätten, nicht gering schätzen.

Hebestoß erzählte, dass er durch seinen Vater zum Waidhandwerk gefunden habe. Der Vater habe ihn dazu angehalten, den Tieren mit Respekt zu begegnen. Sie seien Teil der göttlichen Schöpfung wie die Menschen, sagte er immer wieder. Dadurch habe er auch die Schönheit der Wälder und der Fluren kennen und schätzen gelernt. Zu allen Jahreszeiten wären sie gemeinsam frühmorgens zur Jagd aufgebrochen. Der Vater habe ihn die Kenntnis der Pflanzen, Blumen und Gräser gelehrt. Die Mutter wiederum habe ihm beigebracht, welche Wirkung unscheinbare Kräuter entwickeln könnten, wie sie der Gesundheit helfen würden. »Gegen jede Krankheit ist ein Kräutlein gewachsen«, sagte sie. Man müsse mit jedem Kraut sorgsam und pfleglich umgehen, sie wären ein Segen für uns Menschen.«

Die Eltern hätten zwei mächtige Hunde durchgefüttert, kurioserweise hätten sie dem Vater gehorcht und ihn, den Bub, vergöttert. Sie wären vor Freude berauscht gewesen, wenn er zu Weihnachten und zum Osterfest aus Budweis heimgekommen wäre. Mit ihrer ganzen Liebe hätten sie ihn umtollt und eingespeichelt. »Je älter sie wurden, desto stärker schien die Liebe zu ihm zu werden. Als sie einmal allein im Walde herumhetzten, hat ein Wilderer oder ein Jagdaufseher sie erschossen.«

Der Schuster Klemens Krummauer wollte eine Geschichte vom Eichkatzerl zum Besten geben, das im letzten Sommer immer am Fensterbrett am offenen Fenster in seiner Bibliothek im Obergeschoss erschienen war, aber er spürte, dass man aus dem belanglosen Vorgeplänkel wegkommen musste, der Hebestoß würde sicher auf die Philosophie hinauswollen.

»Aber ich bin natürlich gekommen, um aus Ihrer Vertrautheit und ihrem Wissen über die Philosophie zu lernen«, begann der Hebestoß. »Man sagte mir, Sie würden sich mit dieser Wissenschaft nur zur eigenen Freude befassen.«

»Um gleich bei der Freude zu bleiben«, warf Krummauer ein, »Sie werden sich sicher lange schon mit Epikur befasst haben, gar auch mit der Eudaimonie und mit unseren Erleuchteten Sokrates und Platon, die sich in so ungeheurer Vielfalt nicht nur mit Freude und Glück auseinandergesetzt haben.«

Diesem ersten Abend des Kennenlernens, der sich doch bis weit nach Mitternacht hinzog, folgten weitere Gemeinsamkeiten und stärkte die Beziehungen nicht nur der Herren, sondern auch der Ehegattinnen. Eine Seelenverwandtschaft zwischen Arabella Hebestoß und ihr selber könne sie erkennen und es würde ihr wohl sein dabei, sagte Anna.

Als er sich verabschiedete, meinte Silvan Hebestoß, dass man die Welt einfach besser machen, sie zum Guten hin verändern müsse. Und Krummauer entgegnete, er wisse derzeit nicht, wo man groß eingreifen könne, am besten wäre es, sich in seinem nächsten Umfeld umzusehen.

Unberechenbarkeit, die freundliche Fassade, bröckelnde Fassade, eingestürzte Fassade.

Wir müssen überlegen, woher diese Abgründe kommen und wie eine Realität für jemanden aussieht, der so weit geht. Man erlebt einen Abgrund, der furchtbar ist.«

65

Es war an seinem achtzehnten Geburtstag, der in der Familie zwar nicht gefeiert wurde, aber seine Mutter erinnerte sich, dass er eben an diesem zwölften September nachts gegen zwei Uhr gekommen sei, wie sie sagte. Er habe sich, kurz nachdem er die heftigsten Schreie, die je ein Kind ausgestoßen hatte, im Schlafzimmer der Eltern umgeschaut, mit großen Augen und es schien, als kenne er die Bilder an der gegenüberliegenden Wand schon lange.

Seiner Mutter wäre sehr erschöpft gewesen, aber die Hebamme hätte ihr erzählt, dass er dann den Kopf gehoben hätte und sie, die Mama, genau und recht aufmerksam gemustert hätte. Dann habe er den Mund zu einem, Lächeln verzogen, die Brust der Mutter gesucht, getrunken und wäre danach in einen tiefen Schlaf gefallen.

An seinem achtzehnten Geburtstag also schoben ihn seine Kameraden, der Filip Navrátil, der Jan Pospischil und der Jiri Hanaczek in den Biergarten zur Eva und zum Marek.

Auf dem Weg dorthin, hatten sie sich schon ausgiebig über die Brünner Mädchen unterhalten, vor allem über die Stamm Marie und die Beierlein Kuni, die am Kohlmarkt wohnten. Auch über die Eva Bornova wurde geredet, die drüben an der Peter-und-Paul-Kirche wohnte, wo der Vater einer der vier Mesner war.

Die freche Lenka Kisch, die ohne Unterlass wie ein Wasserfall redete, wäre die Schönste von allen, mit einem G'sichterl wie eine Wiener Schauspielerin, stellte der Filip fest. Die Kája Soukalová, die vorgab, eine souveräne Persönlichkeit zu sein, hatte es insbesondere dem Jan angetan, hatte er sie doch einmal persönlich kennen gelernt, weil die Eltern sich von früher kannten. Da wäre noch eine Anzahl weiterer weiblicher Wesen zu erwähnen gewesen, die für eine Verabredung in Frage kämen, aber man könne sich ja nicht zerreißen.

Der Klemens erinnerte sich, als wäre es gestern gewesen, dass der Filip auch sagte, dass er, der Klemens, keine Chance bei den Mädchen hätte, weil er eben ein Krüppel wäre, aber er solle sich nicht abtun, es würde schon eine übrig bleiben, die ihn nimmt. »Du darfst nur nicht sagen, dass du auch noch dazu ein Philosoph bist, da rennt nachher eine jede davon. Weilst sie ja nicht ernähren kannst.«

Das hatte sein Vater auch bedacht, deswegen kam für den Klemens nur die Schusterei in Frage, weil er da eine Familie ernähren könnte, nicht wie ein Schullehrer, der auf die Erdäpfel und des Kraut und ab und zu auf ein Fetzerl Fleisch von den Leuten angewiesen wäre. Dafür wäre er der Depp vom Dorf, an den jeder hinspeit.«

Aber der Klemens setzte sich durch und besuchte zwar die Höhere Schule, aber es wäre zu schwierig, ihn nach dem Schulabschluss jeden Tag zur Fakultät zu fahren. »Und wie gesagt, die Schusterei ernährt dich, so ein Stubenhockerberuf ist ein Hungerleiderleben, bist abhängig, entweder von der Städtischen Schulbehörde, falls du ein Lehrer wirst, aber das geht ja doch nicht, weil sie einen solchen wie dich, nicht zum Lehrer machen. Oder du bist von einem Fürst abhängig, na darfst immer zu Speichel lecken.« Der Vater kannte eben die Welt und der Klemens die Philosophen. Seinerzeit entschied er sich, nach gründlichem Nachdenken, dass er

Schuster bleiben wolle und die Philosophiererei wäre für ihn so was, wie für einen anderen das Fischen.

Die Lenka und Kája konnten weder den Filip noch Jan ausstehen und der schwerfällige und zur Fülle neigende Jan wäre nur ein armseliger Baderwaschlbub, meinten sie und so einer käme für sie nicht infrage. Und der Filip interessierte sich plötzlich, aus welchen Gründen auch immer, für die Eva Bornova, deren Vater ein Mesner war. Dem Mesner gehörte nämlich auch ein Schweinestall mit einem halben Dutzend Säuen und er versorgte den Herrn Prälat ausgiebig mit Schweinernem, wofür ihn dieser mit der einen oder anderen Handvoll Münzen aus dem Klingelbeutel revanchierte. So war die Eva gar zu oft von einem säuerlichen Geruch umgeben, aber mit dem Waschen schien sie auf Kriegsfuß zu leben.

Der Jiri hingegen wollte warten, bis eine auf ihn zukommen würde, dann möchte' er schon anbeißen, sagte er.

Mit dem Marek redeten sie dann auch, weil der doch ein Mann mit einer gewissen Erfahrung wäre. Der Marek meinte, sie sollen sich Zeit lassen und erst einmal einen Beruf lernen. Kinder machen könne ein jeder, die Frau und das Kind ernähren, das wäre dann schon was anderes.

So debattierten sie die jeweilige Situation, in der jeder einzelne von ihnen steckte und lamentierten vor sich hin. »A Graf müasst ma sei«, sagte der Jan, »dou kanntast jede hom, owa de Wölt is ungerecht und da kloana Mo ist a Depp, wia i sog.«

Der Filip meinte, dass man einen Aufstand bräuchte und da könnt dann jeder Mann sich so viele Weiber aussuchen, wie er möchte. Und er hätte schon gewisse Erfahrungen mit den Weibern. Der Jan vom Bader, der später einer gewissen Maria Bolavá immer wieder nachgegeben hatte, lehnte einen Aufstand ab, weil es da nur Blutvergießen gäbe, wie in der Französischen Revolution Anno 1789 und wegen ein paar Weibern lohne sich so eine Meuterei nicht. »Da bist du auf einmal ein Aufständischer und wenn sie dich fragen, warum du so ein Gewalttätiger bist, musst sagen, wegen der Weiber. Dann liegst in Ketten, angeschmiedet, in den tiefsten und stinkigsten Kasematten oben am Spielberg, mit dene Italiener und dene Jakobiner zusammen und des alles wegen ein paar Weiber. Na, des is nixe für an Herrn wia mi.«

Der Klemens hörte aufmerksam zu und es ging ihn ja auch nichts an. Und er sagte, dass der Jan zu träge sei und das mögen die Weibsleute nicht, höchstens sie sind in einer gewissen Not, dann würden sie jeden von der Straße nehmen. Der Filip wäre jetzt schon ein unmäßiger Raucher wie sein Herr Vater vom Bauamt und der hustet wie der Hund von Steinmetz. Und ein richtiges Weib will keinen Raucher und auch keinen Säufer, weil die das ganze Geld mit ihren Angewohnheiten durchbringen.

Der Jiri solle aber erst einmal erwachsen werden, würde er doch schon nach der Mama weinen, wenn sie zu lange im Biergarten säßen.

Aber sie dürften ihn auch künftig aus Dankbarkeit in seiner komfortablen Droschke schieben, weil er ihnen bei den Weibern keine Konkurrenz machen würde.

Die schöne Lenka nahm keinen dieser ungeschlachten Brünner Burschen. Sie wurde dann eine tugendhafte Magd draußen auf einem Einödhof in Prace, bald nachdem die Franzosen und die Österreicher abgezogen waren. Sie hatte zwei schöne Kinder, vermutlich vom Bauern persönlich. Es heißt eben nicht umsonst, dass ein Brünner Spatz in der Hand besser ist als eine Taube aus Prace auf dem Dach. Man hörte nichts mehr von ihr.

66

Sie lümmelte sich in den dunkelroten Ledersessel, als gehöre sie zum Inventar. Sie war so auffällig gekleidet, als wolle sie mit einen Gang durch die Stadt die staubtrockene Brünner Mode aufmischen.

»Hab mich durchgfragt, wo'st lebst, weil d'Leit gsagt ham, das'd wos worn bist. De Joahr varauschn wia as Glück persönlich, wos Klemens?«

Sie hatte an der Haustürglocke geläutet, Sturm geläutet. »Ich bin die Lenka von früher und möchte an Herrn des Hauses sprechen, wann es gefällig ist.«

Sie räkelte sich durchs das weiche Möbelstück, als wäre sie wie eine Fähe ganz frisch aus einem Boudoir geschnürt. Sie trug einen weiten, langen, geblümten Rock, wie eine slowakische Bauersfrau und drüber eine feuerrote Trikotage.

Ohne Übergang, jeder Floskel abhold, erzählte sie von ihrem Bauerngemahl, den Hasselhof, der erst nach dem unverhofften Tod seiner Frau und der Verehelichung mit ihr, der Lenka, zu Wohlstand gekommen sei. Sie habe ihm ja schon zu Lebzeiten seiner ersten Frau zwei Kinder geschenkt, die habe man gemeinsam aufgezogen und seien gute Menschen geworden, der Wolfgang und die Susanne. Sie habe ihm beigebracht, wie man einen Hof führt und keiner der Nachbarn habe annähernd so viel Grund dazu gekauft, den Bestand an Rindviech so gesteigert, dazu drei weitere Mägde und zwei Knechte angestellt. Sie könne sich jetzt leisten, auch einmal in die Stadt zu fahren, sie habe eine Kutsche gekauft und er hatte nichts dagegen einzuwenden. Ihre Kleider kaufe sie in Linz unten oder fahre zwei, drei Wochen nach Preßburg. »Dort gelten die farbigen Seiden- und Leinenstoffe viel mehr als in Brünn oder den Dörfern im mährischen Hinterland und man freut sich ganz anders am Leben, wie in dieser dörflichen mährischen Provinz.«

Sie habe jetzt eine Magd ganz für sich allein, sagte sie. Der Bauer hätte jedoch ein krummes Kreuz und liege den ganzen Tag auf dem Kanapee. Man müsse ihn morgens waschen und nach dem Essen einen Liter Obstler in Reichweite hinstellen, dann fände er gegen Mittag schon allmählich seinen Frieden.

Für das Mädel, die Susanne, habe sie schon einen wohlhabenden Jungbauern aus der Umgebung ausgesucht. Hinterhalb von Dolní Kounice, in Kanitz, wie die Mähren sagen, habe er einen schönen Besitz, wenn man nach Syrovice rechts abbiegt.

»Der Boruwka Wast ist sozusagen ein Gottesgeschenk, ein harmloses Bummerl, lacht viel, ist treuherzig wie ein Fünfjähriger, also a bisserl blöd, aber fleißig, und so weit man geht, reicht der väterliche Grund und Boden, den der Wast einmal erben wird. Schweine hat der alte Boruwka und die liefert er hinein ins Österreichische wie auch hinauf nach Troppau und Olmütz. Ein gutes Geld muss der Mensch haben, darauf kommt es heutzutage an, für die Liebe allein kannst dir nichts kaufen. Der Mensch braucht zuerst was zum Fressen.«

Bei ihnen ginge es am Hof allzumal sehr gut, erzählte sie. »Es liegt an einem selber, was man hat und was man ist, sag ich immer. Na, dir geht es ja auch gut, bist ein Fabrikant, hört man überall. Wär vielleicht was worn aus uns zwei, Klemens. Der Vater hat mich selbigsmal rausgeschmissen, könnte man sagen. Aber ich vergess' ihm nicht, was war. Er ist auch schon verstorben. Na, der Herrgott wird ihm verzeihen, mag sein.«

›Es ist verständlich, dass jeder Bauer, zunächst einmal den eigenen Kirchturm sieht‹, dachte der Klemens. Das Mundwerk ging ihr über, der Lenka, sie schäumte sozusagen über und sie erwies sich als ein krasses Beispiel für grelle Selbstdarstellung. ›Sie wird viel zu ertragen und zu verbergen haben‹, dachte der Klemens Krummauer, ›und der Gemütszustand der Menschen ist komplex. Häufig genug verdrängen sie ihre Gefühle und die Angst nimmt ihnen den Seelenfrieden.‹

Klemens erinnerte sich gut. Es hatte seinerzeit in Brünn ein Gerede gegeben, bestimmte Vorgänge beim Kisch machten die Runde. Der Kisch wäre kein astreiner Geselle und dass es besser wäre, hatte ihm wohl der Prälat gesteckt, dass seine Töchter aus dem Haus kämen. Der Kisch wäre ein paar kurze Jahre später im Rausch die steile Stiege hinuntergefallen und hätte sich das Genick gebrochen, hatte es geheißen. So war es dann recht schnell gegangen mit dem Übeltäter. Aber er hätte sich auch so über kurz oder lang zu Tode gesoffen, wie die Kischoin sagte. Die wäre danach zu ihrem Bruder gezogen, hätte ihm den Haushalt geführt, drüben in Tetčice. Der Bruder hätte einen kleinen Bauernhof und dazu einen winzigen Weinberg besessen, auf einer Anhöhe nahe dem buckligen, recht ausladenden Bučín, noch aus Urgroßvaters Zeiten. Den Weinberg habe er sorgsam bewirtschaftet, zum eigenen Vergnügen, wie er erzählte. Mit dem geringen Ertrag wäre zwar kein Staat zu machen gewesen, aber er hätte es nicht nötig, den Wein der anderen zu trinken oder gar beim Wirt ein gepantschtes Gesöff zu kaufen.

Die Anna Krummauer öffnete die Tür und lud die Lenka zum Tee. Einen Gugelhupf hätte sie in der Speis, wenn sie denn einen möchte.

Die schöne Lenka hatte sich ausgeredet. Dann hatte sie auch ein bisserl geweint, weil die Welt zu schlecht wäre und ihr alles danebengegangen sei, in ihrem verpfuschten Leben. »Eine Sünd und eine Schuld hat er g'habt, der Vater und keine Reu' hat er zeigt. Und die Mam' hat er ruiniert und uns, seine zwei Mädel dazu, uns hot er as Lem gnomma und ich wollt' nur eine Ordnung gebraucht, endlich an Fried', nachdem die Kinder da warn, vom Hasselhof.« Aber sie hätte ihre Kinder taufen lassen, sie sollten fromme Christen sein und eine Achtung vor Gott und den Menschen haben.

Die Lenka war zum Klemens und seiner Anna gekommen, um sich ihren Kummer von der Seele zu weinen und der Krummauer saß still in seinem Stuhl und er wusste nicht, wie er die Lenka trösten sollte.

Die Anna aber setzte sich nahe zur Lenka und drückte ihre Hand und sie solle einfach das eine oder andere Mal vorbeischauen und da könnt' man reden, sagte sie.

»Jeder von uns«, sinnierte Krummauer, »muss durch sein spezielles Purgatorium gehen. Ohne Läuterung geht es nicht. Der Lenka ist ungewöhnliches Leid zugefügt worden. Daran wird sie lebenslang tragen, aber das mag ihre Leiter in den Himmel sein. Wer geht einen anderen Weg in den Himmel, als durch die Vielfalt von Martyrien, durch Kummer und Trauer, durch Krankheit und Verzicht, Armut und Unterdrückung und er dachte auch an die vielen Heiligen seiner Kirche, die durch das Martyrium über den Tod in die Herrlichkeit Gottes gelangten. Und er dachte nicht an seine persönlichen Schranken, die ihn an den einzigen Lebensort seines einförmigen Tagesablaufs binden, seinen Stuhl, die ihn ausschließen aus der Vielfalt des Lebens. Er würde nicht durch die Beschäftigung mit der Philosophie und die Theologie den seligen Weg gehen, sondern nur durch die Bewältigung des Alltags, wie die Lenka oder die Anna. Das Grübeln und Nachdenken war so das seine. Gut, dass er die Anna um sich hatte, gut auch, dass er seine Schuhfabrik hatte und ein paar Sorgen um die Kinder.

Die Lenka schien trotz ihrer Kümmernis mit der Wirklichkeit auf Du und Du zustehen. Na, so wie er eben mit seinem Stuhl eine sehr intime Beziehung hatte oder auch mit seiner Philosophie, dem verehrten Immanuel Kant oder den Herrn Aristoteles.

Immer wieder hat er auch vor seinen Kindern darüber geredet, dass sie nicht aufgeben, wenn ihnen Widerstände, Krisen, das Leben schwer machen und wenn sie hinfallen, sollten sie wieder aufstehen. Das alles gehöre zum Menschsein, hatte er ihnen gesagt und es gäbe niemand, der nicht fällt. »Einen Berg kannst du besteigen oder umrunden«, sagte er ihnen, »aber davor stehen bleiben, das kann keine sinnvolle Entscheidung sein.«

»Fatal ist es, dass man in so einer schönen Stadt geboren wurde, aber keinen anständigen Mann finden konnte. Und auch fatal ist es, wenn Brünn so schöne und breite Straßen hat, wie drüben in Wien oder in Linz, gepflastert sogar und nicht wegen stiefelhohem Dreck unpassierbar und man ist eine Betteln, aus und hat keine Droschke.« Sie lachte und versprach, sich wieder einzustellen, wie sie sagte. Dann schritt sie, den langen Rock mit einer Hand leicht angehoben, die breite Treppe hinunter. Sie winkte an der Tür mit der Linken dem Klemens Krummauer zum Abschied noch einmal anmutig zu und fuhr mit ihrer Droschke, die sie selber versiert hantierte, über die gelobte, breite Brünner Chaussee, am Hohen Dom vorbei, hinaus in die Provinz, auf ihren Bauernhof. Dort möchte sie das Sterben ihres Ehemannes abwarten, dann würde sich ja zeigen, was die Welt ihr bisher vorenthalten hat.

67

Viele Freunde hatte der Klemens Krummauer nicht, ein Philosoph ist einsam.

In Mähren zählte die Schuh- und Stiefelfabrikation Klemens Krummauer zu den ersten Adressen. Der verehrte General von Lobenstein fragte schriftlich an, hatte einen Briefbogen mit einem kaiserlichen Wappen benutzt, ob die Sessionen über theologische und philosophische Fragen noch stattfänden, ob der Brünner allgemeine literarische Kulturverein seine Symposien durchführe, wie das persönliche Wohlergehen wäre und ob er noch in Tuchfühlung mit den weiteren verehrlichen Mitgliedern der Soiree wäre.

»Wie ist das Befinden der verehrten Frau Gemahlin?«, fragte er, »und von meiner Anuschka habe ich gehört, dass der liebe Wenzel, den ich noch in so guter und angenehmer Erinnerung habe, in Prag weilt und gänzlich sich der Jurisprudenz verschrieben habe. Soll ein heller Kopf sein, der liebe Wenzel.

Na, solche Leute könnte man hier in Wien gut gebrauchen. Unser geliebter Kaiser Franz schätzt ja den böhmischen Stamm außerordentlich. Darüber reflektiert er bei allen Gelegenheiten. Wir, seine Untertanen, sind wahrlich aufgehoben unter seiner väterlichen, zutiefst wohlwollenden und klugen Herrschaft. Da könnten sich andere Nationen freuen, hätten sie so einen umsichtigen Regenten. Die den Habsburger Reich angeschlossenen Völker, besonders jene auf dem Balkan, würd' ich sagen, erfahren eine Blüte sondergleichen. Frieden herrscht überall und die große Harmonie und Eintracht dieser Völkergemeinschaft unter der weisen Herrschaft unseres hoch wohl geborenen Herrn und Oberbefehlshabers bedarf immer wieder junger, gescheiter Leute, wie Ihr lieber Wenzel. Keinesfalls nehme ich in Anspruch, Ihnen in unzulässiger Weise zu raten. Jedoch erlaube ich mir zu empfehlen, dass er den von mir vorgeschlagenen Weg bedenkt.«

Klemens Krummauer bedachte all die angenehmen Worte des Herrn General von Lobenstein, der Seiner Majestät in gewisser Weise nahe war. Dann berichtete er über die Fortentwicklungen der kulturellen Gegebenheiten in Brünn, seiner ehemaligen Stadt, wie er schrieb. Dass es zu allen Zeiten junge und sehr gebildete Leute in Brünn gäbe, die sich nicht nur ihrer persönlichen Karrier' widmeten und ihr Augenmerk zuvörderst der Mehrung ihres Wohlstand widmeten, sondern sich auch für die Allgemeinheit einsetzten und so dem geliebten Vaterland einen Dienst erwiesen, schrieb er.

Unser Wenzel hielt sich zwei Wochen in Karlsbad auf und besuchte danach das edle, schöne Königsberg, die wahrhaft königliche Geburtsstadt des verehrten Herrn Immanuel Kant und auch des Meisters Johann Gottlieb Herder oder auch des generösen Johann Georg Hamann, wenn man so will. Deren geistiges Schaffen bereitet die Wege künftiger philosophischer und gewiss auch dichterischer Zukunft. Wenzel schrieb mir, dass er zutiefst ergriffen war und dass er diese Tage im Königsberg in dankbarem Entzücken in tiefster Seele bewahren würde. Diese hervorragende Stätte der großen Geister, der Dichter und Denker sei ihm nunmehr ein für allemal ins Herz und in den Verstand geschrieben. Er bewundere die phänomenale denkerische Autorität besonders des großen Herrn Kant, dessen Wirkkraft er schon durch seinen Vater habe entdecken dürfen.

Dann erzählte er, dass die Familie sich im neuen Heim sehr wohl fühle, dass die Janika von Flanner die kaiserliche Stadt Prag zur neuen Wohnstatt ausgesucht habe und an der Seite eines Cousins ihres Justus lebe, dass die liebe Baronin von Sterzing das Zeitliche gesegnet habe.

Der Briefbote würde eine Woche brauchen, bis er in Wien einträfe, und er hoffte, dass das Kaiserreich bis dahin nicht verfallen sei.

Er überlegte, dass der Untertanen Mündigkeit erst noch wachsen müsse. Unmündig und abhängig seien die Völker und bis sie selbst bestimmen könnten, bis sie ihre Vernunft einsetzen könnten, bis man ihnen Bildung nicht mehr vorenthalte, würde noch viel Zeit vergehen und, so meinte er, es würde noch kräftig zu streiten sein, aber nicht durch die

Philosophen. Darüber würde er zwar nicht öffentlich reden, wäre ihm doch schon die Enge seines Stuhles, in dem
er von frühmorgens bis zum Schlafengehen sitze, unange-
nehm genug und auf Jahre auf der Burg Spielberg könne er
verzichten. Aber die Franzosen hätten das Feuer entzündet
und der Zunder schwele und es werde die Zeit kommen, da
machten die Menschen Gebrauch von ihrem gottgegebenen
Verstand. »Aber es wird wohl teilweise ohne Gewalt nicht
gehen«, fürchtete er, »und hoffentlich zünden sie unser
schönes Brünn nicht an«, hoffte der Klemens Krummauer.
Es brauche eben alles seine Zeit, dachte er, und wer sich mit
Geduld zu wappnen verstehe und seiner Arbeit nachgehe
und vor allem zu seinem Herrgott bete, den würde es schon
nicht zu arg treffen. Dann sinnierte er noch eine Zeitlang
über Gott und die Welt nach und dass es zwischen Himmel und Erde noch viel gäbe, was der menschliche Verstand
nicht begreife.

Dann überprüfte er noch einmal, ob er den Adressaten
auch fehlerfrei notiert hätte. Er verschloss das Kuvert und
versiegelte den Brief. Morgen würde ihn die Anna in die
Stadt bringen, der Briefbote würde gegen Mittag Brünn verlassen.

68

Die liebe Perunek hatte auch geschrieben und hatte dem
Brief vorangestellt, dass sie es nicht mit dem Schreiben
hätte, aber sie wollte sich melden. Der Petr sei vor einigen
Wochen umgefallen, seitdem hatsche er nur noch und der

rechte Mundwinkel sei ihm runtergerutscht. Es hätte ihn der Schlag getroffen, sagte der Doktor.

Der Herr Pfarrer habe ihren Gatten besucht und gemeint, er solle die heiligen Sakramente empfangen, weil er ihn doch schon viele Jahre nicht in der Kirche gesehen hätte. Aber der Petr winkte lachend ab und meinte, er würde in drei, vier Wochen wieder auf jedem Esel reiten. Dann kredenzte er dem Herrn Pfarrer einen Obstschnaps nach dem anderen und der Pfarrer redete drauf los, von seiner Köchin faselte er albern, dass sie so eine Besondere sei, die ihn in eine Unruh versetze mit ihrem Geschau. Dann widmete er sich umfassend dem Obstler und redete sich in seinem Rausch in die politischen Umstände hinein, polemisierte gegen den Herrn Napoleon und gegen den Herrn Kaiser Franz, er redete sich um Kopf und Kragen.

Er schwafelte von einem sogenannten Purgatorium und dass ein jeder da rein müsse, dass der ganze Dreck und alle Schweinereien, die man im Kopf hätte und die man den Leuten zumute, ausgebrannt würden. Dann wurde er, während er immer mehr vom Obstler in sich reinschüttete, zornig und richtig blöd und drohte dem Petr mit der Höllenqual.

Der Petr lachte und sagte er pfeife auf dieses Purgatorium und auf die Hölle, da kämen doch nur die Pfarrer rein. Dann pfiff er dem Knecht, der den Pfarrer mit der Kutsche nach Rajhrad in den Pfarrhof kutschierte. Er solle dem Pfarrer ein Stück Speck in die Rocktasche stecken, wies er den Knecht an.

Von da an ging es mit dem Petr aufwärts und er lachte wieder.

196

Dann fragte sie noch, ob dieses Purgatorium gar dieses Fegefeuer sei, von dem man so viel redet, über das sie ja schon in der Schule schon so viel Schlimmes gehört hätten.

Klemens schrieb ihr, dass sie vor diesem Purgatorium keine Angst zu haben brauche, weil der liebe Gott seine Geschöpfe nicht im Stich lasse und sie rette, rein aus Gnade, wie der Herr Luther schon vor dreihundert Jahren hatte verlauten lassen. Sie solle Geduld haben, Geduld vor allem mit sich selber. Der Aufstieg zu Gott sei eben mühsam und so wie man bei der Besteigung einer Anhöhe ins Schwitzen und oft genug außer Luft komme, bleibe einem auch beim Anstieg in die himmlischen Höhen keine Mühe erspart.

Die stolzen Leute und die neidischen vor allem, die in ihrer Gier, alles haben zu müssen, und in ihrer Selbstsucht, hätten es da schon schwerer. Sie müssten oft auch schon hier auf Erden durch ihr ganz persönliches Purgatorium ziehen, um ihre Irrtümer abzuschleifen. Aber der liebe Gott schreibe auch auf krummen Linien gerade und sie solle sich an heiligmäßige Lebenshelfer halten. Der heilige Petrus und der heilige Paulus, die für Ihren Glauben an Jesus Christus und für das Himmelreich sogar in den Tod gegangen wären und denen die Brünner ganz besonders anhangen, würden ihr Schutz und Geleit geben. Aber der Kummer und die Not, davon sie ja auch genug zu tragen habe, seien die besten Wegweiser in den Himmel und trügen zur Läuterung der Seelen bei.

Allein dass sie sich so um ihr krankes Kind sorge, erweise sie als eine dem guten Gott nahe Frau und das wiederum sei ein starker Ansporn für ihre Mitmenschen. Sie solle sich erinnern, dass der Herr Kant sich auch lebenslang nicht

nur um die mannigfaltigen Erscheinungen der herrlichen
Schöpfung gekümmert habe und sich mit den Fähigkeiten
und der Erkenntniskraft des menschlichen Verstandes befasste, sondern auch die Frage nach dem Sinn dieser wunderbaren Schöpfung und nach den ewigen Gott stellte, der
ja für ihn der Urgrund allen Seins war.

Die Anna las seinen Brief an die Perunek, bevor er ihn
wiederum dem Briefboten anvertraute. Sie gestand ihm zu,
dass er, je älter er würde, umso mehr über das Wesentliche rede und das wiederum sei, unabhängig von der großen
Philosophie, das ganz Einfache im Lebensalltag, nämlich zu
beten, zu arbeiten und auf Gott zu vertrauen.

69

In den ersten Tagen der sommerlichen Semesterferien ent-
stiegen diese zwei jungen, forschen Leute vor dem Haus der
Krummauer der Kutsche.

»Das wird eine Überraschung, niemand rechnet mit
uns.« Sie zogen die große Glocke an der halb offen stehenden Haustüre und warteten, bis Schritte nahten. »Arme
Bettler aus Prag bitten um Unterkunft und Nahrung«, sagte
der Wenzel und zog die überraschte Mutter in die Arme.

»Meine Begleitung wirst kennen, liebe Mutter, die
Anuschka, schönste Blume aus dem südlichen Wien,
Stammmutter der künftigen Generationen Krummauer,
Ahnfrau berühmter Gelehrter, legendäre Urmutter einer
weltberühmten Dynastie, Magna Mater und Schutzpatro-
nin eines großen Geschlechts, zahlreich wie Sand am Meer.«

»Du bist wie dein Vater, den Kopf immer voller fantastischer Ideen und Geistesblitze. Schau, dass er geerdet bleibt, Anuschka.«

Sie wären drei Tage unterwegs und hätten die ganze Welt gesehen, erzählte die Anuschka. Von der Elisabeth und dem Herrn Sohn des Stiefelfabrikanten Paul Scharlehm, einem gewissen Rudolf, sollen wir grüßen. Anna fühlte, dass sich in ihrem Innersten Konflikte anbahnten. Der Geschwindigkeit, mit der so viel Neues auf sie eindrang, machte ihr zu schaffen. Sie würde die Elisabeth nie mehr auf ihrem Schoß sitzen sehen, nicht mehr dem Wenzel übers Haar streichen können, wann immer ihr danach zumute wäre.

Klemens fühlte sich ebenfalls außerstande, die angekündigte Hochzeit der Elisabeth, in einem kleinen Briefchen kündigte sie das Ereignis noch für den Herbst in Prag an, richtig einzuordnen. Er fühlte sich einfach überfordert, richtig zu urteilen. Irgendwie war etwas blockiert in ihm, er konnte nicht klar denken, und er brauchte wohl eine gewisse Zeit, um zu verstehen, dass er mit Anna nun alleine wäre.

Sie müssten in Prag heiraten, schrieb seine Kleine, die Schwiegereltern würden etwas Größeres machen wollen und die Mama und der Herr Vater sollten sich für den letzten Septembersonntag einrichten. Ihr würden die schönen Spaziergänge mit der lieben Mama fehlen, die tiefgreifenden Dispute mit dem Herrn Philosophenvater, die schönen Duelle und zärtlichen Konfrontationen mit dem lieben Bruder. Sie würde mit dem Rudolf droben am Vyšehrad in der Neustadt wohnen. Das Haus liege allerliebst und man könne über die ganze Stadt hinweg schauen. Der Herr Vater könnte, wann immer er sie in Prag besuchen würde, im Botič schwimmen oder gar in der Moldau, was eben beliebt, schrieb sie. Man hätte hier auch eine St.-Peter-und-Paul-Kirche.

»Sie meint es ja gut«, sagte, »sorg dich nicht, es wird alles gut.«

Der Klemens meinte, sie wären ja noch nicht in Prag gewesen, »einen Krüppel können sie dort ja nicht brauchen und hoffentlich muss sich die Elisabeth nicht schämen mit dem verkrüppelten Vater.«

Er habe jedoch schon viel gelesen über die kaiserliche Stadt und an dem Abend erzählten die jungen Leute zunächst von ihren Episoden und Erlebnissen in der großen Stadt. Es war an Anna und Klemens zuzuhören und zu fragen.

Die späten böhmischen Septembertage würden wohl wie immer angenehm werden, die Straßen nach Prag der Reise nicht entgegenstehen, was von Wenzel und Anuschka bestätigt wurde. Trotzdem würde sich es nahezu aufdrängen, zwei Ersatzräder aufzuspannen.

70

Auf die erfrischenden und ihn stärkenden Besuche im Fluss musste er in den letzten Jahren verzichten. Er hatte den Eindruck das kalte Wasser würde ihm eher schaden, als seiner Gesundheit dienlich sein. Da saß er wie eh und je in seinem lieb gewordenen, manchmal verfluchten Gefährt und brütete über Zahlen und Fakten, die es zu lösen galt. Im alten Haus arbeiten mittlerweile vier Schuster, die an qualitativ hochwertigem Schuhwerk arbeiteten und wer auf sich hielt in der Stadt oder im weiteren Umkreis von Brünn, ließ beim Krummauer fertigen.

In der Fabrikationsanlagen arbeiteten dreißig kundige Schuster, die mit der Produktion von Großaufträgen, auch für das Militär, beschäftigt waren.

Das Geschäft lief gut. Das Ansehen des Hauses Krummauer stieg immens.

Dann erschien ein Bote aus Wien. Seine Majestät Kaiser Franz I. beehrte sich, Herrn Fabrikant Krummauer mit der Würde eines Kommerzialrat zu ehren. In einer Feierstunde überreichte der Herr Bürgermeister von Brünn diese hohe Auszeichnung. Der Herr Landrat erfüllte mit seiner beachtlichen Rede die Erwartungen der Brünner Honoratioren. Dass er schon immer um die Bedeutung der Brünner Heimat gewusst hätte, der Herr Kommerzialrat und mit seiner Fabrik, wie er sagte, Treffliches geleistet hätte. Denn er hätte auch in Znaim investieren können. Dass er im Brünner kulturellen und wissenschaftlichen Symposium nicht wegzudenken, wissen wir alle und der Herr Kommerzialrat hätte die allseitige Hochachtung. Durch seine honorigen Verbindungen bis in den Wiener Hof würden der Name und die Bedeutung unserer kaiserlichen und bischöflichen Stadt Brünn hohen Eindruck machen.

Der Herr Bürgermeister nannte ihn einen Visionär, der aus wenig viel gemacht habe. Mit kommerziellem Weitblick und vielfältiger Autorität habe er in diesen Jahren Bedeutsames geschaffen.

Klemens freute sich, sagte artig seinen Dank, pries seine wunderschöne Heimat Brünn, würdigte die ehrenwerten Redner und rühmte vor allem den Herrn Kaiser Franz I., der solches kommerzielle Denken erst ermögliche. Daheim legte er das vergoldete Stück in eine Kommode. »Eine schöne Feierlichkeit war das«, sagte die Anna, »jetzt wird das eine oder andere Stückerl dazu kommen«, lachte sie.

»Schlaf gut, meine Anna«, sagte der Klemens. In der Straße bellte ein Hund, von ferne hörte man noch ein paar Kutschen durch die Straßen fahren, dann wurde es ruhig in Brünn. Er freute sich schon auf die Hochzeit seiner Elisabeth.

71

Wenn sie ihn gefragt hatten, ob er sich müde fühlte, wusste er nicht zu antworten, kannte er doch so etwas wie diese angesprochene Müdigkeit nicht. In den letzten Monaten schlief er gerne nach dem Essen ein, fühlte sich danach frisch, als wäre er dem Fluss entsprungen wie in alten Zeiten, mit neuer Kraft und diesem Elan, den die Anna an ihm bewunderte.

Er hatte gehofft, wieder einmal nach Olmütz zu fahren, hatte sich auf das kleine Etablissement gefreut mit den beiden breiten Fenstern hinaus in den Garten. Mit dem Freund von Hegewitz, mit dem Herrn Vollrat, zu philosophieren, wäre ihm ein Vergnügen, war doch sein Herr Kant letztmals zu kurz gekommen.

Die Hochzeit seiner Kleinen stand an, die Fahrt mochte drei, vier Tage in Anspruch nehmen. Man könnte einen Tag Rast in Litomyšl einschieben, bei der Cousine Tilly, einer eher entfernten Anverwandten, mit der er einen gewissen Kontakt pflegte, hatte sie ihm doch vor geraumen sechs, acht Jahren von der Amerikafahrt ihrer drei Brüder berichtet, was der Mam' das Herz gebrochen hätt'. Er erwog alles gründlich.

Die Anna stürmte ins Haus. Die Perunek hätte sie beim Schneidergeschäft Watzlik getroffen und die hätte ihr vorlamentiert, dass das Kind, der Bub, gestorben sei. Es wäre ein Elend im Haus.

»Da fahren wir gleich morgen auf die Leich'«, sagte der Klemens, »und wenn du willst, fahren wir eher nach Prag und könnten bei der Tilly in Litomyšl vorbeischauen, einen Tag oder zwei.«

In der Au, wo es vom Kirchberg in die Ebene hinabgeht, hatten die Krummauer eine magere Fläche gekauft. Daneben grenzte ein Birkenbestand an, der von dichtem Unterholz und Brombeersträuchern durchsetzt war. Eine Hütte hatte er hingestellt und er wollte niemand erklären, warum er so viel Ruhe brauchte. Er fuhr mit dem Einspänner herüber und blieb dann einmal drei, vier Tage. Seit er das Flannersche Domizil gekauft hatte, hatte er das Kloster im Blick, aber was sich hinter den hohen Mauern, die das Bauwerk säumten, abspielte, konnte er nicht sehen. Die Mönche lebten abgeschieden und verbrachten ihre Tage mit Gebet und Arbeit, wie es der heilige Benedikt vor über tausend Jahren schon postuliert hatte.

»Die Philosophie ist nicht alles«, sagte er zu seiner Anna, »ich brauche mehr zum Leben und ich habe Grund meinem Herrgott zu danken, dass du mir über den Weg gelaufen bist. Ich wäre sonst ein buckliger Schuster geworden und vom philosophischen Feuer ist der Weg nicht weit zur Narretei und eine verschrobene Person wirkt albern. Du hast mich in die rechte Bahn geschoben.«

In den warmen Tagen lag er draußen auf einem einfachen Diwan und las in einem der Werke des großen Schiller, der ihm in den letzten Jahren immer mehr zum Freund geworden war. Dem kritischen Kant stand nun Schiller, der Ästhet, gegenüber und für den Schuster aus Brünn, Klemens Krummauer, der sich ja nicht der universitären Lehre verschrieben hatte, waren diese von Brünn absenten Tage ein Gewinn.

In seinen Briefen, die er seit Jahren mit vielen theologisch wie philosophisch interessierten Freunden tauschte, vermied er, einzugehen auf die politische Situation der nachnapoleonischen Phase. General von Lobenstein hatte bei seinem letzten Besuch so beiläufig, aber recht nachdrücklich darauf verwiesen, dass einen Brief zu schreiben recht einfach von Statten ginge, ihn abzusenden brauche jedoch bedachte Klugheit. »Man ist ja in einer besonderen Zeit, wenn du verstehst, was ich meine?« Der Krummauer verstand wohl.

War doch im Böhmisch-Mährischen die *Von-Gottes-Gnaden-Bestimmung* des Kaisers Franz, wie seiner Vorgänger, die ungebrochene Gesinnung von Wien bis Prag, der zu widersprechen nicht ratsam war. »Da könntest dich um Kopf und Kragen reden«, meinte die Anna. Ein Sokrates wollte er nicht werden, wozu auch, man müsse nur warten, bis sich die Zeiten ändern, denn die Historie der Menschheit wäre mit langem Atem gegen Hektik gewappnet, sagte sie. Aber er meinte, dass die Revolution in Paris von 1789 den langen Atem, den das Volk Jahrhunderte bewiesen hätte, diese Allianz zwischen Thron und Adel tatsächlich etwas zu hektisch gesprengt, hätte, gar ein wenig arg blutig und satanisch. Und der Herr Napoleon hätte das Elend dann noch auf Europa ausgeweitet, der Erzstrolch, wie er ihn genüsslich nannte.

72

Der Petr Perunek lag auch darnieder und hatte sich nur mit äußerster Willenskraft mit der Kutsche zum Kirchhof nach Rajhrad fahren lassen. Vor dem Grab setzten sie ihn in einen Korbsessel, da konnte er sich mit beiden Händen an den Lehnen festhalten, aber er stand den Ablauf der Beerdigung durch. Er hatte während der langen Zeremonie am offenen Grab gegen den unbedingten Willen nach einer Tabakpfeife anzukämpfen, obwohl ihm der Doktor sagte, dass er seiner unausgesetzten Raucherei die Schuld an seinem schlimmen Husten gebe, aber er sei für sein Leben selber verantwortlich. Weinen mochte der Perunek Petr nicht, denn das Kind, der liebe Walterl, wäre jetzt erlöst und die liebe Gattin hätte eine mächtige Last weniger und schließlich heißt es ja, dass man sich wiedersehe.

Beim Leichenschmaus fand er wieder zu einer erstaunlichen Kraft und vertilgte mit verblüffendem Appetit ein saftiges Stück Fleisch nach dem anderen.

Der Herr Pfarrer redete nach dem Essen noch einmal über das Heil, das dem Kind jetzt zuteil geworden wäre und »es war gut, dass man ihm die Sakramente reichen durfte«, sagte er und maß den Petr mit einem strafenden Blick. Dann redete er noch eine Weile, bis seine belanglose und nichtssagende Schwätzerei in der allgemeinen Unterhaltung unterging.

Jeder wusste, dass der Herr Pfarrer solche Ereignisse liebte. Eine Taufe und eine Hochzeit, gar eine Beerdigung gaben ihm die Gelegenheit, aus seinem reichhaltigen theologischen Fundus zu erzählen, zunächst wie immer über die Schlechtigkeit der Menschen, vor allem über die Schamlosigkeit der Menschen und die Ausschweifungen, denen sie alle allezeit anheimfallen würden.

Dann kam er wie üblich auf das Fegefeuer zu sprechen, das für sie alle bereitet sei, das ihrer Läuterung diene und wie lange der einzelne Mensch dort zu verweilen habe, werde ihm ja mitgeteilt, wenn er nach seinem Sterben vor dem Gericht stehe.

»Etzat red' er über die Höll', da gfrei ich mich scho'«, sagten die Leute.

»Und die Hölle dauert ewig«, schrie er nun, »und in der Hölle wimmelt es nur so von Sündern und Abgeirrten und ihre Qualen werden schrecklich sein und Heulen und schlimmes Zähneknirschen wird überall zu hören sein. Manche von uns werden in die tiefsten Abgründe der Hölle gestürzt werden und dort treffen sie auch die gefallenen Engel, die ihnen jeden Tag höllische Pein zufügen werden.«

»Leitl trinkts wos«, schrie einer, musste man doch alle paar Wochen einen der ihren zu Grabe tragen und der Pfarrer sagte immer das Gleiche. Danach becherte er ohne Unterlass und der Mesner zog ihn schließlich am Abend vom Wirt ins Pfarrhaus hinüber.

Die Leute meinten schon, dass das heute wieder eine

schöne Leich gewesen wäre vom Perunek Walterl, der ja nichts dafür könnte, dass er so früh gestorben ist.

In Rajhrad haben sie nicht viele Reiche eingegraben. Aber immer wenn einer von den Reichen stirbt, sagte man in den Dörfern und nicht nur in Rajhrad kann das ganze Dorf an ihrer Seite trinken und essen.

Am Abend hatte die Luise Perunek ihren Petr wieder in der Kutsche mit heim genommen und er schlief bis in den frühen Morgen, ohne dass er auch nur einmal während der Nacht gehustet hätte.

73

Die Abreise verzögerte sich, fehlte doch noch das eine oder andere Angebinde. »Morgen Vormittag sind wir schon auf dem Weg nach Iglau, also werd' nicht ungeduldig.« Anna kannte ihren Klemens, der sich zwar in Gedanken schon wieder mit einer sehr wichtigen Angelegenheit befasste, aber die Ungeduld wäre ihm trotzdem anzumerken, meinte sie.

»Ob ich in der Kutsche sitze oder dir beim Packen zuschaue, ist kein besonderer Unterschied«, warf er ein.

Auf der Straße schrie eine Frau nach ihrem Kind und drohte ihm Schläge an, sollte es nicht sofort nach Hause kommen. Der Bengel schrie frech zurück.

Es dämmerte schon. Der hagere Seiler, einer der städtischen Nachtwächter kam die Ulice entlang, trug in der Linken seine Straßenlaternen und rüttelte am Krummauer Tor. Er würde mit dem Stecken gegen die Haustüre geschlagen, sollte das schwere Tor unverschlossen sein.

Im Haus gegenüber spendete die Kerze noch ein wenig

Licht, die Hillerin war krank. Es würde nichts mehr werden, hatte die Erika, eine der Töchter, gesagt. Aber sie hätte ja ein gutes Leben gehabt, »wos wülls mehrana, ha.«

Mehrere Katzen fochten ihre üblichen Straßenkämpfe aus. In den Häusern spielten sich die alltäglichen abendlichen Auseinandersetzungen ab, das Geschrei der Kinder endete meist mit Schlägen, das Gebrüll der Väter drang auf die Straße hinaus.

Krummauer zog sich in die Schlafkammer zurück, schob sich aus seinem Gestühl auf den Stuhl vor der Waschschüssel. Dann glitt er ins sein Bett. »Es war ein guter Tag«, sagte er sich, dann schlug er ein mächtiges Kreuzzeichen. Das viele Gerede der Leute, der immerwährende Streit, das Gezanke in den Familien ging ihn nichts an.

74

Der erste Tag der Fahrt nach Prag ließ sich gut an. Endlich war er einige Tage mit Anna alleine. Am Abend trafen sie in Velká Bíteš im *Alten Stier* ein, übermüdet und hungrig und noch zu recht später Stunde aßen sie diesen schweinernen Braten mit den Knödeln und Anna wälzte sich die ganze Nacht und am nächsten Morgen war sie in bejammernswerte Zustand. Dieser erste Tag hatte ihnen viel abverlangt, auch die Pferde waren ausgelaugt und der Ferenc Koltai am Kutschbock wunderte sich, dass er noch unter den Lebenden weilte.

Sie bräuchte eine Pause und viel frische Luft, sagte Anna, sie müsste eine halbe Stunde gehen, dann käme sie wieder zu Kräften. »Nie wieder nach Prag und würde meine Elisabeth nicht heiraten, brächten mich keine zehn Pferde da hinauf«. Bis zum Mittag hatte sie sich wieder gefangen.

Der Abend, an dem sie Prag einfuhren, war wolkenverhangen und dicke Schwaden von stinkigem Rauch nahmen ihnen den Atem. »Mein Gott«, rief die Anna »da muss unsere Elisabeth leben.«

Die Elisabeth befand sich in euphorischem Zustand. Die Hochzeit würde ein großartiges Fest werden.

Klemens Krummauer schaute aus dem Fenster, man hatte ihn Parterre untergebracht und er saugte an einer Limonade. Vor seinem geistigen Auge sah er die Kriegsknechte der Prager Stände am Beginn des Dreißigjährigen Krieges den Hradschin hinauf marschieren, die Burg stürmen, die Treppe ins Obergeschoss erklimmen. Gleich würden sie die zwei Habsburger Gewährsleute aus dem Fenster werfen und ein paar Jahre später würde man den Ständischen wegen Hochverrats den Prozess machen und sie auf dem Altstädter Ring exekutieren.

Dann überlegte er die gegenwärtige politische Lage im böhmischen Land. Die Gewalt, die sich die hoheitlichen Polizeischergen herausnehmen, die Umbrüche, würden die Menschen irgendwann nicht mehr ertragen und die Brutalität, die auch im Volk überhandnimmt, würde auf die Oberen zurückschlagen. Das Alte wäre verschlissen. Das Neue ließ sich nicht aufhalten. Der Wandel der Gesellschaft und die hoffentlich gewaltlosen Umbrüche würden ihre Zeit brauchen, aber es wäre unausweichlich, konstatierte er. Wenn die Menschen geduldiger wären, wäre es leichter Früchte zu ernten und er dachte sich, dass das für alle Menschen gilt.

Und er sagte sich, dass sich zwar die Zeiten änderten,

aber die Ereignisse wiederholten sich, nur in einem anderen Kleid und immer wieder fänden sich nichtswürdige Majestäten und Hoheiten und geldgierige Blutsauger und unersättliche Halsabschneider, die über Leichen gingen und die aus dem Elend der kleinen Leute noch ihren Reibach machten.

Aber er könne da nichts machen, sagte er sich, keiner würde auf seinen Zuspruch warten, niemand würde auf ihn hören. Zum einen sei er ein Krüppel, zum zweiten möchte er als Schuster in Ruhe seine Arbeit erledigen und schließlich hätten sie den Philosophen schon zu allen Zeiten den Kopf abgerissen. Er könne mit der Vernunft an die Kontrahenten appellieren, die kriegslüsternen Rivalen würden nicht einmal verstehen, dass sie selber zur menschlichen Spezies gehörten, geschweige denn dieses Attribut den von ihnen Erniedrigten und Verfolgten zubilligten.

Wäre er im napoleonischen Krieg dabei gewesen, hätten sie ihn sicher erschossen oder erstochen, darum wäre es recht das Beste, wenn er weiterhin in seinem bewährten und sicheren Gefährt sitze und einen friedlichen Lebensabend genießen könne. Er würde auch weiterhin keinem was Böses zufügen und erwarte auch von den anderen, dass sie ihn, den lammfrommen Schuster und philosophisch interessierten Brünner Bürger Klemens Krummauer in Frieden ließen.

75

Es war eine rechte Mühe mit der Kutsche vom Altstädter Ring über die Prager Brücke auf den Hradschin zu fahren. Es hatte schon am frühen Morgen geregnet und die Elisabeth resignierte. »Wenn es am Hochzeitstag auch so nass ist, dann fällt meine Hochzeit ins Wasser.«

»Wenn ich heute Nachmittag wieder vom Hradschin zurückkehre und vor dem Haus stehe, wird die Sonne noch scheinen und die Straßen sind salztrocken«, tröstete sie der Herr Vater.

Vorausschauend hatte der Ferenc die ausgeruhten Wallache der Braut vor die Kutsche gespannt, mühelos schoben sie sich den Berg hinauf, vorbei an der Nikolauskirche, in der die Dientzenhoferdynastie Unvergleichliches geschaffen hatte. Am Gittertor vor der Burg standen vier Soldaten, in blaue Uniformen gesteckt. Jeder der jungen Kerle hatte eine Flinte über der linken Schulter hängen und sie palaverten miteinander belangloses Zeug.

Als die jungen Krieger der Kutsche ansichtig wurden und den Schuster von Brünn durch die geöffnete Tür entdeckten, eilten sie herbei und boten ihre Kraft an, um ihn auf die Straße zu hieven. Dann entdeckten sie den komplizierten Hebemechanismus an der Kutsche, an dem nun ein Rädchen ins andere griff und die Kutsche mit einer Drehung auf den Boden setzte.

So was hätten sie noch nie gesehen, lachten und staunten sie und salutierten vor dem Klemens Krummauer. Dann schoben zwei von ihnen den Krummauer in den Dom, danach durch die weite Halle bis zur Burg. Da dürfte man nun nicht mehr hinein, merkten sie an, da säße irgendeine Hoheit drinnen in einem mächtigen Raum und regiere das ganze Land.

Der freundliche, blonde Bub in seiner sicher nicht frisch gewaschenen, aber am frühen Vormittag doch noch recht ordentlich sitzenden Uniform war aus Kladno. Er heiße Laurenz Milnar und der Vater wäre der Wirt vom *Hirsch* in Kladno, wo es hinten raus geht nach Vinařice, wo wieder die Mama her ist, sagte der Laurenz und die Mama wäre wiederum ein Wirtsmädel vom Gasthof *Hecht* in Vinařice.

Vor dem mächtigen Eingangsportal zum heiligen Veitsdom, stünde noch das Erzbischöfliche Palais und der Herr Erzbischof, den sie auch einen Kardinal nennen würden, sagte der blonde Wenzel, würde hin und wieder, wenn er gut aufgelegt ist, das Fenster aufmachen und seinen Segen heraus schicken. Da stünden die Soldaten auch immer unter dem Fenster und würden das Kreuz machen. Man wisse ja nie, ob man das Jahr überleben würde, weil ja überall ein Krieg ist und er hätte der Mutter versprochen, dass er sich unters Fenster stellt. Und auch der Vater hätte gesagt, dass so ein Bischofssegen nie schaden könnte. Sie hätten in Kladno auch ein Schloss, sagte der Laurenz und er heiße nach dem heiligen Laurentius, für den sie ein Kircherl ins Schloss gebaut hätten.

Der zweite Bursche, eine ebenso strammer Landser, fiel dem Wenzel das eine und das andere Mal ins Wort, wollte er doch auch sein Wissen anbringen und er wäre aus Smečno, und da würde man schon zwei Tage bis nach Prag herein brauchen. »Wir haben auch ein Schloss und die meisten Buben in Smečno werden *Jaroslav* getauft, zu Ehren vom Hohen Herrn Martinicz, der im Dreißigjährigen Krieg vom Herrn Kaiser zu einem Reichsgraf ernannt worden ist. Aber das wäre schon lange her und wenn man heute Kriege hätte, dann könnte man schon mit ganz neuen Waffen schießen und den Gegner malträtieren. Die Kaiserlichen, wo er schon seit einem Jahr dabei ist und er ein Gefreiter ist, würden so-wie so alle anderen zusammenputzen, dass nichts von ihnen übrig bleibt.

»Weil der Herr Vater beim jetzigen Herrn Graf den Pfer-destall richtet, bin ich nach Prag abkommandiert worden«, sagte der Jaroslav. Und der Laurenz meinte, dass die anderen vom Städtel ins Slowakische und ins Balkanland geschickt worden wären, weil sie keinen Graf kennen.

Von Brünn hätten sie auch schon gehört, sagte die bei-den als kaiserliche Soldaten getarnten Buben. Und warum er in so einem Stuhl sitze, fragten sie und ob er was gelernt hätte und wie er nach Prag kommt und warum.

Der Jaroslav sagte dann noch, dass der Vater eine vom Ross drübergekriegt hätte, dass er lange auf dem Lager gele-gen hätte und dass er die Rösser jetzt nicht mehr satteln und einspannen könnte. »Aber der Herr Graf lässt ihn nicht ver-hungern und er hat gesagt, ich soll zum kaiserlichen Militär, da wäre daheim ein Esser weniger.«

76

Große Geschichte wurde hier geschrieben, in dieser mäch-tigen Stadt, bedachte der Brünner Schuster. Er würde die nächsten Tage ein Übermaß an Historie kennen lernen. Vom hohen Berg mit dem Veitsdom blickte er nunmehr über die Dächer der großen königlichen Stadt hinein in die Neustadt, wo er den alten Rossmarkt und den geschichts-trächtigen Altstädter Ring wähnte. Würde man die andere Seite in den Blick nehmen, käme man bald zum Benedikti-nerkloster Břevnov, das an die Stifter, den heiligen Bischof

Adalbert, auch an sein staatspolitisches Pendant, den Fürst Boleslav II. aus dem böhmischen Herrschergeschlechts der Přemysliden, erinnert, die beide vor nahezu tausend Jahren ihr Werk begründeten.

Er hatte viel über Břevnov gelesen, über den böhmischen Mittelpunkt an Bildung und gläubiger Demut.

Aus jener Richtung hörte man nun eine Truppe Bläser sich nähern, die verehrungswürdige Kirchenlieder spielten und dann bewegte sich ein langer Pilgerzug in den Hradschiner Platz vor dem erzbischöflichen Palais und vor dem Eingang zum Hohen Dom stockte die Schar der Wallfahrer. Die ansehnliche Menge von Frauen und Männern blieb auf dem gepflasterten Areal stehen. Dann sanken die Gläubigen auf die Knie und beteten zur heiligen Gottesmutter, danach zum heiligen Veit, zum heiligen Benedikt und zum heiligen Wenzel und schließlich segnete sie der begleitende junge Kaplan im Namen des Vaters und des Sohnes und des Heiligen Geistes. Er erhoffte mit den ihm Anvertrauten auf die Gegenwart des allgütigen Gottes, dass er sie im Glauben festige, ihre Hoffnung stärke und sie in der Liebe erneuere.

Menschen aus aller Herren Länder, Kaufleute und Soldaten, Frauen und Männer hatten den Weg von der Altstadt über die mächtige Moldaubrücke zurückgelegt, verlangten nun wie die Pilgerschar an den vielen Bretterbuden nach Bier, Fisch, Fleisch und Brot und anderen Köstlichkeiten, die in reicher Auswahl angeboten wurden.

Klemens erinnerte sich, Deckenbilder dieses geistlichen Zentrums, eines berühmten Bauwerkes von europäischem Rang, gesehen zu haben, auf dem die großen böhmischen Heiligen, darunter der heilige Prokop und der heilige Adalbert und er glaubte sich recht zu erinnern, dass auch der heilige Bonifatius, der Apostel der Deutschen, dargestellt waren.

Auf dem Rückweg warfen sie nur einen Blick auf das mächtige Palais der Schwarzenberg und das Karmeliterkloster, und Klemens nahm sich vor, sobald es möglich wäre, zurückzukehren in diese wunderbare Stadt.

Dann blieb der Ferenc vor einem Wirtshaus stehen, das *Der Braune Zigan* hieß. Das Essen war vorzüglich, brannte höllisch in Mund und Rachen und forderte nachgerade dazu heraus, eine oder zwei Biere zu trinken. Den bemerkenswerten Zutaten von dieser ausgiebigen Schärfe war der Krummauer nicht abhold, hätte sich eine gewisse Milde für die Nichtungarn, wie er als Brünner überlegte, doch wohl eher geschickt.

Unter einem der Tische rauften ein struppiger Köter und eine Katze um irgendeinen Bissen, den ein betrunkener Gast, der sich auf den Tisch zum Schlafen gelegt hatte, hatte fallen lassen. Der Wirt sagte gar nichts. Er unterfasste mit einem Knecht den Besoffenen und legte ihn auf die Straße, weit genug vom Gasthof weg. Der Knecht machte den Eindruck eines heruntergekommen und müden Kranken, einem Fünfziger mit schütterem Haar und eingefallenen Wangen.

»Der ist kurz vorm Sterben«, sagte der Ferenc voller Mitleid. »Er erinnert mich an Siller Willibald in Sperlingsgasse, der kommt auch so daher. Er wird es nicht mehr lange machen.«

Der Knecht stöberte die zwei streitenden Kontrahenten

unter dem Tisch hervor und jagte sie vor die Tür. Dann verschwand er eine Kellertreppe hinab.

Der Weg nach Hause über das holprige Steinpflaster war nun weniger von Gedanken an das Gesehene geprägt, als dem Kampf mit der Heftigkeit der Paprikaschoten, Tomaten, Zwiebeln, Knoblauch und Chili gewidmet. Der Wirt, ein schnauzbärtigere Ungar, mit langem, schwarzem Kopfhaar und buschigen, schwarzen Augenbrauen hatte seine Gäste aufmerksam gemacht auf die Gewürze und Beigaben und dass sie sogar Tote aufweckten, lachte er. Das Aroma der Speisen füllte die Kutsche. Er würde den Aufruhr in seinem Gedärm erwarten können. Klemens würde mit seiner Anna dieses gastliche Haus wieder aufsuchen.

Man müsste jedoch Jahre bleiben, sagte er sich, um diese einmalige Stadt, ihre Paläste und Kunstwerke, die Kirchen und Klöster, die Brücken und Parkanlagen und malerischen Hinterhöfe, die schönen Wirtshäuser und die reichen und ausladenden Gasthöfe kennen zu lernen.

Seine Elisabeth würde nun eine Pragerin werden, mit dem Segen der Eltern und der Liebe ihres Gatten, seine Elisabeth, noch so jung, so schön, sein liebstes Mädel. Noch vor drei, vier Jahren hatte sie der Mama deutlich gemacht, dass sie sich erst finden müsse und sie von ihnen nichts wissen wolle, seien sie doch so altmodisch und aus der Zeit. Die Mama weinte, nicht nur einmal, es dauerte zwei lange und harte Jahre, bis sich seine Kleine endlich gefunden hatte. Aber die Mutter meinte, ein Mädel hätte sich nicht gefunden, bevor das Mädel vierzig wäre und überhaupt, zu ihrer Zeit hätte man sich nicht zu finden brauchen. Hätte etwas nicht gepasst, hätte man eine Maulschelle gekriegt und dann wäre es mit der Finderei vorbei gewesen. Außerdem wäre eine Zeit zum Finden recht kurz gewesen, weil überall Arbeit wartete, bis spät am Abend.

Auf der Prager Brücke herrschte der alltägliche Trubel. Einige Bauersfrauen boten Gemüse an und selbst gebackene Brotlaibe, an einigen Holztischen lagerten noch die übrigen Fische des morgendlichen Fangs und da sie schon einige Stunde lagen, gab es um diese letzten Stücke ein eifriges Gefeilsche.

Er musste an den Lehrer Seifritz denken, als er die Fischhändler sah, und erinnerte sich an die Sprüche der Leute, damals nach Seifritz' Verschwinden. »Vielleicht ist er nach Prag oder er ist irgendwo ein Söldner geworden oder er liegt tatsächlich auf dem Grund der Moldau.« Der Klemens suchte immer nach dem Grund, warum Menschen so werden wie der Seifritz oder der Artweck seinerzeit. Er hatte den Hoiner Helm vor Augen, der für die Schaden, die er angerichtet hatte, schon in seiner Kinderzeit ausgerichtet wurde. Und wo einer hineingeboren wird, dafür kann er nichts und das sollten die Menschen, vor allem die Pfarrer und die Herren Richter und die Majestäten bedenken.

Mit solchen Gedanken setzte er die Fahrt entlang der Moldau fort. Tatsächlich war das Wetter schön geworden, die Sonne schickte ihre milden Strahlen nach Prag und Klemens wollte nur ausruhen.

77

Seine geliebte Elisabeth war eine schöne Braut und der Herr Dekan von *Maria Schnee* machte die Trauung sehr feierlich und er redete darüber, dass der gute Gott das Eheband feierlich segnet, durch seine Hand, wie er hinzufügte. Und der Mensch solle nicht trennen, was der gute Gott verbunden hat, sagte er ganz feierlich.

Der Kantor intonierte die feierliche Hochzeitsmesse, die Besucher lauschten andächtig, die Elisabeth weinte und die beiden Mütter wischten auch ein paar Tränlein von den Wangen. Der junge Bräutigam war scheinbar auch glücklich.

Danach gab es im Klein-Palais ein fulminantes Essen und die Leute lachten und schwatzten. Es waren große Herren mit ihren Damen und auch kleine Leute anwesend. Zunächst redete der Vater des Bräutigams, dankte allen, die den jungen Leuten die Ehre gaben und wünschte den verehelichten Kindern Freude, Glück und Zuversicht und über allem Gottes Segen.

Dann schob der Bräutigam den Brautvater auf den Präsentierteller und die Leute krümmten sich innerlich, als vor ihnen ein Krüppel in einem fahrbaren Stuhl das Wort ergreifen wollte. Da wurde geflüstert und törichte Worte und leeres Geschwätz gewechselt und es stellte sich heraus, dass unter den Gästen auch Rosstäuscher waren, die das große Wort führten und Lästermäuler und Schleimer und sie alle stierten auf den stattlichen grauhaarigen Mann mit dem gepflegten Bart und harrten der Dinge, die da kommen sollten.

Der Graf von Leventov, der sich im Reichenberger Gebiet ein Schlössl gebaut hatte und auch in Prag und Wien daheim war, sagte nach der Ansprache des Brautvaters, des

Schuster aus Brünn, er hätte dergleichen kultivierte Worte, die eines Professors würdig waren, noch nie vernommen.

An den runden Stehtischchen tranken die Herren einen Schampus nach dem anderen, sodass sie sich ihr Mahl bereits angeheitert und vernehmlich schmecken ließen.

Der Graf von Leventov, ein zivilisierter Mittfünfziger, Freund des Vaters des Bräutigams, des Herrn Fabrikant Schorlehm, ließ zunächst seine Majestät, »unseren verehrungswürdigen und hochwohlgeborenen Kaiser Franz I.«, hochleben, und für ihn, der er durch die Welt komme, wäre diese wunderschöne Hochzeit heute hier im schönen Prag, der großen Metropole, sagte er, ein besonderer Höhepunkt. Und er dankte den beiden Vätern des Brautpaares für diese bewegenden, erbaulichen und stilsicheren und so ergreifenden Worte. Der Herr Dekan Ulitsch von der philosophischen Fakultät rechnete es sich, nachdem er Seine Majestät hatte hochleben lassen, ebenfalls als außerordentliche Ehre an, zur Hochzeit geladen zu sein.

Dann ging er auf den Krummauer zu und stellte sich vor, er machte eine devote Verbeugung und lud den Brünner Philosophenschuster an seine Fakultät ein, »*medio fratrum*«, sagte er, und es wäre eine große Ehre.

»Nun«, sagte die Schuster Anna, »eine Hochzeit ist eben eine Hochzeit. Da wird gegessen und getrunken, meist über den Durst und gelacht und geschrien, aber eben nicht philosophiert.«

Der Herr Gemahl hatte ihr nämlich gesagt, da lagen sie nach der Hochzeit, es war schon nahezu früher Morgen, im Bett, dass er noch nie so viele nichtige und wirklich blöde und geistlose Reden gehört habe und das von Leuten, die man allgemein mit etwas Bildung und sogar mit Verstand in Verbindung bringe.

78

»Der Baron von Sidlov erzählte mir, dass sie in seinem Dorf noch immer an Hexen glauben. Kaum wäre schlechtes Wetter oder eine Missernte, geben sie Hexen die Schuld. Ausgesucht werden immer die schönsten Mädchen des Dorfes und er würde sogar angegriffen, weil er die Verunglimpften nicht an den Richter melde.« Der Krummauer war recht zornig.

»Wir leben in dummen Zeiten«, sagte die Anna, »und wenn du dem Kaiser sein Hemd ausziehst, dann sieht er aus wie Schneider von Lisnic, der immer nackert durchs Dorf gelaufen ist.«

»Wir haben in Brünn auch so ledige Frauen, manche mit zwei, drei Kindern, alle von irgendwelchen Gaunern gezeugt und die Weiber wurden alleine gelassen. Das sind keine Hexen, sondern arme Wesen, die sich und ihren Nachwuchs kaum durchbringen. Wir brauchen ein stabiles, ein solides Armenhaus, eine dauerhafte Unterkunft für die Kinder. Der Doleschal in der Rändlergasse ist gestorben, da gibt es keine Erben. Ich muss mit dem Bürgermeister reden und Waisenkinder haben wir allein in der Oberstadt zwei Dutzend, alle aufgeteilt auf ebenso notleidende Familien. Wir müssen helfen, so gut es geht.«

Der Wind hatte das angelehnte Fenster aufgestoßen, ein Blumenstöckerl krachte auf den Boden, die Katze flüchtete unter das Kanapee. »Es wird ein Wetter geben, ein Herbstgewitter ist selten, aber diese Gewitter bringen oft genug gewaltige Donner und Blitze. Hoffentlich brennt es nirgends. Die Dächer sind trocken wie Zunder. Manchmal fühlt man sich den Kräften der Natur ausgesetzt, kann ihnen nichts entgegenhalten. In den letzten Wochen denke ich seltsame Dinge, träume die wüstesten Träume und tagsüber ertappe ich mich, dass ich im Stuhl einnicke.«

»Alt wirst, das ist der Grund«, lachte die Anna.

Dem Baron aus Prag, den von Sidlov meine ich, sollte ich schreiben, aber ich weiß nicht, wie sein Dorf bei Prag heißt. Ich müsste die Elisabeth fragen.«

»Der ist ein Witwer, der Herr Baron. Sein Weib hat sich mit einer Sense geschnitten und bald darauf ist sie gestorben. Jetzt ist er mit zwei Kindern allein, aber er kann sie wenigstens ernähren. Aber ein Weib kriegt der nimmer, keine wird ihm seine Kinder aufziehen.«

»Woher du das alles weißt. Ihr Weiber redet doch über das Wesentliche. Ich habe dir gar noch nicht erzählt, dass mich der Professor Ulitsch eingeladen hat, mit seinen Studiosi die Philosophie durchzugehen, *in disputandum*, meint er.«

Er klagte über Schmerzen im Bauch. Ob es von der langen Sitzerei kommt, überlegte er. Aber er kam zu dem Schluss, dass er nicht auf dem Bauch gesessen sei, eher müsste ihn der Rücken schmerzen. Er fuhr seinen Stuhl ans Fenster, schaute in den Garten. Der Ferenc hatte die drei Apfelbäume geleert, bald würden die Blätter sich wieder verfärben und dann ginge das Jahr seinem Ende zu. Diese Pragreise müsse er von seinem Gesundheitszustand abhängig machen. Es könnte auch der Rücken und die Brust sein.

Der Kopf fühlte sich heiß an. Er überlegte, wenn sein Tod in den Plan der göttlichen Weisheit gehört, dann wolle er auch gehen und keine Einwendungen vorbringen. Allerdings würde er es vorziehen, hier in Brünn zu bleiben. Er hätte noch ein paar gute Gedanken für den Fortbestand seiner Schusterwerkstätten.

Am nächsten Morgen sah der Krummauer die Welt durch einen Schleier und seine Anna erkannte er nicht. Der Doktor meinte, der Herr Krummauer hätte ein sogenanntes heftiges Fieber und die Lunge würde rasseln.

»Vielleicht hat er sich die Krankheit in Prag geholt«, fragte er. »Wenn der Mensch schwitzt, hat er gleich was. Sonst ist der Krummauer ja gesund und abgehärtet.«

Der Klemens Krummauer hustete und stöhnte und schwitzte. Die meiste Zeit schlief er oder dämmerte vor sich hin. Er aß eine Woche nichts, und der Arzt meinte, der Herr Kommerzialrat dürfte keinen Luftzug kriegen. Aber sie sollten einen heißen Schweineschmalzwickel auf die Brust legen und sie sollten viel beten. »Das hilft, wenn nichts hilft.«

Der Herr Philosoph Klemens Krummauer debattierte in seinem Trancezustand mit Kant und Sokrates. Mit Augustinus stritt er, wie auch mit Leibniz und er lehnte es ab, sich mit dem alten Platon zu streiten. Dem Herrn Sokrates versuchte er, seinen Schierlingsbecher zu entreißen. Das gelang ihm nicht, weil der Herr Sokrates meinte, dass ihm das gar nichts ausmache und alle würden nach seinem Tod sagen, dass er ein Held gewesen sei und er setzte hinzu, dass seiner Meinung nach ein hohes Alter nicht sehr erstrebenswert sei, brächte es doch nur Ungemach und Verdruss.

Den Herrn Dekan Ulitsch quälte er mit einer Debatte

über Ockham, obwohl der Herr Dekan inständig bat, ihm bei einer mündlichen Prüfung, derer er sich vor dem Prüfungsausschuss seiner Fakultät zu stellen hätte, und eben über diesen Ockham, beizustehen. Der Herr Ulitsch war schweißgebadet, das Wasser auf seiner Stirn träufelte dem Krummauer ins Gesicht, und Ulitsch suchte verzweifelt den Prüfungsraum, in dem die Herren Prüfer seiner harrten.

Der Franzose Blaise Pascal tauchte plötzlich auf, aber der Philosoph Krummauer verweigerte ihm nachhaltig das erwünschte Gespräch. Trotzdem warf Krummauer dem jugendlichen Franzosen sehr heftig vor, sich zu verzetteln. Er, Krummauer, könne zwar das Prinzip der Einheit allen Seins, das er, Blaise Pascal, vertrete, nachvollziehen und er, Pascal, wäre ein logischer Geist, aber er wäre einfach noch zu jung, um aus gereifter Lebenserfahrung seine Ideen zu konstruieren, und es wäre einfach traurig, dass es ihm auf dieser Welt nicht gefalle. Er, Krummauer, könne dieser Welt viel Schönes abgewinnen.

Am tiefgreifendsten würde ihn später, nachdem er die Erkrankung überwunden hatte, der Traum vom Lehrer Artweck verfolgen. Er beobachtete aus deutlicher Entfernung mit einer gewissen Neugier, wie sich eine Gestalt in weißem Hemd am Ufer der Svratka stehend nach allen Seiten prüfend umschaute, als wolle sie sich vergewissern, dass sie alleine am Flussufer stünde. Dann bückte sich diese merkwürdige Figur, hob mit einer Hand einen geschälten Baumstamm, der am Ufer des Flusses lag, legte ihn weitab nieder. Danach zog er sein Hemd hoch und zeigte den entblößten Hintern, als wolle er möglichen Zuschauern seine Verachtung dartun. Nun fassten ihn links wie rechts zwei kräftige Männer an den Armen und warfen ihn in hohem Bogen in die Svratka. Um die makabre Szene abzuschließen, winkten die beiden am Ufer Stehenden dem im Wasser Verschwindenden nach.

Er redete laut und gestikulierte mit den Händen, schlug mit den Armen um sich und seine Anna weinte, reichte ihm liebevoll einen Löffel warmen Tee nach den anderen und betete zur Heiligen Jungfrau Maria, zum heiligen Klemens und zur heiligen Anna, bat schließlich noch die Heilige Elisabeth und den heiligen Wenzel um ihren segensreichen Beistand.

Nach acht Tagen schließlich ließ das Fieber vom Klemens Krummauer ab. Er hatte sich die vergangene Nacht mit all seinen Philosophen ausgesöhnt. Er hatte ihnen ihre teilweise chaotischen Ideen und irrelevanten Gedankengänge, die der Welt, wie er dem einen oder anderen vorhielt, geschadet hätten, verziehen.

Am frühen Morgen des neunten Tages wurde er wach, fühlte sich erfrischt und sagte zu seiner Anna, dass er Hunger hätte.

So war er also nicht zerbrochen wie ein Federkiel, nicht verwelkt wie ein herbstliches Ahornblatt, ›und vor allem‹, sagte er sich, ›war es eindeutig nicht Gottes Wille, mich abzuberufen.‹

»Er hat noch etwas vor mit mir«, stellte er fest.

79

Der tote Artweck war seinerzeit das Tagesgespräch in Brünn. In den Wirtshäusern, in den Läden wie auf der Straße gab es nur dieses eine Thema. Ob er nun freiwillig ins Wasser gegangen oder im Rausch in die Svratka gerutscht wäre, das war den Leuten gleich. Der neue Gendarmeriekommissär Milan Pavel hatte es sich zur Aufgabe gemacht, diesen Fall aufzuklären. Er wäre durch Zufall auf diese seltsamen, nicht abgeschlossenen Fälle, die sein Herr Vorgänger ja schon ohne Erfolg und endgültig ad acta legen musste, gestoßen«, sagte der neue Kommissär im Gespräch ganz beiläufig zu einem der Herren Stadträte.

Da man zwei Jahre nach dem Ableben des Lehrers Artweck auch noch die Leiche der Sedláček Mirl in der Svratka gefunden hat, nahezu am selben Ort, schossen seinerzeit die Vermutungen ins Kraut. Es müsste einen Mörder geben in der Stadt und man sei nicht mehr sicher. Aber seit diesen Vorgängen war schon viel Wasser die Svratka hinuntergeflossen. Die Sedláček Mirl war auch ein einsames und von den meisten Leuten geächtetes Mädel gewesen, die von irgendwo hergekommen ist. Aber Unrechtes konnte man ihr nicht vorhalten. Sie putzte die Küche beim Oberen Wirt und half dazu noch im Stall und durfte essen und trinken so viel sie wollte und im Stall schlafen. Der Kreis ihrer Bekannten war klein und nur die Ruth vom Häusler Gerold Danzler, der eine Hütte voller Kinder hatte und denen die Mirl das eine oder andere Stückerl Fleisch zuschob, für eine Suppe, kam mit ihr gut aus. Die zwei waren fröhliche junge Weibsleut. Im späten Herbst war die Mirl immer wieder für zwei, drei Wochen weg und der Wirt, dem seine Freundlichkeit einmal im Fegefeuer angerechnet würde, sagte, sie wäre bei der alten Mutter.

So konnte sich auch niemand vorstellen, dass man diese junge Dirn, dieses unbedeutende Person, einfach umbringen und ins Wasser schmeißen würde. Der in Brünn hochgeschätzte Gendarmeriekommandant Valentin Strunz verhörte seinerzeit den Wirt, bei dem die Mirl in Dienst gestanden hatte.

»So wahr ich Pavel heiße«, sagte der sehr forsche und auch umstrittene Gendarmeriekommissär Milan Pavel, der zu einer Stellungnahme vor dem Rat der Stadt aufgefordert wurde, »den bring ich zur Strecke, wenn nicht heut dann morgen.«

»Lieber heut«, sagte der Herr Hofrat Kammerlinger, der für die Städtischen Finanzen zuständig war und dessen Schwager ehedem ein Oberkellner im Kaffeehaus am Ring gewesen und nunmehr mit der Leitung dieser Kaffeestube mit großer Verantwortung betraut worden war. Er hatte dem Herrn Schwager Kammerlinger gesteckt, dass man allgemein wisse, wer die Mörder des Artwecks sind. »Aber das ist schon so lange her, das sollte man alles ruhen lassen.«

Aber er wolle von dem Blech, das da geredet wird, nichts wissen, käme man doch nur ins Gerede und schließlich ins Unrecht und ganz am End' wär' man selber der Mörder.«

Da habe er recht, sagte der Herr Hofrat, wenn es an Beweisen fehlt, ist die Gendarmerie gefordert, sie zu eruieren.

Er selber wäre da ja auch noch jünger gewesen, sagte der Herr Kaffeehausinhaber Florian Schlatter, wie dieser Artweck in der Schule am Berg oben zugeschlagen hätte, dass die Fetzen geflogen wären, und »ich hätte ihn auch erschlagen, wenn ich der Vater eines der geschlagenen Kinder gewesen wär'«, sagte der ehemaliger Oberkellner. »Man sollte das Ganze, wie schon gesagt, ruhen lassen«, sagte er. »Es war ja nur gerecht, dass dieser Artweck verreckt ist.«

»Na, hörst«, sagte der Herr Hofrat, »so was sagt man nicht, nicht laut, mein' ich.«

»Na, recht geschickt haben die das aber schon angestellt, mein Lieber«, sagte der Herr Hofrat. »Keine Zeugen, wenigstens hat sich keiner gerührt. Na ja, es gibt neben dem Schönen auf der Welt eben auch das Schreckliche, sag ich immer. Und dieser gewisse Lehrer Artweck war gar so eine Art Heide? Es heißt ja schon in unserer Heiligen Schrift, dass jeder, der das Schwert benutzt, auch damit umkommt.«

Der Herr Kaffeehausbesitzer meinte, dass der Artweck und der Seifritz heute noch die Kinder schlagen würden. »Und dann bleiben die auch noch unbehelligt. Na, wo gibt es denn so was. Und die Mirl, die hat ein ganz anderer auf dem Gewissen.«

»Ja, unsere Mirl«, sagte der Herr Hofrat Kammerlinger, »sie soll recht gute Kontakte g'habt haben zu einigen der Honoratioren, des waßt schon?«

»Na ja, ich darf des ja gar net wissen, lieber Schwager, aber man weiß des allgemein. Da könnt man einige nennen.«

»Na siehst, wenn der Herr Gendarmeriekommissär lange sucht, dann findet er gar den Mörder von der Mirl, aber net den von dem Artweck.«

»Na, ich sag es ja. Es wird noch dramatisch. Wir haben schon lange keine so interessante Situation in Brünn gehabt. So ein kleiner Mord ist schon eine fesche Sach«, sagte der Herr Kaffeehausbesitzer.

»Wir hatten in Eisenstadt auch eine solche Mordsgeschichte«, erzählte der Hofrat. »Ein Schwammerlsucher hat ane junge Frau gefunden. Erschlagen hat sie der Mörder.

Der Schwammerlsucher geht immer ins gleiche Gebiet in die Wälder unterm Leitha, da hat er seine Platzln und find alle möglichen Schwammerl und da lag sie, neben seine Schwammerl. Er hat na bei der Gendarmerie gesagt, dass er die Schwammerl nimmer gegessen hätte, es hätte ihn gegraust, neben ana Leich. Die tote Frau hätte ja nichts dafür gekonnt, sagte er. Aber sie sollten verstehen, er hat die Schwammerl na einfach weggeschmissen. Man hat den Mörder bald gehabt. Es war ein besoffener Ungar, der hat seine Freundin im Streit erschlagen, wie er sagte. Die zwei waren aus Sopron rauf gewandert und wollten eine Arbeit bei uns in Eisenstadt suchen. Sie hätten gestritten und einen oder zwei Korn getrunken und dann hätte er einen Stein ergriffen und zugeschlagen. Ein oder zwei Korn hat er gesagt, das versteht ana. Er sitzt jetzt zu Wien, na, des wird was Längeres werden.«

Die beiden Schwager wussten dann noch die eine oder andere Mordsgeschichte zu erzählen, von der Kerenz Fanny, die über die schmale Stiege runtergefallen ist und wo alle Leut gesagt hätten, dass er, der besoffene Kerenz sie runtergestoßn hätte. Der Herr Hofrat, der ja nun auch schon so fünfzehn, sechzehn Jahre in Brünn angestellt war, wusste eine Begebenheit aus einem Bauernhof nahe Hollabrunn. Dort hätte der Bub seinen Vater eigenhändig auf die Tenne geworfen, sagten die Leute, weil der Alte das ganze Gesinde geschlagen hätte, und die verzweifelte Bäuerin hätte er das ganze Jahr über gepeinigt und vier Kinder hätten sie gehabt. Aber das Gesinde hätte bei der Gendarmerie ausgesagt, dass der Bauer ohne Zutun vom Bub runtergefallen ist, weil er wieder besoffen gewesen wäre.

Die schönste Geschichte hatte dann noch am Ende der Kaffeehausbesitzer zu erzählen, auch von einem Bauern, den seine eigenen Schweindln gfressn hätten. Er wäre auch ein Säufer gewesen und hätte alle mögliche Schuld auf sich geladen, gerade mit den Mägden hätte er immer sein Palaver gehabt. Eine der Mägde hätte ihn dann so richtig besoffen gemacht, hätte ihm ins Bier ständig einen Haufen hochprozentigen Korn nachgeschüttet und dann hätten sie ihn in den Koben geschmissen und die Säue hätten richtig was zum Fressen gehabt.

Dann waren die Herren außer sich und räsonieren über den Herrn Bürgermeister und den ganzen unnötigen Magistrat. Diese Ausbeuter würden sowieso nur tun, was sie wollen und was ihnen nützt. Den Herrn Kaiser, der die Böhmischen alle niederhalten würd', forderten sie wortmächtig auf in seinem alten Wien zu bleiben. »Mir kammatn mit de Türkn besser aus, als wia mit dem Habsburger, der uns aussutzelt.« So eine Hoheit müsste man rausschmeißen aus dem böhmischen Land, wo alle Leut achtbar wären, und sie lassatn se net nachsagn, dass sie unehrenhaft waratn. »Da tatn de mi amal kenna lerna«, grölte der Hofrat und der Florian schrie, dass er ane Ehr' hätt' und de derfat eahm koa Mensch verletztn.

Und überhaupt, brüllte der Herr Kaffeehausbesitzer Florian Schlatter, sei er, der Herr Schwager und Hofrat in Städtischen Diensten, ein noch größerer Lump als der Herr Kaiser und die anderen, de Lumpn, weil er draußen mit der Maria vom Heinermatzn in Sokolnitz ein gschlamperts Verhältnis hätte, und dabei sei er doch mit seiner Schwester, der guatn Anne, verheiratet. Und er, der Florian, würd' sich das nicht mehr gefallen lassen, dass der Herr Schwager so ein Betrüger und Ehebrecher, also eine richtige Sau, sei.

Man muss wissen, dass der Herr Hofrat diese gewisse Maria aus Sokolnitz schon vor Jahren zur Herzensdame erkoren hatte und oft seinen Sonntagnachmittag mit ihr verbrachte.

Aber sie, die Maria, wär eine recht Anständige, sagte sie ihm ein um das andere Mal. Und dass sie sich schon zu gut sei für so eine unmoralische Geschichte und schon als Mädel hätte sie auf der Seitn von der Mama gestanden, wie der Vater die Henners Leni vom Dorfwirt geschwängert hätte und der Henners Pepp jetzt ihr unrechter Bruder sei.

Aber der Herr Hofrat hat dann der Maria wieder ein schönes Kleid für den Kirchgang mitgebracht oder so einen Schal, wie ihn die gut situierten Weiber trügen, und dann war sie ihm wieder gut.

In Sokolnitz haben sie was auf die Maria gehalten, weil sie die Erste wäre, die einen Hofrat ausbaldowert hätte und weil die Reichen ja alle eine sogenannte Mätress' hätten, so wie der Herr Kaiser und der Herr Amtsrichter Kaitler und der Herr Stadtrat Wohlmus, der ja eine aus Habrovany hätte, die aber schon zwei Kinder hätte, wo man nicht wisse, woher sie die hätte, weil sie ja auch der Bratling Willi aus einem Bauernhof bei Olšany besuchte, und den würde die möglicherweis' nehmen und alle im Dorf wären schon recht gespannt.

Der Herr Kaffeehausbesitzer holte seinen Bub aus dem Bett und sagte ihm, er solle nun den Herrn Onkel, den Herrn Hofrat, heimbringen. Und er solle ihn durch die kleinen Gassen führen und dem Herrn Onkel die dünne, braune

Decke vom Kanapee über den Kopf hängen, dass die Leute ihn nicht erkennen würden.

In einem der kleineren Höfe war eine Sau ausgekommen und durchs offene Tor auf die Straße gelaufen. Sie stürmte auf den Herrn Hofrat und den Bub vom Kaffeehausbesitzer zu und mähte die beiden Gestalten um. Der Herr Hofrat schrie, dass das eine Sauerei wäre und dass er sich bei der Stadt beschweren würde. Aber der gescheite Bub zog den renitenten Herrn Onkel weiter und übergab ihn der Frau Tante. »Wie schaust denn du aus, wie eine Sau und ich muss die Hosn wieder waschen und bügeln. Des lasst dir von deiner blöden Mare machen.«

80

Wie es der Teufel so wollte, fanden zwei Bauernknechte, die sich mit der Mahd auf einer ihrer Wiesen abarbeiten mussten, wo es hinausgeht nach Bisterz, einen Landstreicher. Der Mann war nicht mehr ansprechbar und er hatte am Kopf eine blutende Wunde und die zwei Knechte glaubten, dass er auf den kantigen Stein gefallen wäre, den sie neben seinem Kopf fanden. Der Stein lag noch in seinem Bett. Sie ließen den verwahrlosten Fremden liegen und einer von ihnen lief in die Stadt ins Gendarmeriekommissariat. Der Herr Kommissär Milan Pavel, der übrigens aus der Nähe von Olmütz stammte, bestieg sein Pferd und ließ sich den Tatort zeigen. »Ich glaubat, das des da Sirowatz Martl vo Kremsier warat, der kimmt Johr für Johr um de gleiche Zeit af Brünn affa«, sagte der Knecht. Das solle er der Gendarmerie überlassen und sich nicht ungehörig in die Ermittlungen einmischen, beschied ihn der Pavel schroff.

Der Pavel befand zutreffend, dass der Tote durch Gewalteinwirkung umgekommen wäre, der blutige Stein spräche dafür. Der Täter wäre ein ganz Gerissener, stellte er fest, habe er doch den Stein wieder in sein Bett gelegt um die Untersuchungskommission auf eine falsche Fährte zu locken. »Mit solchen Kniffen, glaubten sie davonzukommen. Aber da wird nichts draus«, sagte der Herr Kommissär zu seinen drei Gendarmen und sie sollten sich auf ihren Gaul schmeißen und jeder sollte in eine andere Richtung reiten und in den Dörfern nachfragen, ob der Verstorbene ihnen bekannt sei.

Der Gendarm Schwankerl und der Gendarm Voist und der Gendarm Willowatz unterhielten sich beim Pferdesatteln im Rossstall von der Gendarmeriestation und sie stimmten darin überein, dass es sich eindeutig um den Sirowatz Martl aus Kremsier handelt und der Willowatz sollte halt nach Kremsier reiten und sie zwoa wissatn scho, wos sie mach tatn.

»Er wollt mir net auf der Taschn liegen«, sagte die Sirowatz Emma, »drum is er allaweil umanandergrennt, da guate Martl, Gott hab ihn selig. Aber er hot koana Söl was z'Leid tua.«

Er würde den Fall lösen, »denn einen Täter muss es ja geben«, sagte der Herr Kommissär.

»Na, soll er ihn nur lösen, seinen Fall«, sagte der Herr Hofrat zum Herrn Bürgermeister«, dann hat er was zu tun, der Herr Gendarmeriekommissär.«

Der Fall Sirowatz wurde nie abgeschlossen und der Herr

Bürgermeister, der nun beim Herrn Kommerzialrat Krummauer ein- und ausging, kam noch einmal auf die mysteriösen Umstände seinerzeit zu sprechen, als der Herr Artweck und der Herr Seifritz zu Tode gekommen respektive verschwunden sind.

»Der ehrenwerte Herr Gendarmeriekommissär wird nach so vielen Jahren zu keiner Auflösung dieses Rätsels mehr kommen«, sagte der Herr Krummauer, »auch wenn man alles noch einmal von vorne bedenkt. Von Rechts wegen bedürfte es wohl einer Klärung, aber mir scheinen die damaligen Zusammenhänge sehr verschlungen und komplex. Da braucht es vermutlich viel Demut, dass der Mensch eben nicht für alles eine Lösung präsentieren kann und man Diverses ruhig dem Herrgott überlassen darf.«

Krummauer hatte die dramatischen Szenen vor Augen, wenn die beiden Lehrer sich durch die Klasse prügelten. Er erinnerte sich an die Angst, das Entsetzen der Mitschüler. Es passierte kein einziges Mal, dass sich einer der beiden Schläger an ihm vergriffen hätten. Aber die Klassenkameraden erinnerten sich auch an den Hass in den Augen des Hoiner Helm, an den furchtbaren Zorn der älteren Schüler und ein jeder war damals bereit, die beiden zu erschlagen.

Die Täter werden als unbescholtene Mitglieder der Brünner Gesellschaft leben und sicher weder von Reue noch von der Furcht, jemals entdeckt zu werden, heimgesucht. ›Vielleicht ist er Sallig Hans oder der Meschnig Schorsch oder der Wildinger Horst‹, dachte er, die das eine oder andere paar Schuhe gerade bei ihm, dem Krüppel, hatten machen lassen. Sie hatten gute Weiber daheim und erzogen rechtschaffen ihre Herde Kinder. Keiner der drei war je auf den Artweck oder Seifritz zu sprechen gekommen.

81

Er dachte an die verstorbene Baronin von Sterzing, deren Tod ihn doch recht mitgenommen hatte. Und er dachte an die liebe Tochter der Baronin. Sie wäre für ein paar Wochen in die Stadt gefahren, schrieb sie, und sie wollte Wien schon von jeher kennen lernen. »Das Mäderl, ihre Kleine liegt mit den Kindern der Mägde im Betterl, das ist ihr lieber, als wenn ich mich um sie kümmere und ihr ständig sag', was sie zu tun hat.«

Die Glocke an der großen Eingangstür schepperte. Der Noel vom Zimmermann, der in der Schule an seiner Seite gesessen hatte und dem der Artweck übel mitgespielt hatte, stand vor der Tür. »Liaba Freind, derf ich eina zu dir, bist a Großer worn, lieber Freind.«

Vor langer Zeit hatte der Noel so beiläufig angedeutet, dass er in einer Not wäre und er sich mit ihm, dem Klemens, einmal aussprechen möchte, weil das Leben ja nicht so einfach wäre. Mittlerweile hatte der Noel auf dem Hof in Melicek, draußen vor der Stadt, eine Anstellung gefunden.

Man redete über dies und das und es wurde nicht langweilig und der Noel war der Erste der Kameraden, der ihn in letzter Zeit auf die gemeinsame Schulzeit ansprach.

Den Seifritz habe er nicht gemocht, trotzdem war es gerade der Seifritz, der ihn einmal über die Treppe runter geholfen hatte, weil er sich den Knöchel ruiniert hatte. Der

234

Artweck hätte ihn mehrfach geschlagen und er hatte damals als kleiner Bub schon recht üble Gedanken.

»Es ist schon dreißig Jahre her, gute dreißig Jahre. Verjährt so eine Tat, wenn man jemand ins Wasser schiebt, mit dem Hintergedanken, er würde ersaufen, er wäre dran? Das lässt mir seit eben jener Zeit, es wird im kommenden Jahr zwanzig Jahre, keine Ruhe. Kann man vielleicht ein Werkzeug Gottes sein, wenn man einen offenkundigen Verbrecher ins Jenseits befördert? In der Bibel steht, dass man dem anderen Auge und Zahn ausschlagen dürfe, wenn der einem im Leben übel mitgespielt hat.«

Der Klemens fühlte eine seltsame Wärme aufsteigen. Der Noel war es, der den Artweck ins kalte Wasser gestoßen hat. Das kann er nicht glauben, sagte er sich, nicht der Noel.

»Der Artweck hat den ganzen Nachmittag am Ufer gesessen und eine Flasche Obstler nach der anderen ausgetrunken. Dann hat er ins Wasser uriniert und sich erleichtert. Er hat gegrölt und mit erhobenen Armen in alle Richtungen ausgeteilt und geschimpft. Dann hat er wieder vor sich hin gedämmert und getrunken. Und ich habe überlegt, ob ich nicht hingehen und ihn ins Wasser stoßen sollte.«

Der Klemens schaute ihn fragend an und harrte der Dinge, die da kommen sollten.

»Ich war in dem Brombeergebüsch vorm Rodlerwald versteckt. Plötzlich tritt unweit von meinem Schlupfwinkel ein Mensch heraus, den ich sofort erkannt habe. Er ging auf den Artweck zu, fasst ihn von hinten mit der linken Hand am linken Arm und mit der Rechten stieß er ihn mit einem Ruck ins Wasser. Das ging alles sehr schnell, dauerte keine zwei Atemzüge. Ich wagte mich nicht hinter meinem

Erdhaufen aus dem Gebüsch hervor und der Mensch war verschwunden. In die Nachhinein wartete ich, ging dem Brandwächter aus dem Weg. Ich wollte nur eines: lebend daheim ankommen, obwohl ich wusste, dass mir eigentlich keine Gefahr droht. Ein Widerspruch?

Vom Artweck sah und hörte ich nichts mehr. Was sagst, jetzt, Klemens?«

»Und du kennst den Meuchler?«

»Jetzt nicht mehr. Ich habe überlegt und überlegt. Ich kann mich nicht erinnern. Die Erinnerung an den Täter ließ mich eine Zeitlang nicht zur Ruhe kommen, ich habe den Kontakt zu ihm gemieden wie die Cholera. Trotzdem kann man sich in unserer Stadt nicht aus dem Weg gehen. Damals empfand ich ihn als Rächer der Geplagten. Dann ging ich zum Onkel nach Melicek.«

»Der Gendarmeriekommissär Pavel sucht wieder nach dem Mörder. Glaubst du nicht, dass du dich melden solltest, um zu erzählen, was du erlebt hast?«

»Ich kann mich nicht mehr erinnern, wer er ist. Sicher ist er ein guter Mensch, weit besser als der Artweck. Ich würde so viele Wunden aufreißen und in Brünn würde ich als Verräter gelten. Den Vorfall muss ich mit ins Grab nehmen. Es waren ja Artweck und Seifritz, die Unheil über uns brachten, die uns die Lebensfreude genommen haben. Dem Täter kann man seine Tat nicht genug vergelten, meine ich. Keines der Kinder war während der Schulzeit wirklich glücklich. Wir waren verzweifelt, hatten auch kaum Rückhalt von den Eltern. Wie viele Seelen er zerbrochen hat, wer weiß das. Der Melicek muss sich verantworten.«

Ob er nicht sarkastisch wäre, den Täter schütze, fragte

ihn der Klemens. »Einerseits erinnerst du dich an diesen Albtraum, andererseits erinnerst du jedoch nicht mehr an den Täter.« Wie das zusammen ginge, fragte er nach.

»Du bist doch ein Philosoph«, sagen die Leute. »Da müsstest du doch eine Antwort finden. Ich weiß nur noch, dass ich nach der Begebenheit heimgeschlichen bin und gehofft habe, dass mich keiner sieht, und die Mutter fragte, ob sie mir ein schweinernes Fleisch braten würde, weil heute ein Feiertag ist.«

»Alles ist sterblich, die Welt ist vergänglich«, überlegte der Krummauer, er, der, obwohl in hohem Maße gesund, immer einen frühen Tod bedachte. »Der Teufel, oder was auch immer«, meinte er, »verblendet den Menschen, aber ein wenig mehr Gottesfurcht brächte Frieden.«

Und er dachte dabei nicht an den Noel oder an den Artweck. Er hatte den Flosser Schorsch im Kopf, einen armen Häusler, ausgemergelt, ins Elend hineingeboren, mit einer ungemein großen Kinderschar und zwei Räumen, in denen sie gemeinsam hausten, brüllten, aßen, schliefen und weinten. Auch einer, der jeden Tag Frau und Kinder schlägt und der sich nicht wundern sollte, dass er auch einmal im Fluss gefunden wird.

82

Des Noel kleine Schwester hatte bald drauf den Mann verloren, etwas unerwartet, obwohl er seit langem auf dem Weg vom Mittagstisch zum Kanapee Hilfe brauchte, der Horetzer Wilhelm. »Der Vater hat das doch auch gehabt, das leidige Kopfweh«, sagte er, »und gestorben ist er am Bauchweh.«

Der Vater wäre immer dürrer geworden und dann hätte er trotz des Laudanums eine Woche geschrien und wäre dann gestorben.

Dem Noel sagte der Horetzer Wilhelm, dass er ihn seinerzeit schon gesehen hätte. Aber da brauchte man jetzt nicht mehr darüber reden, das wäre eben seinerzeit nötig gewesen. Wegen des Seifritz möge er andere fragen, aber richtiger wäre es, wenn man den Dreck nicht aufrühren würde. Ein Kain, der seinen Bruder Abel damals ums Leben gebracht hätte, wäre er nicht. Und er wäre immer ein frommer Christ gewesen. Aber nachdem der Teufel die Seele einzelner Menschen verwirre, zum Kummer ihrer Mitmenschen, die viel leiden müssten, müsse der Einsichtige eben handeln, wie es Moses damals getan hätte, als er den Ägypter erschlug. Da käme man nicht herum.

So war der liebe Schwager, der keiner Fliege etwas zu leide tun konnte, der als Mesner in Sankt Jakob drüben fleißig und wie ein Pfarrer gewirkt hatte, in den Frieden Gottes eingegangen. Noels Frau, das Binnerl, sagte, dass ihr Bruder immer der Brave gewesen wäre, dass er sie mit aufgezogen hätte, und was gewesen ist, das hat wohl alles so sein müssen und es wäre recht.

›*In regione caecorum rex est luscu* – Im Land der Blinden ist der Einäugige König‹, dachte der Klemens Krummauer und er wolle sich nicht zum Richter aufspielen.

Auch in seiner Ansprache am offenen Grab hielt der Herr Pfarrer seine Hand über den doch recht jung verstorbenen Mesner, einen starken Mann in den besten Jahren, der als christlicher Mitbruder anderen Menschen Bruder war, der dort eingriff, wo andere sich zurückgezogen hätten, was dann doch allgemeines Kopfnicken bewirkte. Die Natur wäre voller Leiden und Willkür und dagegen habe der Verstorbene ein Leben des Betens und des Kampfes für Recht und Gerechtigkeit gesetzt. Klemens bedachte in den letzten Jahren, vor allem im Hinblick auf die böhmische Gegenwart und der rechtlichen Disharmonie in der gesamten derzeitigen habsburgischen Monarchie, die römischen Gesetzesüberlegungen der antiken Zeiten mehr, als die Philosophen. ›Alles hat eben zu seine Zeit‹, dachte er.

»*Contra vim mortis non est medicamen in hortis*«, sagte der Herr Pfarrer und er meinte wohl weniger den Verstorbenen. »Ja, so ist es«, sagte der Krummauer, der weit vorne am Grab in seinem Gefährt saß, »gegen den Tod ist keine Kraut gewachsen.« Das gelte nun für den lieben Entschlafenen, der eine starke Hand geführt hatte, und für viele andere, die vor ihm gestorben waren.

Klemens schaute zu, wie die vielen Kameraden des Wilhelm Horetzer ihre Schaufel dunkler Brünner Erde in das offene Grab warfen, bevor er selber an der Reihe war. ›Andererseits kann man das Recht nicht in die eigenen Hände nehmen‹, dachte er. ›*Ex iniuria ius non oritur* – Aus Unrecht entsteht kein Recht. Aber wer will schon richten, das ist in Ewigkeit Gott selber vorbehalten.‹

›Das Leben ist brüchig‹, bedachte der Schuster Krummauer auf dem Heimweg, und seine Schultern und Arme schmerzten, wie früher nicht, und er merkte, dass Schmerzen allmählich zur sehr fühlbaren Wirklichkeit auch seines Lebens werden.

Die Elisabeth hatte in einem kurzen Brief geschrieben,

dass sie nach Brünn fahren möchte, *mit den Kindern*, hatte sie hinzugefügt.

83

Er hatte in Brünn wie in Olmütz oder Budweis an den philosophisch-theologischen Fakultäten gesprochen, vor ausgesuchtem und vornehmlich auch an wesentlichen Fragen des Lebens, der menschlichen Existenz, des Seins interessiertem Publikum. Vor allem die nachfolgenden Debatten mit jungen Leuten, die sich der Philosophie annehmen wollten, vornehmlich als Hochschullehrer, hatten ihn tief befriedigt.

Die Einladung nach Prag hatte ihn überrascht. Der Herr Dekan Ulitsch von der philosophischen Fakultät der Prager Karlsuniversität hatte ihm bereits im Frühjahr einen Brief zukommen lassen und ihn zu einem philosophischen Symposium eingeladen. Er erinnere sich an das Zusammentreffen anlässlich der Hochzeit der verehrten Tochter in Prag, die ergiebigen Gespräche im Foyer und der grundsätzlichen Bereitschaft des Herrn Kommerzialrates Krummauer einer Einladung an die Fakultät nach Maßgabe der Umstände nachzukommen.

Die Tagung fände zwei Wochen lang, in der Mitte des Semesterablaufs, statt. Dekan Ulitsch schrieb, dass die Herren Studiosi mit einer gewissen Spannung seinen Vorlesungen und Debatten mit ihm entgegenfieberten.

»Das kann ich mir vorstellen«, lachte der Krummauer, »die werden sich was vorstellen können unter einem verkrüppelten Schuster und Philosophen.«

Zur Anna sagte er, er wäre kein Jesus, der übers Wasser

läuft, eher ein Petrus, der absäuft, weil er zu wenig Vertrauen hat.

Er wäre sehr gescheit, sagte sie in ihrer gewitzten Art. »Und kluge Leut braucht das Land.«

Aber dafür, dass er nach Prag eingeladen würde, müsse er sich ja nicht verteidigen.

»Wenn du deinen Tag nicht mit der Schusterei und in der Fabrik verbringen würdest, könntest ein schöpferischer Denker sein. Solche bräuchte man in Brünn und darüber hinaus im Land.«

Manchmal war sie etwas herausfordernd, befremdlich sogar, wie er meinte. Aber Frauen sind kompliziert und verunsichern ihre Männer. Sie wolle ihn einfach auf den Boden bringen, sollte er gar eingebildet werden. Er würde zu viel in der Historie herum stochern, sagte sie und er solle einmal in die Stadt hinein schauen, vielleicht bräuchten die ihn, hätte doch der Herr Bürgermeister schon nachgeforscht, ob er wohl dem Rat zugehören möchte. Oder er solle ein Buch schreiben, habe er doch den ganzen Kopf voller Philosophen, das Buch würde sicher angenehm zu lesen sein und den Jungen wie den Alten eine Kurzweil verschaffen. »Wenn sie denn lesen können«, warf er ein.

»Könntest dich ja mit dem Herrn Kaiser unterhalten und ihm ein paar zeitgemäße Vorschläge machen, wie er seinen Untertanen. Wo doch so viel Elend im Land ist, dass die jungen Leute über das große Meer fahren und in der neuen Heimat ihr Heil suchen.«

84

Schon in jungen Jahren schob Cajetan ihn in seinem Karren vor die Grabstätte des französischen Hugenotten Louis Raduit de Souches, der in der Jakobskirche seine Ruhe gefunden hatte, der ein Freund der Brünner war, wie man bei vielen Gelegenheiten nicht müde wurde, zu erzählen.

Der Brünner Bürgermeister stieg mit einem Fremden an der Hütte in der Au, am Birkenwald vom Ross. Der Herr Bürgermeister hatte sich von der Frau Perunek drüben Rajhrad in einen Falben ersteigert, der ihm die meiste Freude machte, wie er sagte.

Er stellte dem Krummauer seinen Bekannten vor. Ein gewisser Paul Boudin, ein prächtiger Literat und Historiker aus dem schönen La Rochelle, habe sich in der Stadt einquartiert. Wobei er erwähnte, dass die Mutter eine Baronin von Salzwedel wäre, die anno siebenundachtzig ins Französische verzogen wäre. Nun wolle er die Heimat seiner Mutter kennen lernen, habe die doch so geschwärmt von Brünn und den schönen Wäldern und der Jagd, vor allem auf die wilden Keiler. Und von den vielen Gesprächen mit so vielen guten Leuten hätte sie erzählt.

»Dann ist Monsieur ja auch mit den Sterzings verwandt. Die verehrte Frau von Sterzing, die ja nun leider verstorben ist, war geschätztes Mitglied der Sessionen philosophisch interessierter Brünner Bürger.«

Er wusste, dass die von Salzwedels recht bemittelt sind, hingegen war die Sterzinger in die Bredouille geraten.

Dieser angenehme und sehr artige Monsieur Boudin, aus der Heimatstadt des verehrten Monsieur Louis Raduit de Souches, sprach ein hervorragendes Deutsch, das er nun vervollkommnen möchte, und gerne hätte er sich, wenn es erlaubt sei, ab und an auf Herrn Krummauers Kompetenz bezogen, gerade wenn es um philosophische Themen ginge. »Da habe ich einen deutlichen Nachholbedarf«, lachte er.

Was es nun auf sich hat mit der Gerechtigkeit, darüber reflektierte der Krummauer sowieso nicht. Da steigt jedoch dieser schöne französische Mensch von seinem wunderschönen Ross und dann hinkt er. ›Welche eine ärmliche Beschränkung‹, dachte er. ›Ohne Pein und ohne Drangsal ist keine Kreatur.‹

Der verehrte Monsieur Boudin lachte und schaute sich in der Hütte um, fand sie ganz reizend und diese lauschige und abgeschiedene Umgebung würde ihm gefallen.

»Und dieser französische Troubadour dürfte wohl auch den Rest der Menschheit mit seinem herzlichem Charme umgarnt haben, wie die Spinne das Käferl«, sann Krummauer.

Der Nachmittag eilte rasch vorüber und der charmante Franzose fragte nach, ob es dem Herrn Kommerzialrat möglich wäre, ihn am Grabmal Louis Raduit de Souches in der Jakobskirche wiederzutreffen, wäre ihm dieser mächtige Feldherr doch lange schon wegen seiner Studien über diesen seinerzeitigen großen europäischen Krieges bekannt, und den Brünnern wäre der Landsmann wohlvertraut.

Der von Jan Kerber gegossene Grabstein des Raduita de Souches, hatte Klemens in seiner farblichen Intensität schon immer angezogen. Schon als Bub hatte ihn auch die Mama hierher gebracht und Pater Cajetan hatte ihm furiose Geschichten und tatsächliche Vorkommnisse von diesem dreißig Jahre währenden Gemetzel erzählt.

Der Spielberg, eine feste Burg hoch über Brünn, hatte es ihm von Kindsbeinen angetan. Er hörte das Schreien und Stöhnen der in Ketten liegenden Verbrecher, erlebte das Leid der erbarmungslosen der Gefangenen durch unbarmherzige Büttel, die die Bestrafung mit Peitschen und lauten, grellem Geschrei vollzogen. Er sah sie in ihrem Blut liegen. Dann griff er ein, ließ die Gefangenen frei und züchtigte eigenhändig die gnadenlosen und brutalen Wärter.

Nach Spielberg wollte er nicht hinauf, sagte er der Mutter daheim. »Die schmeißen dich in den Burgbrunnen und es ist gut, dass der Herr Napoleon alles in die Luft gesprengt hat.«

Entlang der Brünner Schanzen hatte der verehrte Geistliche ihn geschoben und ihm tausend Jahre böhmische Geschichte erzählt, von armen Leuten und Holzfällern, von finsteren Gestalten, die das Land unsicher machten.

Cajetan ließ sie alle lebendig werden, die Prinzessinnen und Kaufleute, die mächtigen Könige und grimmigen Rittern, die reichen Patrizier und tapferen Handelsleute. Er führte den staunenden Bub an den massiven Belagerungsring um seine Heimatstadt Brünn durch den Schweden Torstensson, der ein Krieger durch und durch war und der Kanonendonner war noch zu hören, wenn Cajetan den Bub mitnahm ins Schlachtgetümmel.

Vom großen Krieg, den sie den Erbfolgekrieg nannten, berichtete Cajetan natürlich und daheim vom Vater erfuhr er, dass dessen Großvater, kurz nachdem er die Großmutter geheiratet hatte, in diesem fürchterlichen Gemetzel umgekommen wäre. Und der Klemens fragte sich immer, warum man viele tausende Soldaten ums Leben bringen muss, weil sich Majestäten nicht einigen können.

Später lernte er, dass die Welt schon immer mit Krieg, Gewalt und Verfolgung leben musste und dass die Krieg führenden Völker sich immer im Recht sehen. Cajetan erzählte von den Kriegen der Griechen und Römer, von denen der Perser, der Mongolen und der Hunnen. Er hörte von den Geheimnissen und Machenschaften der mächtigen Anführer, hörte von den Intrigen, die dem einen oder anderen das eben kosteten.

Es waren winterliche Tage in Brünn und der Klemens Krummauer war erkältet. Nachts fieberte er und träumte, dass Cajetan mit ihm über mächtige, schwer zu erklimmende Gebirge marschierte, ihn durch tiefe Urwälder und reißende Ströme trieb und durch riesige Wüsten. In die Hitze der Wüste hinein zog er ihn, die Cajetan Sahara nannte. Dort trank er mühsam die frische Milch einer Kamelstute, schob trockenes Fladenbrot und süße Datteln in den Mund. Er saß plötzlich auf einem dieser mächtigen Kamele und schaukelte, bis ihn der Schwindel packte und er sich am Boden wiederfand.

Dann lagerten sie am heißen Feuer in einer Karawanserei. Um ihn herum tanzten Frauen und Männer und sangen einen fremden, grellen Singsang, der ihn sehr fremd anmutete, und ihm schlimme Kopfschmerzen bereitete. Aber die unerträgliche Hitze brannte vom Feuer, wie von der wärmenden Sonne, auf seinem Rücken und seiner Brust. Er wünschte sich nichts mehr, als das der Abend mit seiner linden Kühle käme, um ihn von dieser Hitze zu erlösen. Die

Mutter saß dann plötzlich am Bettrand und wischte ihm den Schweiß von der feuchten Stirn. Der Klemens gesundete alsbald wieder, erinnerte sich aber lebenslang an seine heißen Wüstenträume.

Von Religionskriegen erzählte der so gebildete Cajetan und von großen Landnahmen und er kam auch auf den gegenwärtigen Napoleon zu sprechen. »Da müssen wir jetzt noch warten, was aus dem wird«, sagte er.

Wenn der Cajetan mit dem Bub beisammen saß, führte er ihn in die Mysterien der Welt ein. Die abrahamitische Landnahme ließ Cajetan vor dem Bub erstehen, wo es Milch und Honig zu verzehren gab. Cajetan stimulierte die Fantasie dieses kreuzgescheiten Buben. Er berichtete vom Bau der großen Pyramiden und dass der gute Mose einen bösen Ägypter erschlagen hätte und dann fliehen musste.

Sie begleiteten den langen Marsch des Moses durch die heiße arabische Wüste und zupfte mit ihnen das gute Manna von den kleinen feuchten Sträuchern und fing die Rebhühner am Strand. Klemens war Zeuge, als der mächtige Mose tausende seiner von Jahwe abgefallenen Stammesmitglieder ermorden ließ, weil sie sich gegen Gott aufgelehnt hatten. Das gefiel ihm nicht und seit jener Zeit hegte er gewisse Vorteile gegen diesen ägyptischen Prinzen.

Die Kriegszüge der alten Ägypter nahmen ihn gefangen und er fieberte mit den Juden, als sie ihre Verfolger mitsamt ihren schweren Streitwagen jämmerlich im Sumpf versinken sahen. Das Ereignis hatte ihn sehr befriedigt, wenngleich er doch ein gewisses Quantum Mitgefühl mit den heuchlerischen und wortbrecherischen Ägyptern aufbrachte.

Schließlich machte er vor Wien mit Cajetan Halt, als das

Heilige Römische Reich die Osmanen im September 1683 geschlagen hatten.

In dieser kriegerischen Auseinandersetzung sah er sich als gewandten und schnellfüßigen Kurier wichtige Nachrichten überbringen und als verwegenen Krieger den Feind in langen Tunnels und in offener Schlacht besiegen. Er befehligte als junger und furchtloser Kavallerieleutnant unter Prinz Eugen von Savoyen die tapfersten Krieger. Er stand dem erhabenen Sultan der Osmanen gegenüber und verhandelte als Abgesandter des Prinz Eugen mit dem osmanischen Herrscher über die Bedingungen und Vereinbarungen einer friedvollen Übereinkunft und eines gerechten Ausgleichs der Kriegsparteien.

In seinen Träumen ließ es sich Gottseidank immer vermeiden, dass er einen der angreifenden Gegner abstechen oder erschießen musste und allein seine Anwesenheit, der als junger Held gefeiert wurde, verlieh dem tapferen Prinz Eugen Schutz und Heil. War er an der Seite des Prinzen, suchten die Osmanen ihr Heil in der Flucht und er war an der Seite seines Heerführers, als die Niederlage der Osmanen gefeiert wurde.

Als ihm der Prinz für seine übergroßen Verdienst das Adelsprädikat überreichte und ihn zum Graf Klemens von Krummauer zu Brünn ernannte, empfingen ihn die Brünner, jubelten ihm zu und ließen ihn hochleben. Manch einer neidete ihm sein militärisches Renommee und sagte, dass es schon staunenswert wäre, was aus dem Schusterkrüppel geworden ist. Andere wiederum sagten wohlwollend, dass sie schon immer gewusst hätten, dass dieser helle Kopf einmal in ganz Böhmen bekannt würde.

«Was wäre passiert, hätten die Osmanen gewonnen«, fragte ihn Cajetan.

»Ganz einfach«, antwortete der gewiefte Schüler, »da wären wir jetzt Osmanen und unsere schönen Kirchen wären Moscheen und ich würde einmal in meinem späteren Leben in Konstantinopel Schuhe reparieren.«

Klemens besann sich, die beiden Gäste waren längst ihres Weges geritten. Es zog ihn heim zu seiner Anna.

85

Die Kinder waren lange aus dem Haus. Die Elisabeth hatte in Prag zwei gesunde Kinder geboren. Keines davon hatte er bisher gesehen, die Fahrt wäre der Anna derzeit nicht zuzumuten gewesen. Aber die Sehnsucht nach dem Mädel und den Kindern trieb sie schon recht heftig um. Der liebe Wenzel hatte seine Anuschka geheiratet und war recht wohl situiert, angestellt als ein Herr Rechtsassessor am Wiener Hof.

Nun durfte der Klemens Krummauer nicht mehr gar so arg kritisch über die hohe Regentschaft des verehrten Herrn Kaisers denken. Denn auf seine Majestät ließ der Bub nichts kommen. *Er tut alles für sein dankbares Volkes und ist eine Ehre und ein unverdientes Glück an seiner Seite zu arbeiten*, schrieb er. Na, die Briefe wurden ja regelmäßig auf der Post von den geheimen Spitzeln seiner Hoheit geöffnet und gelesen und da schickte es sich natürlich, in liebevoller Art und Weise vom Herrn Kaiser zu schreiben. Der Wenzek hatte jedoch einen brillanten Kopf, den er nutzte.

Der Herr Schwager, der liebe Oskar, ließ alle paar Jahre von sich hören. Er hätte eine Schwedin geheiratet, schrieb er und es wäre ja höchste Zeit geworden, man würde ja älter. Aber die Anita wäre sozusagen ein Glücksgriff und sein Ein und Alles und jetzt würden schon drei Kinder auf dem Hof toben und die Schwiegereltern, die ja auch noch recht betriebsam wären und sie, wo immer es ginge, tatkräftig unterstützten, passten auf die Kleinen auf. Er hätte sie auf einer Reise kennengelernt, hätte er doch eine geraume Zeit einen der Paketwagen chauffiert. Und in Somerville hätte er eine Tag Aufenthalt gehabt und die Anita hätte für den Vater, der außerhalb eine beträchtliche Farm besäße, den Wagen vollgeladen. Und da wäre es passiert. Er würde jetzt in Somereville als Farmer leben und das wäre gut so. Er können Frau und Kind ernähren und in ein wohl bestelltes Haus einzuheiraten hätte auch was für sich, schrieb er.

An der Haustür läutete der Rosmariner Karl. Der Karl war seinerzeit aus Zwettl heraufgekommen. Die Mama hatte ihn von einem Mann, dessen Namen sie nicht preisgeben wollte, empfangen. Aber der Karl erzählte immer, dass die Mama sich auf sein Geld verlassen könnte. Die zwei Rosmariner saßen seinerzeit in Evas Biergarten und bogen sich vor Hunger und die Eva oder war es noch der Marek stellten ihnen einen Topf voller Gulasch auf den Teller. Sie könnten zahlen, wenn sie wieder ein paar Kreuzer verdiente hätten. Und der Klemens fuhr zum Ruditz Heinrich, einem, dessen Vater aus dem böhmischen Wald in die Brünner Stadt gezogen war, hinunter. Und der verdingte die zwei im Haus und Stall, weil er doch einschichtig geworden war. Er, der Ruditz, wäre dem Klemens ja noch was schuldig. Es hatte sich eben so geschickt und nach zwei Jahren heiratete der Heinrich die Henriette Rosmariner und sie wurde zu einem

Segen. Aus dem Kuhstall machten sie ein Bierlokal und die geschickte Edeltraud stand in der Küche und formte den Knödelteig, kochte das gute mährische Kraut und bereitete Fleisch und gute Soßen zu.

Der Rosmariner Karl fragte die Haushälterin, ob er eintreten dürfe oder ob er lieber einmal in die Hütte zum Klemens kommen solle und weil der Klemens sich gerade anschickte, in die Hütte aufzubrechen, lud er ihn ein.

In der Hütte setzten sie sich zu einem Glas Wein, weil der Klemens mit dem vielen Bier nichts anfangen konnte. Das würde nur die Blase dehnen, wusste er aus langer Erfahrung, und ein Krüppel müsste manche Konzessionen ans Leben machen.

»Also, Klemens«, begann er eine recht umständliche Rede. »Du kennst ja meine Tant' net, die Schwester vo meiner Mam', die auch aus Zettl is und anen Bauernhof dahoam hot. Und sie hot a Stück a zwölfe an Viechern und des lasst se segn, sagt de Tant'. Und was se sunst no alles hot, des was i net, aber sie fahrt zwoamal in da Woch af Zettl eini und da muaß ma scho wos in da Hinterhand hom, vastehst Klemens.«

Klemens kannte den Karl, der eine Seele von Mensch war. Er brauchte immer eine Weile, bis er zum Kern der Geschichte vordrang.

»Und de Tant' hot in da Fruah an Kaffee trunka und z'Mittag hot se, wia de meistn Gäst' scho wieder weg woarn, des gessn, wos halt übrig bliebn is. Da is ana kemma, der war a wenig besoffen und der is am Tisch g'hockt und hot davon gredt, dass sie anen gewissen Seifritz eigrob'n hätten und dass des scho a seine Bedeitung gehabt hätt'. Dass der des vadeant hätt' und der kammat nimma außer aus seim Loch. Dös könnt er garantieren, hot er gsagt. Na hot er a Bier beschtöllt und nu oans, bis se eahm außebalanciert hätt'n. Na, wos sagst, soll i wos sogn?«

Es war dem Klemens Krummauer nun gar nicht recht und schon gar nicht wohl dabei, wenn er wieder und wieder mit den vermeintlichen oder echten Problemen bestimmter Leute in Brünn zu tun hatte. Manche erzählten nach der Unterredung davon, dass sie mit dem Herrn Kommerzialrat persönlich dieses und jenes beredet hätten und der Herr Kommerzialrat hätte diese oder jene Sicht der Dinge. Andere wieder hatten konkrete persönliche Nöte, die sie ihm anvertrauten und eine Lösung von ihm erwarteten, auch von der Hoffnung geleitet waren, dass er ihnen Arbeit beschaffe, was ihm dreimal gelungen war.

Das Anliegen des Karl Rosmariner war nun sehr delikat, und neben dem Schwager des Noel, dem Horetzer Wilhelm, schien nun ein zweiter Mordsbub noch nach so vielen Jahren von seiner Tat eingeholt zu werden. Krummauer wollte zudem keinesfalls in eine solche doch recht delikate Affäre mit hineingezogen werden und er meinte, dass es nicht seine, des Rosmariners Sache wäre, sondern die des Menschen, der die Tat begangen hätte oder auch nicht. Was ein Besoffener schwatze, sei anders zu bewerten als die Aussage eines nüchternen und denkenden Menschen.

Schließlich und endlich müsse der Karl Rosmariner das Problem nach seinem eigenen Gewissen behandeln und überlegen, ob ihn, der aus Zwettl stamme und der die hiesigen Umstände nicht kenne, diese Angelegenheit bewegen sollte. Auch wäre es doch die Verpflichtung dieses Mannes, der sich da am Tisch im Wirtshaus ausgelassen hatte, selber zur Gendarmerie zu gehen. Dieser Mensch wäre ja doch wohl nicht ständig betrunken und in hellen Phasen würde ihn das Problem, so es denn überhaupt der Wirklichkeit entspreche, auch belasten oder eben nicht. Das solle er, der Karl Rosmariner, sich durch den Kopf gehen lassen.

Der Rosmariner ließ sich das geräucherte Fleisch schmecken und sprach dankbar dem Bier zu, welches die Anna ihrem Klemens mit auf den Weg gegeben hatte.

Seine Tant', sagte er dann, während er mit dem Genuss des Geräucherten sein inneres Gleichgewicht wieder herstellte, hätte schon den dritten Mann. Der erste hätte was mit dem Kopf gehabt und wäre in den Wald gegangen. Ein Holzhauer hätte ihn gefunden. Der Gute hatte sich erhängt. Dann wäre wohl der Strick gerissen, weil er das Gewicht des Menschen nicht ausgehalten hätte. Ob der Wastl sich nun das Genick gebrochen oder schon vor dem Aufprall auf den Waldboden das Zeitliche gesegnete hätte, darauf wollte sich der Bader nicht festlegen lassen.

Der zweite Ehegatte, der Millinger Sepp, handelte mit Rössern und hatte ein schönes Geld. Er war ein bekanntes Großmaul und gerüchteweise war er der Herr Vater einer ganzen Anzahl von Ablegern im Umland von Zwettl. Er protzt gerne und wenn er sich am Montag ein neues Gespann zulegte, gefiel es ihm am drauffolgenden Sonntag schon nicht mehr. Er huldigte eben zuvörderst den Schönheiten der Welt, weniger des Geistes. »Seit meiner Jugendzeit hob i an jeden Tog mei Fleisch gessn«, strotzte er

In Gmünd hatte er bei einer Bediensteten vom Schnorrerwirt übernachtet und wäre dann im Bett verstorben und das in den Armen der Magd. Geld hätte er keines mehr in der Tasche gehabt, sagte der Zwettler Bader. Aber daheim in einer kleinen Kiste fand die Tant' einen Haufen Gulden und da hätte sie ausgesorgt gehabt. Das stünde ihr auch zu, hatte sie gesagt, wenn der Lump sie so schändlich hintergangen hätte.

Und jetzt hat sie einen Advokaten und das hätte sie sich nicht träumen lassen. Aber die Mam' sagte ihr, dass der Advokat Wollinger schon von Geburt an ein Schlawiner wär' und sie nur wegen des Geldes genommen hätte. Da wär' der Vater schon ein Schleicher und Spitzbub gewesen und der Herr Sohn würd' ihn übertreffen. Sie kenne den Hausstand und der Vater hätte sich bei seinen Delinquenten gesund gestoßen. Aber ihr, der Tant', wär' eben nicht zu helfen.

86

Johannes Beckel von Beckelos war mit seinen hochbetagten Eltern ins mährische Brünn verzogen. Eine Straße oberhalb vom Stadtring, wo es ins Kloster hinaufgeht, hatte er sich ein recht ordentliches Domizil gekauft, das den Werlitzers gehört hatte, die wiederum zur Tochter nach Eggenburg ins Österreichische verzogen waren.

Die Brünner meinten, der von Beckelos würde vom Ersparten leben, auf ererbten Besitz zurückgreifen, weil er keiner geregelten Arbeit nachging. Der Vaclav Holicek, ein Mitglied im Magistrat, erzählte dem Krummauer, das dem verehrten Neubürger nahe Fladnitz in der Steiermark ein mächtiger Hof gehört hätte, dazu Waldungen en masse. Zudem habe er Besitztümer in Wien und Wolkersdorf hinten. Im Bayerischen wohnte die Schwester, die einen königlichen Amtsrat geheiratet hätte und dort hätte er auch in den letzten Jahren rentabel investiert. Die Frau wäre ihm im Kindbett gestorben mitsamt dem Kind.

So hätten sie die Werlitzers kennen gelernt, beide gescheite Leute, wie man sie in Brünn kannte. Zu Bruck an der Mur wären sie sich über den Weg gelaufen. Am schönen Stadtbrunnen hätten sich die Werlitzers und die Beckelos getroffen und der Beckelos habe die mährischen Gäste durchs historisch höchst interessante Bruck geführt, hatte von den Franzosen erzählt, die sich zweimal als echte Raubritter aufgeführt hätten und vom Erdbeben, das vor nicht allzu langer Zeit die Bewohner in Angst und Schrecken versetzt hatte. Die österreichische und die russische Majestät wären hier abgestiegen, erzählte er.

Durch den Tod der Frau hätte der Sohn die Lebensfreude verloren, sagten sie. Er würde einen Neuanfang suchen, um wieder ins Gleichgewicht zu kommen, habe er doch allgemein im Leben schon das eine oder andere unverschuldet übergebraten bekommen. Nun würden sie, die Eltern, alt und gebrechlich werden und suchten ein Domizil für ihren Lebensabend. So kamen sie nach mehreren Wochen überein, das bald leer stehende Domizil der Werlitzers in Brünn zu erstehen.

Vaclav Holicek, der selber im großen Stil die heimische weiße Boluserde verfeinerte und weltweit vertrieb und damit ein Vermögen erwirtschaftete, gehörte zu den kultivierten Mitgliedern des städtischen Rates und vertrat den amtierenden Bürgermeister. Er verstand viel von Kunst und

Malerei und hatte sich schon als Bildhauer in jungen Jahren einen Namen gemacht.

Jahr für Jahr lehrte er die jungen Männer im Brünner Priesterseminar, auch in Olmütz drüben und gar in Prag an der Fakultät zur allgemeinen Erheiterung zwischen Leinwand, Pinsel und Farbe zu unterscheiden. Er lehrte sie die Entwicklung der Wandmaltechniken im Laufe der Jahrtausende zu verstehen.

Der große Michelangelo war ihnen bald ebenso vertraut, wie der Nürnberger Albrecht Dürer oder der Regensburger Albrecht Altdorfer.

Er lehrte sie den gotischen vom romanischen Baustil zu unterscheiden und verwies vor allem und immer wieder auf den herrlichen Brünner Dom, mit dem neugotische Presbyterium, der den großen Heiligen Petrus und Paulus überantwortet worden war.

So waren die Gespräche der beiden Männer der Kunst und der Wissenschaft, der Philosophie und den Problemen und Entwicklungen genauso gewidmet wie den Fragen der Familien, der Kinder und deren Fortkommen.

Die alte Dame von Beckelos brachte ihren Johannes ein und das andere Mal in beträchtliche Verlegenheit, erzählte der Holicek, wenn sie im Beisein von Gästen auf Augenfarbe des Sohnes anspielte. Die wären blau wie ein Bergsee und ganz die des Vaters, den sie nur seiner schönen blauen Augen halber geheiratet hätte, lachte sie.

Und der Herr Vater ergänzte redselig, dass der Sohn seine Vorliebe für die Baukunst und Skulpturen von ihm habe, würde er doch nur von diesen Dingen reden. Schnitzen und meißeln würde er und seine Büsten und Statuen stünden bedauerlicherweise immer noch drunten in Flanitz. Aber sobald er hier in Brünn ein akzeptables Atelier gefunden hätte, würden sie seine Werke heimholen.

»Der Johannes ist ein stiller und besinnlicher Mensch, du wirst ihn beizeiten kennen lernen.«

87

›Die Brünner sind ein seltsames Volk‹, dachte der Klemens Krummauer. ‹Diese seltsame Gemengelage von überwiegend Tschechischem und beiläufig erlaubtem Deutsch ist schon ein Kuriosum an sich.‹ Als er sich mit Anna zum ersten Mal in Prag aufhielte, war ihr Brünner Mischmasch aufgefallen, gar als sprachliche Unschicklichkeit gewertet worden und die Elisabeth meinte, dass es sich schicken würde, sich ein wenig an die Prager Konversation zu halten, sonst nehmen die Städter einen nur als Bauerntölpel wahr.

Die Brünner Tschechen liebten ihren Landesvater nicht. Für sie war der Herrscher der Österreicher der verschmähte Repräsentant jahrhundertelanger Unterdrückung. Je eher man ihn loswürde, desto besser für die Selbstachtung und Würde eines Volkes, das sich allein auf Přemysl bezog, den legendären Stammvater des großen Herrschergeschlechts der Přemysliden, auf den großen Wenzel vor allem, der vom hohen Veitsdom in Prag jeden Tag das große böhmische Land regiert. Schmähungen hingegen und abträgliche Äußerungen versagten sich die meisten tschechischen Brünner. Niemand wusste, wer der unbekannte Tischnachbar im Wirtshaus war. Kein anderer, als der von Klemens Krummauer in seiner Jugend so geschätzte Fürst Metternich, hatte das Land mit einem strengen Überwachungssnetz überzogen.

Hingegen verehrten die deutschen Brünner den guten Habsburger Franz I. als ihren böhmischen König und als den verehrungswürdigen Kaiser Österreichs.

»Was der Napoleon kann«, sagten die Brünner, als der französische Despot sich seinerzeit selbst zum Kaiser aller Franzosen gekrönt hatte, »das kann unsere Majestät schon lange.«

Die ihn nicht mochten, den Herrn Habsburger, die negierten ihn, sobald die Rede auf ihn kam und über die katholische Religion oder irgendein Mitglied des hohen Adels redete man auch nicht.

Krummauer nahm für sich eine objektiv beurteilende, differenzierende Sicht der gesellschaftlichen Krisen und Entwicklungen in Anspruch.

So kam mit dem Johannes Beckel von Beckelos aus dem kaiserlich österreichischen Flanitz ein Habsburger Untertan ins böhmische Brünn. Der Brünner Schusterphilosoph erwartete ihn schon bald. Wie Holicek erwähnte, wäre der Johannes Beckel von Beckelos schon in Rom gewesen. Mit einem Segler wäre er gar drüben in Nordafrika gelandet, nahe Hippo Regio, wo doch der geschätzte Theologe und Philosoph Augustinus, eigentlich ein Numider oder was auch immer aus Thagaste, als Bischof wirkte.

88

Unvermutet betrat der Herr General von Lobenstein das Krummauer Domizil. Man besprach allerlei Angelegenheiten persönlicher Art und kam selbstverständlich auf die Umstände und Verhältnisse in der Stadt zu sprechen, schließlich, zu vorgerückter Stunde, erzählte der General von seiner Arbeit, die er über alles hochschätze.

Er habe vor geraumer Zeit um seine Demission ersucht, sagte er dann plötzlich. Er könne doch diese leidige Spionage, der die Leut' ganz unvermittelt ausgesetzt wären, die unter seinem doch so geschätzten Vorgesetzten, Herrn Minister Metternich, das Land im wahrsten Wortsinn heimsuche, nicht für gut heißen.

»Man kann keinen Brief schreiben, ohne dass er geöffnet wird, das wirst auch wissen, lieber Klemens. Diese schreckliche Observation nimmt ungeahnte Ausmaße an. Deinem Wenzel habe ich Bescheid gesagt. Aber er meinte, davon wisse der Hof lange schon und keiner, der nur ein wenig Verstand habe, würde irgendwelche Geheimnisse einer schriftlichen Botschaft anvertrauen. Und er halte sich an seine Information, er hätte da einen Spetzl, der zwar etwas viel rede, aber sonst ein Leidlicher wär'. Er selber, sagte dein Bub, sei schweigsam, könne man doch niemand mehr vertrauen. Zudem halte er sich mit irgendwelchen Kritiken am System zurück.«

Klemens war beruhigt, kannte er doch seinen Wenzel, der nicht viel redete, jedoch seinen Scharfsinn und sein Urteilsvermögen, welche ihn schon zu Jugendzeiten ausgezeichnet hatten, zu nutzen wusste.

Seine Abdankung sei für ihn, in dieser Zeit, unter diesen Umständen tatsächlich die ultima ratio, sagte von Lobenstein. »Ich befinde mich in einem ungewöhnlichen Interessenkonflikt, den ich doch mit dir besprechen will, mein lieber Klemens. Bin deswegen zuvorderst aus Wien hierher zu dir nach Brünn gereist. Meine Möglichkeiten, eine andere *cancellation* zu Gange zu bringen, sind sozusagen definitiv limitiert, alles ist irgendwie ausweglos, sodass ich gezwungen war, eine gewisse gesundheitliche Befindlichkeit vorzuschieben.

Solches Handeln wiederum widerspricht meinen Auffassungen zwar diametral, kannst verstehen. Aber ich befinde mich in einer Notlage, um es so zu sagen, auch wegen unserer Kinder.

Wie gesagt, es war für mich eine unumstößliche Situation, kann doch meinem Charakter auf meine letzten Jahre nicht noch ganz verbiegen, verstehst, Freund? Kann keinen Lump machen, würd' mich zu Tod schämen vor meiner Frau und der lieben Anuschka.«

Der von Lobenstein erzählte von dem Herrn Pfarrer von Schwechat, der eine allzu possierliche Predigt gehalten hätte, den Herrn Metternich ganz freundschaftlich einen fidelen Mann nannte, der jetzt so viele Krethi und Plethi übers Spitzelpapier kennen lernen muss. Die gläubigen Christen, Ihrer Majestät ja ganz selbstverständlich in vollkommener Devotion und unverkürzter Dankbarkeit zugetan, die ihrem Herrn Pfarrer lauschten, war er doch weitum bekannt, weil er den Nagel durchwegs und mit Vehemenz auf den Kopf getroffen hatte, lachten gar ein wenig zu deftig.

»Na, und wegen des Gelächters der guten Leut' unter der Kanzel haben die intrigantischen Hofschranzen den Herrn Pfarrer gar bis nach Wien hinein vorgeladen und man hatte ihn verwarnt.

Zudem hat ihn der Herr Erzbischof in sein Kammerl gerufen und ihm gehörig den Kopf gewaschen, sei doch der Fürst Metternich die rechte Hand seiner Majestät, des hochgeachteten Kaisers Franz I., und als solcher praktisch in keiner Weis' zu diskreditieren. »Versteht er das?«, hatte ihn der Herr Erzbischof gefragt. Na, dann soll er so weitermachen, hatte er seinem Herrn Pfarrer zu verstehen gegeben.«

Der Herr Pfarrer entgegnete seiner Eminenz auf Lateinisch und meinte: »*Nil dictum, quod non dictum prius* – Nichts ist gesagt, was nicht früher gesagt worden ist.« Hätte doch sein verehrter Vorgänger, der Herr Domkapitular Wulfius, der nunmehr im Erzbischöflichen Ordinariat für die Finanzen zuständig sei, schon Ähnliches und noch dezidierter gepredigt.

Der Herr Erzbischof meinte abschließend noch väterlich jovial, der Herr Pfarrer möchte' doch noch zum Schuletzky rübergehen und einen Kaffee trinken.

Schließlich erzählte von Lobenstein von einem gewissen Johannes Beckel von Beckelos, einem Landwirt aus Flanitz im Steierischen, einem Freiherr von altem Schlag, der einem besoffenen und sich arg renitent ins Zeug werfenden Leutnant, der in seinen Hof eingeritten kam und alles durcheinanderbrachte, deutlich entgegengetreten war.

Der Herr Leutnant, ein kleiner Wiener Kaufmannsbub von und zu Fallitz, der Vater handelt mit Braugerste und mit bayerischem Hopfen und mit allerlei Zeug, hätte ihn dann angeschrien, dass er ihn beim Herrn Fürst Metternich persönlich melden würde. Nun hätte der alte Landwirt von Beckelos, der ehrenwerte Vater des Johannes Beckel, wahrhaftig wegen querulantischen Benehmens, wie es hieß, seit Jahren bei Hofe keinen Stein im Brett.

Die Wiener hätten also den jungen Beckelos vorgeladen und ihn sechs Monate eingesperrt, sozusagen bei Wasser und Brot, mit vierzig anderen. Danach wäre der junge Mensch ein geknickter Mann gewesen, der sich nur langsam wieder erholt hätte. »Dass man ihn seines guten Rufes beraubt hat, das konnte er nicht überwinden und er schämte sich in Flanitz auf die Straße zu gehen.«

Klemens Krummauer verstand nun die Verkettungen, die ja der Vaclav Holicek schon aus seiner Kenntnis geschildert hatte und er schenkte dem Herrn von Lobenstein reinen Wein ein, knapp und schnörkellos, wie es seine Art war.

89

»In unserer Gesellschaft widerständig zu sein, erfordert klugen Mut. Andererseits scheint mir die Zeit noch nicht reif zu sein für Änderungen. Wobei ich bei gründlicher Analyse europäischer Zusammenhänge doch vermute, dass es nur mehr ein oder zwei, höchstens drei Jahrzehnte dauern wird, bis zuerst in den Städten der Protest, die Auflehnung gegen Armut und Unterdrückung eingeleitet wird. Man kann nur hoffen, dass uns in Böhmen und in Kaiserreich insgesamt ein blutiger Staatsstreich oder eine harte Rebellion erspart bleiben. Frankreich hat uns doch 1789 mögliche schreckliche Szenarien vor Augen geführt.«

Von Lobenstein, ein kluger Kenner der politischen Realitäten, warf ein, dass unter der derzeitigen Regentschaft kaum eine Änderung, eher noch eine Stabilisierung der gesellschaftlichen Ungerechtigkeiten und Umstände zu erwarten sei, und das auf nicht absehbare Zeit.

Klemens berichtete von seinem Schwager, der in Amerika sein Heil gesucht hätte. »Es wäre kein Wunder, wenn nicht noch Millionen den Weg in diese neue Welt suchten«, sagte er und er verwies unter anderem auf die miserablen Umstände, unter denen im deutschen Nachbarland die Bewohner in den Städten und auf dem Land dahin vegetieren müssten.

»Die europäischen Majestäten zeichnen sich meines Erachtens durch eine sträfliche Ahnungslosigkeit aus, erahnen gar nicht, welche Dramen sich oft genug abspielen in den Häusern«, sagte von Lobenstein und verwies auch auf die Wiener Verhältnisse. Schon in ruhigeren Zeiten wäre das eine Herausforderung, die Leute satt zu bekommen, ihnen Arbeit zu verschaffen. »Das ist eine Aufgabe, die kaum zu bewältigen ist. Wie soll es erst werden, wenn die Revolutionäre das Schwert in die Hand nehmen. Da kommt nichts Besseres nach.«

»Ich bin sicher«, ergänzte Krummauer, »es wird noch dauern, aber ganz plötzlich werden neue Probleme die Politik und neue gesellschaftliche Kontroversen die politischen Diskussionen dominieren. Den Habsburgern bei uns in Böhmen und in Österreich, doch eigentlich recht verständige Herrscher, wird der Wind ins Gesicht blasen und das Führungspersonal, das heute noch den Ton angibt, wird im Boden verschwinden. Da kommen dann neue Gedanken auf, denen der Adel und die Kirche nichts mehr entgegenzusetzen haben. Aber ich werd' das nicht mehr erleben, vielleicht unsere Kinder. Aber wer heute an der Macht ist, wird alles dran setzen, die Pfründe und Privilegien zu verteidigen.«

Die beiden Herren hofften, dass ihren Kindern Not und Krieg erspart blieben.

90

Klemens bedauerte, dass seine Anna nicht anwesend sein könne, wäre sie doch erst vor einer Woche nach Prag zur lieben Elisabeth gefahren. Sie wollte ihr ein wenig unter die Arme greifen und bei der Aufzucht des zweiten Kindes zur Seite stehen. »Es ist ja nicht leicht heutzutage, die Kinder groß zu kriegen. Lungengeschichten sind an der Tagesordnung und die Ärzte meinen, es käme vom Anhusten und auch von der schlechten Nahrung und die Elisabeth hat geschrieben, dass sie ewig dankbar wäre, in geordneten Verhältnisse aufgewachsen zu sein.« Auch auf Oskar, seinen Schwager, der sich vor langer Zeit schon nach Amerika verabschiedet hatte, kamen sie nochmals zu sprechen.

Der Friedrich von Lobenstein berichtete von einem nahezu aufgedrängten Gespräch. Tags zuvor hätte er im Hotel *Brünner Hof* zu Abend gegessen. Ein Fetzerl vom Ganserl wär' es gewesen und ein wenig Sauerkraut und ein Knödel dazu, nicht viel, aber doch recht delikat zubereitet.

Danach hätte sich ein Gast unaufgefordert zu ihm gesetzt und ihm Schauergeschichten erzählt. Dass sie einen recht forschen Kommissär hätten in der Gendarmeriestation, der sogenannte alte Fälle aufkläre, wie der Fremde erzählte. Von einem ehemals verschwundenen Lehrer Seifritz hätte er zudem recht anschaulich berichtet und er fragte den Klemens, ob er sich da an Begebenheiten zu jenen Zeiten erinnere.

Der Klemens erinnerte sich. Selbstverständlich hatte er

die seinerzeitigen Affären noch im Kopf, als wäre das alles erst gestern gewesen. Aber er erzählte doch recht verhalten und mit diesem gewissen zeitlichen Abstand zu den damaligen Geschehnissen. Auch vom Walberer Peterle, der neben ihm am Fenster gesessen hätte, erzählte er und der so unter seinem Schutz gestanden hätte. Denn der Seifritz hätte verzichtet, auf den kleinen Krüppel Krummauer auch noch einzuschlagen.

Er erzählte von der großen Schwester Marie des Peterle, die in der hintersten Bank gesessen hätte. Die Mutter der zwei Kinder hatte für den Seifritz gekocht und die Marie wäre beauftragt worden, dem Seifritz das gekochte Essen in das obere Geschoss, in dem er zwei Kammern belegt hatte, hinaufzutragen. Aber der Seifritz hätte über Jahre hin der Mutter wie der Marie Gewalt angetan und kein Mensch würde ihnen glauben, dass der Herr Lehrer, der in Brünn ein ansehen hätte, Schlimmes von ihnen verlangt hätte. Der Walberer Peterle ist dann ein kräftiger Mann geworden.

Als dann der Seifritz verschwunden war, wären viele Brünner froh gewesen und zufrieden und viele dankbar, dass der Schläger verschwunden war. »Ich kann mich nicht mehr genau erinnern, in welchem Jahr dann der Graf von Schenck-Stetten am Hochfels oben im Finsterwald ein paar Bäume hatte schlagen lassen. Da droben war der steile, felsige Boden nass und rutschig. Die Holzknechte hatten die erste, recht mächtige Fichte gesägt, als der Baum krachend niederstürzte und den unter ihm stehenden Stamm mitriss. Das gewaltige, jedoch flach und breit verzweigte Wurzelwerk wurde aus der Erde gerissen und schleuderte Dreck und Steine mit sich in die Höhe. Mit der Erde spritzten dann auch eine Anzahl von Knochen aus dem Wurzelwerk, dazu drei noch heile Schnapsflaschen.«

»Das heißt«, staunte der Friedrich, »dass der Verblichene sich ehedem unter dem Wurzelwerk ein Grab geschaufelt, dann noch drei Flaschen Schnaps getrunken und sich schließlich in die Grube gelegt hat. Na hörst.«

»Dann hat er sich zugeschaufelt und ist eines seligen Todes gestorben«, lachte Klemens. »Wer ihn hinauf begleitet hat auf den Hochfels, in welchem Zustand er nach dem halbstündigen Marsch gewesen ist, unter welchen Umständen er schließlich zu Tode kam, das ist nicht mehr nachzuvollziehen.«

91

Dann redeten sie eine Zeitlang über die letzten Fragen, hatte Friedrich doch in letzter Zeit vermehrt mit gesundheitlichen Problemen zu tun, die ihn jedoch nicht veranlasst hätten, seinen Abschied zu nehmen, erwähnte er eher beiläufig. Friedrich erlaubte sich auch nach Klemens' Befinden zu fragen.

Er hielte es derzeit noch mit den Gedanken seines Herrn Kant, der meinte, dass es der Wille sei, der den Menschen durchhalten lasse, ging Klemens auf die Frage des Freundes ein. Andererseits falle es ihm manches Mal schwer, sich über die jeweilige Verfassung seines körperlichen Zustandes hinweg zu setzen. »Die Seelische Gemütslage und das körperliche Befinden sind eins. Man kann sie nicht voneinander trennen. Das eigene Glück, so meinen viele Menschen zudem, sei selbstverständlich und alle leben nur zu gerne ständig auf der Sonnenseite des Lebens. Das ist nicht möglich und hat mit den menschlichen Realitäten wenig zu tun.«

»Dass Gott den Kriegen ein Ende setzt, das ist nicht so einfach zu glauben«, meinte Friedrich. »Aber die Psalmen sprechen aus einer innigen Erfahrung. Wenn der Prophet Ezechiel davon spricht, dass dieser Gott den Menschen ein neues Herz gibt und einen neuen Geist, so bin ich auch da wieder sehr skeptisch.«

»Du hast recht«, ergänzte Klemens. »Die Wirklichkeit spricht seit vielen Jahrtausenden eine andere Sprache. Trotzdem glaube ich daran, dass man mit der Religion die Menschen trösten und stärken kann, aber mit religiösen Phrasen kann man die Geschichte der Menschheit auch zurecht biegen und zurecht lügen. Anderseits ist der Mensch doch in einer desaströsen und schier ausweglosen Position. Er sieht die fassbare Wirklichkeit, kann aber mit der ausdrücklich versprochenen Zuwendung Gottes nicht zurechtkommen, weil sie mit dem Verstand nicht fassbar, somit nur dem Glauben zugänglich ist. Der größte Philosoph, glaube ich, ist jener, der das Unfassbare als Realität einbezieht. Die Kernaussage der ganzen Erzählung von Erlösung ist doch das Überschreiten der Todeszone hinein in die Fülle der Gottesanschauung. Gottes Existenz ist für mich schon jene die immer war, die mit Zeit und Raum nichts zu tun hat. Als Ziel meiner Existenz erachte ich eben gerade jenes grundsätzliche Sein zu erreichen durch die absolute Gnade des geglaubten auferstandenen Christus. Aus einer Welt voller Gewalt und Unrecht hinein in das absolut Gute, das Göttliche eben.

»Trotzdem: Auch über Religion muss man heftig diskutieren«, entgegnete Friedrich. »Erinnerst du dich an den Missbrauch der Religionen durch die Fürsten und religiösen Manipulierer im Bauernkrieg und im dreißig Jahre währenden Kampf der Protestantischen Union gegen die Katholische Liga, wie ihn die Geschichtsschreibung deutlich widergibt? Diese Leute manipulierten die religiösen Gefühle der Menschen zum Erhalt ihrer individuellen Wahrheit und persönlichen Macht. Wenn alle Taten oder die Unterlassung des Guten, des Fortschritts, mit der Religion legitimiert werden, gehen wir auch heute bösen Zeiten entgegen. Die ganze Geschichte ist voll davon. Aber die Mächtigen ziehen keine Lehren aus den Erfahrungen der Vergangenheit.

Er würde sich noch einmal sehen lassen, sagte der Friedrich von Lobenstein, vielleicht wisse er, Klemens, dann noch einiges über die seinerzeitige Mordsgeschichte zu sagen. Sei doch interessant, so was, lachte er.

92

An die philosophische Zusammenkunft an der Karlsuniversität erinnerte Klemens sich gerne. Der neuerlichen Einladung würde er nur zu gerne nachkommen, schrieb er dem verehrten Herrn Dekan der Philosophischen Fakultät zurück, sehe sich derzeit jedoch aus gesundheitlichen Gründen dazu außerstand. Eine lange Fahrt und mehrwöchige Abwesenheit wären kontraproduktiv. Durch jahrzehntelanges Sitzen laboriere er an einem Beinleiden. Die einseitige Belastung fordere eben im Laufe der Zeit ihren Tribut. Sollten sich die Umstände ändern, würde er Seiner Exzellenz die entsprechende Nachricht zukommen lassen. Er wäre sehr erfreut, wenn Exzellenz die Herren Professoren und die Studiosi grüßen würde. Eine große Ehre wäre es, sich dieser wunderbaren Aufgabe zu stellen, sich mit großem Genuss auf die Fragen der verehrlichen Studiosi einzulassen und die deren Erörterungen anzuregen, Thesen einzubringen und Gegenthesen aufzustellen. Welch ein Glück wäre es für ihn gewesen, im hohen Haus der Prager Philosophie zum einen selbst beachtenswerte Anregungen empfangen zu haben, andererseits im anregenden Gespräch über die Welt und den Menschen nachzudenken, das eine oder andere recht zu erwägen und zu versuchen, es zu verstehen.

Klemens Krummauer sah sich nach wie vor in der Pflicht, seinen beruflichen Aufgaben in der Schuhfakrikation nachzugehen. In Josef Rübig aus Trautenau stand ihm seit Jahren ein fachlich sehr kompetenter Mitarbeiter zur Verfügung. Die Jahre waren nicht spurlos an Klemens Krummauer vorübergegangen. Die bunte Vielfalt seiner Aufgaben hatten ihn teilweise entschädigt, musste er doch auf ein Leben wie andere Menschen von Kindesbeinen an verzichten. Er lebte nach wie vor in großem Vertrauen, dass schlussendlich sich alles dem Guten zuneigt, dass er sich mit Zuversicht und Mut dem Kommenden stellen könne. Staunend blickte er zurück, denn mit der Liebe seiner Frau und seiner Kinder hatte er sein Leben sinnvoll gelebt, war es wertvoll, so meinte er.

Erst gestern brachte ihm der Buchhändler Klopsch eine Rezension über die großen Dichter seit der Reformation. Die Betrachtung der Literatur schien ihm doch zu kurz gekommen und bei der Lektüre des Faust allein konnte man nicht stehen bleiben. Goethes umfassendes Werk bedürfe seiner Aufmerksamkeit. Den Reineke Fuchs hatte er im Regal stehen, ohne ihn intensiver ins Auge gefasst zu haben. Auch die geschichtlichen Dramen des großen literarischen Heroen würde er wieder bedenken.

Schiller war ihm in den letzten Jahren geläufiger geworden und die Ablehnung revolutionärer Umtriebe, die die beiden Dichterfürsten einig sah, kam seinem Denken sehr gelegen. Da konnte er nicht fehl gehen, wenn er selbst eher bedachten Bedingungen in der Bewältigung von großen Zeitproblemen zuneigte, als Handstreichen und blutigen Aufständen.

Christian Fürchtegott Gellert erschien ihm zudem als Inbegriff aufgeklärter Philosophie und Literatur. Nicht umsonst hatte der große Goethe den recht früh Verblichenen als einen Apologeten überzeugender Moral gefeiert. Viele andere dieser anregenden und prägenden Geistesgrößen verdienten es gelesen zu werden, würden sie ihn in seinen Reflexionen festigen.

93

Amtsrichter Gotthard Menges, ein Pilsener, war ein Mensch, der die Rechtsprechung auch verstand, die Delinquenten, soweit das denn auch noch möglich war, wiederherzustellen, sie zu befähigen nach Verbüßung ihrer Strafe, wieder ein ehrenwertes Mitglied der Gesellschaft zu werden.

Dieser verehrungswürdige Herr Amtsrichter Menges hieß den Polizeikommissär Milan Pavel, der nun auch schon graue Haare auf dem Kopf hatte, aber im Kopf mit großer Sturheit gesegnet war, auf dem Stuhl Platz zu nehmen.

Was er hier in Brünn geleistet hat, könne er auch andernorts bewerkstelligen, sagte er, vornübergebeugt, dem verdutzten Herrn Gendarmeriekommissär. Der hatte mit allem gerechnet, nur nicht mit einer ausgezwungenen Demission vom Amt des Brünner Gendarmeriekommissärs.

Er, der Herr Kommissär, habe es, so der Herr Amtsrichter, am gebührlichen Respekt gegenüber dem Herrn Bürgermeister fehlen lassen, ihn vor dem gesamten Magistrat des Unverständnisses für seine polizeilichen Aufgaben geziehen. Dies alleine wäre schon ein Grund für die Versetzung nach Vyškov. Dass er den Herrn Kommerzialrat Klemens Krummauer wegen dreißig Jahre zurückliegender Mordfälle einbestellt hat, geht nun gar nicht. Das wäre in diesem speziellen Fall alleine die Aufgabe des Herrn Staatsanwaltes gewesen. Unbescholtene und höchst ehrenwerte Menschen dem Gespött der Plebs auszusetzen, sei eine unverzeihliche Unverschämtheit.

Ob er das nicht weiß oder bewusst den vorgeschriebenen Dienstweg umgangen habe, sei nunmehr dahin belanglos. Ob er denn überhaupt belastbares Material zusammengestellt habe in den Mordfällen dieser beiden Lehrpersonen, fragte er ihn nunmehr.

Der Milan Pavel erhob sich mit hochrotem Kopf und sehr erregt donnerte er dem Amtsrichter entgegen, dass er selber am besten wisse, wie dieser Mordfall zu behandeln sei und er würde diese Lumpen schon kriegen.

Der Herr Amtsrichter fragte ihn ein zweites Mal, ob er belastbare Fakten vorweisen könne.

Heute nicht, aber eher morgen, meinte der Milan Pavel.

Morgen wäre er nicht mehr im Amt, sagte der Herr Amtsrichter in väterlicher Milde, aber mit scharfem Blick.

Dass er sich dieses Vorgehen nicht bieten lasse, sagte der Pavel.

Dass dieses Vorgehen rechtens sei und schon mit der richterlichen und der polizeilichen Führung definitiv beredet sei, sagte schlussendlich der Herr Amtsrichter.

Dann verabschiedete er den Gendarmeriekommissär Milan Pavel und sagte ihm noch, dass sein Dienstantritt in Vyškov auf den morgigen Tag anberaumt sei und er sich pünktlich um acht Uhr am Morgen beim Herrn Bürgermeister Holub zu melden habe.

Drei Tag vor dieser Standpauke wurde der Herr Kommerzialrat Klemens Krummauer in seinem Haus stringent von zwei Gendarmen aufgefordert, unverzüglich mit in das Kommissariat zu kommen.

Krummauer fragte, ob sie einen schriftlichen Strafbefehl des Amtsrichters vorlegen könnten.

Sie bräuchten so was nicht, sagten die zwei Gendarmen, und er solle mitkommen. Nur Herr Kommissär habe ihnen Befehle zu geben.

Krummauer machte sich den Spaß und ließ sich von den beiden Haudegen in die Gendarmeriestation geleiten.

Milan Pavel fragte den Klemens Krummauer in seiner schnoddrigen Art nach den Umständen der Ermordung der beiden Lehrer, die er ja gekannt haben müsse.

Krummauer antwortete nicht.

Milan Pavel stellte weitere Fragen, auf die Krummauer nicht antwortete.

Beim frostigen Abschied bemerkte Krummauer, dass der

Herr Pavel sicher wegen Rechtsbeugung zur Verantwortung gezogen würde.

94

Dass Missgunst und Habgier das ganze Leben ruinieren können, zeigte das Leben des Kaufmanns Herschel Stibitz. »Mit nichts«, erzählte er, »habe ich angefangen.« Er habe ein Spinnrad geschenkt bekommen. Das habe er eingetauscht gegen einen nahezu neuwertigen Handwagen. Den wiederum nutzte er für Kleinaufträge, war Tag und Nacht unterwegs und nach einem Jahr bekam er für den Handwagen eine vor sich hin rostende und völlig verwahrloste Droschke. Die gebrochenen Speichen, das beschädigte Dach, die gesplitterte Deichsel, viele ruinierte oder fehlende Kleinteile, eiserne Türangeln und noch vieles mehr hat er in mühseliger Kleinarbeit selber erneuert, hat die Kutsche frisch bemalt und lasiert und polierte das wieder erstandene gute Fahrzeug, bis es glänzte und leuchtete.

Der Baron Seckel aus Olmütz fand das Gefährt so begehrenswert, dass er ihm einen wie über den üblichen Handelspreis liegenden Betrag überreichte und ein Grundstück, außerhalb der Olmützer Gemarkung.

Der Herschel Stibitz war dankbar und glücklich, tauschte, kaufte bald ein kleines, bald darauf ein größeres Haus, erstand eines in Olmütz. Dazu handelte er dem Besitzer einen Bauernhof ab, den dieser heruntergewirtschaftet hatte, lieh anderen Leuten Geld, war immerzu unterwegs und mehrte sein Vermögen von Jahr zu Jahr.

Bei Charváty erstand er eine Ziegelei, nahe Grygov ein

Wasserrad und eine Sägemühle, baute eine Kalkbrennerei, stellte Arbeiter ein, kaufte Ackerland und Wald und Weiden und wurde ein reicher Mann.

Nun wollte er bald immer mehr, kaufte auf, was ihm erstrebenswert erschien und eine deftige Rendite versprach. Fortan bestimmten Geiz, Gier und Neid auf jene, deren Lebensumstände sich scheinbar noch begehrenswerter anließen, sein Leben.

Dann hörte er von einem gewissen Schuster Krummauer aus Brünn, der sich neben der Schusterei noch mit irgendwelchen Gehirngespinsten herumschlug. Dem wollte er seine Fabrikationsanlage abkaufen. Er wollte immer schon Schuhe und Stiefel anfertigen, erzählte er dem überraschten Klemens Krummauer, denn so gutes Material, wie es der Krummauer herstellt, gibt es selten zu erstehen. Krummauer solle ihm sagen, was das Zeug wert sei. Er zahle bar auf die Hand und er würde den Herrn Schuster Krummauer bei sich weiterbeschäftigen, wenn er das wolle. Er könne dann eventuell einen trefflichen Geschäftsführer nötig haben.

Sie führten ein langes Gespräch über die gesellschaftliche Entwicklung im Königreich, die politische Dekadenz der Regierenden, den Fortschritt von Handel und Wandel und Bildung. Der Herrschel Stibitz lobte den Krummauer und seinen Besitz, den er sicher mit viel Mühe aufgebaut und zu erhalten hätte. Die Brünner Stadtverwaltung, das geschaffene wirtschaftliche Gefüge in der Stadt würdigte er nachhaltig.

Er würde sich in dieser bemerkenswerten und doch so fortschrittlichen Stadt einkaufen und mit dem Schuhbetrieb des Herrn Krummauer würde er gerne anfangen und er solle ihm, wie gesagt, seinen Preis nennen. Er würde in acht Tagen wiederum vorstellig werden. »Lass er mich nicht umsonst gehandelt haben, Herr Kommerzialrat. Handel und Wandel bestimmen die menschliche Wirklichkeit, setzen sozusagen die maßgeblichen Marksteine des alltäglichen Lebens. Zaudere er nicht«, lachte er siegessicher und entschwand.

»Das ist einer, der von seiner Gier bis in den Tod verfolgt wird«, sagte er zu seiner Anna, die sehr beunruhigt auf diesen entsetzlichen Menschen und seine unziemlichen Absichten reagierte.

Nun überlegte der Krummauer blitzschnell seine geschäftlichen Aktivitäten, wog Vor- und Nachteile der Schuhfabrikation und die Gewinne in seinen landesweit angesiedelten Dependancen ab und kam zu dem Schluss, dass er mit dem Herrn Stibitz bei Kaffee und Kuchen ein nettes Gespräch weiterführen und ihn davon überzeugen würde, dass er, Krummauer, seinen Wünschen nicht entsprechen könnte.

Er könnte ihn auch, überlegte er, sollte er lästig werden, der Herr Stibitz, rausschmeißen und zum Teufel jagen. Aber so etwas gehört sich nicht unter kultivierten Zeitgenossen, erwog er.

95

Vielleicht müsste dieser Mann, der dann acht Tage darauf keinen unredlichen Eindruck machte, lernen, dass eine andere Lebenseinstellung auch ihre Vorteile habe und der Sinn des Lebens, zumindest für ich, Klemens Krummauer, nicht nur daran bestehe, sich mit Geld und Gold in den Schlaf zu wiegen.

Herschel Stibitz erzählte, dass er in den letzten beiden Jahrzehnten von Olmütz bis Wien, bis Prag und Berlin, nach Rom und mehrfach ins Königreich auf die Insel gereist wäre, wo er auf dem Schiff keinen Fuß vor den anderen gesetzt hätte, weil er vor lauter Übelkeit die Welt nicht mehr kannte.

In London habe er einmal einen abgeschmierten kleinen preußischen Junker, kleiner Adel, kennen gelernt, der ihn um Geld angebettelt hätte. Er, Stibitz, hätte sich unter Zeugen einen Schuldschein von diesem Hallodri ausstellen lassen und er würde ihm persönlich die Haut abziehen, sollte der Schuldschein nichts taugen, drohte er dem Kerl und er würde allemal dafür sorgen, dass eine eventuelle Lumperei landesweit bekannt würde. Dann würde er in Preußen keinen Fuß mehr auf den Boden kriegen.

Die Zigarre, die der Krummauer seinem Gast angeboten hatte, rühmte er über die Maßen.

Dann lachte er breit und sagte, dass er jetzt Landbesitzer in Potsdam wäre. Das Nest kenne er zwar nicht, aber es ließe sich sicher gut an und den kleinen Junker habe er jetzt in der Hand und der werde nicht mehr auf die Beine kommen.

Ob er sicher sei, dass ihm Ähnliches nicht auch zustoßen könnte, fragte der Krummauer und berichtete von einigen gleich gearteten Bewandtnissen.

Der Herrschel lachte und tönte, dass er hinten und vorn abgesichert sei und wenn er einmal das Zeitliche segnen würde, wäre er ein reicher Mann.

Der Krummauer sagte ihm, dass er ihm das gönne, jedoch könne er nichts davon in den Sarg legen.

Recht hätte er, der Herr Krummauer, lachte der Stibitz, der vor Kraft strotzte und voll im Saft zu stehen schien.

»Mich bringt nichts um, bin pumperlgsund. Auch meine Mutter schaute aus wie das blühende Leben, die Gesundheit hab' ich von ihr. Mich zwickt es einzig und allein immer wieder einmal im rechten Bauch. Und Sie, lieber Herr Krummauer, wie kommen Sie so rum?«

Jetzt hatte er ihn auf der nachdenklichen Schiene, den Herrschel Stibitz.

»Sie haben tatsächlich ein außergewöhnliches Leben geführt, aufregend, so scheint es mir, waren fleißig, allzeit auf den Beinen, kennen Gott und die Welt, haben immer was Neues gesehen, erstanden. Respekte dafür. Es wäre schön für Sie, wenn sich Ihr Leben so angenehm fortsetzt. Ob es natürlich so schön und galant weiterläuft, bis Sie in die Grube fallen, wie ich schon angesprochen habe, das weiß man ja nicht. Ich wünsche es Ihnen, lieber Herr Stibitz, auch ohne meine Schuhe und Stiefel«, lachte er.

»Na, angenehm ist das nicht, wissen Sie. Bin oft am Abend schon auch müd', kann nicht schlafen, geht einem doch alles durch den Kopf, müsst' vermehrt nachschauen, wie alles so läuft, ob sie mich nicht bescheißen, die Herren Verwalter und Handlanger. Bist ja heutzutage vor nichts und niemand sicher, lauter Lumpen und Gesindel, die auf deine Kosten as Geld machen wolln. Eine Bagage eben, die Leut. Kannst ja keinem mehr vertrauen. Das belastet mich schon, geb es zu.«

»Schließlich arbeiten Sie, lieber Herr Stibitz nur noch für

die anderen. Ist schon ein Kreuz, das. Man muss tatsächlich immer wieder überlegen, ob man seine beste Manneskraft so aufwändig verzettelt. Könnte auch nicht schaden, eine liebe Frau zu haben und Kinder in die Welt zu bringen.«

»Recht haben Sie, lieber Herr Krummauer. Trotzdem, sollten Sie einmal daran denken, ihre Unternehmungen zu verkaufen, sagen Sie mir Bescheid. Würd' mich sehr freuen, Sie in Olmütz zu sehen.«

Sie kamen dann tatsächlich noch auf so besondere Sachen, wie der Stibitz meinte, zu sprechen. Er wär ja von der Vaterseite ein Jude und die Mama wäre eine rechtschaffene katholische Frau gewesen, aber er kenne die Synagoge nicht von innen, lachte er und auch die Kirche nicht. Was soll es, man wisse ja doch nichts Gewisses. Das hieße jedoch nicht, dass er so gottlos durchs Leben ziehe. Er hätte noch keinen Bettelmann oder einen Invaliden davongejagt. Man wisse eben nicht, wie die Zeiten würden, ob man nicht selber einmal ein kranker Streuner wäre.

Der Stibitz begutachtete und bewunderte eine hölzerne Skulptur der *Anna Selbdritt*, die der Wenzel von einer Dienstreise ins bayerische Schwaben seiner geliebten Mutter zur Ehre und Freude mitgebracht hatte.

Sie wäre einem spätgotischen Motiv nachempfunden und von einem Augsburger Bildhauer gefertigt, erläuterte Klemens Krummauer.

»Ich hab' einen Haufen solcher Sachen«, sagte der Stibitz. »Bilder eben und so Figuren. Im Olmützer Haus hängt ein Kreuz. Schön farbig, muss ich sagen. Es wäre aus einem Klosterbestand, sagte seinerzeit der Verkäufer. Na, es schaut schon recht alt aus. Soll was wert sein. Man sollte nur mehr verstehen von so einer Kunst und wissen, was man da gekauft hat.«

Dann verabschiedete sich der Geschäftsmann Herrschel Stibitz und versprach wieder einmal vorbeizuschauen.

»Die höhere Ordnung ist noch an keinem vorbeigegangen«, sagte er zu seiner Anna. »In ihm ist auch so vieles eben verschüttete, ist vage vorhanden, wie man so sagt. Jeder Mensch hat so ein religiöses Depot, wie eine Getreidekammer für alle Fälle. Er lebt im Ungefähren, der Gute. Auf jeden Fall ist er ein Suchender, auch wenn er derzeit vornehmlich nur nach Glück und Geld sucht. Geht ja uns zeitweise allen so. Aber es ist ja nicht meine Aufgabe, den lieben Mann zu missionieren, wer bin ich denn. Nur, meine Schusterei krieg er nicht.«

96

Der verehrte Rektor der *Universitas Carolo-Ferdinandea* in Prag übermittelte in einer mehrseitigen Botschaft, dass er in allerhöchstem Maße beeindruckt gewesen wäre von der reichen intellektuellen Autorität des verehrten Herrn Kommerzialrates Krummauer. Seine ungemein weitläufigen Einblicke in die schwierigen Zusammenhänge und Gedankenfolgen der philosophischen *cogitationes*, welche vornehmlich die Philosophen der Griechen vorbedacht hätten, wären für die Herren Studiosi wie für die hochgeschätzten Collegae der philosophischen wie der theologischen *facultates* der Universität ungemein bereichernd gewesen, hätten die Zuhörerschaft umfänglich beeindruckt.

Aber auch die Ideen der aufklärerischen Epigonen der

neueren Zeit, wie des allseits angesehenen Herrn Kant oder auch des geachteten Herrn Lessing, die Sie uns nahe gebracht haben, vor allem jedoch Ihre tiefschürfende Analyse, sehr verehrter Herr Kommerzialrat, waren befeuernd und vor allem so lebensnah vorgetragen. Diese *praelectiones* mit Ihnen werden uns zwingend die Dringlichkeit oktroyieren, die Studiosi zudem wieder vermehrt mit den Weisen des Mittelalters intensiver vertraut zu machen, eines Albertus Magnus, eines Thomas von Aquin vor allem, eines Johannes Duns Scotus und insbesondere des großen Meister Eckhard, über dessen Leben und Wirken und philophische Ideen ich selber vor Jahren promoviert habe.

Die drei wesentlichen Grundthesen dieses Herrn Kant, das sei mir gestattet, einzuwerfen, nämlich: *Was kann ich wissen? Was soll ich tun?* Und schließlich: *Was darf ich hoffen?*

Nun, diese drei Fragen, verehrter Herr Kommerzialrat, Fragen von tatsächlich grundlegender und entscheidender Bedeutung, haben auch für die bisherige Philosophie, wie wir sie lehrten, schon immer absolute Priorität eingenommen. Sein opus magnum *Kritik der reinen Vernunft* wird in der ersten Frage gedeutet. Dergleichen Überlegungen sind wohl maßgebend. All dies zu reflektieren, wird jedoch weiterhin unser, der philosophischen Avantgarde, erstes Anliegen bleiben, wie auch die doch allenthalben offenkundig Unmündigkeit und mangelnde Bildung des gemeinen Volkes zu beseitigen, ich selbstredend als unsere vornehmste Pflicht erachte. Letzteres ist vor allem auch großmütigste petitio, die volens declarationem unserer königlichen Hoheit, Franz I., hochgnädiger König von Böhmen und Kaiser von Österreich.«

In dieser bedächtigen akademischen Klugheit erörterte Seine Magnifizenz als bestallter Direktor der weltweit hoch angesehenen Universität der Weltstadt Prag in kultivierter und gewandter Rede seine Vorstellungen.

Krummauer konnte den erschöpfenden und gebildeten Einlassungen dieses polyglotten Gelehrten zustimmen. Er hatte ihn als in höchstem Maße gebildeten, bescheidenen und äußerst fachkundigen Hochschullehrer und Philosophen, als wahrhaften Magister artium kennengelernt.

»Würdest du so geschwollen mit mir reden, würde ich dich entlassen«, sagte die Anna, nachdem sie ihm aus dem Samowar, den sie anlässlich der Hochzeit ihrer Elisabeth in Prag erstanden hatten, eine Tasse Melissentee eingegossen hatte. »Philosoph sein ist heute gut bezahlt und ungefährlich«, setzte sie noch hinzu, »wenn ich da an deinen speziellen griechischen Freund, den Herrn Sokrates, denke, dem sie mit dem Schierling ein recht hartes und bitteres Ende bereitet haben. Hätten sie dich zum Tode verurteilt, hättest nicht einmal eine Flucht in Erwägung ziehen können.«

»Ich kann mich nicht erinnern, dass in der Welt der Philosophen einer in einem Karren gesessen hätte, und zudem, der große Sokrates war gesetzestreu und das Gift hat er aus Respekt vor eben jenem Gesetz getrunken.«

»Trink du deinen Tee«, sagte seine Anna. Die Debatten mit ihrem Philosophen begleiteten sie nun seit so vielen Jahren und sie hat keinen Tag bereut, den sie an der Seite ihres Schusterphilosophen verbracht hatte.

»Zu gerne hätte ich an einer Universität Doktor der Philosophie gelehrt. Aber man kann nicht alles haben. Die Schusterei hat mich ausgefüllt«, sagte der Klemens.

»Du redest, als würdest du schon ans Sterben denken. Aber es ist so erhebend, dass man mit dir immer wieder übers Leben und Sterben reden kann, ohne dass man meint, danach gleich tot zusammen zu sacken. So eine Zerstreuung ist das mit dir. Gut, dass es dich gibt, mein Klemens, sonst müsst' man dich erfinden«

»Mein christlicher Glaube macht mir das Denken an den Tod etwas leichter, weil ich daran glaube, dass ich durch die göttliche Kraft auferweckt werde. Mit unserer christlichen Auferstehungslehre, dass Körper und Geist, Leib und Seele in irgendeiner Form nach dem Tod untrennbar miteinander vereinigt bleiben, stimme ich überein. Die Theologen unserer Kirche sagen uns auch, dass wir nach dem Tod sozusagen leibhaftig ewig in Gott existieren. Es heißt ja auch in der Heiligen Schrift, dass die Jünger ihn erkannten, so wie er ihnen im irdischen Leben vertraut war. Übrigens bin ich auch froh, dass du die meine bist. Spötterin du, deinen Übermut sehe ich dir nach.«

97

Sie wolle sich die Stieferl nur vom Herrn Meister Krummauer persönlich anpassen lassen, sagte die junge Dame, die die Glocke an der Haustür fast vom Seil riss.

Sie wäre die Saalfrieder Edeltraut, wo der Papa das große Geschäft unterm Ring hätte und noch dazu im Magistrat sitze, und der Bruder, der Hieronymos, hätt' in Wien studiert auf die ganze deutsche Jurisprudencia und er hätt' beim Herrn Professor Zoltán Vaníček, was ein ganz berühmter Expert wär, einen Doktor gemacht, was heißt, er hätt' sozusagen promoviert.

Er hätt' etzat ein *Ph. D* vorm Namen steh' und könnt' dene Verbrecher und alle Lumpen einen sakrischen Kerker aufbrummen. »Der Papa hat gsagt, dass er net glaubt hätt', dass aus dem Bub no was wird, weil er a fauler Hund wär', der zum Arbeitn triebn werden müsst. Aber jetzt auf a Mal geht's und eine Freundin hat er auch, de bringt was mit.«

Es verlangt die Höflichkeit, dass man seine Kundinnen erst ausreden lässt. Und der Klemens hörte zu und schaute sich das Mädel an und er meinte doch, dass die Brünner bisher noch nichts Schöneres gezeugt hätten.

»Aber ein Mundwerk hat die«, sagte er zur Anna, welche die Edeltraut in die Schusterstube geführt hätte, als das Mädel mit dem Reden fertig war und er ihr die Maße der Füßerl genommen hatte.

Es müsse ein weiches Leder sein, sagte die Edeltraut, weil ihre Füßerl dermaßen empfindsam wären, dass es eine Sau graust.

»Mir ham aber a schon einen Dreck in der Stadt, muass ich den Vater amal loshetzen«, sagte sie zum Abschied. »Des würden Sie, Herr Schuster, sicher auch spüren, wann sie mit Ihrem Stuhlerl über des saumäßige Pflaster rangieren.«

Wie man da drinnen, im Stuhl, so sitzt und ob des irgendwann amol a wehtuat. Und die ewige Sitzerei gangat ihr scho gscheit auf'n Geist. »Und die Großmutter, die Mama vom Vater, liegt alleweil im Bett und knaunzt, wann ihr wos net passt oder wann sie a nasches Innenleben hat und heite knaunzt sie in oana Tour. De Mama sagt alleweil, dass es scho a Kreiz wär, wenn da Mensch alt und krank wärat. Da Vater sagt na alleweil, dass a jeder dran wär' und dass a jeder sei Zeit hätt', wann er krepiert.

Ich warat fei scho ausgwachs, Herr Schuster«, sagte sie und setzte nach, wia lang denn dann so Stieferln herhalt'n tat'n und wia ma denn so Stieferl pflegen müassat.

Dann hat der Schuster gesagt, dass ma halt jeden Tag von den Stieferln den Dreck abbürsten sollt' und dass ma a feine Schuhwix draufschmiert. Man müsst die Stieferl behandeln, wia as Liebste, was ma so hat. »Mit der Zeit weißt dann schon, worauf es ankommt.«

Die Edeltraut ist dann geschwind aufgestanden, hat sich ein wenig verlegen umgeschaut und hat dann beiläufig gefragt, ob denn heit der Rübig Sepperl net da wär.

Dann ist sie gscheit rot worden vom Hals bis hinauf zu dem schwarzen Schneckerlhaar und hat sich umgeschaut. Der Schuster hat ihr gesagt, dass der Sepperl hinten im Hof grad mit einem eisernen Besen den Dreck wegkratzen tät und sie könnte ja schauen, ob er des verlässlich macht.

»Mei Bruder, da Hierony, hot a nu g'sagt, dass er, wann er amal a Amtsrichter warat, mit an eisernen Rech'n zammkiehr'n tat, dass nachat de Funk'n ner a so spritz'n tat'n.«

»Etzat muass i oba geh«, hat sie gesagt und wird sich die Dreckarbeit vom Sepperl angeschaut haben.

Klemens Krummauer, an den Stuhl gebundener Schuster und Philosoph, lernte an diesem Tag wieder neu über die eigene eingeengte Befindlichkeit hinauszudenken. Für die Edeltraut Saalfrieder, die da mit ihrer jugendlichen Unbedarftheit und Frische ein mächtiges Quantum frischen

Wind hereingetragen hatte, würde er ein extra schönes Paar Stieferl kreieren.

98

Wenn er die absehbare Zukunft gewissenhaft bedachte, würde seine Elisabeth, die den lieben Sohn des Herrn Schuh- und Stiefelfabrikant Schorlehm in Prag im Graben unterhalb des Rossmarktes geehelicht hatte, den Krummauer Betrieb des Vaters im schönen Brünn erben.

Das Lieserl war zwar nie imstande gewesen, einen dieser blinkenden kleinen Nägel ins Schuhleder zu treiben, aber mit ihrem frischen Geist würde sie Garant für den Fortbestand der hiesigen Manufaktur sein. Der Brünner Betrieb würde im Mährischen immer noch den Ton angeben, auch wenn er gestorben wäre, und wer etwas auf sich halten würde, wer seinen Füßen, wie er immer sagte, etwas Gutes tun wollte, der würde weiterhin auf Krummauers Schuhe und Stiefel zurückgreifen. Trotz der Spitzenstellung des Prager Schorlehms im ganzen Land, würde der Brünner Schuster feudale wie gemeine Füße zufrieden stellen, einen mühelosen Tritt verpassen.

Und der Wenzel würde weiterhin den Wiener Hof umkrempeln, eine Zeitlang wohl, und obwohl radikale Gedanken durchs ganze Reich zogen, würde er sich schlussendlich nicht zum Anführer vulgärer und gewöhnlicher Veränderungen, gar zum Weltenretter eignen.

Wenzel war immer schon der stille Kopf, der geistreiche und fähige Typus gewesen, von dem die Lehrer seinerzeit schon sagten, er solle sich an einer Universität um die rechtliche Entwicklung des Staatswesens, um die sozialökonomischen Bedingungen in unserer Umbruchszeit, um eine Verbesserung der Lebensmöglichkeiten kümmern. Er wäre ein gewisser Weise ein Weltverbesserer.

Die Böhmen und die Österreicher wären nicht zum blutigen Putsch auserkoren, wie die Franzosen, dachte der Krummauer. Ihm schien es und damit befasst er sich seit vielen Jahren, dass eine radikale Umwälzung sich anbahne, im Laufe der Zeit den ganzen Kontinent ergreife. Dies werde einschneidende Folgen nach sich ziehen, überlegte er. Die einen würden gezielt Angst anheizen und die Arbeiter, Bauern und Handwerker auf die Straße jagen, um Bestehendes zu verwüsten und die Mächtigen in Staat und Kirche würden weiterhin auf Einschüchterung, Drohung und Unterwerfung abstellen und viele junge Menschen würden dem Land, dem Kontinent den Rücken kehren.

Selbst Systeme, wie die der Habsburger, überlegte er, kämen nun an ihre Grenzen, weil sie konzeptlos in die neue Zeit schlidderten, die Zeichen der Zeit nicht erkennen würden oder gar nicht willens wären, neu zu überlegen, bis sie denn wie in Frankreich hinweggefegt würden. Freiheit jedoch, das war Krummauers logische Folgerung, ließe sich nicht durch Gesinnungsterror generieren und entfalten.

Wie er seinen Wenzel kannte, würde der die historischen Entwicklungen weiterhin aufmerksam beobachten und seine Schlüsse ziehen. An den politischen Neuschöpfungen in Nordamerika müssten sich alle Staaten auf dem Kontinent messen lassen. Diese Entwicklungen hatten sie schon erörtert, da hatte niemand daran gedacht, dass der liebe Wenzel einmal am kaiserlichen Hof mit anpacken würde.

Er, Klemens Krummauer, erhoffte eine entschiedene gesellschaftliche Neugestaltung, in der Kirche und Staat unabhängig voneinander ihre Wege ziehen, beide jedoch zum Wohle der jeweiligen Gemeinschaften arbeitete, ganz im Sinne der Aufklärung, deren Vordenker sein geschätzter Immanuel Kant war.

Der Mensch solle sich seiner Vernunft bedienen, hieß es seiner Zeit: *Sapere aude*, hieß die bleibende Forderung.

Er wollte seine Gedanken dem Wenzel nicht schreiben, das war in der heutigen Zeit viel zu gefährlich. ›Die Zeit ist reif‹, dachte er, mit althergebrachten Auffassungen zu brechen. ›Kant wollte den Menschen aus seiner selbstverschuldeten Unmündigkeit befreien. Man müsste mehr in die Tiefe gehen‹, dachte er, ›aber wen interessiert das, wenn persönliche Machtgelüste und das liebe Geld die wichtigsten Motive der meisten Menschen sind.‹

Krummauer hatte auch den Spötter und Philosophen Voltaire gelesen. »Ein gründlicher Denker«, konnte er urteilen. Hier in Böhmen und auch im österreichischen Kaiserreich drüben, durfte niemand die Leitgedanken und doch so revolutionären Begriffe wie »Freiheit, Gleichheit und Brüderlichkeit« in den Mund nehmen.

Mit General von Lobenstein hatte er das ganze Dilemma im Ausland, diese radikalen Umbrüche und tiefgreifenden Ereignisse der vergangenen Jahre besprochen. Der General würde darüber auch mit dem Schwiegersohn reden. Von Lobenstein, wie er selber ein Gegner jeglicher Revolte, ein mehr evolutiv denkender Zeitgenosse, war jedoch mehr als skeptisch, dass allein in der Vernunft das Heil der Welt zu suchen wäre.

An der Haustür läutete die Glocke. Der Walter Rudischl, ein Schulkamerad, fragte ihn, ob der Enkelbub, der Girgerl, bei ihm das Schusterhandwerk erlernen dürfte. Krummauer wurde unvermittelt wieder auf den Boden der Tatsachen geholt.

»Wenn er bei dir lernt, ist er ein gemachter Mann. Weißt schon, was ich sagen will.«

Dem Schuster Krummauer gefiel der Walter, der sich und seine Familie mit wenig Geld in der Tasche, aber einem mächtigen Antrieb, als geschätzter Wagner durchs Leben brachte, der sich nicht mit philosophischen Gedanken herumzuplagen hatte. ›Aber es kann keiner aus seiner Haut‹, dachte der Schuster.

Der Walter hatte ihn gute zwei Jahre lang nahezu täglich zur Schule geschoben. Dem Walter fiel es in seinen ersten Schuljahren schwer, richtig zu atmen und er war mit einer deftigen Rotznase ausgestattet. Aber er war ein forscher Schlauberger, ein beherzter Redner dazu, dem man das Mundwerk absperren müsste, wie die Lehrer sagten und Walter wusste die Antworten auf Lehrerfragen schon, bevor sie gestellt wurden. Der Lehrer Artweck wie der ebenso verhasste Seifritz mieden ihn zu schlagen. Diese Hemmung mag vielleicht an der ständig laufenden Nase des Walter gelegen haben. Dann wurde aus diesem Bub ein Mann. »Unser Jahrgang trifft se heia beim Schneckerlbeck. Bist a daba, Klemens? Ohne di warat des ois nix. Oana muass na denast mit an Hirn oschiam«, lachte der Walter.«

»Ich bin a beim Schneckerlbeck, Walter, kannst de valossn. Und dein Girgerl nimm i schon. Kummst halt im September vorbei.«

99

Der bemerkenswerte Analytiker Dekan Ulitsch von der philosophischen Fakultät hatte ihm seinerzeit bei einem Kaffee im Prager Savoy verdeutlicht, dass es ein Ärgernis wäre, wenn die Proletenkinder draußen bleiben müssten. Er meinte die weiten Bereiche der böhmischen Gesellschaft, die Universitäten vor allem und die vielen anderen komplexen Lebens- und Arbeitsbereiche, in denen die unter prekären, oft genug problematischen Verhältnissen Lebendenden, weitere Generationen lang ausgeschlossen blieben.

Und es wäre kein Wunder, hielt er mit seiner Meinung nicht zurück, dass ein Großteil der Bürger, die immer noch infantil gehalten würden, im Elend bleiben und missgünstig von unten zuschauen müssen. »Sie sind ebenso verantwortungsbewusste Erwachsene geworden wie die Ständischen und die Adeligen. Sie wollen, dass die Verantwortlichen endlich die sie bedrängenden Probleme des Landes bearbeiten.«

Der Herr Dekan quäle sich schon sehr lange mit zweckmäßigen Antworten auf die drängenden Fragen einer freien Gesellschaft, in denen alle die gleichen Rechte und die gleiche Würde besäßen. Dazu müssten eben Lösungen in vielen sozialen und politischen Angelegenheiten gefunden werden und das hoffentlich in friedvollem, wenngleich sicher strittigem Diskurs.

Auf einen gewissen Alexander Stepanowitsch kam der Herr Dekan unter anderem zu sprechen. Bei einem Spaziergang durch Prag, am Graben, wo die Straße zur großen Brücke hinüberführt und weiter am Rudolphinum vorbei, sagte der Herr Dekan, dass dieser Stepanowitsch, sobald man ihn persönlich zum Privatissimum gebeten hätte, umgänglich, recht einsichtig wäre.

Käme der Dozent jedoch auf konkrete, strittige philosophische Inkonsistenzen zu sprechen, begänne er auf der Bank hin und her zu rutschen. Dann begännen seine Augen zu lodern und bald danach wäre es mit der Selbstbeherrschung aus. Er könne nicht mehr an sich halten und würde sich in die Rede des Magisters einschalten.

Schließlich und endlich würde er gar den Hörsaal verlassen und man könne nur hoffen, dass er nicht über die Mauer der Karlsbrücke in die Moldau springt oder jemand über den Haufen schießt.

»Der Herr Vater, der Architekt Stepanowitsch, auch ein Ehemaliger der Alma Mater, hat uns gewarnt. Er meinte, dass der Filius zu gescheit sei, und seine Geisteskraft scheine auch sein Problem zu werden, sei er derzeit doch außerstande, seinen ausschweifenden Intellekt in die richtigen Bahnen zu lenken.

Der Herr Vater war der Ansicht, dass der Sohn sich derzeit als Weltverbesserer berufen fühle.

Ich will Sie, lieber Herr Kommerzialrat, nur vorwarnen.«

Die tatsächliche Konfrontation mit dem jungen Herrn Alexander ließ nicht auf sich warten und der Herr Dekan saß nun auf glühenden Kohlen.

Die Herrschenden der europäischen Länder dürfen jeder nach seiner Facon selig werden, beschwor Stepanowitsch die im Hörsaal gespannt Lauschenden, aber sie müssten endlich damit aufhören, den Nationen ihre Art von Glücksverständnis aufzuzwingen. Das gelte auch für den Habsburger Raum, fauchte er.

Wenn es nach seiner Facon liefe, hätten das Volk, der Pöbel wie die unverdient vom individuellen Geschick Begünstigten unabdingbar das grundsätzliche Recht, sich ihre Landesherren selber zu suchen.

Das gemeine Volk lebe seit Jahrhunderten *inter spem et metum*, also zwischen Hoffnung und Furcht. Man könne keinen Frieden im Abendland schaffen, wenn die Verantwortlichen nicht verstünden, pragmatisch, der Wirklichkeit entsprechend zu denken und zu handeln. Nach dieser logischen Einsicht hätten doch die Nationen bereits beim Westfälischen Friedenschluss 1648 gehandelt, obwohl dreißig Jahre lang das Grauen wie eine Leichendecke über den Kontinent gelegen hätte. Nur unter dieser Prämisse könnte Frieden auch über die Grenzen einzelner Länder hinaus der Frieden bewirkt werden. Die Not besonders in Böhmen und darüber hinaus in den Ländern westlich vom Habsburger Raum könne nur durch Einsicht und Vernunft beseitigt werden.

Der junge Stepanowitsch hatte sich in Rage geredet und war nicht mehr zu bremsen.

Dann verließ er das Auditorium und Dekan Ulitsch hoffte, dass sich der Heißsporn nicht in den eigenen Degen stürze.

100

Der Herr Dekan hatte ihm seinerzeit anvertraut, dass der Herr Advokat Stepanowitsch bei einem flüchtigen Studiensemester an der Sorbonne eine bildschöne Tänzerin kennen gelernt hätte und sie hätte ihn rasend gemacht.

»Sicherheitshalber hat er mit ihr den Alexander gezeugt. So war sie praktisch gezwungen, den nicht gerade kleinen Schritt nach Prag zu wagen. Aber die Aussicht, der Prager Hautevolee zuzugehören, denn in einigen Jahren als abgehalfterte Tänzerin in einem Pariser Drecksloch irgendwo zwischen Saint-Denis im Vorland und Ivry-sur-Seine, wo sie unter recht beengenden und schaurigen Umständen aufgewachsen wäre, zu enden, überwog und ließ sie ihm nach Prag folgen.

Dort gebar Edith Aillaud ihren Erstgeborenen. Dass sie in den ersten Jahren nur eine Kammer ihr Eigen nannten, noch dazu weit draußen vor Prag in Průhonice, an einem dreckigen Flüsschen namens Botič, hatte sie tapfer weggesteckt, doch wohl in der begrenzten Erwartung auf eine doch bessere Zukunft. Aber es hat sich ausgezahlt.«

Man kann damit rechnen, schrieb der Herr Magister Ulitsch, *dass der* candidatus theologiae et philosophiae *Alexander Stepanowitsch spontan in die Sprache der Mutter überwechselt, wenn in ihm das Feuer wissenschaftlicher Leidenschaft hochkocht.*

Ulitsch hatte ihn durch die seit vielen Menschenaltern gewachsene Stadt geführt, in der, wie er sagte, große Gedanken der Menschheit geboren wurden und die mit ihrer Geschichte, Musik und Tradition, ihren Kunstschätze, Bauten und Palästen, ihrer Literatur, ihren Erinnerungen und Denkmälern die Menschen erfreuten. Naturwissenschaftliche Erfindungen und weltbewegende Erkenntnisse stürmten von dieser Mutter aller böhmischen Städte in alle Welt und prägten und formten das Denken und Handeln der Menschen über die böhmischen Grenzen hinaus.

Krummauer wünschte sich, dass all diese Schätze des böhmischen Volkes die Menschen über die Zeiten und Generationen hinweg vereinen.

Er liebte seine wunderbare Heimatstadt Brünn, glänzender Mittelpunkt im mährischen Lebensraum, mit ihren liebenswerten Menschen, mit ihren Klöstern und mächtigen Kirchen, dem wachsenden Handel und florierenden Gewerbe, dem geachteten und anerkannten Zentrum von Bildung, Wissenschaft und Gelehrsamkeit.

Doch die herrliche Stadt der Přemysliden mit dem mächtigen Veitsdom auf dem Berg Hradschin, mit der Begräbnisstätte des heiligen Wenzel von Böhmen in ihrem Gemäuer und vieler anderer aus dem gewachsenen, ehrfurchtgebietenden Stamm des großen Přemysl, den sie den *Pflüger* nannten, darf mit Fug und Recht die Attribute als die Erhabene, die Edle, die Ehrwürdige für sich beanspruchen. Welch ein Gründungsmythos sich um diese Stadt rankt, welche Legenden und Sagenwerk auch.

Klemens Krummer bedachte auch die negativen Traditionen. Waren doch auch kriegerische Erschütterungen und Verwüstungen gerade von Prag aus in die Länder des Kontinents getragen worden, die die Welt erschütterten und Völker ins Elend stürzten, vielen Millionen unschuldiger Menschen Not, Elend und Tod brachten.

Prag, die Große, die Mächtige, die Gewaltige. In der Zeit ihrer Geschichte entstanden und existierten ebenso tragisches Unheil wie unerhört Gutes nebeneinander. Prag, kein Sodom und kein Gomorra, jedoch auch kein Jerusalem. Hat dieser heiligen Stadt der Hebräer doch der Prophet Ezechiel schon vor zweitausend zugesagt. *So spricht Gott der Herr: Das ist Jerusalem, das ich mitten unter die Heiden gesetzt habe und unter die Länder ringsumher.*

Krummauer war müde geworden. Es gäbe so viel zu bedenken. Die ihm zur Verfügung stehende Zeit wurde weniger.

101

›An der Wirklichkeit bin ich nicht gescheitert‹, resümierte der philosophierende Schuster Krummauer. ›Ich habe mich weder der philosophischen Prahlerei schuldig gemacht, habe vielmehr von frühmorgens bis in den Abend hineingeschustert und im Schweiße meines Angesichts mein Brot verdient, noch bin ich in meinem Gestühl versauert‹, sagte er sich, ›noch lasse ich mich von den allgemeinen Lebensumständen unterkriegen. Meine Anna ist mit mir sehr zufrieden, auch wenn die schon seit den letzten schönen Herbsttagen nach Prag entwichen ist, um dem Lieserl beizustehen. Bei der geliebten Anna habe ich einen sicheren Hafen in seinem Karren gefunden‹, überlegte er. ›Ach, was bin ich doch für ein tüchtiger Bursche.‹

Es sei nun genug mit der Prahlerei, überlegte er und legte Hand an die Stieferl der kleinen Edeltraut. ›Die Schusterei dient mir schließlich nur zur Erweiterung meines geistigen Radius‹, überlegte er. ›Habe ich doch, während ich das Leder schneide, die Fäden einziehe oder die Nägelchen einschlage, Zeit nicht nur zur Erbauung, sondern auch und noch viel mehr die geflissentliche Muße, über das Werden und Vergehen und das Sein an sich nachzudenken oder mir gar immer wieder neu die Frage zu stellen, warum überhaupt etwas ist und nicht eher nichts. Welcher Zustand war, weste, als noch nichts war?‹, fragte er sich. ›Was hat es mit meinem persönlichen Geschick auf sich?‹ Manchmal schien es, als würde ihm etwas zufallen, würden neue Gedanken ohne sein Dazutun Form annehmen, was der geschätzte Herr Amade Mozart doch in hohem Maße wohl erfahren hatte. Wenn er allein an die konzertanten Aufführungen der erhabenen Kompositionen dieses von Gott begnadeten Meisters in der Peter- und-Paul-Kathedrale dachte, so musste dem Meister etwas widerfahren sein, das anderen menschlichen Geschöpfen nicht zugänglich ist. So gäbe es tausend Fragen, die einer Lösung zuzuführen, ihm verwehrt sei, für die ihm kein Schlüssel in die Hand gegeben wäre.

Mit seiner exzellenten Fragetechnik, seiner Mäeutik, so sagte der Herr Dekan Ulitsch damals in Prag, bediene er sich, und das in wahrer Meisterschaft den Studiosi gegenüber als wahrer Jünger des hoch zu preisenden Sokrates und dessen Kunst, philosophische Einsichten durch durchdachte Fragetechnik zu provozieren.

Er habe eben viel Zeit, antwortete Krummauer, er sei nicht in Spannungsfelder und Obligationen eines Dozenten involviert. Für sein Weltbild sei tatsächlich explizit das sokratische Prozedere das Maß aller Dinge. Und was Philosophen seit der Antike geleitet habe, ergänzte der Krummauer, sei ein erschöpfendes Nachdenken über den homo sapiens.

Und endlich, hatte er hinzugefügt, hätte diese Wendung schon den sokratischen Zeitgenossen schon den Protagoras geleitet. Dies wiederum gelte in anderen Lebensbereichen ebenso. Wer eben zu viel Geld ausgibt oder sich maßlosen Ausschweifungen hingibt, der sorgt eher dafür, dass das Maß bald voll ist.

<h1 style="text-align:center">102</h1>

Der Krummauer freute sich über Kleinigkeiten. Der Friedrich, nach seiner aktiven Zeit im Kriegsministerium in Wien, der honorige Schwiegervater seines Wenzel, mit einem Übermaß an freier Zeit gesegnet, wie er schrieb, hatte ihm ein Packerl aus Wien geschickt.

Wenn er so durch die Wiener Straßen flaniere, schrieb er, dann stünde er sich die Füße wund, denn in den breiten Straßenalleen reihe sich eine Vielfalt von Läden aneinander und am liebsten mache er bei *Kostal* Halt, denn beim Kostal gäb' es nicht nur den besten Schinken und die schärfsten ungarischen Würste, die jahrelang im Keller ihren unüberbietbaren Geschmack behielten. Man könne auch an einem der runden Tischerln sitzen und palavern, man müsse nur aufpassen, dass man nicht mit den falschen Leuten das Falsche berede. *Nachdem ich weiß*, schrieb er, *dass du viel von einer glatt rasierten Gesichtshaut hältst, lege ich dir in einem Lederfutteral ein Rasiermesserl bei. Wirst schon damit zurechtkommen, mein Lieber.*

Der liebe Friedrich mag sich an ein beiläufiges Gespräch erinnert haben, dass sie beide letzten Sommer drüben in der neu erbauten Holzhütte geführt hatten und der Friedrich hatte überlegt, ob er sich dieser neuen Bartmode unterwerfen und aufs Messer ganz verzichten solle. Andererseits hätte seine Frau gemeint, dass sie Männer mit diesen langen, ekelhaften und struppigen Bärten geradezu widerlich fände. Außerdem meinte, sie, dass man früher an Lebensgefühl und männlicher Vitalität verlöre und wenn er einmal nimmer da wäre, wer sollte sich um sie kümmern.

Der Klemens Krummauer meinte dazu, dass es anscheinend alle paar Jahre einer neue Mode bedürfe, damit die Geschäftsleute ans Geld der breiten Gesellschaft kämen und kein General, kein Monarch, keiner, der irgendwas darzustellen hätte im Volk, könnte es sich deshalb leisten, auf einen Bart zu verzichten.

Bald trügen sogar die gemeinen Soldaten einen Schnauzbart und wie solle sich denn der Obere vom gemeinen Soldaten abheben, hatte der General gemeint und irgendwann wird man da eine Order herausgeben müssen, dass diesen Bauernlümmeln, die kaum ein Gewehr von einer Schaufel unterscheiden könne, das Tragen von Schnauzern bei Strafe verbietet.

Der General von Lobenstein war mit einem grau melierten Knebelbart und einem stutzigen Oberlippenbart schon genug gestraft, hätte seine Frau gesagt und sie würde einen anständig rasierten Mann jederzeit vorziehen.

Von Lobenstein hätte seiner Frau entgegengehalten, dass Frauen Bärte liebten. Aber sie hätte entgegnet, dass auch der Herr Kaiser Franz I. keinen Bart trüge, weil er kein Revoluzzer sein möchte.

Nun lag dieses schöne Rasiermesser nebst einem Ledergurt, an dem es das stumpfe Messerl zu schleifen galt, vor ihm auf den Tisch. Der Schuster Krummauer schaute sich ein Bild vom Vater und der Mutter an, das der Wenisch, ein kunstbeflissener Lehrer, gemalt hatte. »Wenn der Vater keinen Bart nötig hatte, kann ich auch verzichten«, sagte er zur Anna, und er würde das Wiener Messerl in Ehren halten. Der tägliche Gebrauch würde die Sinne schärfen für die Ziele, die er sich noch vorgenommen hätte. »Aber die meisten davon liegen längst hinter mir.«

103

Das alles wäre sehr kryptisch, meinte er, nachdem die Anna nach ihrer Rückkehr aus Prag von einer gewissen Gräfin Gabriela von Strotzky erzählt hatte und ob sie diese Geschichte nicht klarer darstellen könne.

»Du meinst, so eine heikle Affäre ist schwer zu begreifen und kaum nachzufühlen. Aber wer weiß denn schon, was in diesen neuzeitlichen Frauenseelen alles vor sich geht.« Der Anna war die Erschütterung noch anzusehen.

»Der Blitz ist eingeschlagen in die Prager vornehme Gesellschaft. Die Gräfin – so hat sich, bald nachdem sie abgetaucht war, herausgestellt – war auch die ergebene Freundin eines Dutzends Prager Geschäftsleute und Politiker. Alles Leute aus dem kleinen, auch aus dem gehobenen Adelsstand, ein Herr Professor zudem. Sie müssen sich jetzt mit ihrem beschädigten Ansehen herumschlagen.

Auch der Graf Johannes von Karolek war einer der Liebhaber dieser ausgebüxten Madame. Ein ehedem preußischer Adelsspross ist das, ein ausgesprochener Königstreuer, der ohne Nachkommenschaft ein reiches Haus führte und weit und breit ließ eine Schöne auf sich warten, die er zur Gräfin hätte machen können. Man erzählt in Prag hinter vorgehaltener Hand sozusagen, dass er gar auf allerhöchsten Befehl das Feld junger Gräfinnen und Fürstinnen abgegrast hätte, aber keine hätte ihm getaugt.

Nun, die besagte Marischka hat ihn gleichsam freundlichst unter ihre Fittiche genommen. Die Pragerinnen und die Prager haben sich gefragt, wo die denn herkomme. Sie wär' ein dieses verdorbenes Weib, die da so einsam in der Petersburger Straße ein nettes Etablissement führte und wie es schien ganz allein lebte, redet man.

Sie wäre jedoch auch recht einfühlsam, erzählten die Leute, eine amüsante Gastgeberin und sie hätte von sich erzählt, dass sie nach akribischer Recherche erkundet hätte, dass sie aus dem russischen Geschlecht derer von Trojekurow stamme. Der Urgroßvater Fürst Michail Feodor Trojekurov wäre apanagierter Fürst am Moskauer Hof gewesen. Das wäre jedoch schon lange her, ließ sie verlauten und sie müsse sich mit Wenigem abfinden. Ihr unbekümmerter und opulenter Lebensstil sprach jedoch gegen diese Bescheidenheit.«

Ob sie ihn gar langweile, fragte die Anna ihren Klemens, der sich in den alten, aber so gemütlichen Ledersessel zurückgezogen hatte. Der Klemens wäre jedoch ganz Ohr, ließ er verlauten.

»Zu einer festlichen abendlichen Lustbarkeit hatte sie geladen, die *malá dáma*, mit aufwändigem Bankett natürlich und einer Kapelle aus Ungarn, der die heiße Glut aus den Saiten spritzte.«

Es hatte sich lange schon herumgesprochen, erzählte Anna, dass sie mutterseelenallein ihr Dasein verbrachte und viele Mütter schickten ihre Söhne. Eine reiche Preßburgern wäre sie, eine geldige dazu, diese Marischka von Trojekurov-Borvany.

»Dem Johannes von Karolek, der die ersten vierzig Jahre schon hinter sich hatte und das halbe Jahr in Karlsbad oder Sankt Petersburg verbrachte flanierte, hat sie dann das Genick gebrochen.«

Der Klemens staunte, von diesen russischen Fürsten hatte er noch nicht gehört. Zugegeben, er hatte sich damit schlichtweg nicht befasst. Wozu auch, waren ihm doch die böhmischen Aristokraten fern genug.

»Der Schorlehm wäre auch eingeladen gewesen. Aber er war schon eine Woche vor der Hochzeit unpässlich«, erzählte die Anna. »Das schönste Paar von Prag hatte dann ein vermutlich wundervolles gemeinsames Jahr in Wien und Petersburg und in Kiew, natürlich hatten sie vom Geld des Herrn Gemahl diniert und alle Lustbarkeiten und auch Gaumenfreuden genossen.«

»Na ja, sie sind ja noch jung und solche langen Reisen mit der Kutsche über schlechte Wege machen den Jungen nicht zu schaffen«, meinte der Klemens. Damit wolle er jedoch nicht sagen, dass er dergleichen Verhaltensweisen unterstütze.

»Übers Jahr nun brachte jemand das Gerücht in Umlauf, dass man den Graf mit drei Damen in einem bestimmten Haus ertappt hätte und die junge Frau Marischka fühle sich nun sehr düpiert und bloß gestellt. Und das nach einem Jahr.

Bald darauf verließ sie Prag. Auch die erwähnten drei Damen waren danach nicht mehr aufzufinden, sodass man bald von einem abgefeimten Komplott gegen den Graf redete. Der Graf hatte nämlich viel recherchiert, ging die Rede, aber die Dame war mit dem Geld verschwunden.

»Na, das ist ja geschmacklos. Dass der Herr Gemahl nicht gescheiter war, frage ich mich.«

Das könnt' mir nicht passieren«, sagte der Krummauer, »wer nimmt denn schon einen Schusterkrüppel.«

Dann schob er ihr ein kleines, in dunkelrotes Leder gefasstes Büchlein über den Tisch und sagte ihr, dass er sich freue, sie wieder um sich zu haben. »Du schwärmst doch für den Heinrich von Kleist«, lächelte er. »Der sagte zwar, dass die Kunst des Lebens darin bestehe, Honig aus jeder Blüte zu saugen. Für mich, meine Anna, bist jedoch du allein die Blüte meines Lebens.«

Sie tat nichts dergleichen. »Der hat sich umgebracht, der Gute und er soll sich sogar gefreut haben, dass er sich jetzt nicht mehr mit den hiesigen Blüten abquälen müsse. Scheinbar wusste er, dass ihn ein Blütenteppich erwartet.«

Das Käthchen von Heilbronn hielt sie in der Hand und meinte, dass er sie seinerzeit keinesfalls unter Zuhilfenahme seines geheimnisvollen Zaubers aus ihrer Burg entführt hätte, vielmehr wäre sie ihm aus freien Stücken aus dem zugigen Znaim ins schöne Brünn gefolgt. Und er wäre ihr Ritter, sagte sie ihm, und ihr Held, und ihr Eroberer.

Sie solle nicht übertreiben, sagte er. Er erinnerte sich, dass sie ein paar Tage nach der Hochzeit auf der Brücke über den Fluss gestanden hatte und die Anna sagte ihm, dass er das immer wissen muss: Sie hat ihn geheiratet, weil sie ihn mag und dass er in dem Karren sitzen muss, das mache ihr gar nichts aus.

Dann bedachte er wieder die Weltlage und fühlte sich in seiner Ansicht bestätigt, dass die Welt zu zerfallen schien. Eine gesichert erschienene Gemeinsamkeit der Staaten sei in eine gefährliche Unordnung geraten und die Konfrontation unterschiedlicher und in sich noch dazu zerstrittener gesellschaftlicher Gruppen ließen Schlimmes erwarten.

Drängende Fragestellungen der Zukunft schienen weder genau geklärt noch umfassend erörtert zu werden. Er wusste, dass jede Generationen vor neuen Erkenntnisse und Problemen stünde, dass es kaum total gültige Ergebnisse gäbe, aber die Wiener ließen seines Erachtens zu viel legen, als würden sich alle Entwicklungen von selbst ergeben.

Ulitsch hatte ihn gebeten, die derzeitige Situation zu bedenken und er wäre dankbar, könnte Krummauer seine Gedanken und Überlegungen mit ihm in Prag beraten und erörtern.

Es gäbe auch im politischen Prag zu viele überhebliche Kräfte, Leute, die in ihrer Großmannssucht und dümmlichen Anmaßung nur bedacht wären, die eigenen Schäfchen ins Trockene zu bringen, anstatt sich um die wirklichen Sorgen der Gesellschaft zu mühen. Er kam auf den Sprecher der Freien zu sprechen, der sich ohne Unterlass an der tatsächlich anschwellenden Vorherrschaft der deutschen Sprache und Kultur stieß, aber wegen anderer Probleme nicht zu sprechen sei.

In weiten Teilen der Bevölkerung fehle es am Urteilsvermögen. Belanglosigkeiten und biedere Nebensachen würden zentrale Fragen, die für unsere Kinder und Kindeskinder wesentlich wären, auf die lange Bank schieben. Echte gesellschaftspolitisch relevante Themen würden ganz plötzlich als Randerscheinung deklariert. In dieser politischen Monotonie der simplen Geister wird unsere Zukunft verspielt. Denen fehlen die Zeit und die Lust und das Gespür für Wichtiges. Das Wesentliche bleibt unter der Decke.

Krummauer wusste, dass man auch bei vielen Politikern um Aufmerksamkeit werben muss, damit sie sich für neue Probleme und Argumente öffnen. Das Nebeneinander von Persönlichem und lokaler Politik, von böhmischer oder gar europäischer Geschichte zu erfassen, ginge eben allzu oft über die intellektuellen Grenzen der einzelnen Persönlichkeiten. Zudem seien gerade junge Leute von einem gnadenlosen Konkurrenzkampf um die besten Plätze im politischen Geschehen betroffen und oft überfordert. Diese Ränge und Würden, die damit verbunden sind, werden oft lebenslang besetzt, sind für viele das größte Gut. Der draußen bleibt, nicht mehr präsent ist in der Aufmerksamkeit, bezahlt somit einen hohen Preis.

Er erinnerte sich an den Stadtrat Heimran Bolt, der mit der Nichtdelegation in den Magistrat nicht fertig wurde, Haus und Hof verkaufte und nach Michigan in die neue Welt zog. So können sich tatsächlich ehedem nuancenreiche politische Karrieren von einem Tag auf den anderen in Luft auflösen.

Die vorherrschende Betrachtungsweise von politischen Engagement sei eben in erster Linie sehr subjektiv gelagert.

105

Der Eva ihr neuer Mann, den sie nicht geheiratete hatte, der aber die Wirtschaft führte und das Beinfleisch von der Sau löste, weil sie meistens nur einen Schweinebraten mit einem böhmischen Knödel und einen Schlag Sauerkraut servierten, hinkte in letzter Zeit und er lamentierte wie die Viecher, die er zum Schlachten führte. Und das Wasserlassen würde ihm dermaßen zusetzen, dass er zeitweise glaubt, es würd' ihn zerreißen. Das sagte er auch den wenigen Gästen, die am Sonntag am Tisch saßen, meistens waren es Reisende von irgendwoher, die ein Geschäft machen wollten in Brünn. Und die klagten auch wie die Bürstenbinder und sagten, dass die Armen auch noch die Kranken wären, aber die reichen Leute würden sich zu Tode fressen. Und dann wären sie in der Grube alle wieder gleich, weil keiner was mitnehmen könnt' und dann wär alles wieder gerecht.

Sie waren sich jedoch alle einig, dass es schöner wäre, einen Batzen Geld im Beutel zu haben, als wie ein schiecher Büttel von früh bis spät zu arbeiten. »Wenn es mit den Geschäften so weitergeht«, sagte der Bierhofer, »na geh' ich entweder ins Wasser oder heirat' ane alte Wittib. Is oans wia as andere.«

Das Suserl, das kleine Hascherl, das die Eva wohl von ihrem Neuen hatte, stand neben dem Tisch und schaute sich diese bedürftigen Esser einen nach dem anderen genau an und meinte, dass sie von denen keinen heiraten möcht', weil sie Stinkerte waratn.

Der Bierhofer war ein weißbärtiger Mensch, der im verkehrten Körper steckte. Er hatte einen viel zu kleinen Kopf, der auf einem kurzen, dicken Hals saß. Dazu hatte er an einer massigen Fülle zu tragen und tat sich schwer mit dem Aufstehen und mit dem Gehen und auch sonst wär' es noch nie etwas mit ihm gewesen, sagte er und er hätt' auch so ein kloanes Wuserl ghabt, wie die Susi.

Die Susi rannte von Tisch zu Tisch und veranstaltete ihre tollpatschigen Narreteien. Das Wuserl rannte dann auf die Straß', weil die Leute sagten, dass jetzt der verrückte Hasek mit seiner Kutsche vom Wallerbergerl runterkäme, den würde man schon von Weitem hören.

Das Suserl wird das Ganze nicht mehr mitgekriegt haben, weil der wilde Hasek über sie hinweggefahren ist, wie über einen Batzen Heu oder Stroh.

Der Valentin Bierhofer erhob sich langsam und folgte den Tischgenossen auf die Straße und sie trugen des Suserl der Mama in die Küche.

Der Bierhofer kehrte dann um und kümmerte sich um den Hasek, der wiederum seine aufgeregten Rösser tätschelte. »Es gibt keine Gerechtigkeit auf der Welt«, sagte sich der Bierhofer und drosch dann auf den Hasek so lange ein, bis sich der nicht mehr rührte.

Die Gendarmen sperrten den Bierhofer ins Zuchthaus, weil er den Hasek fast tot geschlagen hätte, wie der Richter sagte, aber er ließ mildernde Umstände obwalten und sagte dem Bierhofer, er solle recht anständig sein in der Anstalt, dann würde er ihn bald wieder raus lassen. Die Gefängniswärter fütterten und pflegten den Bierhofer, weil jeder von ihnen das Gleiche getan hätte, sagten sie.

Den Hasek haben sie ein halbes Leben lang auf die Spielburg hinaufgeschickt.

Es gibt keine größere Liebe, als die der Mutter zu ihrem Kind und kein größeres Leid für die Mutter, als den Tod ihres Kindes.

Die Eva trug ihr Elend und wünschte sich ihren Tod. Gestorben ist aber ihr Wastl, ihr Neuer. Es war ein paar bittere Tage vor dem Christfest, lange hat er sich gewälzt und geschrien, als er los ließ und ans andere Ufer ging. Die Brücke wäre zusammengebrochen, aber die beiden Ufer existierten noch.

Der Pfarrer sagte am Grab, dass er den Wastl vergeblich zu überreden versucht hatte, sich dem heiligen Sakrament der Ehe nicht noch länger zu verschließen. Aber er hätte auf ihn nicht gehört. Das hat er nun davon, denn der Herr lässt seiner nicht spotten.

Die Eva war dann lange recht schwermütig, wimmerte nachts und fing auch noch zu zittern an. Sie ging an den Abenden hinaus in die Dörfer, kam spät heim, der Tod vom Suserl hat sie krank gemacht. In der Nachbarschaft wohnte die Morenerin, die vier Kinder hatten. Die fütterte sie jetzt auch mit durch und sagte der Morenerin, dass sie sich gern helfen lasse, weil sie nichts mehr auf die Reihe bringt.

Dann stand sie an einem warmen Sommerabend auf der Brücke, die sich über den Fluss spannte. Sie trauerte und fragte sich, ob dieses Leben noch sinnvoll ist. Sie hatte keine Tränen mehr, wusste, dass diese Trauer sie begleiten würde bis zum Tod. Unvermutet dachte sie an den Klemens Krummauer, der in seinen jüngeren Männerjahren regelmäßig mit seinen Freunden im Biergarten gesessen hatte, im Karren, angewiesen auf andere und das auch bis zum Tod.

Sie traf den Krummauer Tage später und erzählte ihm,

dass sie sich eigentlich von der Brücke ins Wasser stürzen wollte. Dann wäre er ihr in den Sinn gekommen.

Und wenn das allein der Sinn seines Daseins wäre, dass sie in Gedanken an seine lebenslange Not abgelassen hätte vom Sprung ins kalte Wasser, dann wäre das schon genug, sagte sie. Sie zog den Stuhl an den Karren des Schusters heran und setzte sich neben ihn. Wenn er noch einmal nach Prag käme, sagte sie, dann solle er dem heiligen Wenzel oben in der mächtigen Kirche sagen, dass sie ihn angefleht hätte, ihr beizustehen, schon gleich nachdem sie ihr Suserl ins Grab gelegt hätte.

Das Suserl schickte dann einen kleinen Hund, der winselnd vor der Haustür zur Gastwirtschaft stand. Eva schaute das dürre Viecherl an. Der kleine Pinscher hatte nur drei Beine und er erbarmte ihr.

›Den hat mir mein Suserl geschickt‹, dachte sie und nahm ihn mit in die warme Küche, stellte ihm ein Schalerl Kamillentee hin, der noch vom Nachmittag übrig war, und ein Schmalzbrot schnitt sie Stücke und legte sie neben das Schalerl.

Die Eva hatte einmal zugeschaut, wie sie einen Lumpen oben auf dem Galgenberg gehängt hatten, der hinkte auch so jämmerlich hin zum Galgen, wie ihr kleiner Hund durch die Küche wackelte. Sie sagte sich, dass das Hunderl schon eine Kämpfer wäre, ohne das vierte Fußerl und dass er das alles überhaupt überstanden hätte, verwunderte sie sehr. Sie mahnte ihn, dass er nicht gar so viel essen solle, aber der ausgehungerte Burscherl, wie sie ihn gleich nannte, verlangte nach mehr. Im Garten hatte sie Brennnesseln stehen. Sie vermengte die Kräuter mit dem Rest vom Faschierten, das seit dem Mittagessen auf der Kommode stand. Dazu vermengte sie noch den letzten Kartoffel, den sie sich selber gerne mit Zwiebeln angebraten hätte. »Besser kannst es im Hotel *Wien* auf dem Stadtplatz auch nicht haben«, sagte sie dem Burscherl.

Dann ließ sie den lieben Gast allein und machte sich auf den Weg zum Friedhof. Sie weinte mit der Schneider Mare, die ein paar Gräber weiter, jedes Jahr neu, um eines ihrer Kinder weinte. Von den sieben Kindern, die sie geboren hatte, waren schon ihrer vier weggestorben. Ob denn des niat anderscht wärat af dera Wölt, fragte die Schneider Mare. »Allawal trifts die Gleichn.«

»Ejarascht kummas af d'Wölt, nachat sterbns glei wieder weg. Des kann doch der Herrgott im Himmel niat wölln«, sagte sie. Und dann erzählte sie vom Katherl, die im Frühjahr gestorben wäre, die immer dürrer geworden wär' und gehustet hätt' wia a Fuhrknecht. Und vom Simmerl erzählte sie, der asgschlitzt warat dahoam und na hejtnsn seinerzeit im Brandweiher gfundn. As Fannerl warat ja scho im Kindbett agschlaffa und ihra Girgerl, des warat a Gscheita gwen, hätt' als a Kloana an Routlaf im Arm kriagt und na hams eahm bal draf a eigrom müassn. Es warat halt a Kreiz af da Wölt, grübelte sie. »I bin jedn Fruah in de Fruahmness' ganga«, sagte die Schneiderin. »Des is wirkle niat recht mit meine toutn Kinda. De Froschauerin kaft sa oa neis Kloidl um as andare, bei dene gehjt ois guat, er vadieant an Hafn Göld mit seim Viechhandl und in da Mess' siegt ma se net, de Froschauerin. Do ko doch wos niat stimma.«

Sie hätt' geschrien und geflucht und den Herrgott hätt' sie gefragt, warum gerade sie so was aushalten müsse, schluchzte die Mare. Aber er hätt' sich nicht gerührt. Die Schneider Mare sagte, dass ihr das Klagen vergangen sei. Man würde sich halt vom Tod eines Kindes nicht mehr aufraffen und wenn es gleich drei oder vier sind, die man eingraben muss, dann wird es einem eiskalt innen drinnen und dann möchte' man nur mehr so dahinleben, bis es einen selber erwischen würde.

Sie hätt' se scho afgehängt, aber wer hätt' se um die andern Kinder und den Mann gekümmert, der ja nach dem Tod vom Simmerl auch den Strick nehmen wollte. Aber sie hätt' ihn noch davon abgebracht. »Es gibt hoit nix, wos es niat gibt«, sagte die Marie.

Daheim weinte sich die Eva wieder in den Schlaf. Auf dem Fensterbrett hatte sie das rote Haserl gesehen, das dem Suserl so am Herzen gelegen hatte. Das behielt sie fest in ihren Händen. Im Traum ist der Marek draußen im Biergarten auf einem Stuhl gesessen und hat das Suserl am Schoß behalten, dann ist das Suserl wieder durch das Haus gelaufen und die Eva hat sie gemahnt. Sie solle aufpassen, dass sie nicht von der Stiege runterfällt.

In der Früh meinte sie, dass das Suserl noch neben ihr liegen und schlafen würde. Draußen hörte sie Rösser einen Wagen ziehen. Es war Markttag in der Stadt und die Eva hatte sich tags zuvor vorgenommen, frisches Kraut zu kaufen. Dann prasselte ein früher Regen auf das Blechdach und sie hörte das leichte Winseln ihres neuen Hausgefährten.

»*Requiescat in pace*«, hatte der Herr Pfarrer beim Requiem für das Suserl gesagt, ›und das ist sicher ganz was Schönes‹, überlegte die Eva noch und konnte dann einschlafen.

106

Die mährischen Winter sind kalt und sonnig. Ein gesundes Wetter wäre das, sagen die Leute. Aber für die Reisenden, die im Handel unterwegs sind, ist der Winter eine Plage und auch für die Brief- und Paketboten verliert die Landschaft ihren Liebreiz. Der Briefbote wusste, dass er zu jeder Tageszeit beim Krummauer Eintritt hätte und ein Essen auf dem Tisch fände. Er überbrachte einen Brief aus Wien. Lange schon hatten die Anne und der Wenzel gehofft, Nachrichten vom Bub zu erhalten.

Wenzel schrieb, dass er sich keine schönere Arbeit vorstellen könnte, als hier im Amt beim Herrn Hofrat Dr. Aumann, der nicht nur sehr anerkannt und in höchsten Maße sachkundig das Referat leite, er sei auch zu ihm sehr freundlich und jedem Menschen gegenüber galant. So einen Vorgesetzten zu haben, bereichere das Leben und die Arbeit übe man dann mit steter Akkuratesse aus. Und auch Marischka und das Mäderl seien sehr zufrieden und für den Herrn Schwiegervater gelte das *Otium cum dignitate*, er meine eben, dass im Ruhestand der Friede für das Alter maßgebend sei, dass man sich besinne, ganz zu sich finde, und das sei man der eigenen Würde als Gottes Geschöpf schuldig.

»Er ist ein herzensguter Mensch, der Herr Schwiegervater, und erzählt uns immer wieder auch von den Gesprächen mit dir und der guten Mam' und wie du ihm berichtet hast, vom hochwohlgeborenen Herr Minister Fürst Metternich, der dir, dem Schusterbub von Brünn, seinerzeit das Angebot gemacht habe, als Schuhputzer in seine Dienste zu treten. Und jetzt ist aus dir gar ein Fabrikant und Herr Kommerzialrat geworden und deine Kinder sind stolz auf ihren Herrn Vater.«

Dass es der lieben Schwiegermama so schlecht gehe, bedrücke alle und man müsse nimmer lange warten, bis sie der Herrgott in seine ewige Heimat hole, was für die Anuschka wiederum ein großes Leid wäre.

Der Wenzel meinte, dass er sich auch vorstellen könnte, ein Schuster zu sein. Aber er wünschte dem Herrn Vater noch viel Freude beim Nageln und beim Schleifen des Leders und er erinnerte daran, dass die Nägel seiner kleinen Finger damals in den Kindertagen blau und rot und geschwollen waren und schmerzten, wenn er sich des Schusterwerkzeugs bemächtigt und seine Versuche gestartet hatte.

Der Briefbote kam direkt aus Rajhrad und dort hätten sie viel zu reden, erzählte er. Der Sohn vom Schmid, der sich in den Napoleonischen Kriegen mit Russland den Franzosen angeschlossen hatte, war nach über zwanzig Jahren wieder aufgetaucht, hätte man ihn doch unter den Toten vermutet.

Der Schmid Sepp Rajhrad wäre wie viele im russischen Morast hängen geblieben, hätt sich durch den Winter gebracht, weil er sich von Wurzeln und allen möglichen Früchten bis ins Frühjahr hinein durchgefrettet hätte. Dann hätte ihn ein russischer Bauer aufgenommen, wieder gesundheitlich aufgepäppelt. Lange Wochen hätte er wie ein krankes Kalb der Fürsorge und Pflege bedurft, aber im Sommer und Herbst hätte er seinen Dank durch kräftige Mithilfe am Hof abgegolten. An ein Heimkommen wäre nicht zu denken gewesen.

Nach so langer Zeit hätte er nicht geglaubt, jemals wieder heim zu kommen, bis ein Händler aus dem Moskauer Umland ihn aufgeladen hätte. Mit ihm sei er bis an die Grenze bis nach Białystok gekommen und brauchte weitere drei Monate bis er an die Tür des Elternhauses klopfte. Das ganze Dorf feierte den Sepp und achte Tage später ist die Mutter am Glück gestorben. Für seine unerwartete Rückkehr hätte der Vater seinen Fuß geopfert, sagte der alte Schmid, aber der Herrgott hätt' das alles umsonst gemacht, was er ihm, seinem Herrgott, nie vergessen würd'.

Und er solle Grüße von der Frau Perunek aus Rajhrad bestellen an den Herrn Krummauer und an seine liebe Frau und sie würd' bald vorbeikommen, weil sie wieder schöne Schuhe bräucht'.

»Das Gröbste hat sie nun hinter sich, die Luise Perunek«, sagte der Krummauer beim Nachmittagstee zur Anna.

Der Petr Perunek war nämlich inzwischen seinem Walterl nachgefolgt und in Rajhrad hatte er eine sehr schöne Leich. Der Ferenc hatte die Anna und den Krummauer nach Rajhrad kutschiert und sie hatten dem Pertr die letzte Ehr' erwiesen. Es waren recht viele Trauergäste da, nicht nur die Leut' aus Rajhrad. »Er hätt' sich gefreut, mein Petr«, sagte die Luise, »wenn er dös hätt' erleben können. Es war ihm ja auf dem Sterbebett wichtig, dass es eine schöne Leich' wird und ich hob es eahm hoch und heilig versprechen müssn, dass es auch einen zünftigen Leichenschmaus gibt. Und er hat mir diktiert, was es zum Essen und zum Trinken geben sollt' und Bier und Schnaps könnten die Leut trinken, so viel sie wollten, und sie sollten halt alle recht lange bleiben.«

107

Die Anna sagte auf der Heimfahrt, dass die schönste Leich'
nichts taugt, »wannst der Tote selber bist«, und sie möcht'
einmal einen einfachen Sarg, keinen so einen protzigen.
»Aber man muss sich halt beizeiten mit dem Tod auseinan-
dersetzen«, sagte sie, »dann hat man keine allzu große Angst
vorm Sterben.«

»Recht hast, Annerl«, sagte der Krummauer, »aber geredet ist leicht, gestorben ist schwerer«; und er erzählte auch
noch vom Langfelder Johannes, in der Friedrichsgasse, der
unlängst hinschied. »Über achtzig war er der Johannes und
wollte nicht fort. Er hat sich aufgeführt wie ein kleines Kind,
wie sein Schwiegersohn meinte. Dabei haben ihm seine Mu-
sikerkollegen versprochen, auf dem Friedhof alle schönen
Lieder zu spielen, die er sich wünscht. Aber der Langfelder
hat die Gefährten rausgeschmissen aus seiner Sterbekammer.
Und weil der Herr Pfarrer mit zwei Ministranten anmar-
schiert ist und laut zu beten anfing, hat er noch mehr Angst
verspürt und hat auch den Herrn Pfarrer aus dem Zimmer
gejagt. So viel Kraft hätte er noch gehabt, der Vater, sagte
der Schwiegersohn. Der Pfarrer hatte dann eine Mordswut
gekriegt und wollte den guten Johannes nicht mehr kirch-
lich beerdigen und der Herr Schwiegersohn musste ihn erst
mit einem erklecklichen Geldstück überzeugen.«

Ganz Brünn hätte dann über den Waldemar vom Lan-
dinger geredet, der erst ein halbes Jahr nach der Beerdigung
des Vaters von seinem Tod erfahren hatte, war er doch als
Wagenbegleiter mit einer Fracht von Handelsgütern in
Deutschland unterwegs gewesen.

Er hätte davon gehört, dass der Pfarrer dem Vater Johann Langdörfer in seiner Predigt beim Requiem nur ein paar übliche, nichtssagende Anmerkungen gewidmet hatte, zum Leidwesen auch der Christenmenschen, die anwesend waren. Der Bub ist nach der Heimkehr beim Herrn Pfarrer vorstellig geworden.

Im Wirtshaus hatte er danach selber laut genug davon geredet, dass ihn der Pfarrer vor der Tür abweisen wollte, er habe ihm aber so zugesetzt, dass sie sich drinnen im Pfarrhaus lautstark auseinandergesetzt hätten. Der Waldemar sei dem Pfarrer an die Gurgel gegangen und hätte ihm nahe gelegt, eine Sterbemesse für den Herrn Vater gehalten, der zeitlebens ein guter Christenmensch gewesen war. Er könnt' eahm ja as Gnack brechen, hatte der Waldemar dem Pfarrer gedroht. Er könnt' aber vorher in ganz Brünn vom liederlichen Verhältnis mit der Erika Cernova erzählen, die er in den böhmischen Wald geschickt hatte, dass sie dort das gemeinsame Mäderl aufzieht. Was ja alle wissen, fügte er hinzu.

108

Der Heinrich Dobler, der in der unteren Stadt einen Schuhladen besaß, hatte im Kreise mehrerer Stadträte sich abfällig über den Krummauer geäußert. Der Herr Kommerzialrat wäre in der Hirtengasse mit seinem Karren wie ein Narrischer kutschiert und hätte eine seiner Hennen überfahren und die Henna wär' tot gewesen.

»Die Nachbarn ham nixe gsehn, weil sa se guat stelln möchtn mit an Herrn Kommerzialrat!«, schrie er, »aber der Krummauer moant, dass er wos Bessers warat, weil er a Herr Kommerzialrat warat. Sitzt in seim Karren, der Herr Krüppel und redt a gescheits Zeigs daher. Da kummt ma se vor, wia da letzte Dreck. Und as Haus vo de Flanner'schen Herrschaften hot er kauft. Er, da Schuasta. I bin a a Schuasta, oba i bleib bei meine Leistn, vastehst. Ane Fabrikationsanlage hot er histölln müassn und vier Rösser hot er, wos tuat er damit? Reitn ko er niat, da Herr Krüppl. Oba af der Wallfahrt fahrt er wia a Herr Graf. Und wou is er assa, wou stammt er her?«

Der Herr Stadtrat František Nebdal, der ein geachteter Kaufmann, eloquenter Tuchmacher war, klopfte tags drauf beim Herrn Kommerzialrat und sagte, dass die Frau des Heinrich Dobler Vogelstimmen höre und drunten am Ringplatz den Frauen Geschichten erzähle. Eine Lust wäre es, ihr zuzuhören. Manche dieser Geschichten aber wären sogar ekelhaft, richtig unheimlich und sie würde jede Nacht so komische Sachen träumen und ihr Mann wäre ein depperter Goaßbock, der immer den jungen Mädeln nachschaue.

»Der Dobler hat was gegen dich«, sagte der Nebdal, »solltest dich vorsehen, mit dem ist nicht gut Kirschen essen. Seinen Köter hetzt er auf die Leute und der Bürgermeister hat ihn schon ins Amt zitiert.«

Der Klemens Krummer wusste, dass man es den Leuten nie recht machen kann, dass viele vor Neid platzen und dem anderen den Dreck unter ihren Fingernägeln nicht gönnten.

Krummauer wusste, dass der Dobler den eigenen Bruder verleumdet hatte. Er rief nach dem Ferenc und sie spielten noch einen Schafkopf und der Ferenc zeigte ihnen, wo es lang geht.

»Wenn er es zu bunt treibt, wird' ich mich um ihn kümmern«, sagte der Klemens. Der František Nebdal stellte ihm noch ein Glas Waldhonig auf den Tisch. Der Schwager wäre Imker, drüben in Omice, und der Honig würde seiner Anna sicher gut tun.

Seine Anna war nach der Beerdigung des Pertr Perunek krank geworden. Seit Monaten ging sie abends recht früh ins Bett und klagte über Müdigkeit und dass sie kaum über die Treppe raufkäme. Nach der Fahrt zurück aus Rajhrad brauchte sie mehrere Tage, um wieder ihre Arbeit im Haus zu erledigen. Sie sang nicht mehr und ihre Zither stand unbenutzt auf der schwarzen Kommode in der großen Kammer.

109

Die Mutter wäre kraftlos, schrieb er den Kindern nach Prag und Wien und ihre Lunge pfeift und sie schlafe viel. Er hoffe nun, sie würde sich in den Frühjahrstagen, wenn die Sonne wieder wärmer scheine, erholen.

Er erzählte ihnen, dass die Mama sich schon auf die Christtage freue, aber heuer sicher nicht in den festlichen Gottesdienst gehen könne.

In dieser kalten Zeit wären lange Fahrten gefährlich. Sie sollten also daheim bleiben in Prag und in Wien und auf ihre Kinder recht schön achtgeben. Das wäre der Wunsch der Mama, weil doch die Fahrt in der Kutsche bei dieser Kälte viel zu anstrengend wäre. Und liebe Grüße würde die Mama schicken. Alles wäre jetzt im Dezember ruhiger in Brünn, schrieb er, und vor dem Haus würden gerade eben, während er schreibe, die Kinder auf der Straße im Schnee toben, so wie sie es früher auch gemacht hätten.

Er selber würde gerne im kommenden Jahr nach Prag kommen und dann, wenn die Kraft reiche, auch nach Wien. Dort würde ihn sicher der Fürst Metternich empfangen und sich natürlich an ihn erinnern.

Seine Anna war schon immer ein zierliches Wesen. Aber er fühlte, dass ihre Kraft, mit der sie ihn in früheren Jahren immer verblüfft hatte, von Tag zu Tag weniger wurde.

Der Doktor Novotny hatte bei seinem Besuch vor zwei Tagen gemeint, dass die Anna arg fiebrig sei und ihm da die Hände gebunden wären und man einmal schauen müsse, wie sich's bis Weihnachten anlasse, das Ganze.

Dann verließ er das Haus, drehte wieder um, betrat nochmals das Schlafzimmer und meinte, dass es, um es ehrlich zu sagen, heute schon oder erst in drei, vier Wochen so weit wäre, aber dass sie das Frühjahr ganz sicher nicht erleben würde.

Die Jana vom Procházka hielt die darauffolgenden Nächte die Wache am Bett der Anna, die nicht mehr redete, nur noch schlief.

Der Klemens Krummauer legte sich nach dem Mittagessen neben die Anna und sagte ihr, dass er bei ihr bleiben würde. Er schlief neben ihr ein und erst am Abend wachte er wieder auf und griff ihre Hand. Die Hand seiner Anna war kalt.

Er schob sich aus dem Bett hinüber ins sein Gefährt, fuhr die drei, vier Schritte zur Pendeluhr, die an der Außenwand der Schlafkammer stand. Er hatte immer wieder gehört, dass zur Todesstunde eines Verstorbenen der Perpendikel zu schwingen aufhört. Das Gangwerk tat souverän seinen Dienst. Der Regulator teilte zuverlässig die Minuten und die Stunden und die Tage mit feinem Laut unaufhörlich, souverän in kleine Zeiteinheiten. Er drückte die leicht offen stehende Tür ins Schloss.

Klemens Krummauer läutete nach der Jana Procházkova und schickte den Ferenc in die Poststation, um den Briefkurier, der dort nächtigte, zu bitten, die Briefe an die Kinder aus der ledernen Brieftasche nehmen.

110

Bei der Beerdigung hatte er plötzlich den Eindruck, dass der Himmel sich öffne, dass alles um ihn herum blau und hell wurde. Aber seine Füße wurden kalt, weil sich die bittere Kälte durch das Schuhleder fraß und er überlegte, wie man das Schuhinnere mit wärmerem Fell oder Filz ausschlagen könne.

Der Herr Pfarrer redete über den Tod, als hätte er ihn schon einmal durchgestanden. Freude und unvorstellbares Glück, das den Menschen im irdischen Jammertal nicht vergönnt sei, dürfte die gute Anna erwarten. Sie habe viele irdische Schätze gesammelt, habe viele gute Früchte gebracht und so dürften die Hinterbliebenen in der guten Hoffnung leben, dass nicht nur der Frau Kommerzialrat, sondern allen, die ein gutes Leben führen, eine himmlische Wohnung bereitet wäre. Dann sagte er den Trauergästen noch, dass ihre Zeit in Gottes Händen sei, dass sie für die Verstorbene beten sollten.

»Beim Jüngsten Gericht wird auch die Frau Anna Krummauer von den Heiligen Erzengeln Michael und Gabriel vor den göttlichen Richterstuhl geführt«, fügte er an, »und Jesus, der das Regiment von seinem Vater übernommen hat, wird sie in seine ewige Herrlichkeit aufnehmen.«

»Der Tod hat nicht das letzte Wort«, sagte der Herr Pfarrer. Diese Anmerkung gefiel dem Krummauer.

Seine Anna hätte keinen endlosen Sterbekampf gehabt, wäre einfach eingeschlafen, dachte er. »Das wird die Kinder trösten.«

»Eine schöne Predigt hat er uns allen gehalten«, sagte der Ferenc zum Klemens, als er ihn zum Guten Hirt zum Leichenmahl schob.

Wenn er beim Mahl seine Pfeife rauchen wolle, dann solle er sich nicht neben ihn setzen, riet ihm der Klemens. »Du weißt, dass mir diese Stinkerei zusetzt.«

Beim Essen spürte er das erste Mal seit fünfzig Jahren Schmerzen in seinen Beinen. Darüber müsste er mit dem Doktor Novotny reden.

Auf dem Nachhauseweg nach dem Leichenmahl kreuzte der Heinrich Dobler mit seinem Hund seinen Weg. Er hatte es nicht übers Herz gebracht, der Anna Krummauer die letzte Ehre zu erweisen, aber er zog den Hut.

Der Kummer und seine Verzweiflung zogen dem Klemens die Brust zusammen und er meinte zu ersticken und er wollte am liebsten sterben, weil er meinte, er würde es ohne sein Annerl nicht mehr aushalten auf dieser Welt.

111

Den Jammer der Kinder trug er mit. Er litt mit seiner geliebten Elisabeth. Sie würde nicht über den Tod der geliebten Mutter hinwegkommen. Auch wusste sie, dass man den Vater, der nun der besonderen Fürsorge bedurfte, wie sie meinte, nicht verpflanzen könne wie einen Baum. Würde man ihn aus seinem geliebten Brünn herausreißen, gar nach Prag chauffieren, würde er vertrocknen.

Die Luise Perunek aus Rajhrad verkehre mit dem Buchhändler Woyzeck, der sein Geschäft gleich an der Domkirche hatte, erzählte man. Der Woyzeck, der ihn seit vielen Jahren mit den schönsten Büchern versorgte, der auch einen Kunstladen hatte, wo man hölzerne Figuren kaufen konnte, war seit Jahren einer der engeren Freunde. Dem Woyzeck seine Frau war, wie der Freund immer wieder versicherte, die beste Mischung aus einem mährischen Kornbauern und einem sangesfreudigen, ungarischen Schweinezüchter.

Dass die schöne Nóra an ihrem vierzigsten Geburtstag so mir nichts dir nichts aus dem Fenster im Obergeschoss fallen würde, war ihr sicher nicht an der Wiege gesungen worden. Aber sie war gleich mausetot, wie man so sagte und musste nicht leiden und die Zeit ohne seine liebe Nóra hätte ihn seine Kraft und Lebensfreude gekostet, erzählte er dem Krummauer.

»Einsam bin ich«, sagte er dem Klemens, als er ihm Goethes Götz von Berlichingen in einer hübschen Neuauflage brachte, »und die Leute meinen, mich trösten zu müssen.«

Es wäre besser, über Dinge, die man selber nicht durchzustehen hat, zu schweigen, sagte er. »Was die Menschen wirklich im Herzen trifft, das wissen wir doch nicht so genau.«

Seit sein Annerl gegangen war, wusste der Krummauer, was der Woyzeck gemeint hatte. Jeder noch so wohl gemeinte Trost, jeder liebe Zuspruch kommen kaum an und der Herr Stadtpfarrer hatte gemeint, dass man endgültig doch nur im göttlichen Geist seine Ruhe fände.

112

Sein Wenzel war noch im kalten und schneereichen Winter mit der Kutsche aus Wien heraufgekommen und der Klemens hatte viel zu tun, um den Bub aufzurichten.

Nach Budapest könne er, in die Botschaft, sagte der Wenzel. Der Herr Freiherr von Hansleder hätte ihn in sein Kontor kommen lassen und gemeint, er solle an seine berufliche Zukunft denken.

Seine ungarischen Sprachkenntnisse hatte der kleine Wenzel dem Ferenc zu verdanken und er parlierte das Tschechische und das Deutsche und dieser *mišmaš* wiederum war vom Ungarischen durchwachsen, wie das herzhafte ungarische Kesselgulasch mit der scharfen Paprika, dem wohlschmeckenden Winterlauch, dem fetten, geräucherten Schweinespeck und den mächtigen Zwiebeln, die dem Wenzel immer das Wasser in die Augen getrieben hatten.

Nach acht oder zehn Jahren könne er wieder zurück nach Wien, habe der Freiherr von Hansleder gemeint und was dann wird, würde man sehen. Leute wie ihn könne man überall brauchen und im Innenministerium wie im Äußeren würde immer wieder eine ansehnliche Stelle frei. Zur Osterzeit wäre die Ablösung des Herrn Baron von Stecklitz in Buda abzuwickeln und dessen Wohnung, in der Botschaft selber, könne er gar übernehmen. Aber seine Anuschka sitze daheim in Wien auf dem Kanapee und würde weinen. »Sie meint, in Buda krank zu werden und von den ungarischen Doctores halte sie nichts. Die Eltern würden ihr fehlen, die ungarische Sprache könne sie nicht ausstehen und sie könne gerne auf diese Karriere verzichten.«

Der Klemens wusste, dass üblicherweise nur die adeligen Sprösslinge eine Karriere im diplomatischen Dienst machen können und er solle halt daheim nochmals mit der Anuschka reden und auch mit dem Herrn Schwiegervater. Es wäre auch an die Nachkommenschaft zu denken.

Er hatte in der nächsten Zeit viel zu schreiben. Der Oskar in Amerika würde auf eine Nachricht warten. Er hatte seine erste Frau Anita im Kindbett verloren und schließlich deren Schwester geheiratet. Aber die wäre so agil und lebhaft, schrieb er einmal, dass er nicht recht wisse, ob er der rechte Mann für sie wäre, ab sie hätten doch schon wieder zwei Kinder und wenn es so weiterläuft, wäre er zufrieden.

Der Woyzeck brachte eines Tages tatsächlich die Luise Perunek mit und die zwei turtelten sehr heftig und die Luise lud ihn zur Hochzeit ein. Die Feier fände in Rajhrad statt und dass er ja komme, weil er doch zur Familie gehöre. Sie legte ihm einen deftigen Fetzen geräuchertes Fleisch auf den Tisch, kein kleines Stück, eher ein Brocken für das nächste halbe Jahr. Er würde es der Jana Procházkova mitgeben.

113

Am Tag vor dem Weihnachtsfest schlugen zwei Verwirrte ein Fenster im Parterre des Krummauer'schen Anwesens ein und dem Annerl vertraute er nach dem Nachtgebet seine Sorgen an, dass die Renitenz der Leute immer größer werde. Aber es könne auch nicht richtig sein, wenn jedermann um sich schlage, sobald die Umstände nicht nach seinem Kopf wären. Aber sie wisse das ja alles viel besser, als er hier in diesem irdischen Jammertal.

In der Schuhfabrikation hatte es gebrannt, wobei das Feuer umgehend gelöscht werden konnte.

Die Jana erzählte vom Herrn Prälat, der auf der glatten Treppe vorm Hohen Dom ausgerutscht und schwer gefallen wäre. Der Herr Doktor habe ihn bei sich daheim eingelagert und eine ganz liebe, junge Ordensfrau würde sich um das Wohl des hohen Herrn sorgen und ihn waschen und putzen.

Und die schöne Schmiedin wäre nach zehn Jahren wieder daheim bei ihrem Vater, erzählte sie. Das Schmied Agatherl war das schönste Mädel in ganz Brünn gewesen und ihr Herr Vater hütete sie wie seinen Augapfel. Dem Klemens hatte sie auch gefallen in seinen Jünglingsjahren. Es musste dann der reichste Jungbauer, der Hilfinger August, weit und breit sein, dem sie zu verstehen gab, dass er der Richtige sei. Beim Hochzeitstanz in der Reibn war er noch aufgelegt und fidel. Er sprang auf einen Tisch zwischen die Bierkrüge und tanzte und sang und grölte in sein Publikum hinein, dass er die Agathe dem Meistbietenden heute Nacht überlasse.

Das Agatherl weinte daraufhin herzzerreißend, stand auf, stürmte auf ihren lieben Herrn Vater zu. Hinter ihr krachte und schepperte es. Der liebe Herr Bräutigam war vom Tisch in den schnellen Tod gestürzt. »Ja«, sagte der Vater vom Agatherl, »Hochmut kommt vor dem Fall.« Das Agatherl hatte einen prächtigen Hof und einen Haufen Geld geerbt, kümmerte sich um die schwindsüchtige Schwiegermama und den gichtigen Schwiegervater und die zwei Alten meinten, so gut hätten sie es noch nie gehabt. Zwei Jahre später ehelichte sie den Hierlinger Wolfram, der aber bettelarm und kränklich war. Der Wolfram machte es auch nicht lange. Der Doktor diagnostizierte auch bei ihm die elendige Schwindsucht. »Aber mit dera Auszehrung kannst noch fünf oder zehn Joahr leben, wiast di hoit oschtöllst.«

Nach drei Jahren lebte er noch ein paar Wochen ins Frühjahr hinein und gab dann still seinen Geist auf.

Das Agatherl werkelte von früh bis spät auf dem Hof und schließlich verkaufte sie das Gut und zog nach Wien.

114

Klemens Krummauer schlief schlecht, grübelte die Nächte über Nichtigkeiten, vor allem aber dachte er an sein Annerl und die Kinder. Sie solle auf die Elisabeth und den Wenzel aufpassen, sagte er zum Annerl, die Zeiten wären schlecht.

Dann traf ein Brief vom Dekan Ulitsch ein, der geziemend anfragte, ob dem Herrn Kommerzialrat ein Besuch seinerseits genehm wäre. Er wolle keinesfalls seinen akkuraten Alltag in irgendeiner Weise derangierten. Zudem nehme er Logis im Grünen Adler, den er aus früheren Zeiten kenne und den er sicherlich in ebenso trefflicher Weise vorfinden würde.

Die ersten Tage im Mai, die der Herr Dekan in seinem Schreiben vorgeschlagen hatte, weil da doch in Prag die Vakanzen an der Universität die Hörsäle leer fänden, passten ihm gewiss.

Das Wiedersehen der beiden Freunde wurde durch einen chaotischen Sturm beeinträchtigt. Aber der heiße Kaffee, den die liebenswerte Jana Procházkova aufgebrüht hatte, die Gespräche, die Erzählungen aus dem kaiserlichen Prag wischte alle kleinen Widrigkeiten beiseite. »Bin froh, dass ich nun einige Tage im schönen Brünn verbringen darf, in der feinen Umgebung zumal«, sagte der Herr Dekan. Er habe eine frische Luft nötig, die er kubikmeterweise einsaugen werde. »Möchte auf dem Land wohnen, wann ich die Pension erleben darf«, lachte er.

Über die politischen Umstände in der Monarchie, speziell auch im Königreich, sprachen die Herren, denn die Verwicklungen und Bedrängnisse ließen eine diffuse Zukunft erahnen. Es könne von heut auf morgen das Fass detonieren, als hätte man eine Ladung Schießpulver darinnen versteckt.

»Mittlerweile rühren die Etablierten wieder neuen Mörtel an«, sagte der Ulitsch, »um das eine oder andere Nadelöhr in den alten und lang schon baufälligen Mauern, welche die etablierten Adels- und reichen Patrizierfamilien für sich erbaut haben und durch die nun ein wenig unverbrauchte Luft einsickert, schnell wieder zu verstopfen.«

Es darf gemutmaßt werden, fügte er an, wie massiv solche recht verzweifelte Renovierungen sein werden, wenn doch das gesamte Gebäude schon relativ instabil auf seinen Grundfesten ruht und durch einen kleinen Anlass zu erschüttern ist. Aber die Kaiserei wird halt noch lange dauern.«

Ulitsch war mit den Politikern in Prag vertraut und kannte deren Motivationen, auch die eine oder andere Zwangslage und Verlegenheit, die diesen oder jenen zu politischem Handeln zwang. Er erlebte Ränke, Zank und Streit, korrupte Kriminelle unter den Verantwortlichen, die sich bereicherten und unziemliche Vorteile verschafften.

Er war auf allen Ebenen mit den pflichtgetreuen Verwesern im Gespräch, gerne als Ratgeber eingesetzt. Seine dezidierten Wertungen und Analysen waren gefragt. Es waren ihm Hintergründe vertraut, mit denen man das gemeine Volk irritieren würde, würden sie denn öffentlich debattiert.

»Die politische Ordnung wird kollabieren, aber die Zeit scheint eben noch nicht reif dafür. Jeder möchte seinen Einfluss geltend machen, seine Beziehungen einbringen. Ein von sich überzeugter studiosus aus dem Troppauer Landstrich wollte mich zu seinem Protegé erniedrigen. Er marschierte nach der Ersten Staatsprüfung unaufgefordert in mein Bureau. Er wisse, sagte er in seiner unerzogen aufdringlichen Art, dass ich allerhand Leute kenne und er möchte in Prag sich um eine Assessorenstelle im zweiten Bezirk bewerben. Sein Vater würde sich erkenntlich zeigen. Ich bat ihn, den Raum zu verlassen und mir nie mehr unter die Augen zu treten.«

Nun war es eben an der Zeit, die Sachlagen im Reich zu debattieren und zu analysieren. Die jungen Leute würden nicht mehr lange zuschauen, sie liefen mit geballten Fäusten im Hosensack durch die Straßen. Die Arbeit lag keinesfalls auf der Straße und wer irgendwie konnte, lenkte seine

Schritte in die großen Städte oder gar ins ferne Amerika und versuchte dort für sich und seine Familie eine Zukunft aufzubauen.

»Eine Schande ist es«, sagte der Herr Dekan und er wäre dankbar, würde Klemens Krummauer mit ihm die politischen Konstellationen und das ganze böhmische Debakel erörtern, wäre er doch gegen Ende der Vakanz zu einem Gespräch in den Ständischen Landtag gebeten.

115

Über die Philosophie im Allgemeinen und den verehrten Urvater allen philosophischen Denkens, den Herrn Sokrates, verloren sie sich dann bis nach Mitternacht in tiefgründigen Gesprächen. Die Philosophen wären mit ihrem ethischen Imperativ jeweils die radikalsten Menschen ihrer Zeit. »Ihr Wirken«, so Krummauer, »ist von jeher ein Skandalon, ein öffentliches Ärgernis, das hergebrachtes Denken revolutioniert, auf den Kopf stellt.«

»Dafür nimmt einer den Giftbecher in Kauf, wie Sokrates, oder geht auf den Scheiterhaufen, wie Giordano Bruno.« Über Sokrates, den Pionier machtvollen Denkens und den einen oder anderen seiner Schüler, besonders Platon, gab es allfällig viel zu bedenken. »Sokrates wird im Mittelpunkt der Vorlesungen des kommenden Semesters stehen und solltest du jemals daran denken, deine Elisabeth in Prag zu besuchen, dann könnte ich mir ein Zwiegespräch im Auditorium Maximum vorstellen.«

Philosophen schaffen keine Golems, keine neuen Menschen, keine Maschinenmenschen – das wäre ihnen viel zu trivial. Philosophen bringen oft genug Unvorhergesehenes hervor und durch ihre Lebenserfahrung und Weisheit manches festgezurrte Denkkonstrukt zum Zusammenbruch.

Er selber sei ein Agnostiker, lachte der Ulitsch, »und ob es einen lieben Gott gibt, weiß ich nicht.«

Und er lobte seine liebe Eva, die ganz sicher sei, dass sie einmal in den Himmel käme, weil es eben den lieben Gott gäbe, »und darauf, dass er lieb und barmherzig sei, legt sie großen Wert.«

Der Schuster von Brünn, Klemens Krummauer, sagte darauf, dass er trotz aller Philosophiererei, überzeugt wäre, dass sein Annerl im Himmel ist und dann machte er wieder den einen und den anderen Schritt um den Tisch. Er suchte Halt am hölzernen Tisch. »Siehst, Rudi«, lachte er, »a wenig an Halt braucht der Mensch, sonst kippt er um.«

Dann redeten sie noch über die Gleichgültigen, deren einzige Überzeugung des Fressen und das Saufen sei.

Von der kaiserlichen Diplomatie hielten beide wenig und der Umgang der Habsburger mit den Balkanesen sei schäbig.

»Wilde Tänzerinnen wären die Kroatinnen und auch die Serben hätten wenig Kultur und für einfache Tätigkeiten könne man sie gerade noch brauchen.« Ulitsch zitierte den steierischen Kollegen Vanitsch, der sagte, dass bei diesen Grenzleuten hinten und vorne nichts stimme. Aber einen Haufen Kinder hätten sie in jeder Hütte und sie hätten ein dickes Fell, bräuchten keinen Mantel im Winter und im Sommer würden sie am liebsten halbnackert herumlaufen. Aber sie würden zusammenhalten, würden am liebsten ihre saure Milch trinken und viel Butter auf dem schwarzen Brot dazu essen. Und ein Balkanese saufe an einem Tag so viel Schnaps wie ein Österreicher das ganze Jahr.

»Ich habe in der Sommerfrische in Ravenska Vas an der Save einen Wirt kennen gelernt, einen gewissen Bojan, der die Freundlichkeit in Person war. Wenn jedoch sein Temperament mit ihm durchging, verfluchte er die ganze dreckige Welt. Er machte den Eindruck, als sei er dauerhaft hundemüde. Aber wenn ich an meinem Tischerl, das er extra für mich ans Fenster geschoben hatte, auch nur eine kleine Bewegung machte, stand er da, lachte mich an und die finstere Stube war mit einem Mal hell. So ein Mensch war das.

Er habe ein slawisches Gemüt, sagte der Bojan und er erzählte von einem gewissen Ali, ein gemischter Türk' wäre das, sagte er. Der Vater eine Mischung aus einer slowenischen Bauernmagd und einem Serb' und die Mama eine aus einem türkischen Knoblauchfeld, weither aus Yalova am Meer. Und dieser Ali hätte ihm sein Töchterlein gestohlen. Aber die hätte ihm gedeutet, dass sie ihm nur gehören werde, wenn er ein anständiger Christenmensch würde.

»Na ja, da ham wir den Ali gleich umgetauft«, hatte er gelacht und das war gut so, weil der gute Bojan das Jahr drauf in der Save beim Fischen auf Grund gegangen ist.

Aber die Balkanesen wären alle renitent und denen müsste man von Zeit zu Zeit eine über den Schädel ziehen. So alle zehn Jahre halt, hatte der Kollege Vanisch gemeint, damit sie spuren. Das sollten sie sich ins Stammbuch schreiben, diese Kroaten und die Serben und die Slowenen, die nichts Besseres zu tun hätten, als nach Österreich einzusickern und die aus Montenegro und wie die balkanesischen Misthaufen noch alle heißen.

Der Krummauer stand am Tisch und fühlte Leben in seine Schenkel und seine Lenden einziehen. Er meinte, dass man dem Böhm', sei er nun ein Tscheche oder ein Deutscher, auch regelmäßig die widerborstigen Gedanken austreiben müsste.

116

Zwei Wochen nach Ulitschs Rückreise nach Prag brachte der Briefbote bereits einen dicken Brief von ihm ins Krummauer Schusterhaus.

Er wäre dem Klemens überaus verbunden, würde er bei seiner herbstlichen Visite den Herrn Leibniz auch in seiner weiteren wissenschaftlichen Dimensionen vorstellen.

Es dürfe alles weit über die Leibniz'sche Monadenlehre, die so eingängig sei, hinausgehen.

»Ich denke vor allem an seine gründliche Beschreibung des Dualsystems und anderes mehr und ich glaube, dass sein mathematisches Denken der Menschheit irgendwann Flügel verleiht.«

Dann teilte Ulitsch ihm mit, dass unter den Studiosi ein bemerkenswert kritischer und überaus begabter junger Mensch sein Unwesen treibe, indem er philosophische und mathematische Erkenntnisse der Alten sozusagen im Bierkeller in der Altstadt der Lächerlichkeit preisgebe. Er ist andererseits von größter Lauterkeit. Die wiederum wird durch seine jugendliche Frechheit und Anmaßung, nämlich das Denken großer Geister ad absurdum zu führen, geschmälert. Karl von Lobitsch meint, man müsse den Schwulst aus vielen Äußerungen der Alten eliminieren und sich nur auf die sachliche Komponente berufen. Paraphrasieren nennt er das und tut kund, dass ihm das sogenannte einfache Lehrpersonal an der philosophischen Fakultät nur im Wege steht. Welch ein frecher Schnösel, dieser Lobitsch, Abkömmling eines schlesischen Baron mit wenig Geld. Aber er inspiriert mich, der Windbeutel, reißt mich raus aus dem faden, akademischen Lehrbetrieb. Ich könnte mir ein Zwiegespräch zwischen uns beiden, wobei wir zwei oder drei unserer Studiosi mit einbinden, vorstellen. Das wäre tatsächlich eine Neuerung im akademischen Geschehen an unserer Universität. Ich merke, ich werde alt und vielleicht gibt mir die akademische Debatte mit dir als Ehrengast neuen Auftrieb. »Gut lehrt, wer die Unterschiede klar darlegt, *Bene docet, qui bene distinguit.*«

Klemens Krummauer hatte noch einige Nägelchen ins Leder zu hämmern. Die Schuhe sollten dem schönen Agatherl vom ehemaligen Schmied in der Znaimer Gasse das Gehen leichter machen. Wie sie ihm die sauber gewaschenen Füßerl hingehalten hat, da hat er an sein Annerl gedacht. Das Annerl war immer in einen zarten, sehr dezenten Rosenduft gehüllt und er hätte zum Träumen angefangen. Aber das Agatherl erzählte ihm von ihren letzten und sehr interessanten Jahren, aber sie hätte im Moment gar keine Zeit zum Palaver. Aber wenn sie die Schuhe abholt, dürfte sie wohl mit ihm ein wenig plauschen.

Klemens hatte die letzten Nägelchen gesetzt und begutachtete sein Werk. Dann nahm er Feder und Papier und schrieb dem Freund nach Prag.

117

Die Nächte waren ihm ein Graus. Eine früher nie gekannte Müdigkeit begleite ihn den ganzen Tag. Die Jana hatte
ihm die weiße Porzellankanne mit heißem, würzig duften-
dem Kräutertee auf das Nachtkästchen hingestellt und sie
meinte, er würde bis nach Mitternacht gut warm bleiben.
Sie habe ihm Zitrone reingedrückt, sagte sie, bevor sie die
Kammer verließ.

Dann dämmerte er wieder weg und vernahm ganz deutlich Annas Stimme, die ihn animierte, die Tage in Prag endlich vorzubereiten, das eine oder andere Kapitel aus dem
Herrn Leibniz eben. Die nackten Fußerln von der schönen
Schmiedtochter schauten unter ihrem langen Rock hervor,
beschleunigten wohl seinen Herzschlag und er erwachte.

Aber der Herr Leibniz, der meinte, dass diese blutige und
leidgeschwängerte Welt die beste aller Welten sei, nun, das
nachzuvollziehen ging ihm immer weniger zu passe. Dass
der Gute daraus dann dem Leiden gar einen Sinn abzu-
gewinnen versuchte, zeigte seines Erachtens die eminente
Hilflosigkeit, in der das ganze Theodizeeproblem stecke.

Den kommenden Tag würde er wieder von einer Halb-
schlafperiode in die andere sinken, war sich dann des Zustandes zwischen Hindämmern und Wachsein nicht wirklich bewusst. Zwischen dem Annerl, die ja nun schon so
viele Monate in ganz anderen Sphären sich aufhielt und ihm
bestand eine besondere, eine sehr eigenartige Nähe.

Er war zu müde, um nach dem Traum sich aus dem Bett
zu hieven, zur Bibliothek zu fahren oder gar mit unsiche-
ren Schritten die drei Meter zurückzulegen. Die Fußerl von

der Agathe beunruhigten ihn und das er sagte dem Annerl. Dann kam ihm wieder der Herr Metternich in den Kopf und er würde ihm auf den Kopf zusagen, sollten sie sich je treffen, dass seine Politik der Vernunft entbehre und die Leute würden nur Erdäpfel und Rüben zu fressen haben. Dann stand er doch auf und schnitt die zwei gekochten Kartoffeln, die vom Abendessen übrig geblieben waren, legte sie auf die noch heiße Ofenplatte. Langsam und mit Behagen genoss er die heißen Knollen und füllte seinen Zinnbecher mit dem Roten Mährischen aus der Olmützer Gegend. Dann schlief er ein und es erschienen ihm in seinen Träumen weder das Annerl noch die Kinder, auch nicht die Fußerl vom Schmied Agatherl, kein Sokrates und auch nicht der Herr Kant wollten diskutieren und auch die Gedanken und Grübeleien an den Herrn Metternich ließen ihn in Ruhe.

118

Der Ferenc stützte ihn bei seinen Gehversuchen im Garten und er meinte, dass es mit ihm in letzter Zeit auch schlechter würde, die Luft würd' ihm fehlen und nach einem Vaterunser wär' er schon gscheit müd'.

»Ohne dich könnten sie auch eingraben«, lachte der Klemens. »Ich bin auf dich angewiesen.«

»Es find' se allweil wos Neis. Des Agatherl schaut di a o wiar a Ganserl, an Blick hot de, wann se di oschagt. Jessas, Maria und Josef, wann se a Weiberleit oan ausgschaut hot, na gengan se über Leichn.«

Dann erzählte er vom Hrabalak Jiří, der letztes Jahr im Herbst noch fröhlich gepfiffen und seine Fisimatenten mit den Weibsleuten im Park gemacht hätte. Dann hätte er noch ein, zwei Husterer getan, sich an die Brust gegriffen und dann lag er in seinem Haufen Blätter. Schön rot und braun und gelb, grün auch gefärbt und so möchte er es auch. »Net im Bett, Klemens, in meinem Bett neben dem Ferdl und dem Steffl möcht i hifalln, das warat as meine.«

Dann meinte er noch, dass er auf die eigene Leich net gern gehen tät, weil der Pfarrer ihn net mechat. »Der schaut mi in da Früahmess o, als wenn i da Beelzebub warat und er wird mir a kurze Predigt haltn, weil i halt a ungarischer Spitzbua bin und er wird zu de Leit sogn, dass se recht fest betn solltn, dass i net zu lang im Fegfeuer schmorrn müassat.« Der Ferenc lachte und schlug sich auf die Schenkel und er schaute recht glustig, und der Klemens stellte den Obstler auf den Tisch, zog die Augenbrauen leicht hoch und meinte er solle den Obstler mit ins Heu nehmen, weil er seine Ruhe bräuchte und ins Bett möcht.

Er dachte wieder einmal an den Fürst Metternich, der auch kein Kostverächter war, wie man erzählte. Ein durch und durch nüchterner Administrator wäre er, sagten jene, die es wissen mussten. Die kühlen und aufgeschlossenen Köpfe der Zeit spürten, dass dieser Mann den Strom der Zeit jedoch nicht aufhalten konnte. Man durfte ihm zuschreiben, dass er recht aufgeschlossen war er für den technischen Fortschritt seiner Zeit, aber in der Politik blieb er der Garant der Zucht und Disziplin, eher Druck als Freiheit und liberale Gesinnung. »An jeder Revolte wird er zu beißen haben, der Gute«, sann er. »Und nach Brünn wird er doch nicht wieder kommen. Da hätte er sich mit dem Schusterbub unterhalten können. Aber es hat alles eben seine zwei

Seiten«, erinnerte Klemens sich an die Ergebnisse des Wiener Kongresses, »und keiner kann aus seiner Haut und das sollte man bedenken. Die Zukunft ist uns Menschen verborgen, aber die Wege in diese unbekannte Zukunft muss man gehen«, resümierte er, und Zuversicht, Mut und Hoffnung wären künftig unverbrüchlich nötig, überlegte er, und auf ihn, den Brünner Schuster, würde ja doch keiner hören, schmunzelte er. »Die Weltkugel liegt vor ihm offen.«

Er schätzte den großen Friedrich von Schiller über alles und griff immer wieder gerne zu seinen Gedichtbändchen, wo er häufig genug von Gott spricht. Er rezitierte noch des Dichters wunderbares Gedicht *An die Freude*: ›Brüder, überm Sternenzelt muss ein gütiger Vater wohnen.‹ Klemens Krummauer spürte jedoch, dass Gott für Schiller nur ein bloßer Gedanke war. Ein betender Mensch war er wohl nicht, eher setzte er auf seine Vernunft und die eigene Kraft. ›Wer nichts waget, der darf nichts hoffen‹, lässt der große Schiller den Wachtmeister in Wallensteins Lager im 7. Auftritt ausrufen. »Ein großer Mensch, ein Zeuge großer Umbrüche und ein Dichter und Denker von Rang ruft nach den Abgründen, die sich aufgetan hatten, seine Hoffnung und seine Freude in die zerrissene Welt hinaus, reicht auch in Verehrung dem unbekannten Schöpfer seiner Hand, ruft auf zu Mut und Geduld, zur Freude über allem Leid, zur Versöhnung der Millionen.« Oft und oft saßen sie an langen, stillen Abenden am Tisch und das Annerl rezitierte die glückselige Lyrik des großen Meisters.

119

Ein freundlicher Durchreisender aus dem bayerischen Regensburg saß in seiner Werkstatt und erzählte, ein Mähre aus Znaim habe ihm vom Krummauerschuster aus Brünn erzählt, dass der Schuhe und Stiefel fertige, die man nicht mehr ausziehen möchte, hätte man denn überhaupt welche. Und so habe er sich auf den Weg gemacht, diese böhmische Erfolgsgeschichte auf Herz und Nieren zu prüfen. Mit guten Schuhen lasse sich heute viel Geld verdienen.

Den ganzen Nachmittag schaute er sich im Geschäft und der Fabrikationsanlage um und die Modelle und ihre Tragebequemlichkeit beeindruckten ihn. Regensburg sei eine recht aufstrebende Stadt, sagte der Richard Weber, seines Zeichens Schuhhandlerer in Regensburg und in Straubing und sein Material sei hochwertig und verspräche ein langes Leben und der hier Nadel und Faden führe, sei ein Künstler, nicht nur ein Schuhmacher.

Wenn die Kundschaft zufrieden sei, erzählte er, dann spräche sich das herum, und der Schuh habe schon immer was ausgesagt, wer der Mensch sei und wo er herkomme. »Ich bin oft in Pirmasens und wer in der Zunft was auf sich hält, geht dort ein und aus, und wer einen Stiefel aus Pirmasens trägt, kann es bis zum Bürgermeister bringen«, lachte der Weber. Gerade im Bayerischen gäbe es wieder Leute, die nicht nur einen billigen Schuh suchten, sondern einen formschönen, und es gäbe Leute, die mehrere Paar in Besitz hätten.

Eine gut betuchte Witwe kenne er, die trage ihr Geld gerne in seinen Laden und sie sei, was für eine Frau schon an ein Wunder grenze, gar interessiert an Lektüren über Bücher, aber auch an solchen, die ein echter Dichter geschrieben habe, und an so was, das man Kultur nennt. Sie meinte, er solle ihr immer berichten, wenn er von einer seiner Reisen zurückkäme, was es denn so gebe in der weiten Welt, Neues halt.

Ein schöner Frauenschuh, sagte der Weber, wäre halt auch was zum Anschauen und mit so einem Accessoire wäre außerdem eine gewisse Leidenschaft verbunden, weil eine Frau nicht nur was an den Füßen hätte, was sie warmhält und schützt, irgendetwas zu Laufen, sondern weil so ein schöner Schuh der Seele gut tät. Männer würden das nicht verstehen, weil Männer eben keine rechten Menschen seien. Da bräuchte man ja nur an einem Wirtshaustisch sitzen und den Männern und den Weibern zuschauen, wenn er überhaupt eine Frau an seiner Seite habe, was auch selten genug sei.

Und er erzähle seiner Kundschaft auch viel über die Herstellung gerade von ihrem Schuh, den sie eben dabei wären, ins Herz zu schließen. Und dass jeder Schuh ein Unikat sei und jeder Schuster seinen Schuhen seinen eigenen Stil gebe, seine besondere Ausdrucksform eben und er erzähle auch über die alten Zeiten und er zeige ihnen farbige, retuschierte Abbilder und er sage ihnen, dass der Mensch im Allgemeinen so sei, innerlich eben, wie er sein Schuhwerk pflege. »Schuhe sind Kulturgut«, sage ich den Leuten, »und Schuhe tragen wir jeden Tag und die genannte Witwe hat das schnelle Verscheiden ihres Mannes gerade deswegen überwunden, weil sie sich an ihrem Schuhwerk so erfreut. Sie konnte nicht mehr schlafen, weil sie meinte, der Herr Gatte wäre doch nur verreist und diese Hirngespinste haben sie heimgesucht und arg niedergedrückt wie eine schlimme Krankheit und diese Obsession hat sie nur überwunden, weil sie sich dreimal in der Woche in meine Schusterei geschleppt hat.«

Die beiden achtbaren Schuster, der Krummauer aus Brünn und der Weber aus dem bayerischen Regensburg führten noch eine lange und sehr angeregte Causerie über die Historie der Schuhe im Allgemeinen. Das wieder regte den Krummauer im Übrigen zu einem ausgiebigen Fabulieren über Schuhe und Stieferl, über Sandalen und Pantoletten an. Er bedachte, dass er sich bei all seinen denkerischen Spielereien der Beschäftigung gerade mit der Geschichte der Schuhe, der Materialien und Techniken vermehrt widmen müsse, habe das Annerl doch immer wieder angemerkt, dass er sich vor allem auch mit seiner ersten Passion, der Schusterei, befassen müsse. Das brächte ihn möglicherweise auf andere Gedanken.

Der Regensburger Schuhhandlerer Weber würde dem Krummauer einen Auftrag zuschicken, er müsse nur noch das eine oder andere gründlich eruieren und er könnte gar einen von Krummauers trefflichen Gesellen brauchen, für ein oder zwei Jahre. Denn ein von Hand genähter Maßschuh aus der Krummauer Meisterschule wäre doch eine besondere Herausforderung und eine handwerkliche Leistung, an der man den wahren Meister erkenne und das Lernen von der Kunst, der Kreativität eines anderen, eines Größeren, sei das wahre Meisterstück, gleichsam das Magnum Opus in einem Schusterleben.

Der Weber dachte viel weiter, als nur vom Schusterbock

bis zum Öllamperl, das auch noch brannte, wenn mit der Dämmerung das Tagwerk endete.

Dadurch ließe sich das Schuhmacherhandwerk löblich hochhalten und auch eine vertiefte Zusammenarbeit könne man bedenken, gab der Krummauer dem lieben Herrn Weber mit auf den Weg.

Der Herr Weber schaute sich in der guten Stube vom Herrn Kommerzialrat um. Er hätte schon gehört, dass der Herr Rat viele Bücher hätte und ein Forscher wär er auch, gar ein Bibelforscher, fragte er. Die Böhmischen wären schon immer fortschrittlicher als die Bayern und drüben würden die Herrn Pfarrer vorschreiben, was man zu lesen hätte. Sein Blick fiel auf die gläserne Schale auf der Kommode, ein Erinnerungsstück an ihre gemeinsame Reise nach Wien, in dem sich auch noch das kleinste Licht spiegelte.

In der gläsernen Schatulle lagen die zwei goldenen Ohrringe, die er seinem Annerl bei seinem ersten Besuch aus Prag mit heimgebracht hatte. Das Annerl polierte die kleinen Gehänge immer mit einem sauberen, weichen Tuch, bevor sie die Schmuckstückerln, wie sie sie nannte und an denen zwei Herzerln pendelten, an ihren Ohrläppchen fixierte.

Ein anderes Paar Ohrringe hatte die Elisabeth mit nach Prag genommen. Zwei kleine bläuliche Täubchen hingen an dem feinen Zierrat. As Silber«, weinte das Lieserl beim Abschied, »mag ich liaba und dir gfallen ja die Herzerln besser.« Und sie möcht ihn gar nicht allein lassen, weil er ohne die Mama so einsam wär und er hätt' goar niemand, der auf ihn aufpasst und sie gab ihm noch mehrere Rauschläger, wie er sich ohne Schaden durchs Leben schlagen könnte.

Von viel Gold und Silber und kostbaren Edelsteinen hatte das Annerl nichts gehalten. So was passe nicht zu ihr, sagte sie, auch wenn sie die Frau vom Herrn Kommerzialrat wäre. Aber sie könne auf der Olmützer Straße und unten am Ringplatz nicht flanieren, wie die gnädigen Damen der Herren vom Magistrat.

»*Quod li cet Io vi, non li cet bo vi*«, sagte sie lässig in Richtung ihres liebsten Ehemannes, warf er doch seit Jahrzehnten mit allerlei lateinischem Krimskrams um sich. Da müsst' sie, sich gar schämen, wegen der Aufmerksamkeit und weil so was in ihren Augen die Artigkeit ginge.

»Na hörst, Annerl«, sagte der Herr Gatte. »*Quod erat demonstrandum.*«

Sie wisse doch woher sie komme, nahm sie ihm seine lateinische Beschwichtigung aus den Segeln. Und sie würde ihrem Herrgott in der Sankt Peter- und Paulskirche nicht unter die Augen treten können, wenn sie sich voller Lametta behänge und ausschauen tät sie da wie dieser neuartige Christbaum im Garten von der Frau von Selbitz-Schaundorf.

»Aber aus lauter Liab zu dir«, sagte sie zu ihrem Herrn Gemahl, »trag ich die schönen Ohrringerl in der ganzen Weihnachtszeit und auch nach der Auferstehungsfeier am Ostersonntag.«

Nach den arbeitsreichen Tagen freute er sich auf die eine oder andere stille Stunde mit dem Annerl an langen Abenden. Dann griff er nach einem der schmalen Lederfolianten, in das Annerl ihr immerwährendes Loblied auf den Herrn von Schiller notierte. Sie war glücklich, wenn er wieder einmal einen Ledereinband gefertigt hatte, jeden in einer anderen Schattierung, gegerbt vom Gerber Rieseck aus Znaim, der dem Vater seiner Anna und des Oskar schon zugearbeitet hatte. Farbunterschiede machen das Leder edel und sie verstand vom Leder ebenso viel, wie der Krummauer selber. Sie liebte die Adrigkeit im hellen wie im dunkleren Fasergefüge und all das gab dem individuellen Charakter des Leders seinen besonderen Reiz.

Wenn der Klemens seine Seele wieder einmal auf die griechischen Geistesheroen einstimmte, den guten Aristoteles zumal, den sie einen alten Heiden nannte, und dessen Poetik deutete, griff sie zur Feder. Grundsätzlich lehnte sie die Kiele von Hühnerfedern ab und wenn sie ein besonders dekoratives Schriftbild aufsetzte, nutzte sie gerne auch einmal einen Schwanenkiel. Der Gänsekiel musste von bester Qualität sein. Den einen Kiel nutzte sie schräg geschnitten, einen weiteren in der Mitte gespalten und wenn sie die schräge Schreibunterlage auf dem Tisch platzierte, erinnerte sie ihn an die Vorbereitung der kultischen Handlung des Pfarrers am festlichen Altar.

Wenn sie aus der Bürgschaft des Meisters rezitierte, erweckte sie zugleich die griechische Historie des fünften Jahrhunderts vor der Geburt Jesu. Im Lied von der Glocke brachte die ungeheure Spannung der Französischen Revolte von 1789 zur Geltung. Hiermit zeige Schiller auch die Bestimmung der Glocke auf, erwähnte sie beiläufig. Sie soll dem Wechselspiel des Lebens läuten, erklärte sie und ließ ihre Zuhörer spüren, dass der Meister die Glocke als ein Mahnmal des Vergänglichen deutet: »So lehre sie, dass nichts bestehet, / dass alles Irdische verhallt.« Und ihr Publikum spürte, dass dem Herrn von Schiller diese herrliche

Ballade auch als eine Mahnung, ein Plädoyer für den Frieden galt.

Ein halbes Dutzend dieser kleinen Kostbarkeiten zog er aus dem Bücherschrank, nahm jedes der Bändchen voller Innigkeit in die Hand, blätterte darinnen, verweilte bei der einen oder anderen Stelle und vernahm ihre Stimme. Er sah sie in ihrem Stuhl sitzend, den linken Arm auf die Lehne gestützt und mit der rechten Hand das Buch haltend.

Den Herrn Schiller konnte Klemens Krummauer sich nur in Verbindung mit seinem Annerl vorstellen. »Er ist auch schon lange tot«, überlegte er, »grad die besten erlöschen so jung.«

120

Er hatte sich mit dem Zeitgenossen Bernhard Bolzano befasst. Ulitsch hatte ihn auf diesen brillanten mathematischen Kopf aufmerksam gemacht. Dieser große Geist, einige Jahre älter als er selber, dozierte an der mathematischen Fakultät in Prag, hoch angesehen und als brillanter Lehrer anerkannt. Er verstand es laut Ulitsch, die mathematischen Gedanken mit der Philosophie und der heiligen Theologie zu versöhnen, ohne dass ihn das Schicksal eines Galileo Galilei ereilte. Große Mathematiker wären eben auch große Philosophen, bedachte Krummauer und er musste sich eingestehen, dass seine mathematischen Mängel beträchtlich waren.

In den naturwissenschaftlichen Gebieten reizte ihn ja das Geheimnisvolle, das in der Zukunft Schlummernde an sich, das unentdeckte Terrain. Der Mathematik hätte er sich gerne mehr gewidmet, was leider seinem großen Lehrer, dem guten Pater Cajetan geschuldet war, der ihn doch vor allem mit allem Himmelsnahen, wie er sagte, der Philosophie, der Theologie, konfrontiert hatte, letztendlich kaum mit der Mathematik.

Da gäbe es schon bei Aristoteles, der die Gesamtheit der Wissenschaften, auch der Kunst in seinem Geist und seiner Seele getragen hatte, eine Vielfalt von mathematischen Grundideen und es wäre sicher sehr anregend, sich damit auseinander zu setzen, wusste er lange schon.

Dass die Mathematik in der Entwicklung des menschlichen Forschens und Überlegens noch eine mächtige Rolle spielen wird, wusste er, als er sich an den Herrn Johannes Kepler herangetastet hatte, an den großen Meistermathematiker Blaise Pascal, an seinen verehrten Lehrmeister Leibniz und schließlich, wie könnte es anders sein, an den verehrten Zeitgenossen Carl Friedrich Gauß. Als Fürsten der Wissenschaft bezeichneten sie ihn, auch einer, den er gerne getroffen hätte, aber das bliebe wohl ein frommer Wunsch, genau wie es ihm nicht gegönnt war, den seinerzeit verehrten Fürst Metternich die Stiefel zu putzen.

Er wolle mit den Prager Partnern im Gespräch bleiben, für mathematisch-philosophisch interessierte Studiosi die gedanklichen Verbindungen der Philosophie und der Mathematik erhellen. Wenn nicht in Prag, wo dann. Vielleicht würde er Bolzano in Prag selber kennen lernen. Soweit er bei seinem letzten Besuch an der Karlsuniversität gehört hatte, ging es ihm gesundheitlich nur recht leidlich.

Er war überzeugt, dass es in dieser hehren mathematischen Welt noch Unendlichkeiten zu entdecken gelte, eine derzeit noch nicht vorstellbare Anhäufung komplexester

Informationen und es mag sein, bedachte der kritisch und scharfsinnig analysierende Schusterphilosoph, dass gerade aus den außerordentlich einfachen mathematischen Singularitäten noch unvorstellbar Unbekanntes erwachsen wird. Die Geheimnisse der Natur zu entschlüsseln, dürfte wohl die Aufgabe vieler kommenden Generationen werden. Es ist die Diskrepanz zwischen den grundlegenden Veränderungen in vielen Ländern der westlichen Welt einerseits und der weiterhin tiefgefrorenen politischen Landschaft des Berliner Regierungsviertels andererseits, die ein Weiter-so für viele Menschen zu einer surrealen, zumindest aber nicht eben zukunftsweisenden Vorstellung machen. Woher aber soll die Zukunftsorientierung kommen? Es erscheint logisch, in solch einer Situation alle Hoffnungen auf den politischen Nachwuchs zu setzen. Doch ist diese Hoffnung berechtigt?

Dazu ist diese Welt mittlerweile viel zu hermetisch abgeriegelt. Ihre Akademisierung und Professionalisierung stellt sicher, dass visionäre und unangepasste Himmelsstürmer zwangsweise begradigt beziehungsweise gebrochen werden. In den Zeiten des alternativlosen Gesellschaftsmanagements bestand kein Bedarf an visionären und querköpfigen Veränderungswütigen; gebraucht wurden elastische und rückgratlose Verwalter, für die die Wähler und deren Kratzbürstigkeit eher Störfaktoren sind als Antrieb und Legitimation des eigenen Handelns.

Die Ursache für die abgesunkene Attraktivität der politischen Sphäre ist die rasant fortschreitende Verengung des Horizonts des politisch Denkbaren. Die packenden Debatten über unterschiedliche Zukunftsvisionen und die dazugehörigen Ideologien, Weltanschauungen und Wertvorstellungen, die die Menschen in ihren Bann zogen und auch mobilisierten, sind lange vorbei. Das Zeitalter der großen Ideologien, in denen es nicht nur um individuelle Ziele und Vorteile ging, sondern in denen Politik als etwas Größeres und die individuelle Ebene Transzendierendes lebendig war, ist Geschichte. Heute gilt Politik als weitgehend wirkungslos, sinnlos und veränderungsunfähig. Entsprechend gering ist die Anziehungskraft der Politik auf gestalterische Menschen und somit auch auf die ambitionierten und klugen Köpfe.

Alternativentwürfe entgegensetzen. Diese »Privatisierung des Politischen« ist heute in unheilvoller und zutiefst autoritärer und freiheitsfeindlicher Vehemenz Wirklichkeit geworden: Die Regulierung menschlichen Handelns, Lebens, Konsumierens bis hin zum Denken und Sprechen des Einzelnen dominiert heute den Bereich, in dem man einst in offener Debatte um die besten Zukunftsvisionen für die Welt rang.

Es braucht Leute, die anders und selbst denken, die bereit sind, für ihre Überzeugungen etwas zu riskieren, und für die Politik mehr ist als das Verwirklichen konkreter privater Träume. Politik muss wieder abstrakt werden und die Ebene des Persönlichen verlassen. Wenn sich Politik wieder um große Ideen und ferne Visionen dreht, dann kann sie auch wieder ein positives Verhältnis zu Ideen, zur Debatte und zur Freiheit entwickeln.

121

Am Sonntag vor Pfingsten, dem hochheiligen Exaudi, betete der Herr Pfarrer Ochatz, der den erkrankten Herrn Stadtpfarrer und Prälat vertrat, das lobende Exaudi: »*Domine,
vocem meam, qua clamavi ad te.* – Vernimm, o Herr, mein
lautes Rufen; sei mir gnädig und erhöre mich!«, aus dem 27.
Psalm.

Und nach dem Mittagessen, der Herr Kommerzialrat hatte sich gerade zu einem kleinen Nickerchen hingelegt, schob
sich der Ferenc ins Haus und sagte ihm, er wolle beichten,
weil er zu den Pfarrern und den Kooperatoren kein Vertrau-
en hatte. Für die wäre er der ungarische Schweinebauer und
eigentlich nicht richtig katholisch.

Er soll sich ausreden, sagte der Klemens Krummauer zu
seinem Freund, dessen Innenleben er so gut wie sein eigenes
kannte.

Und der Ferenc erzählte ihm von der Magdalena, der
verwitweten Besitzerin vom Alten Obristen und dass er, seitdem ihr Girgl sich zu Tode gesoffen hatte, bei ihr in der Küche und im Stall aushelfe. Er würde am Samstagabend die
Gaststube noch sauber machen und in der Küche auch und
da würde es dann blinken wie in im Hotel *Bristol* in Wien.
Die Magdalena würde das allein nicht hinkriegen. Dann
würde er sich noch zu ihr legen, weil sie das brauche und
er auch und weil sie dann jemanden hätten, sie zwei und
da käme es auch zu einer gewissen unkeuschen Handlung.
Aber er würde jeden Sonntag schon um sieben in der Früh
in die Kirche gehen, dann würde er wieder aufdecken in der
Gaststube und die Erdäpfel reiben, weil sie so siebzig, auch

achtzig Knödel aufkochen würde und des Fleisch würde er schneiden und ganz langsam bis Mittag schmoren lassen.

»Die Magdalena sagt, dass es auf der Welt sowie so nur Kummer und Leid gebe und das sei die Hölle und das bisserl Fegfeuer nach dem Sterben für die Unkeuschheit könnt ihr auch nimmer schaden.« Er würde das alles auch so sehen, aber nachdem er vermutlich nicht mehr lange in der Hölle auf Erden da leben müsste, wollte er noch einmal seine Sünden aufsagen.

»Es passt schon, Ferenc«, sagte der Krummauer, »es ist recht und gelten tut es auch und der Herrgott mag dich und alles wird er dir zum Guten anrechnen.«

Denn tranken sie noch ein paar Obstler und der Ferenc begab sich in sein Heubett in den Stall, redete noch ein paar Worte mit seinen Rössern. Dann wurde er recht schwach und schlief ein.

Der Vaclav Holicek schaute am Mittwochabend vorbei und beredete mit dem Krummauer das eine und andere Problem im Magistrat, dass ein paar der neu bestellten Räte dem Bürgermeister das Leben schwer machten. Aus der Kommode holte er einen kräftigen Roten. Er wusste, dass der Holicek Krummauers Roten, den der aus der Olmützer Gegend bezog, sehr schätzte und sie redeten über die Boluserde, über die Kunst der Malerei und der Bildhauerei und man bräuchte eben zwei Leben, meinte der Holicek, eines für Italien und ein anderes für Griechenland.

Holiceks Mama stammte aus dem Burgenland und der Herr Vater hatte sie irgendwo auf der Straß' gefunden, wie er immer lachte und hätt' das nicht bereut.

»Es is ana Affäre, sog' ich dir, Klemens, ane Affär, no.

Wannst heit mit Leutn wie dem Arwanger oder dem Selovac im Magistrat an anem Tisch sitzt, die dir sogar as Wasser zum Trinkn neidn. Es san Ordinäre und kaner von denen hot die Moral gepachtet und man kann sie ja net delogieren, würden alles kurz und klein schlagen, die Herren. Dann hätt' die Obrigkeit anen Grund, vehement zu werden, wannst verstehst, was i man, Klemens.«

Sie wären Aufmüpfige, Weltveränderer, echauffierte er sich und rechte Individuen, wie man so sagt. Revolutionäre hätten doch in unseren Friedenszeiten keinen Platz in Brünner Magistrat, missbilligte er das Verhalten der verbohrten Ratskollegen. Und solche Leute dürfe man nicht auf die Gesellschaft loslassen, wären sie doch schlussendlich von der Art, die auch gegen Seine Majestät aufbegehren würden.

Der Krummauer ließ ihn ausreden, war der Freund doch noch voller Hitze und er erhob das Glas auf Seine Majestät. »No, Vaclav, trink ma auf seine Majestät, dass es ihm weiterhin gelingen möge, die innere Ordnung zu gewährleisten, mögliche Feinde abzuwehren und dass Wohlstand und die Ergiebigkeit der wirtschaftlichen Anstrengungen immer fruchtbarer für das ganze Volk seiner Majestät werden.«

Er erzählte dann vom alten Philosophen und Politiker Solon, der seinerzeit schon das Staatswesen der alten Griechen begleitet und durchdacht hatte und wenn er, der Vaclav Holicek, in den Ratsdebatten auf diesen großen Vorläufer aller Staatenlenker eingehe, würden die Herren Räte seine überlegten Einwände nachvollziehen können. Solche Diskurse wären zwar in gewisser Weise delikat, aber sie könnten im Magistrat und darüber hinaus wertvolle Akzente setzen. Dass man dem einen oder anderen trotzdem seine Voreingenommenheiten nicht austreiben könne, wisse er, der Vaclav, aufgrund seiner langen politischen Erfahrungen am besten. Die genannten Leut' würden selber immer wieder auf ihren privilegierten Status, ihre Abstammung, ihre Lebensleistungen und anderes mehr verweisen, um nur nicht denken zu müssen oder sich der Argumentation anderer zu stellen.

122

Klemens schlief nach dieser angeregten Unterhaltung recht schnell ein, bis ihn sein Annerl weckte und meinte, er solle nicht immer mit den heidnischen Griechenphilosophen glänzen und argumentieren, das würde den Leuten auf das Gemüt schlagen.

Dann erschien ihm wieder das Fußerl der schönen Schmiedin und sie tupfte ihn an die Schulter, recht deftig, so schien es dem Malträtierten.

Die Jana rüttelte ihn an der Schulter und sagte, dass es mit dem Ferenc zu Ende ging. Der Klemens bat die Jana, ihm die verstaubte Lehátko neben den im Pferdestall auf seinem Heubett liegenden Freund zu stellen. Er hielt dem Sterbenden die Hand und der Ferenc sagte, er möchte eine Grabpredigt mit dem 23. Psalm. »Du weißt schon Klemens, zwei Vaterunser lang kann er reden, aber mit dem Psalm für den ungarischen Schweinebauern. Da geht es dann leichter hinüber. Er weidet mich auf grünen Auen und führt mich zu stillen Wassern.«

Nach einer guten Stunde erschien der Herr Kooperator mit zwei Ministranten und zwei ebenso müden Hunden im Geleit. Warum man ihn nicht früher geholt hätte, fauchte er, der Ferenc wäre ja schon tot und ob das dann noch was bringt, wage er zu bezweifeln. Garantieren könne er für nichts. »Da leg ich meine Händ' net ins Feier.«

Die Leich wär' am Samstag, sagte er und weil der Herr Prälat mit der Köchin bis Samstagabend mit der Kutsche unterwegs wäre, würde er selber ihn eingraben. »Um zehne hob i den Molitor, der hot scho lang drauf g'wart. Für eahm ham mir amol den Samstag glei hergnomma. Und die Ottakringer Silvi hot as vierte Kind verlorn und is etzat dro gschtorm. Dann waret des mit dem Ferenc um a achte in da Fruah, wann's net z'fruah ist.«

Ob der Kooperator seine unreifen und törichten Einlassungen überstehen würde, konnte der aufgebrachte Schuster Krummauer nicht garantieren. So viel unsägliche Gefühlskälte hatte er noch nicht erlebt.

»Es wird eine große Leich, Herr Kooperator, fünf Minuten Predigt und den Psalm 23 und sein Grab lass ich an der Mauer schaufeln, an der Buche. Ich zahl' des schon.«

Dann bettete der Tischler den guten Ferenc in den Sarg und der Herr Kommerzialrat ließ durch die Jana an den Herrn Kooperator eine Einladung zum Abendessen am Freitagabend um acht Uhr ausrichten und der Herr Kooperator könne gerne die beiden jungen Mitbrüder mitbringen und es wäre dem Herrn Kommerzialrat eine große Ehre.

Er fühlte sich wie Odysseus, der sich List und Tücke der Freier seiner seine geliebte Penelope entledigte.

Der Herr Kommerzialrat begrüßte die geistlichen Herren mit großer Devotion und die Jana servierte noch den an der Tür Stehenden ein großes Glas Schampus. Als Studierte seien sie das bisserl Schampus sicher gewöhnt und es gelte auf ex zu trinken, verspräche der Abend doch intim und interessant zu werden. Und die Jana stellte die heißen Knödel neben den Schweinebraten und die Herren aßen und tranken und die Jana goss den Herren ohne Unterlass und mit einem Übermaß Charme und Liebreiz den Obstler ins Glaserl. Der eine wäre ein Mirabellenbrand für die Leber und der andere ein Zwetschgenschnaps und der helfe für die Verdauung. Und der Herr Fürst Metternich, der schon im Hause des Herrn Kommerzialrates eingekauft hätte, trinke heute zumeist nur noch den Kirsch/Zwetschgenobstler, den sie ihnen nicht aufdringen wolle.

123

Um acht Uhr am Samstagmorgen fehlte zunächst der Herr Kooperator beim Requiem für den Ferenc und der Herr Mesner gab zu verstehen, dass die Herren Kooperatoren noch eintreffen würden. Es wurde dann, sicher zur Freude des verstorbenen Ferenc, hätte er das Procedere erlebt, ein fröhliches Requiem, litten doch die anwesenden Trauergäste herzlich mit dem Herrn Kooperator. Der Ferenc durfte sich an einer mäßigen Predigt, aber am 23. Psalm erfreuen.

Beim Mittagessen zu Ehren des verstorbenen Ferenc saßen Ferenc' Weggefährten im Alten Obristen bei der Magdalena. Die hatte ihm zu Lebzeiten gezeigt, dass das Leben auch schöne Tage hat, wo man sich nicht unablässig anstellen muss beim Herrn Sensenmann, der sich oft genug nicht erweichen lässt, der den einen austreibt aus seinem irdischen Paradiesgärtchen, den anderen wiederum ist er der getreue Gevatter, der sie hinüber führt. Raus aus der Angst vorm

Kranksein, vorm Sterben, zumal der Ferenc einer war, der sich am Leben freute und so den Tod nicht fürchtete.

Die getreue Gesellschaft saß auf den hölzernen Bänken, im Kopf noch den toten Freund, vielleicht den verkaterten jungen Kooperator, die großer Leich' mit dem 23er Psalm, der nur denen gehört, die eine Handvoll Kreuzer mehr geben.

Da stand der Priggler Wast auf, zögerlich irgendwie, schaute zum Herrn Kommerzialrat und meinte, »mit Verlaub, Herr Rat, es druckt mi und ich müassat denerz glei woana. Oba i glab, i ko net woana, hob no nia woana kenna. Mei Muatta selig schon, die hot allawal gwoant und meine Schwestern a, die woana heit nu, wenn's grod pressiert. Oba unser Ferenc woar a guata Mensch, koam hot er gschad' und wann oana vo uns wos braucht hot, war er da, unser Ferenc. Wia eahm der Battěk Adam an ungarischen Schweinsbauern ghoaßn hot, hot der Ferenc glacht. Oba i hob den Adamerl packt und hob eahm zwoa Schölln eineghaut, oane links und oane rechts und hob eahm vasprocha, dass i eahm persönlich in die Odlgruam von Pedolzky einehalt, wann er nu amol streitig werdn tat.

Na hot der Ferenc gsagt, dass der Adam zwoar a Malaff warat, oba eigentlich a guata Mensch is und der Adamerl hot massig Pech daham und kamat a net zrecht mit seim bisserl Lebn und a jeda wissat, dass eahm allawal de schwarzn Katzn nache lafn möchtn.«

Und alle haben sie zugestimmt und beifällig genickt, weil der Wast ihnen aus der Seele gesprochen hatte und weil die zwei beste Freunde waren und auch schon drei oder vier Jahre im böhmischen Wald drüben gearbeitet hatten und die Magdalena brachte ein paar Blümchen aus dem Garten und stellte sie in ein kleines Gefäß neben den Wastl.

Der Wastl fuhr sich durch sein zerzaustes Haar. Er hätte ihn blutig prügeln sollen, den Adam Battěk, aber der Ferenc hatte ihn abgehalten. Er erinnerte sich, dass in der heiligen Bibel die Rede war, eine Schande durch angemessene Vergeltung zu löschen: »Auge für Auge, Zahn für Zahn, Leben für Leben.«

124

In jeder Generation gibt es jene, die besser nicht geboren worden wäre, deutete er mit seinen Worten an. Der Adam wurde ein Lump, hätte er das geahnt, hätte er ihn doch eingetaucht. Das wäre dem Adam gar eine Lehre gewesen und er wäre nicht auf die falsche Spur gekommen. Der Wast fühlte sich beinahe schuldig am Werdegang des Adam. Aber wer kann schon in die Zukunft schauen. Dem Ferenc war es im Leben nicht allzu gut gegangen, die Bauern waren mit ihm wie mit einem Sklaven umgesprungen, nur der Krummauer hatte ihn als einen rechten Menschen wahrgenommen und den Ferenc in seiner Armseligkeit als Bruder gesehen. Der Wastl würde heute Abend noch einmal zum Friedhof gehen.

Beim Verlassen des Alten Obristen bedachte er die Gespräche, die sich mit Leidenschaft und heißem Temperament gepaart hatten, die auf recht schlichte, oft einfältige und wenig schickliche Weise so mancher Wahrheit nahe gekommen waren, manche Missverhältnisse und gesellschaftliche Auswüchse beim Namen genannt hatten. Aber diese Leute redeten, wie ihnen der Schnabel gewachsen ist.

Jeder schneidert sich eben seine eigene, kleine Welt zurecht und was nicht in seinen Schrebergarten passt, reißt er aus und der Krummauer spürte, dass auch das Rechtsverständnis des kleinen Mannes sich jeweils dort manifestieren lässt, wo es gerade Vorteile bringt. Dieser Priggler Wastl bewies aber auch, dass es nicht nur dem Advokaten oder dem Herrn Professor gegeben ist, dem Staatenlenker oder dem Kirchenfürsten wohlfeil ist, die Macht der Worte einzusetzen und die Meinung der Leute zu manipulieren. Ganz plötzlich wird ein Provokateur nach oben gespült, peitscht die Massen auf, reißt die Mauern ein. Aber was kommt dann. Das schöne Böhmen mit dem Fleiß und dem Ideenreichtum seiner begabten Leute bräuchte einen kontinuierlichen Wandel, überlegte er, der den Leuten Heimat, Arbeit, Leben bietet, sonst gehen sie alle ins Amerika.

Er fühlte den Anbruch neuer Zeiten, den Übergang in andere Epochen und die rauchenden Schlote in den Städten im ganzen Land wiesen schon den Weg. Wie unter einem unerbittlichen und geheimen Zwang schien sich Unbekanntes aufzutun. Vielleicht ließe sich das alles mit der absolut logischen Entwicklung der Schöpfung erklären, wollte man denn die Freiheit des Menschen zu gering erachten. Über die politische Lage dieser gegenwärtigen problematischen Epoche im Königreich zu räsonieren, würde sich ergeben. Er ließ kurz seinen Leibniz und den Herrn Kant Revue passieren, befragte sie nach logischen Erklärungen, die dem Geist der Zeit Richtung gäben.

Krummauer erkannte, dass er Gesprächspartner brauchte, weniger Geistliche, die zu sehr in der Schleimspur päpstlicher Vorurteile wandelten, eher doch wohl den bewährten

Philosophicus Ulitsch, einen profund argumentierenden mathematischen Kopf dazu, Denker, die aus dem Dunkel der wissenschaftlichen Masse herausragen. Es geht heute, überlegte er, nicht um die Wiedergeburt eines abtrünnigen Christenmenschen, sondern um die Neugeburt einer ganzen, doch recht beschaulich und uninspiriert dahin welkenden Gesellschaft. Aber der Fortschritt, meinte er, lahmt überall, hat nur wenige Beine.

125

Auf dem Heimweg dann redete der Klemens Krummauer von sich aus mit seinem Annerl und er versprach ihr, dass er jetzt öfter in die Kirche gehen würde und mit dem Beten wäre er unzuverlässig, das wisse er. Den philosophischen Heiden würde er abschwören, Sokrates Sokrates sein lassen und sich auf den Aquinaten stürzen, aber der hätte ja gesagt, dass seine lebenslangen Überlegungen auch nur Stroh gewesen wären. Und die Füßerl von der schönen Schmiedin kamen ihm in den Sinn und er brachte sie nicht aus dem Kopf. Sie begleiteten ihn, bis er sich der Ulice näherte. Dort redete mit den zwei kleinen kläffenden Streunern, die vor Tagen den Kooperator begleitet hatten, der dem Ferenc die letzte Ölung gebracht hatte und die am Straßenrand irgendeinem geheimnisvollen Duft nachspürten, der von den Hängen nach Brünn hineinströmte, ein wunderbares Geräusch wahrnahmen und in ihrer heilen Welt ihrem Schöpfer allein durch ihr Hiersein lobten und dankten. Planlos alberten sie miteinander, jagten die Straße hinauf, verschwanden in der Hutterergasse. Vielleicht schauten sie zur Kammer der schönen Schmiedin hinauf. Der aufregende Duft der schönen Schmiedin lag in der Gasse und bis er am Friedhofstor stand, stieg die Hoffnung, dass sie am Grab vom Annerl wartete.

»Ich hab' mit dem Annerl geredet, hab ihr ein paar Nelken aufs Grab gelegt«, sagte sie. »Ich hätte fünf Eier im Korb, die könnte ich uns in die Pfann' schlagen und ein frisches Brot und zwei bratene Hennerschlögl wärn auch noch da.«

Er spürte einen heißen Schauer durch seinen Leib fahren und sein Herz begann rascher zu pochen.

Er roch den würzigen Oregano, den sie in einem Streuer wohl neben das geräucherte Fleisch geschoben hatte, dachte an die etwas bizarr geformte Weinflasche, ein sicher wohl schmeckender Roter aus dem Slawischen hinten irgendwo, die ihm vor Jahren der Herr Bürgermeister geschenkt hatte und die er mehr zur Freude am Anschauen auf die Kommode gestellt hatte.

Blitzartig, so wie er größere und unbekannte Problemlagen im Allgemeinen anging, überlegte er denkbare Folgen einer unbedachten Zusage, analysierte eine zu schnelle, fadenscheinige Zurückweisung der sicher sehr liebevoll gemeinten Offerte. Aber auch übereiltes und unbedachtes Einverständnis könne unabsehbare Folgen nach sich ziehen, überlegte er. Derweil hatte ihn das Agatherl schon bis vor die Haustür gebracht, hatte den Sandweg gewählt, der unter dem Krummauer'schen Garten durchs neue Gartentürl zum Haus führte.

Sein Aszendent stünde einer vernünftigen Gestaltung dieses Abends, eines unergründlichen Ausgangs gar, sicher nicht im Wege und in die Zukunft könne man ja sowieso nicht schauen, klärte er noch rasch. Und er überlegte, dass das Gespräch heut Nacht, sobald das Agatherl wieder entschwunden war, mit seinem Annerl nützlich sein könnte, vieles abklären könnte und der ganze epochale scharfsinnige Intellekt seines Duzfreundes Kant, des philosophischen Himmelsstürmers, würde ihm im Augenblick auch nicht weiterhelfen. Er würde sich einfach dem Abendessen mit der schönen Agathe widmen, dann würde man weitersehen. Eine knappe Replik von seinem heidnischen Beistand Sokrates bezüglich so delikater Dinge half ihm auch nicht weiter, Allgemeinplätze, fand er, nichts als Allgemeinplätze.

In Liebesdingen war er schon immer etwas befangen und so schien es ihm im Augenblick folgerichtig, dem Agatherl die Leitung der nicht recht absehbaren Möglichkeiten zu später Stunde zu überlassen, komme, was da wolle.

Ende

Von Franz Spichtinger sind bereits die folgenden sechs Romane erschienen:

Breitbrucker Rhapsodie

Schauplatz dieses figurenreichen Romans ist ein verschlafenes Dorf namens Breitbruck. Franz Spichtinger stellt bewegende, oft dramatische Lebensschicksale in den Mittelpunkt, erzählt in eindringlicher Sprache von Geburt, Leben und Sterben der Dörfler. Vor dem Auge des Lesers lässt der Autor ein faszinierendes Kaleidoskop von Psychogrammen erstehen, erzählt mit langem Atem von einem Menschenschlag, der Chuzpe und Charme versprüht, aber auch in Abgründe blicken lässt. Das Besondere an Spichtingers Geschichten ist die beobachtende, nicht wertende Haltung des Erzählers, mit der er eine nahezu spielerische Leichtigkeit der Figurenkonstellationen erzeugt.

Gebundene Ausgabe, 216 Seiten | 22.90 €
ISBN 978-3-8423-7099-9

Paperback, 216 Seiten | 13.90 €
ISBN 978-3-8423-7109-5

Eine böhmische Serenade

Ferdinand Hrdlicka, Archivoberrat in der Stadtarchiv-Bibliothek, kann die historischen Fakten des Dreißigjährigen Krieges wie die der Weimarer Republik umfassend erklären und er legt größten Wert auf ein geordnetes Leben. Kaum hat ihn seine Fr»au Antonia verlassen, gerät sein Leben aus den Fugen. Als sie schließlich zurückkommt, kehrt damit die Beschaulichkeit aber nicht wieder ein. Antonia wird von ihrer Tante das Restaurant Treibsand übernehmen, und so steht auch für Ferdinand Hrdlicka eine berufliche Veränderung an. Es sind schließlich die Erfahrungen von Liebe und Freundschaft, die ihn lehren, sein Los zu meistern.
In diesem bunten Bilderbogen ergreifender Geschichten scheinen unterschiedliche Lebensentwürfe von Menschen auf, wie das Schicksal der dem Leben zugewandten Bertil, die nach Krieg, Vertreibung und Flucht aus Böhmen ihr Geschick in die Hand nimmt und in Argentinien neu beginnt, oder der Aufbruch, den Christiane Wordes in späten Jahren auf dem amerikanischen Kontinent wagt.

Eine böhmische Serenade ist eine Erzählung, in der es um Abschied und Verzicht geht, um Neuanfang und Tapferkeit, vor allem aber um couragierte Unverzagtheit.

Gebundene Ausgabe, 224 Seiten | 24.90 €
ISBN 978-3-8482-2051-9
Paperback, 224 Seiten | 14.90 €
ISBN 978-3-8482-2730-3

Remsky, Hamlet und Beaufort

Drei ehemalige Schulfreunde begegnen sich nach zwanzig Jahren wieder. Aus ihnen sind erfolgreiche Männer geworden, die es ganz nach dem Wunsch ihrer Väter zu Ansehen und Wohlstand gebracht haben. Ihre zufällige Begegnung wird unversehens zu einer Reise in die Vergangenheit, auf der sich die großen Fragen des Lebens noch einmal stellen und Bilanz gezogen wird: Ist das, was im Leben erreicht wurde, in jeder Hinsicht das Bestmögliche gewesen?
In diesem Reigen von Lebensschicksalen, die der Roman aufscheinen lässt, wird so mancher von uns das eigene wiedererkennen.

Paperback, 284 Seiten | 16.90 €
ISBN 978-3-7357-3924-7

Der Ratisburger Mane geht ins Amerika

›Ins Amerika gehen‹ ist im böhmisch-bayerischen Raum des ausgehenden 19. Jahrhunderts das geflügelte Wort für einen großen Traum. Wenn es einer schafft, ihn zu verwirklichen, dann ›der Mane‹, so ist man sich einig. Doch woher soll ein einfacher Regensburger Handwerker wie Manfred Waldstein das Geld nehmen? Das Schicksal will es, dass er dem Kommandaten des Königlich Bayerischen Infanterieregiments begegnet und mit ihm in den Krieg gegen Frankreich zieht. Als er nach dem letzten schweren Gefecht in die Heimat zurückkehrt, ist er nicht mehr derselbe; nur sein Traum, eines Tages nach Amerika auszuwandern und sich dort eine Existenz als Farmer aufzubauen, brennt noch in ihm. Schon hat sich der Mane darauf eingerichtet, die nächsten Jahre durch harte Arbeit im heimatlichen Eisenbahnausbesserungswerk die Mittel für die Überfahrt zusammenzusparen, da kommt von ganz unerwarteter Seite Hilfe …

Paperback, 292 Seiten | 9.99 €
ISBN 978-3-7347-5833-1

Der böhmische Herr Ferdinand

»A wenig a Tristesse, a wenig a Schmäh, oba ane Kultur«: So ließen sich die Lebensumstände wie der Seelenzustand der kaiserlichen Untertanen im Habsburger Reich beschreiben. Die morbid-charmante Historie der österreichisch-ungarischen Donaumonarchie bildet den zeitlichen Hintergrund des neuen Romans von Franz Spichtinger.
Ferdinand Polschitz, den sie im südböhmischen Prachatitz achtungsvoll den böhmischen Herrn Ferdinand nennen, ist der Hauptprotagonist der facettenreichen Romanerzählung.
Das österreichische Linz und das prunkvolle, ausgelassene Wien der Jahrhundertwende mit seiner spezifischen Lebensqualität, aber auch das böhmische Juwel Prag an der Moldau, vor allem aber der Böhmische Wald sind Stationen dieses an Metaphern und literarischen Miniaturen reichen Romans. Aus dem Reigen der Figuren stechen Anna Anzengruber, ein Gewächs aus dem »Mödlinger Pflanzgarten«, und die neureiche Jarmilla hervor, Witwe des früh verstorbenen Rittmeisters von Wesowitz, »ane ägyptische Potifar«, welche aus einfachen Verhältnissen in den niederen Adelsstand aufstieg. Der Autor legt einmal mehr einen erfrischenden, authentischen und sprachlich überzeugenden Roman vor.

Paperback, 376 Seiten | 11.- €
ISBN 978-3-7392-4234-7

Das Haus am Hradschin

Krieg, Hunger und Pest sind die hässlichen Begleiter von Gevatter Tod, der auch durch die böhmischen Lande eine Spur des Verderbens zieht.
Auf der Burg Haunstein und im gleichnamigen Dorf an den Ausläufern des böhmischen Waldes versuchen Graf Haunstein und die Bewohner des Fleckens dem Elend des Dreißigjährigen Krieges zu trotzen. Der verwegene Rudolf Prack schließt sich zwei Offizieren des Generalissimus Albrecht Wenzel Eusebius von Wallenstein an. Er will sich seinen Kindheitstraum erfüllen und das berühmte Haus am Hradschin sehen, das sich im Besitz seines Grafen Haunstein befindet.
In der ehrwürdigen Stadt Prag sinnen derweil ein alter Adelsmann, Zeuge des furchtbaren Geschehens seinerzeit am Altstädter Ring im waldsteinischen Fürstenpalais, und der betagte Kilian im Haus am Hradschin, einst unter dem großen Baumeister Peter Parler im Hohen Dom des Heiligen Veit tätig, über ihr Leben nach.
Der Golem aus dem Judenviertel sitzt auf der Bank vor dem Haus am Hradschin, grübelt über die Zukunft seiner kaiserlichen Stadt, liest mit seinesgleichen aus der Kabbala und schreibt mit dem Finger in den Staub der Straße.

Im gräflichen Dorf Haunstein gehen unterdessen die Dörfler unverzagt ihrer Arbeit nach. Rupert Prack spürt die Bitternis, die der Krieg den Dörflern zumutet; aber er wird die Seinen nicht ihrem Schicksal überlassen. Seine Gebote sind Gebet und Arbeit, und mit Gottes Hilfe will er allem Ungemach trotzen. Derweil fließt die gute Mutter Moldau wie zu allen Zeiten aus ihren moorigen Urgefilden im mächtigen böhmischen Wald hinein ins goldene Prag. In steter Sorge um das heilige böhmische Land trägt sie ihre oft genug wilden, schweren, aber vor allem Segen bringenden Wasser.

Paperback, 347 Seiten | 11.- €
ISBN 978-3-7460-5543-5

Alle Bücher sind auch als E-Book erhältlich.

Besuchen Sie die Homepage des Autors:

www.Franz-Spichtinger.de

- Informationen zum Autor
- Leseproben
- Bestellmöglichkeiten
- Kontakt